ルキアノス

偽預言者アレクサンドロス

全集 4

西洋古典叢書

凡例

一、本『ルキアノス全集』は全八冊とし、この分冊には第三十五篇より第四十三篇まで収める。

二、本分冊の翻訳は原則的に M. D. Macleod, *Luciani Opera*, Tomus II, Oxford Classical Texts, 1974 のテクストに基づく。それ以外のものに拠るときは、註で記す。

三、随所に入れた小見出しは訳者による。

四、ギリシア語とラテン語をカタカナで表記するにあたっては、

(1) ϕ, θ, χ と π, τ, κ を区別しない。

(2) 固有名詞の長音は、原則として表記しない。普通名詞の原語をカタカナ表記する場合は、長音を表示することがある。

五、訳文中の「 」は引用および重要な語句を、ゴシック体の和数字は節番号を表わす。［ ］は訳者による補足、( ) はギリシア語表記の挿入である。註や解説における『 』は書名を表わす（ただし著者名を付していないものはルキアノスの著作である）。

六、解説で、各作品の説明はそれぞれの訳者による。

七、巻末に「固有名詞索引」を掲げる。

目　次

偽預言者アレクサンドロス

全集 4

内田次信
戸高和弘 訳
渡辺浩司

女神たちの審判（第三十五篇）

渡辺浩司　訳

一　ゼウス　ヘルメスよ、このリンゴを持ってプリュギア[1]で羊飼いをしているプリアモスの息子[2]のところに行け。彼はイデ山[3]のガルガロン[4]で羊に草をはませている。そして彼にこう言うのだ。「パリスよ、ゼウスがお前に命じている。お前は美男子で、しかも色恋にも通じている[5]。だから、ここにいる女神たちのうちで誰が最も美しいのかをお前が審判せよ。そして優勝者には賞品としてこのリンゴを取らせるのだ」。

〔女神たちに向かって〕さて、お前たちも審判者のところへ行く時間だ。私が審判をするのはやめておこう。お前たちを等しく愛しているし、できることならみなが優勝するのを見たいからだ。さらに、一人に美の一等賞を与えると他から憎まれてしまう。だから私は審判者にふさわしくない。ところでお前たちがいまから行くプリュギアの若者は王族であり、ここにいるガニュメデス[6]の親戚だ。しかも素直で純朴だ。彼がこうした催しに不適格だと思う者は一人もいないだろう。

二　アプロディテ　ゼウスよ、たとえモモス[7]を審判者になさったとしても、自信を持って美の審査会に出場しますわ。だって私のどこに文句をつけられますか。でもその人は、この方たちも納得のいく人物でなければなりませんわ。

ヘラ　アプロディテ、あなたのアレス[8]が審判者に選ばれても、私たちは心配しません。パリスがどんな人間であるにせよ、私たちもその人間を受け入れましょう。

ゼウス　［アテナに向かって］娘よ、お前も賛成か。どうかね。そっちを向いて赤くなっているのか。まだ嫁にも行かぬ娘がこうしたことを恥ずかしがるのも無理からぬことだ。だが、承知しているようだね。［女神たち三人に向かって］さあ、行きなさい。敗けても審判者に腹を立てたりあの若者に危害を加えたりしないように。お前たちがみな等しく美しいことなどありえないのだから。

三　ヘルメス　まっすぐプリュギアへ参りましょう。私が案内します。あなた方は遅れずについてきてください。ご安心ください。私はパリスを知っています。美しい若者で、色恋に通じています。こうしたことを判定するのにうってつけです。あの男なら間違った審判はしないでしょう。

(1) トロイアを含む小アジアの地方。

(2) パリス、別名アレクサンドロスのこと。プリアモスはトロイア戦争時のトロイアの王で、パリスは彼の子で、トロイアの王子であった。

(3) トロイアの南にある山。

(4) イデ山の南峰。

(5) 「色恋に通じている」という表現はプラトン（『リュシアス』二〇六A）を思い出させる。ルキアノス『生き方の売り立て』一五を参照。

(6) ガニュメデスはトロイアの王子。その美貌ゆえゼウスにさらわれオリュンポスで神々に仕える。ルキアノスは『神々の対話』（八と一〇）でガニュメデスの神話を扱っている。

(7) 非難、皮肉の神。ヘシオドス『神統記』二一四行ではニュクス（夜）の子とされている。ルキアノスは神々への皮肉の代弁者としている（『神々の会議』、『悲劇役者ゼウス』一九―二二を参照）。モモスへのこうした見方はプラトン（『国家』第六巻四八七A）の影響かもしれない。

(8) アレスは軍神で、オリュンポス十二神の一柱。アプロディテの恋人。アプロディテの夫はヘパイストス。アプロディテとアレスの情事についてはホメロス『オデュッセイア』第八歌二六六行以降を参照。ルキアノスは『神々の対話』二一でこの話を扱っている。

アプロディテ　仰っていることはすべて私に好都合で有利なことばかり。審判者が公平だということですね。ところで、その方はまだ結婚していないの、それとも結婚しているの。

ヘルメス　独身なんてとんでもない。アプロディテ。

アプロディテ　どういうこと。

ヘルメス　イデの女性[1]といっしょに暮らしているらしいのです。まあ申し分のない女ですが、粗野な田舎者で、パリスはあまり惹かれていないようです。でもなぜそんなことを聞くのですか。

アプロディテ　いやだわ、ただの世間話よ。

四　アテナ　ヘルメス、さっきからアプロディテとひそひそ話ばかりして、使者の任務を果たしていないわよ。

ヘルメス　アテナよ、何でもないです。あなた方への非難でもありません。パリスが独身かどうか聞かれただけです。

アテナ　どうしてそんなことを知りたがるのかしら。

ヘルメス　分かりません。でも考えがあってのことではなく、ただの世間話だそうです。

アテナ　で、どうなの。彼は独身なの。

ヘルメス　どうもそうではないようです。

アテナ　じゃあ、戦争好きかしら。名誉欲はどう。それともただの羊飼いなの。

ヘルメス　はっきりとは言えませんが、まあ、若いですからそういうことを求めて、戦争では第一の者になりたいと思っているはずです。

アプロディテ　［ヘルメスに向かって］ほらね、あなた方がひそひそ話をしていても、私は文句一つ言わないし、とがめたりもしないわ。そんなことは愚痴っぽい連中のすることで、アプロディテのすることじゃないわ。

ヘルメス　［アプロディテに向かって］同じようなことをアテナも聞いてきたのです。だから腹を立てないでください。私がアテナにこうして正直に答えたからといって、あなたが不利になると考えてもらっては困ります。五　おや、話しているうちに星からだいぶ遠くへ来ました。もうすぐプリュギアです。イデ山もガルガロンもよく見えます。見間違いじゃなければ審判者のパリスまで見えますよ。

ヘラ　どこなの。私には見えないわ。

ヘルメス　こっちですよ、ヘラ。左の方です。山頂でなく斜面です。洞窟があるところ。そこに家畜の群れも見えます。

（1）オイノネのこと。オイノネは河神であるケブレンの娘で、女神レアから予言の術を授かった。パリスがヘレネを求めてスパルタへ航海に出たとき、その危険を予言し、パリスの傷を治療できるのは自分だけなので、怪我をしたときは自分のところに来るようにと告げた。トロイア戦争末期にパリスがピロクテテスにヘラクレスの弓で射られたとき、パリスはオイノネのところに行ったが、オイノネは恨みを忘れられず彼の治療を拒んだ。しかし心配になったオイノネはパリスのもとに駆けつけるが、すでに時遅く、パリスは死んだ後で、オイノネはパリスを追って自ら命を絶った。オウィディウスの『名婦の書簡』第五歌はパリスに捨てられたオイノネを扱っている。

ヘラ　家畜なんか見えないわ。

ヘルメス　何ですって。ほら私が指しているのが方に、子牛が岩場から出てきているのが見えませんか。男が杖を持って岩場から駆け降り家畜が遠くへ行ってしまわないようにしているのが見えませんか。

ヘラ　いま見えたわ、あの男がそうならば。

ヘルメス　そう、その男ですよ。もう近くまで来たので地上に降りて歩きましょう。天から急に降りて彼を驚かせないように。

ヘラ　仰るとおりね。そうしましょう。地上に着いたのですから、アプロディテ、今度はあなたが先に立って道案内してちょうだい。このあたりのことならよく知っているはずよ。アンキセスのところによく来ていたって噂よ(1)。

アプロディテ　ヘラ、そんなふうにからかっても私には何でもないことよ。

六　ヘルメス　まあまあ、私が案内いたしましょう。ゼウスがプリュギアの少年(2)に恋していたとき、私もイデによく滞在しました。ゼウスの命令で、あの少年の様子を見に、たびたびここに来ました。しかもゼウスが鷲に姿を変えたときには、いっしょに飛んであの美しい少年を運ぶのを手伝いました。記憶が確かならば、この岩場からですよ、ゼウスが少年を奪い去ったのは。少年はそのとき家畜の群れに向かって笛を吹いていましたが、ゼウスは彼の背後に舞い降りて、そっと鉤爪で掴み、嘴で頭の帽子に咬みつきながら舞い上がったのです。彼は驚いて首を曲げてゼウスを睨んでいました。私は笛を拾いました。笛は彼が恐怖のために投げ捨ててしまったのですが――いいや、もう審判者のところに着きました。さあ彼に話しかけてみましょう。七　こんにちは、牧人さん。

パリス　こんにちは、みなさん。[3]ところであなたはいったいどなたですか、こんなところへおこしになるとは。お連れのご婦人方はどちらの方がたですか。山に暮らす人とは思えないほど美しい方たちですから。

ヘルメス　いや、ご婦人方ではないよ、パリス。ここにいるのはヘラとアテナとアプロディテだ。私はゼウスの使者ヘルメスさ。でも、どうして震えて蒼白い顔をしているんだ。こわがることなどないよ。難しいことじゃないんだ。ゼウスは君が女神たちの美の審判者になることを命じている。ゼウスはこう仰せだ。「お前は美男子で、しかも色恋にも通じているから、お前に判定を委ねる」とな。賞品は、このリンゴに書かれているのを読めば分かるだろう。

パリス　何と書いてあるか見せてください。「美しき女神がこれを取れ」。ですがヘルメスさま、どうして死すべき人間で田舎者の私が、信じがたい光景の判定者になることができるのでしょうか。この光景は牧人にはあまりに偉大すぎます。こういうことを判定するのは優美な都会人のすることです。私の仕事はといえ

（1）アンキセスはトロイアの王族。イデ山中で家畜を追っているときにアプロディテにみそめられた。ウェルギリウス『アエネイス』の主人公であるアエネアスはアプロディテとアンキセスの子。ルキアノスはホメロスと同様に、女神ヘラを意地悪な性格の持ち主として描いている。

（2）ガニュメデスのこと。五頁註（6）を参照。

（3）ここで使われているギリシア語は「あなたに同じことを」という意味であり、新喜劇で使われるあいさつの定型句である。メナンドロス『サモスの女たち』一二九行、『農夫（ゲオルゴス）』四一行などを参照。

ば、どっちの山羊が美しいか、どっちの子牛が美しいかということで、こういうことなら技術に従って判定できるでしょう。八　けれどもここにいらっしゃる女神たちは等しく美しく、どうして一方から他方へと目を移すことができるのか私には分かりません。すぐに立ち去ろうと思わず、最初に目を向けたところをじっと見つめて、目の前にあるものを賛美する。そして他へと目を移すとこれもまた美しいと分かり、そこに立ち止まる。しかし隣にいる女神たちにも魅了される。女神たちの美しさが私の周りに注がれ、私を完全に虜にしてしまったのです。アルゴスの目[1]のように全身で見ることができたらいいのですが。女神三人にリンゴを与えるのが正しい審判だと思います。それからもう一つ、こちらはゼウスの姉であり妃、こちらの方がたはゼウスの娘たちです。この審判がどうして難しいことではないというのでしょうか。

ヘルメス　分からないね。ただ、ゼウスの命令を拒むことはできないよ。

九　パリス　ヘルメス、一つだけお願いがあります。女神たちを説得ください。負けたお二方は私に腹を立てないように、そして、間違いはただ私の目のせいだと考えるように。

ヘルメス　女神たちはそうすると約束していますよ。さあ、もう審判する時です。

パリス　やってみましょう。他にどうしようもないのですから。だがまず知っておきたいことがあります。女神たちをこのまま眺めれば充分なのでしょうか、それとも詳しく調べるために服を脱いでもらわないといけないのでしょうか。

ヘルメス　審判者である君の自由だ。お前の望みどおりに命令するがよい。

パリス　私の望みどおりにですって[2]。裸を見たいのですが。

ヘルメス　女神たちよ、服を脱いでください。さあよく調べるのだ。私は後ろを向いていよう。

一〇　アプロディテ　さすがだわ、パリス。私が最初に脱ぎますことよ。両腕が白いだけでなく、また牛の目が自慢なだけでもなく、(3) 全身が一様に美しいのだということを知ってもらいましょう。

アテナ　パリス、アプロディテが飾り帯を外すまでは脱がしてはいけません。アプロディテは魔術を使いますから。飾り帯を使ってお前を惑わすことのないようにね。(4) じっさい、本当に遊女のように飾り立て、いろいろな色を塗って来ていますが、そうするべきではなかったのです。美しさをありのままに見せるべきなのです。

パリス　飾り帯についてはごもっともなことです。外してください。

アプロディテ　アテナ、あなただってなぜ兜を脱いで顔を見せないの。なぜ兜の羽飾りを振り回して、審

---

(1) アルゴスは全身に無数の目を持つ巨人。ゼウスがイオと恋をしたとき女神ヘラはイオを牝牛に変え、アルゴスに見張らせた。のちにゼウスの命令でヘルメスはアルゴスを殺した。アルゴスは孔雀に変身したとも言われる。ルキアノスは『神々の対話』七、『海神の対話』一一でアルゴスの神話を扱っている。

(2) 原文では喜劇的な語句が使われている。

(3)「白い腕」と「牛の目」は、ホメロスでは女神ヘラの付加形容語である。したがってこの台詞をヘラに帰す写本もある。もともとのテキストには話者の名前は記されていない。

(4) アプロディテの魔法の飾り帯（腰紐）についてはホメロス『イリアス』第十四歌二一四―二一七行を参照。そこではアプロディテがヘラに飾り帯（腰紐）を貸し与え、ヘラはそれを使ってゼウスを誘惑する。

判者を脅かすの。兜で威嚇しないとあなたの目の色は非難されるとでも思っているの[1]。
アテナ　兜は脱いだわ。
アプロディテ　飾り帯は外したわ。さあ服を脱ぎましょう。
一一　パリス　おお、ゼウスよ、何という光景、何という美しさ、何という喜び。［アテナを指して］処女神とは何と美しいのか。［ヘラを指して］王者の荘厳さに輝き、まことにゼウスにふさわしい。［アプロディテを指して］そしてこの女神の何と甘くて上品な眼差し、何と魅力的な微笑み。だがもうこの幸福は充分すぎるほどだ。［女神たちに向かって］もしよろしければ、別々にお一方ずつ拝見したいのですが。いま私は迷ってあちこちに目を引かれて、どちらを眺めたらいいのか分からなくなっているのです。
女神たち　彼の言うとおりにしましょう。
パリス　ではお二方はあちらへおいでください。ヘラ、あなたはお残りください。
ヘラ　私は残りましょう。私をよく眺めたら、もう一つのことも、つまり、私の勝利のお礼が美しいかどうかを考える時よ。パリスよ、もし私のことを美しいと判定したら、お前を全アジアの王にしてあげよう。
一二　パリス　私はお礼で判定を変えることはしません。では、どうぞあちらへ。私がよいと思うとおりにします。アテナ、こちらへおいでください。
アテナ　そばにいますよ。パリス、もし私のことを美しいと判定するならば、お前は戦場から敗れて帰ることはなく、いつも勝って帰るでしょう。お前を常勝の戦士にしてあげましょう。
パリス　アテナよ、私には戦争や戦いは無用です。ご覧のように、いま、プリュギアとリュディアは平和が支配していて、私の父の領地には戦争がありません。でもご心配には及びません。私がお礼を目当てに審判することはありませんが、あなたに不利になるようなことはしませんよ。さあ、服を着て、兜を冠ってください。充分に拝見しましたから。アプロディテの順番です。

一三　アプロディテ　私は隣りにいるわよ。一つ一つよく見てよ。ざっと見ないで体のどの部分にも目を止めてね。美しい若者よ、聞く気があるならこのことも聞いてちょうだい。私はずっと前からお前のことをプリュギアで比類のないほど若くて美しいと思って見ていたの。私はお前の若さを祝福するわ。でも残念ね、この峰と岩を捨てて都会に住むことをせず、若さを荒れ野に朽ちさせてしまうなんて。山のどこが楽しいの、牡牛にどうしてお前の美しさが分かるの。もう結婚してもいい年頃よ。それも、イデの女のような粗野な田舎娘とではなく、アルゴスやコリントスやスパルタといったギリシア生まれの娘と、そう、たとえばヘレネのような若くて美しくて、私と比べてもひけをとらない、それからこれがいちばん大切なことだけど、男にとって魅力的な女性とね。私にはよく分かっているのよ、あの女がお前を見るだけで、すべてを投げ捨て、身を捧げ、お前の後について来ていっしょに暮らすでしょう。お前もあの女のことを何か聞いているでしょう。

パリス　いいえ、アプロディテ、何も聞いていません。ですが、いまは喜んですべてを聞きたいと思います。

---

(1) おそらく「青白い冷たい色」ぐらいの意味だろう。女性の目としては魅力的でない。色の意味については議論がさまざまある。アテナの付加形容語は「煌めく眼の」である。

す。

一四　アプロディテ　彼女はあの美しいレダ[1]の娘よ。ゼウスが白鳥になって彼女のところに舞い降りたあのレダのね。

パリス　どんな女性ですか。

アプロディテ　白鳥から生まれた人らしく真っ白で、卵の中で育ったように繊細で、裸で訓練し格闘するのが好きで、いろいろな人たちから求められて彼女を巡って戦争まで起きたのよ。テセウス[2]が、まだ大人になりきらない彼女を奪ったせいよ。けれども彼女が成人したとき、ギリシアの王さまたちがみんな求婚するために集まって、ペロプスの子孫[3]のメネラオスが選ばれたわけ。もし本当にその気があるなら、私がお前と結婚させてあげましょう。

パリス　何と言われますか。結婚している女性とですか。

アプロディテ　まだ若くて田舎者ね。こうしたことはどうしたらいいのか私は分かっているのよ。

パリス　どうしたらいいのですか。私にも教えてください。

一五　アプロディテ　ギリシア観光と称して旅に出るのです。スパルタに着いたとき、ヘレネはお前の姿を見るでしょう。それから先のことは私の仕事よ。彼女はお前に恋して、後をついて来ることになるわ。

パリス　どうも私には信じられません、彼女が夫を捨て未開の外国人[4]といっしょに船に乗ろうと思うなんて。

アプロディテ　そのことなら安心して。私にはヒメロス［恋心］とエロース［恋］という二人の美しい息子がいるから。(5) この二人を案内としてお前につけてあげましょう。エロスは彼女の中に入り込んで恋心を起こさせ、ヒメロスはお前に取りついて、あの子の気質に合わせてお前を愛らしくするでしょう。私もいっしょに行きますが、カリス〔優美〕たちにも(6)いっしょについて来るようにお願いしましょう。こうしてみんなで協力して彼女を誘惑しましょうね。

パリス　アプロディテ、どんな結果になるのか分かりませんが、私はもうヘレネを愛しています。なぜか彼女を見ている気がします。ギリシアへ渡り、スパルタに滞在し、妻を連れて帰る。これがまだ現実のものとなっていないのが残念でしょうがない。

一六　アプロディテ　ねえパリス、まだ愛しちゃ駄目よ。私が勝利したお返しに私が仲人となって花嫁を

(1) レダはスパルタ王テュンダレオスの妻。ゼウスが白鳥の姿となって彼女と交わり、ヘレネ、カストル、ポリュデウケスが生まれたという伝承がある。『神々の対話』二五を参照。
(2) テセウスはペイリトオスとともにヘレネをさらい、アピドナイに連れて行き、テセウスの母アイトラに預けた。テセウスが冥界に降っている間に、ポリュデウケスとカストルがヘレネを取り返した。
(3) ペロプスはゼウスの孫に当たり、高貴な家柄である。
(4) 原文は「ギリシア語を話すことのできない人」という意味の「バルバロイ」である。
(5) ヘシオドス『神統記』二〇一行では、ヒメロス(恋心)とエロース(恋)がアプロディテ誕生に立ち会ったとされている。
(6) ヘシオドス『神統記』六四行では、カリス(優美)たちはヒメロス(恋心)とともにオリュンポス山中にいっしょに暮らしているとされている。

連れてくるまではね。私が勝利し、お前とともに行き、結婚と勝利とをいっしょに祝うのがちょうどいいでしょう。そのリンゴで愛と美と結婚をすべて購うことができるのだからね。

パリス　審判の後で私のことをお忘れにならないでしょうか。

アプロディテ　では誓いを立てましょうか。

パリス　いいえそれには及びません。もう一度約束してください。

アプロディテ　それでは私は約束します、ヘレネを妻として与えることを。そしてヘレネがお前について故郷のトロイアまで来ることを。私もいっしょに行って何から何まで協力するわ。

パリス　エロース〔恋〕もヒメロス〔恋心〕もカリス〔優美〕もごいっしょですか。

アプロディテ　安心なさい。それからポトス〔憧憬〕とヒュメナイオス〔婚礼〕も連れて行きましょうね。

パリス　それではその条件でリンゴをお渡しします。その条件で受け取ってください。

お傭い教師（第三十六篇）

渡辺浩司訳

お傭い人たちの話

一　さて、友よ、どこから語り始め、どこで語り終わるべきか(1)。あの幸福な人たちとの友好関係の中で、お傭い人として艱難辛苦をなめる人が必ず蒙り果たさねばならない事柄についてだ。もし彼らのこの隷属状態を友好関係と呼ぶことができるのならばの話だが。私は、彼らの経験について多くのことを、いやその大部分を知っているが、ゼウスに誓って、こうした経験をしたからではない。そうした経験は私には必要ない。神よ、今後もそんな目に遭わないように。そうではなく、そんな生活に陥った多くの人たちが私に詳しく話してくれたからだ。ある者はまだ悲惨な境遇の中にいて自分の蒙っている不幸がどれほどのもので、どのようなものかを嘆きつつ私に話してくれた。また、ある者はまるで牢獄から逃げ出して来たかのように自分が蒙ったことを楽しそうに思い出しながら私に話してくれた。じっさい、逃げ出して来た者たちは、あれやこれやと数え上げながら喜んでいた。

信用できるのは、逃げ出して来た者たちの方だ。彼らは、いわば秘儀のすべての段階を終え、始めから終わりまですべてをきわめたからだ。彼らは難破し思いがけず救助されたかのように語り、私は彼らの話に注意深く熱心に耳を傾けた。彼らは、まるで頭を剃って大挙して神殿に集まり(2)、第三の波(3)や嵐や岬や座礁や折れたマストや壊れた舵の話をする人たちのようだった。話の中には、しまいにはディオスクーロイ(4)が登場し

（こういう悲劇風の芝居にぴったりの神々だ）、あるいは他の機械仕掛けの神[5]が檣楼に座したり舵の前に立ったりして船を安全な岸へと導き、船はといえばそちらへ流されゆっくりとしだいに壊れ、彼ら自身は神の恩寵と好意によって無事に上陸したのであった。

彼らはもちろん、その場の必要に応じて物語の大部分を悲劇風にでっちあげ、ただ不幸なだけではなく神々にも愛されている者のように見せかけて、より多くの人びとからお金をもらおうとしているのである。ニ ところがまだ悲惨な境遇の中にいる者たちは、家の中の嵐や第三の波や、いやそれどころか、こう言ってよければ、第五の波や第十の波の話をし、さらに、一見すると海が凪いでいた当初はどのようにして入港したのか、また、喉が渇き船に酔い、塩水を頭から浴びながら、どれほどのことに耐えてきたのか、そして最後に、どのようにして暗礁や断崖絶壁で不運な小舟が大破し、裸で必需品に事欠く情けない姿で岸に泳ぎ着いたのかを話した。だがそうした冒険や冒険譚の中には、彼らが羞恥心から隠し、忘れたがっていることがたくさんあるように私には思われた。

（1）ホメロス『オデュッセイア』第九歌一四行。
（2）つまり、神に感謝の捧げものをし、自分の体験を語り慈善金をもらうこと。
（3）最も恐ろしい大波は三番目に来ると考えられていた。
（4）カストルとポリュデウケスのこと。ゼウスとレダとの間に生まれた双子の神々で、船乗りたちの守護神である。
（5）悲劇で用いられる演出技法の一つ。筋の展開が錯綜しもつれて解決が難しくなった場合に、突然神が空中から現われて解決を下し物語を収束させる。神は機械に乗って現われたので、「機械仕掛けの神」と呼ばれる。エウリピデスはこれを好んで用いた。

お傭い教師になるのを思いとどまらせる理由

　親愛なるティモクレスよ、私はこうした話だけでなく、他にも論理的な推論によってお傭い人に関係すると私が判定するものがあるならば、そのこともすべて、ためらうことなく君に話すことにしよう。というのも、君がこの生活に入ろうと志していることに、思うに、ずっと前から気づいていたからだ。三　私が初めて気づいたのは、この種の話題に話が及んで、その場に居合わせた者たちの一人が、給料生活を称賛したときだ。彼の主張によれば、給料生活者は、ローマの貴族を友とし、一銭も払わずに贅沢な食事を食べ、美しい邸宅に住み、白馬のひく車に乗ってふんぞり返りながら、まったくもって快適で豪華な旅をし、そのうえ、彼らが受けた友情と厚遇のお礼として少なからざる給料をもらうわけで、じっさい、種もまかず耕しもせずにすべてが生えてくるわけだから、こうした給料生活者たちは人の三倍も幸福である。君がこうした話やこれに類する話を聞いているとき、君がいかにぽかんと見つめて、餌を求めて大きく口を開けていたのかを私は見て取ったのだ。

　だから、将来私が非難されることがないようにしなければならない。君がこれほど大きな釣針を餌といっしょに飲み込もうとしているのを見ていながら、止めてくれなかったとか、釣針が喉の奥に入る前に引っ張り出してもくれなかったとか、前もって警告してくれなかったとか、引き抜くとますますしっかりと刺さってしまった釣針に引きずられ否応なしに連れて行かれるのを見るまで待っていて、もう役に立つことなどなくなったときに、立ち尽くし涙を流していただけだったとかと私を非難することがないようにしなければならない。そう、こうしたことを君が決して言い立てないようにしなければならない。なにしろ君がこうしたことを言い立てれば、それはまったくもってもっともなことだからである。前もって君に警告しなかったからといって悪いことをしたわけではない、と君に反論しても言い逃れできないだろう。だから、最初から君はすべてのことを聞いておきなさい。網そのものを、出口のない生け簀を、内側の奥からではなく外側からゆっくりと事前によく調べてみなさい。そして釣針の曲がり具合や針先の顎のそり返りや三叉戟の鋭さを手にとって、膨らました頬に当てて試してみなさい。もし、無理やり引っ張ってみたらなかなか抜けそうにないのに、それほど鋭くもなく、逃れがたいわけでもなく、傷口も痛むわけでもないならば、そのときには、私を、このことを恐れるがゆえに貧乏している臆病者の一覧に登録し、君は自分を鼓舞して、望むのならば、カモメが餌をまるごと飲み込むように獲物を襲えばよい。

四　この話は全部、当然君のために語られる。だが、君のような哲学の徒や人生の難しい道を選んだ人たちのみならず、文法家、弁論家、音楽家、要するにお傭い教師となって給料を得ようと望む人たちにも関係している。彼らはだいたい似たり寄ったりの扱いを受ける。だから、傭い主が哲学者も他の人たちと同じような待遇でよいと考えて敬意を払うことなく哲学者を扱うならば、特別扱いされないどころか他の人と同じように扱われているというまさにそのことが、明らかに、哲学者にとってはひどい辱めとなる。ともかく、話が進むにつれてこの話自体がいろいろなことを暴露するが、その暴露への非難は、第一に、こうしたことを行なっている人びとに向けられるべきであり、第二に、こうしたことを我慢した人びとに向けられるべきだ。真理や言論の自由が責められるべきでないとするならば、私が責められる筋合いはない。

体育教師や取りまき連中や、無教養で了見の狭い生まれつき卑賤な輩どものごとき他の愚衆については、このような地位に身を置くことを思いとどまらせるに価しない。というのも彼らは耳を貸さないだろうし、傭い主からひどい仕打ちを受けているのに傭い主から立ち去らないではないかといって彼らを責めるのも正当ではないからだ。なにしろ彼らはこのような生活に適しているのであって、不相応というわけではないのだ。そのうえ、彼らは身を転じたところで他に一生懸命やらなければいけないことなど持ちえないし、それどころかもし誰かある人が彼らからこれを取り上げるならば、彼らは手に職もなくすぐに無職のはみ出し者となるだろう。だから彼らがひどい目に遭うこともないし、傭い主たちはといえば、諺に言うように携帯用便器で用を足したからといって傲慢不遜のそしりを受けることもない。そもそも初めからこうした侮辱を受けるつもりで館に入るわけで、いろいろな出来事に耐え辛抱することが館での彼らの処世術なのだ。ところが先に述べた教養ある人たちの場合には、義憤を感じ、あらゆる努力をして彼らを連れ戻し、自由の身にさせる価値がある。

お傭い教師になる理由

五　そこで、人びとがこのような生活に入る理由を調べ、その理由が緊急でも必然でもないことを示すならば、私としては上出来だと思う。というのも、そうすれば、自らすすんで奴隷になることへの弁明の気持ちが前もって取り除かれ、自らすすんで奴隷になることの第一の目的も取り去られるからである。ほとんどの人たちは貧乏と必需品の欠如とを言い訳にして、こうした生活に逃げたことに幕を降ろしたと考え満足している。世の中で最も辛いこと、つまり貧乏から逃げようとしているだけだから自分たちの行動は許されるべきであると主張すればそれで充分だというわけだ。そしてしばしば

人はみな貧乏に屈する(1)

というテオグニスの言葉や、貧乏の怖さについて述べたヘボ詩人たちの言葉が引用される。

彼らが貧乏からの真の避難所を本当にこうしたお傭いの地位に見出しているのを私が知っていたのならば、大いなる自由のためにこと細かくあれこれ彼らに言うこともなかっただろう。しかし――かの偉大な弁論家が言うように(2)――彼らに出される食事はといえば病人の食事と大差なく、彼らの生活はこれまでと変わりないのだから、この点に関してさえ彼らは充分に忠告されていなかったと考えざるをえないのではないか。というのも彼らにとって貧乏は永遠であり、もらうことは必然であり、貯蓄はなく、貯蓄する余分な金もなく、それどころか、たとえもらえたとしても、充分にもらえたとしても、もらったものはすべて遣い尽くされ一文も残らず、彼らの必要を満たすことはないからである。たんに貧乏を監視して貧乏に反対して一度だけ援助するような方法を考えるべきではなく、むしろ貧乏を完全に除去する方法を考えるべきで、そのために必

(1) テオグニス「エレゲイア」一七七行。ルキアノスの引用は原詩どおりでない。テオグニスの詩は次のようなものである。「よき人を打ち負かすのは何にもまして貧乏だ／キュルノスよ、白髪の老年や熱病にもまして／これを逃がれようとする者は深淵の海／切り立つ岩から身を投げねばならない／貧乏に打ち負かされた者は言うことも／なすこともできない、その者の舌は縛られているのだ」（一七三―一七八行）。

(2) デモステネス『オリュントス情勢、第三演説（第三弁論）』三三。

要とあれば、テオグニスよ、お前の言うように(1)、切り立つ断崖から底深い海へ飛び込む方がましだ。しかし、もしいつも貧乏で困窮していて、給料をもらって、まさにそうすることで貧乏から逃れていると考えている人がいるならば、そのような人は自分で自分を欺いているのだとどうして考えないのか私には理解に苦しむ。

六　また別の人たちは、他の人たちと同じように働いてその日の糧を得ることができるのならば、貧乏自体を恐れることも貧乏自体に怯えることもないと主張する。そして、いまはただ、老いや病いのために体が弱ってしまったので、給料生活という最も安楽な道に頼っているまでだと言う。それでは、彼らの言うことが本当なのかどうか、最も安楽に、あくせく働くこともなく、他の人たちよりも余計に働くこともなく彼らが分け前を手に入れているのかどうか調べてみることにしよう。働きもせず苦労もせずに楽々とお金が手に入るならば、それは本当にありがたいことである。ところがじっさいは、表現するのに適切な言葉を見つけることができないほどなのだ。お傭いという住み込みの地位での労働と苦労は、それは大変であって、館では普通以上に丈夫でなくてはならず、その地位のためには他のこと以上に丈夫でなくてはならない。体をすり減らし、絶望のどん底にいたるまで疲労困憊させられることが毎日たくさん起きるからだ。だが、これらについては、適切なときに、他の過酷さを語るときに、話すことにしよう。さしあたりいまは、以上の理由を口実として自分を売り物にする人たちが本当のことを述べているわけではないということを示すだけで充分だ。

七　残るは、最も真実であるが、彼らによって主張されることがほとんどない理由である。すなわち、彼らが館へ飛び込むのは快楽と多くの山盛りの希望のためであって、山なす金銀に心を奪われ、食事やその他の贅沢に狂喜し、誰にも邪魔されることなく黄金をひと飲みできると思っているからである。こうしたことが彼らを誘惑し、自由人でなく奴隷人にするのだ——彼らが主張するように必需品に事欠くからではない。不要品への欲望からであり、ありあまるほどの贅沢品への羨望からなのだ。それゆえ彼らは、まるでかなわぬ不幸な恋人たちのようである。恋される人は、手練手管の老練な者で、つねに自分を恋するように仕向けるが、恋する少年が恋を楽しもうとすると軽い接吻すら許さず彼を手玉に取って愚弄する。軽い接吻でも成就すれば恋愛の解消にいたることを、恋される老練な者は知っているからだ。だから彼は、軽い接吻でも鍵をかけやきもちを焼いているふりをしてしまい込む。しかしそれ以外のことでは恋する者につねに希望を持たせる。諦めてしまえば恋する者は耐えがたい欲望から解放され、もう愛してくれなくなるかもしれないと彼は恐れるからである。彼は微笑みかけ、いつでも接吻してあげるし喜ばせてあげるし大切にすると約束する。そして恋される者も恋する者も知らぬ間に老いて、一方は愛する季節を逃し、他方はその愛に身を委ねる季節を逃してしまう。結局、彼らが生涯で成し遂げたのは希望することだけだった。

八　さて、もし誰かある人が快楽を喜び、何にもまして快楽に与ろうとしているならば、その人が快楽への欲求ゆえにあらゆることを耐え忍ぶということは、おそらく必ずしも責められるべきことではなく、むしろ許されうることだろう。だが、快楽のために自己を売り物にすることは、やはり恥ずべきことであり、奴隷根性だ。自由から得られる快楽の方がはるかに心地よいからだ。ともかく、彼らが快楽を手に入れたのな

（1）テオグニス「エレゲイア」一七三—一七八行。二三頁註（1）を参照。

らば大目に見ることにしよう。しかし快楽への希望だけで多くの不愉快なことを耐え忍ぶのならば、思うに、滑稽で、馬鹿馬鹿しい。しかも、苦労は明白で初めから自明で必然ですらあり、他方で、もし真実から推論するならば、希望の対象である快楽は、それが何であれ、これまで一度も実現したことがなく、また今後も実現しそうにないことが分かっているのだからなおさらだ。オデュッセウスの仲間たちはロトスの実を食べてみたらおいしかったので他のことはほったらかして、目下の快楽ゆえに名誉も軽視した[1]。彼らがこの快楽に心を奪われているとき名誉を忘れていたのは無理からぬことである。しかし飢えた男が、人に何も分け与えずにロトスの実をたらふく食べている者のそばに立ち、いつかは自分も少しは味わえるだろうと希望して、名誉や正義を忘れてしまうのは、ヘラクレスよ、何と滑稽なことか。ホメロスの鞭に本当にふさわしいことではないだろうか[2]。

九　彼らが住み込みのお傭い教師という地位に惹かれて、自らすすんで金持ちに身を委ね、思うがままにこき使われても文句一つ言わないでいる理由は、以上のとおりであるか、あるいは以上のごときものである。もっとも、もし誰かある人が、高貴な家系の人や身分の高い人と交際するという名誉だけで、お傭い人になりたがる人びとのことにも言及すべきだと考えているならば話は別だ。じっさい、この交際も人びとの注目を引き、一般の大衆にはかなわぬことだと考える人たちもいる。しかし私個人としては、交際によって何の利益も得られないならば、大王[3]と交際することも、交際しているところを人に見られることも受け入れがたい。

お傭い教師になるための試練と試験

一〇　彼らの目的は以上のようなものだ。さて今度は、彼らが受け入れられ成功する前にどのようなことを耐え忍ぶのか、その境遇にあって彼らがどのような目に遭うのか、さらに、全体としてこの劇の結末はどのようなものなのか、われわれ自身の間で検討することにしよう。というのも、お傭いの地位は卑しいものだが、簡単に得られるものだとか、たいした苦労も要らず、ただ望んでいればよく、そうすれば万事が容易に成就するようなものだとか言うことはできないからである。否、東奔西走しなければならず、門前に立ち続けなければならず、朝早く起きて押しのけられ閉め出され、ときには恥知らずの厄介者と思われ、ひどいシュリア語訛りの門番やリビュア人の名呼び人(4)に指示されたり、名前を覚えてもらうために心付けをやったりして待たなければならない。さらに、服装についても、自分の資金力を上回ってでも、ご機嫌を取ろうとしている人の地位にふさわしくなるように気を遣わなければならないし、また、かの人が見て君が調子外れだったり不調和だったりしないようにかの人が好む色を選ばなければならず、さらに、労を厭わず彼の後に従い、いやむしろ家僕によって前に押し出されあたかも儀仗兵を補充するかのようにして先導しなければならないのである。

(1) ホメロス『オデュッセイア』第九歌九三行以下を参照。
(2) ホメロス『イリアス』第二歌一九九、二六五行を参照。
(3) ペルシア王のこと。

(4) 名呼び人（nomenclator）は、主人に付き添って主人に客の名前を告げる奴隷であり、客の応対も務めた。

しかし、かの人は来る日も来る日も君を見ようとはしない。—— それでも君が本当に運がよくて、かの人が君を見て呼びつけおざなりの質問をするならば、君はそのとき、まさにそのとき、汗だくになり、突然目眩がして、ときならぬ震えに襲われ、君の当惑ぶりに周囲の連中は大笑いすることになる。そのうえ「アカイア人の王は誰だったか」という質問に答えなければならないのに、「彼らには千艘の船があった」と答えることもしばしばだ。これを善良な人ならば慎みと呼ぶが、勇敢な人は臆病と呼び、悪意ある人は無教養と呼ぶ。そこで君は、友好関係を結ぶ最初の一歩がきわめて不安定に終わったのに気づいて、自分はまったくダメなのだと判決を下して立ち去るのである。

ヘレネのためでもなく、プリアモスの城砦のためでもなく[1]、君が望む五オボロス[2]のために、

幾度も眠られぬ夜を過ごし
血なまぐさい昼を[3]

君が送った後に、幸いにも悲劇の神が現われて[4]、ようやく君が学芸に通じているかどうかの試験となる。金持ちにとっては、称賛されたり幸福だと讃えられたりするのでこうした暇つぶしは不愉快でないが、君にとっては、命のための戦いが、全生涯をかけた戦いがいままさに目の前で繰りひろげられると思われる。というのも、前の傭い主によって一度斥けられ不適格と判断された者を受け入れる人はもういないだろうという考えが当然のことながら心の中に忍び込むからだ。したがって —— 同じことを目指して競争している人が他にいるとしよう —— この期におよんで必ずや競争相手を妬み、心は動転しおさまることがない。自分の言ったことは不充分であったと思い、恐れ、希望し、かの人の顔をじっと見て、かの人が自分の言ったこと

を少しでもけなすと絶望し、かの人が微笑みながら自分の話を聞いているなら希望に満ちて舞い上がる。一二　もちろん君に敵意を持ち、君以外の人を応援する者も大勢いるわけで、そうした人たちの一人一人が、あたかも待ち伏せして物陰から矢を放つように、気づかれることなく君を射る。まあ、思い浮かべてみたまえ、濃い髭を蓄えた白髪の男が何か役に立つことを知っているかどうかの試験を受けて、ある人にはもの知りと思われ、ある人には無知と思われているところを。

しばらく休憩した後で今度は、君のこれまでの人生がすべて洗いざらい調べ上げられる。もし嫉妬に駆られた同郷人やつまらぬ理由で怒っている隣人が、君のことを尋ねられて、女ったらしだとか同性愛だとか答えたら、これこそまさに、ゼウスの書板(5)に基づいた証人だ。だが、彼らがみんな異口同音に君を誉めるならば、今度は彼らが疑わしく怪しく袖の下をもらっていると思われる。だから、君は強運を持っていなければならないと同時に、絶対に敵を作らないようにしなければならない。君が勝利を勝ち取るにはこうするほかに道はない。

---

(1) ヘレネはトロイア戦争の原因となった絶世の美女。メネラオスの妻。トロイア王子パリスはヘレネを誘惑し、いっしょにトロイアに出奔した。プリアモスはトロイア王で、パリスの父。

(2) オボロスは貨幣単位の一つで、一ドラクマの六分の一に相当する。

(3) ホメロス『イリアス』第九歌三二五―三二六行。

(4) 機械仕掛けの神のこと。一九頁註(5)を参照。

(5) ゼウスが人間の悪行を記録し天罰を下すという考えは、ヘシオドス『仕事と日』二三八行以下、プラウトゥス『綱引き』「前口上」一五行、二一行に見られる。

試験に合格する

さて、君はあらゆる点で願っている以上に運がよかったとしよう。かの人自身、君の議論をよしとして誉め讃え、また、かの人の友人たちの中で最も大切な用件で最も信頼されている人たちも異論を唱えなかった。そのうえかの人の妻も賛成だし、後見人も家事管理人も反対しない。君の経歴を非難する人は誰もいない。すべて順風満帆で幸先がよい。一三　幸運児よ、君は成功したのだ。オリュンピアの冠を獲得したのだ、いやむしろ、バビュロン(1)を手に入れ、サルディス(2)の城を陥れたのだ。君は、アマルテイアの角(3)を自分のものとし、鳥の乳(4)を搾るだろう。君の冠が単なる葉っぱではなかった(5)というためにも、これまでの苦労の代償として君は最大の恩恵に浴さなければならない。給料は軽視すべからざる額に定められ、しかも必要なときに滞りなく支払われ、他の点でも普通の人びとよりも尊敬され、これまでの苦労や泥土から、奔走や徹夜から解放され、これこそ君の願いだが、両脚を伸ばして眠り(6)、君が当初傭われることになった仕事だけを、君が給料をもらっている仕事だけをしていればよい。本来こうあるべきなのだ、ティモクレスよ。軛は軽くて運びやすく何といっても金メッキされているのだから屈んで背負ったところでたいした害にはならないだろう。ところがじっさいにはほとんどが、いやすべてがかなわないのだ。家庭教師として傭われ、金持ちの家に住み込んだ後でさえ自由人には耐えられないことが数多く起きるからだ。少しでも教育を受けた人がこうしたことに耐えることができるかどうか、この話を聞いて自分で判断したまえ。一四　よければ初めての食事から始めることにしよう。これから始まるつきあいの前菜として君がご馳走になることは間違いないのだから。

初めての正餐

すぐ人が来て食事に来るようにと伝える。世慣れた家僕だ。無骨者と思われないために、少なくとも五ドラクマを家僕の手にこっそり握らせて、まずはこの家僕のご機嫌を取らなければならない。彼はもったいぶって、「へー、あなたさまからこの私めが」とか、「ヘラクレスよ、とんでもありません」とかつぶやきながら結局は承知して、にやにやと笑いながら立ち去る。君は、こざっぱりとした服を用意し、入浴し、できるだけきちんと身支度を整えて、他の人たちよりも先に着くのではないかと恐れながらやって来る。最後に来るのは気が利かないし、最初に来るのは不作法だ。ちょうどよい頃合いを見計らって入ると、丁重な扱いを受け、誰かある人が君を引き受けて、富豪の主人の少し上座で昔からの友人二名の隣の席へ案内する。——

五　君はまるでゼウスの館に来たかのようにすべてに驚嘆し、そこで行なわれることにいちいち舞い上がる。すべてが珍しく知らないことばかりだ。家僕たちは君をじろじろと見て、その場に居合わせた人たちもみな

（1）メソポタミア地方にある古代都市。
（2）古代リュディア王国の首都。
（3）アマルテイアは赤子のゼウスを山羊の乳で育てた山羊またはニンフ。山羊の角はゼウスに折られアマルテイアに与えられた。山羊の角の所有者は望んだものを何でも手に入れることができた。「豊饒の角（cornu copiae）」とも呼ばれる。
（4）珍しく贅沢な食べ物の喩え。アリストパネス『蜂』五〇八行、『鳥』七三三行を参照。
（5）オリュンピア祭での勝者は月桂樹の葉っぱでできた冠だけをもらった。
（6）気楽にやるという一種の諺。

君の一挙手一投足を見守り、富豪自身でさえも無関心でいられず、家僕らに前もって命じて、君が遠くから息子たちや妻や妾を見つめないように監視させる。同席の客人たちの従者らも、驚愕してばかりで場慣れしていない君の姿を見てからかい、君がこれまで一度も正餐に招かれたことがない証拠としてナプキンが真新しいことを挙げる(1)。

もちろん君は当惑し冷や汗をかかざるをえない。喉が渇いていても酒飲みと思われたくないのでブドウ酒を頼むこともはばかられる。さまざまな種類の料理が準備され順番に供されるが、君は初めにどの料理に手をつけていいのか、次にどの料理に手をつけていいのか分からない。だから隣の人を盗み見て真似し、食事の順番を学ばなければならない。一六　その他のことでも君は動揺し気もそぞろに、その場で起きていることの一つ一つにうろたえる。いま、黄金や象牙など贅をきわめた富豪を幸福だと讃えたかと思えば、今度は、無価値な者として生きている自分を哀れむ。ときにはまた、すべての贅沢を楽しみ、等しくそれに与るわけで、これから送る人生は何と幸せなものだろうと思う。永遠に酒神バッカスを祝う気でいるのだ。少し微笑んで給仕する美少年も、君のこれからの生活をいっそう幸せなものとして描く。それで君は、これほどの幸福のために多くの労苦に耐えたのは

トロイア人たちのせいでもアカイア人たちのせいでもない(2)

と、絶えずホメロスの詩句を口ずさむ。

それから友情の印の乾杯となる。主人は大きな杯を要求し、君のことを先生とか何とか呼んで乾杯する。

君は杯を受け取るが、気の利いた返事をしなければならないことを知らない。そういう経験がないからだ。そして田舎者という名誉を頂戴する。

一七　この乾杯で君は、主人の旧友の多くから恨みを買う。彼らの中には、すでに気分を害している者もいる。今日来たばかりの君が長年惨めな奴隷の境遇にいる者をさしおいて上席を与えられたからだ。すぐに彼らの間に話が始まる。「これまでの苦労に加えて、まだこれが残っていた、たったいま館に入ってきた者の脇役を務めることだ。ローマはギリシア人にだけ開かれているのだ。だが、なぜ彼らがわれわれよりも尊敬されているのか。情けない言葉を弄してそれで大いに役立っているとでも思っているんじゃないか」。もう一人が言う。「見なかったのか、あの飲みっぷりを。出されたものをかき集め、がぶがぶ飲んでいたぞ。礼儀作法を知らない人間だ。おまけに飢えきっている。白いパンなんか夢の中でも腹いっぱい食べたことがないんだ。ガチョウやキジは言うまでもない。私らには骨も残してくれない」。また別の一人がいう。「君ね、何馬鹿なことを言っているんだ。五日と経たないうちに彼がわれわれの間で、われわれと同じような嘆き節を語るのを見ることになるんだ。いまはまだ新品の履き物同様に大事にされ丁寧に扱われているが、何度も履かれて泥まみれになると、われわれと同じように南京虫にとりつかれて、哀れにもベッドの下に身を投げ出すことになるんだ」。

彼らはこんな風に君のことをああだこうだと言い続ける。もちろん彼らの中には君を中傷しようとする者

(1) ナプキンは客が持参した。

(2) ホメロス『イリアス』第三歌一五六行。

もいるだろう。一八　ともかく、この宴会はすべて君のもので、話題は君のことだ。ところが君はというと慣れていないものだから、口当たりのよい強いブドウ酒を充分すぎるほど飲んで、すでに胃がむかつき、気分が悪い。先に席を立つのもみっともないし、そのまま残るのも不安だ。そんなわけで、酒は長引き、話に話が、余興に余興が続き――というのも彼は自分の富をすべて君に見せたいからだ――君は少なからざる罰を受ける。すなわち、宴席での出来事は視れども見えず、人気のある少年が歌ったり演奏したりしても聴けども聞こえず、仕方なく拍手はするが、こんなことはみんな地震でひっくり返るか、どこかで火事が起きたとの知らせで宴会が突然終わってくれと祈るのである。

一九　友よ、これが君の最初の最も甘美な正餐だ。私には、好きなときに好きなだけ自由に食べるタイムの葉や白い塩のほうがいっそう甘美だ。

契約を取り交わす

宴会の後でのむかつきや夜中の吐き気についての話は君に任せることにする。翌朝早く、君と主人は金額や支払日など給料の契約を結ぶことになる。彼は、二、三人の友が居合わせる席に君を呼び出して、座りたまえと命じ、話し始める。「われわれの暮らし向きがどのようなものかはすでにご覧いただいたとおりだ。派手なところは何もない。すべて地味で平凡で庶民的だ。それで、ここにあるものはすべて、私のものでもあり、君のものでもある、そういうふうに考えてもらいたい。じっさい、最も大切なもの、私自身の魂や、神にかけて、私の子供たちの魂を――彼に教育すべき子供がいるならばの話だ――君に委ねておきながら、他のことに関して君を主人と見なさないのは滑稽なことだ。だが、何か契約を取り交しておくべきだ。――君が節制を旨とする自主独立の人であることは私も認める。君がわれわれの家に来たのも、給料目当てではなく、それとは別のこと、つまりわれわれの好意と、われわれ全員の君への尊敬の念からだということも私は承知している。ともかく契約しよう。――君自身で要求額を言ってくれたまえ。そのさい、友よ、一年間の祭りの日ごとにおそらく支給することになる寸志のことも考慮に入れてくれたまえ。このことはいま取り決めなくても、われわれがおろそかにはすることはない。知っていると思うが、こうした機会は年にしばしばある。だから、こうしたことも考慮に入れて適切な額をわれわれに要求してほしい。もちろん、君たち教育を受けた者たちは、お金のことなど気にかけないのがふさわしいのだろうがね」。

二〇　彼はこう言っていろいろな要求を出して君の全身を揺さぶり、飼い慣らしてしまう。君はこれまで幾千万のお金や広大な農場、そこに点在する家々を夢見ていたが、少しずつ彼のけちな性格に気づく。それにもかかわらず君は彼の約束にシッポを振ってへつらい、「すべて、私のものでもあり、君のものでもある」という言葉を信頼できる偽りのないものと考えて、この種の言葉が

唇を濡らすだけで、口の中まで潤さない(1)

ということを知らない。結局、遠慮して君は主人に一任する。しかし主人は自分から言い出さず、その席に居合わせた友人たちの一人に仲介を頼み、他にも必需品を購うことになる者にとっても負担とならず、受け

(1) ホメロス『イリアス』第二十二歌四九五行。

取る方にとっても少なからざる金額を言うようにと命ずる。その友人は元気のいい老人で、子どもの頃からこびへつらって育ってきた。彼は次のように言う。「友よ、君はこの町の中で最も幸せな者だ。否定はできまい。第一に、多くの人びとが渇望しているのにほとんど手に入れることのできない運命の女神からの贈り物を、君は手に入れたのだ。私が言っているのは、交際するのにふさわしい者だと見なされ、寵を共有し、ローマ帝国第一の家に受け入れられたということだ。君に分別があるならば、これはクロイソス王(1)のタラントやミダス王(2)の富を凌駕するものだ。多くの名士たちは、お金を払ってでも、名声のためにこの方と交際し、この方のそばにいるところを人に見られ、仲間であり友達であると思われたがっているだろう。それなのに、こうした幸運に加えて給料までもらえるのだから、君の幸運をどのように祝福したらいいのか分からない。だから君が大浪費家でなければこれぐらいの額で充分だと思う」。――そして彼は君の希望とまったく反対にほんのわずかな金額を言う。二一　しかし君はそれで満足するしかない。網の中に入ってしまった君はもう逃げることができない。そこで君は目をつむって轡の馬銜を受け入れる。最初のうちは彼も手綱を強く引くこともなく、鋭く鞭を打つこともない。君は彼の言いなりになるが、結局は気づかないうちに彼に飼い慣らされてしまうのだ。

お傭い教師の境遇

さてこの後、外部の人たちは、君が塀の中で暮らし、自由に出入りし、側近中の側近となったのを見て羨む。しかし君自身はなぜ彼らに幸福だと思われているのか見当もつかない。ともかく君は喜んで、自らを騙し、これからはよくなるだろうといつも思う。ところがじっさいには君の希望とまったく反対のことが起こる。事態は、諺に言うように、マンドロブロスのやり方(3)で進み、いわば日ごとに小さくなり、後退していく。

二二　あたかも暗がりの中で初めて物を見るように、ゆっくりとではあるが徐々に君は、黄金の希望が金メッキされた泡であったことに、そして仕事は辛く冷酷で永遠に続くものであることに気づき始める。君は私に尋ねるだろう。「それはどんな仕事か。そのようなお傭い教師の地位での仕事がどんなものなのか私には分かりかねるし、労多く耐えがたいと君が言っている仕事が何なのか思いつかない」と。だから、君、私の話を聞きなさい。こうしたお傭い教師に骨の折れる苦役があるのかどうかということだけでなく、恥ずかしいことや卑しいこと、一言でいえば自由人にふさわしくないことがあるのかどうか調べてみるがよい。聞き流してはいけない。二三　まず忘れてならないのは、このときから君が自由であり生まれがよいなどと考えてはいけないということだ。生まれ、自由、先祖、これらはすべて、自分を売ってこう

(1) 小アジアのリュディアの王。前六世紀頃の人。巨万の富で有名だった。クロイソス王の富は普通、「クロイソスの富(Κροίσειοι στατῆρες)」と言われるが、この箇所では、「クロイソスのタランタ(Κροίσου τάλαντα)」と言われている。タラントンは貨幣の単位。

(2) プリュギアの伝説上の王。彼にまつわる伝説はさまざまある。触《さわ》ったものを黄金に変える力をディオニュソスがミダスに与えた。オウィディウス『変身物語』第十一巻九〇行以降を参照。

(3) マンドロブロスは宝物を発見し、女神ヘラに黄金の羊を捧げた。次の年には銀の羊を捧げ、三年目には青銅の羊を捧げた。

した傭われの身分に入ったとき、敷居の外に置いていくことになるのだと思いたまえ。自由の女神は、こんな下劣で卑しいことのために家庭教師となって館に住み込みに入る君にいっしょについて行くことを望まないだろう。だから君が奴隷という名前を大いに嫌っていても、必然的に君は奴隷となるのだ。しかも一人の人の奴隷ではなく大勢の人の奴隷なのだ。そして朝から晩まで「恥ずべき給料のために[1]」下を向いて働くことになる。君は子供の頃から奴隷の境遇に育ったのではなく、あとで奴隷の境遇を知り、大人になってから教え込まれたわけだから、奴隷としてそれほど成功することもなく、主人に重宝されることもないだろう。自由だったときの記憶が忍び込み君を傷つけ、ときに君を飛び跳ねさせ、そのために君は奴隷奉公でひどい失敗をするからである。

しかし君は、ピュリアスの子でないとか、ゾピュリオンの子でない[2]とかいうことが、またビテュニア人[3]のように大声の競売人によって売られたのではないということが、自由であることの充分な証拠だと考えているのだろう。だが優れた友よ、月初め[4]にピュリアスやゾピュリオンといっしょに家僕同様に手を差し伸ばして、どれくらいか知らないが、例のものをもらうとき、これは身を売ることだ。自分で自分を競売にかけ、長い間自分の主人を探し求めた男には競売人は不必要なのだ。

二四　さて、人間の屑よ、とくに哲学者と自称する者に対して私はそう呼ぶだろう、もし海賊や難破船荒らしが航海中の君を捕らえ売りに出すとすれば、君は自分をあまりにも不運すぎると嘆くことだろう。あるいは誰かある人が君の肩を掴んで、奴隷だと言いながら連れて行くとすれば、君は法律を叫び、憤り、怒って、「おお、大地よ、神よ」とわめき叫ぶだろう。しかし、生まれつきの奴隷でもそろそろ自由の身を望むべき歳頃になって君は、わずかばかりの金銭のために、徳と智恵というおまけをつけて自分を売ってしまったのか。かの立派なプラトンやクリュシッポスやアリストテレスが自由を誉め讃え、奴隷根性を非難して行なった数々の論説を君は尊重しなかったのか。君は恥ずかしくないのか、おべっか使いやならず者や乞食と比較されて。恥ずかしくないのか、ローマのこれほどの群衆の中でただ一人、擦り切れた上着をはおり野卑な外国訛りで(5)ラテン語を話して。恥ずかしくないのか、卑賤な者たちや多くのごろつきたちといっしょに大勢の騒がしい席で食事をして。こうした席で君は歯の浮くお世辞を言い、度を越して酒を飲む。朝になると鐘の音に起こされて、最も心地よい眠りの床を振り切って、昨日の泥を脚につけたまま付添人としてあちこち歩き回る。ルピナスの花や野生の薬草に事欠き、冷たい水の流れる泉にいたっては君の周りになかったから、やむなくこの道に入ったのか。いやそうではあるまい。明らかに、泉の水でもルピナスの花でもなく、お菓子やご馳走や花の香りのするブドウ酒を欲したため君は捕らえられ、当然のことながら、カマスのようにこれらを得ようとしたまさにそのときに喉を突き抜かれたのだ。それゆえ君の貪欲の報酬はもう目の前、猿のように首輪を付けられて、周りの人の笑いものになる。ところが君はイチジクをたくさん食べることが

(1) ホメロスに基づく付加形容語的な表現。『イリアス』第十三歌八四行、第二十一歌四四四—四四五、『オデュッセイア』第十九歌三四一行を参照。
(2) ピュリアスもゾピュリオンもありふれた奴隷の名前。
(3) ビテュニアは小アジアの一地方で、奴隷の売買地。
(4) 給料日のこと。
(5) 「ギリシア語を話さない」という「バルバリゾー」という単語が使われている。

できるので、贅沢に暮らしていると思っている。自由の身だったこと、生まれがよいということは、親戚一同のこととともにすべて消えてしまい、その記憶さえない。

二五　もし恥ずべきことが自由人ではなく奴隷と見なされることだけならば、もし君の苦労が本当の奴隷のようでないならば、それはありがたいことだ。でも君への命令がドロモンやティベイオス[1]への命令よりましかどうか考えてみたまえ。主人は学問をしたいといって君を傭ったのに、そんなことはお構いなしだ。俗に言う「琴とロバとの共通点は何か」だ。まったくそのとおり。君は分からないのか。彼らはホメロスの智恵、デモステネスの雄弁、プラトンの崇高さに憧れ身を焦がすのだが、もし彼らの心から金銀や金銀に関する心配を取り去れば、残るのは、高慢、柔弱、逸楽、放縦、傲慢、無教養である。もちろん、こうしたことのために彼は君を必要としているのではない。君は長い髭に立派な風貌、ギリシアの衣服をきちんと身にまとい、文法家あるいは弁論家あるいは哲学者としてみんなに知られているので、こうした人物が儀仗団に加わって自分を先導してくれるのは素晴らしいことだと彼は考えているのだ。じっさいこうすることによって彼はギリシアの学問の愛好者だと、一般に教養のある趣味人だと思われことになる。だから、友よ、君の手持ちの商品はおそらく見事な講義ではなく髭と擦り切れた上着なのだ。

お傭い教師の日常

そういうわけで、君はいつも彼といっしょいるところを人に見られるようにしなければならない。彼のそばから離れないようにしなければならない。朝早く起きて彼に仕えているのを見られるように、持ち場を離れないようにしなければならない。彼は君の肩に手を置いて、思いついたままに愚にもつかぬことを言い、歩いているときでも文芸をおろそかにせず漫然と散歩しているわけではないということを出会った人たちに示す。二六　君は、哀れにも、あるときは走り、あるときは歩き、上へ下への大騒ぎで――知ってのとおり、この町[2]はこういうものだ――汗だくになって息を切らす。そして、彼が友人宅を訪れ友人と家の中で話をしているときには、君は外にいて座るところもなく、やむなく手持ちの本を立ったまま読む。

腹を空かせ喉が渇いた君に夜が襲うと、惨めに風呂に入り、時間も遅くなってほとんど真夜中に食卓へ赴くが、もう君は一同の尊敬の的でもなく、注目の的でもない。それどころか誰か新しい者がやって来れば、君は「後ろに」だ。こうして末席に押しやられ、ただ出された料理の目撃者として座ることになる。料理は君のところまで回ってきても骨だけでそれを犬のようにしゃぶり、また、ご馳走を包んだゼニアオイの固い葉っぱを上席の人が嫌いならば、君はそれを空腹のあまり悦んでご馳走になる。

無礼は他にもきりがない。君だけ卵がもらえない。――君がいつまでも外国人や客人と同じ扱いを受け続けるいわれはない。それは不公平だ。――鳥も他の人たちのと同じではなく、隣の人のは脂の乗った肥えた鳥だが、君のはひよこの半分か骨ばった鳩。無礼きわまりない侮辱だ。またよくあることだが、突然の来訪者で料理が足りないとき、給仕は「君は家族の一員だ」とつぶやいて君の前にある料理を取り上げ、お客の前に置く。みんなの前で豚や鹿の腹肉が切られるときは、料理人の恵みをもらえるように、あるいはプロメ

（1）ドロモンもティベイオスもともにありふれた奴隷の名。　（2）ローマのこと。ローマには七つの丘があり、坂道が多い。

テウスの分け前、[1]つまり「脂肪で包み隠された骨」をもらえるように何としても努力しなければならない。料理の盛られた大皿は、上座では満腹になるまで置いてあるのに、君の席はさっと通り過ぎてしまう。鹿と同じくらいの憤りを覚えるわけで、そうであるならば自由人の中にこうしたことに耐えられる人がいるだろうか。しかしまだ私はあのことを言っていなかった。すなわち、他の人たちは最も甘美で最も古いワインを飲んでいるのに、君だけは質の悪い濁ったワインを、しかも、自分がぞんざいに扱われてもよい不名誉な客であるとワインの色から見破られないようにいつも金杯か銀杯で飲むように心がけながら飲むのである。こんなワインでも充分に飲めればよいが、じっさいは何度ワインを注文しても給仕は聞こえぬふりだ。[2]

二七　多くのことが、とてもたくさんのことが、いやほとんどすべてが君を苦しめるが、とりわけ君を苦しめるのは、男芸者やダンス教師やイオニア小唄を歌うアレクサンドリアのチンドン屋が主人の寵愛を君と競い合うときだ。こうした色恋に仕える連中や恋文を懐に持ち歩く連中とどうして君が対等なのか。それゆえ、君は宴席の隅に座って、恥ずかしさのあまり身を小さくする。自然とため息が出て、自らを哀れみ、わずかな恵みさえくれない運命の女神を責める。思うに、君は恋歌の作者になりたがっている、それが無理なら人の作った歌でもいいから上手に歌うことができるようになりたがっている。求められていることと評価されることとがどんなことか君は知っているからだ。また、何千万の相続、高位、莫大な富が約束されている人たちの中に魔法使いや預言者が入っているならば、魔法使いや預言者の役を演じなければならないとしても、君は我慢するだろう。こうした連中がうまく立ち振る舞って大いに評価されているのを君は見ているからだ。だから君は、無用なはみ出し者にならないために、こうした役回りの一つを喜んで引き受けようとするかもしれない。しかし不幸にも君はこうした役回りにも自信がない。だから君は人知れず嘆き、見向きもされず、腰を低くして黙って耐えるほかないのである。

二八　もし家僕の誰かが君を非難して、女主人のお気に入りの子供が踊ったり琴を弾いたりしているのに君だけが誉めなかったと小声でつぶやいたならば、ここから生じる危険は小さくない。だから、さくらどもの中でも目立つように、音頭取りと思われるように、陸の蛙よろしく喉をからして大声で怒鳴らないといけない。そしてしばしば他の者たちが黙っているときは君自身が、最大のお世辞となるように考え抜いたうえで称賛の言葉を述べなければならない。

飢えていて喉の渇いた男が香油を塗り頭に冠を被るのはとても滑稽だ。じっさい君がそんなことをすれば、お供えをした古い墓のように見える。というのも彼らは、墓には香油を注ぎ花冠をかけ、自分たちは用意してきた食事を飲んだり食ったりするからである。

二九　もし主人が嫉妬深く、息子たちが美男子で、妻が若く、しかも君が愛の女神アプロディテや優雅の女神カリスとまったく縁がないわけではないならば、君の置かれている立場は平和なものでもなく、君に降

（1）プロメテウスは人間に味方する神。神々と人間が犠牲獣の分け前を決めようとしたとき、骨を脂肪で包んだ分と肉と内蔵を皮で包んだ分と用意し、ゼウスに選ばせた。プロメテウスはゼウスを騙して、神々が骨を脂肪で包んだものを、人間が肉と内臓を皮で包んだ分を得るようにした。こうして人間が最もよい部分を得たのである。ヘシオドス『神統記』五四一行を参照。

（2）「聞こえぬふり」は、ホメロス『イリアス』第二十三歌四三〇行を踏まえた表現。

りかかる危険は取るに足らないものでもない。王には多くの耳と目があり、真実を見るだけでなく、仕事もしないで居眠りしていると思われないようにいつも真実以上のことを推し量りもする。だから君は、まるでペルシアの晩餐会のように、側室の一人に視線を投げたのを宦官に目撃されるのではないかと恐れて、うつむいて座っていなければならない。というのも、もう一人の宦官は、ずっと弓に矢を張ったまま立っていて、見てはいけないものを見た者がいるならば、酒を飲んでいる最中でも、その者の顎骨を矢で射抜くからである。

三〇　酒宴はお開きとなり、君は退席し少し眠る。しかし鶏の鳴く頃に目を覚まし、君は言う。「ああ、私は何と哀れなんだ。何と不幸なんだ。私が捨てたものよ。かつての生活よ。友人たち、落ち着いた生活、望みどおりの睡眠、自由な散策よ。何という深みにわれとわが身を投げ込んだのか。いったい何のためか、神よ、いったい何なのか、この素晴らしい給料は。自由と完全な独立を保ちながら、これ以上の収入を私にもたらす方法が他になかったのか。いまでは、物語のライオンよろしく紐で縛られて、上へ下へと引きずり回され、いちばん情けないことに、成功する術も知らず、寵愛を得ることもできない。私はこんなことには素人で、とくにこの手のことを専門にしている連中と較べればまったく下手くそだ。結局、無愛想で宴席にふさわしい者ではない。人を笑わせることさえできない。私には分かっている、私の姿はしばしば主人には目障りなのだ。とくにふだんよりも陽気になりたいと思っているときにはなおさらだ。彼には私が陰気に見えるからだ。どうやって彼に調子を合わせたらよいのかさっぱり分からない。私が厳めしい様子をしていると、彼には、不愉快きわまる忌避すべき人間のように見える。私が微笑んで、できるかぎり陽気に振る舞っていると、彼はたちまち軽蔑し愛想をつかす。こうなれば、悲劇の仮面を被って喜劇を演じるようなものだ。全体として見ても私は愚かだ。他の人のためにこの生活を送ったあとで、将来自分のためにどのような生活が送れるというのか」。

三一　こんなことを自問自答している間に鐘が鳴り、また歩き回ったり立ち止まったりのお決まりの仕事だ。しかしその前に、この競技をやりとおすつもりならば、足腰に油を塗り込まなければならない(1)。そして昨日と同じような、同じ時刻まで続く宴会だ。料理は、かつての君の食生活からは考えられないものばかり。不眠、発汗、疲労が徐々に君の体をむしばみ、衰弱、肺炎、消化不良、貴族病の痛風を引き起こす。それにもめげずに君は頑張る。床について休まないといけないこともしばしばだが、これも許されない。病気は仕事を休むための口実だと思われる。結果として君はいつも蒼白でいまにも死にそうに見える。

お傭い教師の旅

三二　町でのことはこれぐらいにして、どこかへ旅にでも出るとなるといろいろあるが、そんなことはもう言わないで一つだけ言っておく。雨が降るときにかぎって、しばしば君は最後に到着し――馬車の順番でも君の引く籤はこんなもんだ――泊まる宿もないので、料理人や女主人の髪結いといっしょに馬車に詰め込まれるまで、充分な藁もないままに待ち続ける。

(1) 足腰の油を塗り込めるのは、競技会前に選手たちが行なう準備の一つ。

三三　ストア派の哲学者テスモポリスが私に語ったことを君に包み隠さず話そう。彼に起こったおかしなことで、他の人にも同じことが起こらないとは言えない出来事だ。彼は、町でも名高い一族の一人で金持ちの贅沢な女性の家に傭われていた。あるとき彼は旅に出なければならなくなり、彼が言うには、そのときまずあの滑稽きわまることが起きたのである。哲学者である彼の隣に座ることが許されたのは、足の毛を抜き髭をきれいに剃った連中の仲間である男芸者だったのだ。女主人は男芸者のことを大切にしていたのは間違いない。彼はこの男芸者の名前を挙げていたが、そう、「ツバメ」という名前だった。これは、まったくもって何ということだ。しかめ面をした白い髭の老人がいて――テスモポリスが何と長くて立派な髭を生やしていたかは君も知っている――、その傍らに、頬に紅をさしアイシャドーをつけ、目をきょろきょろとさせた首の長い燕、いや燕どころか、髭をむしられた禿鷹が座っているというのだ。しかももし何度も頼まなかったら、頭にヘアネットを被っていっしょに座っていたところだった。テスモポリスは道中他にも多くの不愉快なことを耐えた。この男芸者は歌を歌ったり口笛を吹いたりしていて、もしテスモポリスが止めなければ馬車の上で踊りさえしたかもしれないからだ。

三四　さらにこれと似たようなことが彼に命じられた。女主人が彼を呼び出して言う。「テスモポリスさん。お願いだから断らないで。何度も頼ませないでくださいね。私の頼みを聞いてちょうだい」。

もちろんテスモポリスは何でもいたしますと約束する。女主人は言う。「あなたがよい方で、思慮深く、親切だということは分かっていますから。これをお願いね。あなたも知っているこの牝犬のミュリネのことよ。この犬を車に乗せて、私のために大切にして、足りないものがないように世話をしてください。この子は、かわいそうに、身重で、すぐにも子供が生まれそうなの。でも、あの憎らしい召使いたちときたら、言うことも聞かないし、道中ではこの子のことにも、私のことでさえまったく気にもかけないのです。だからつまらないことと思わないで、この大切なかわいい小犬の世話をしてください」。

女主人が何度もお願いし、ほとんど涙を流さんばかりだったので、テスモポリスは約束した。しかしじっさいは滑稽きわまりない。小犬は髭の少し下のコートから顔を出し、しばしば小便をたれた。テスモポリスはこのことを言い足すことはなかったが。かん高い声で吠える——マルチーズ犬[1]はこんなものだ——そしてとくに昨日食べた肉汁が髭についているときには、哲学者の髭をなめまわす。あるときには、テスモポリスの同乗者だったあの男芸者が宴席で、居合わす人びとを洒脱にからかって、悪口がテスモポリスの順番になると、「テスモポリスについて言うことができるのは、ストア派の学徒をやめて犬の学徒[2]になったということだけさ」と言い出す始末だ。私はまた、この小犬がテスモポリスのコートの中で子を産んだとも聞いている。

傲慢な主人たち

三五　このようにして彼らは、召し抱えている者たちに対して勝手気ままに振る舞い、いや、侮辱し、そして少しずつ自分たちの傲慢さに順応させるのである。知人に毒舌家の弁論家がいるが、彼は宴会に招かれ、

(1) アドリア海のマルタ島産の犬。
(2) 犬儒派（キュニコス）のこと。

教養豊かなとても洗練された見事な演説をした。ところが彼が喝采を博した理由は、人びとが酒を飲んでいる間に、水ではなく酒の瓶で時間を計って演説したということだった。(1) しかも彼は二〇〇ドラクマでこの所業を行なったそうだ。

これくらいならまだましだろう。金持ち自身が詩文をたしなみ、自作を宴席で朗唱する日には、彼を誉め讃え、おだて、新しい称賛方法を考案し、それこそ身も張り裂けんばかりにならないといけない。彼らの中には、容姿も誉めてもらいたがる者がいる。ときには一ペーキュス(2)の鼻を持っている者もいるが、それでもアドニスだとか、ヒュアキントスだとかと言われなければ気がすまないのだ。君が誉めないでいようものなら、主人を妬んで悪事を企んでいるというかどで、ディオニュシオスの石切場(3)へ直行だ。彼らはまた哲学者で、弁論家でないと気がすまない。彼らが文法違反を犯したならば、まさにそのことゆえに彼らの言葉遣いがアッティカ風(4)で、ヒュメットス風(5)であると考えられ、以後このように話すことが法となる。

三六　それでも男たちのことならまだ我慢できる。女たちだ――女たちが熱心に求めることが他にまだある。給料を払って教養ある者を傭い、館に住まわせ、駕籠の伴をさせることだ。彼女たちは、教養があり哲学を好みサッポーにひけをとらない詩を作るという評判を得るならば、この評判も自分たちの装飾品の一つだと考える。だから彼女たちは、弁論家や文法教師や哲学者たちを傭い、連れ回して、彼らの講義を聞く。いつ？　これまた滑稽なことだ。化粧をして髪を結っているときか、あるいは食卓でだ。他に暇がない。哲学者が講義をしているときにしばしば小間使いが入ってきて、愛人からの手紙を女主人に手渡すと、貞節についての哲学者の講義は、女主人が愛人に返事を書き急いで戻って聞いてくれるまで待ち続ける羽目になる。

三七　時が経ちようやくクロノスのお祭り(6)やパナテナイア祭(7)の頃になると、君のところにみすぼらしい外套やすり切れた下着が送られてくる。君も参加するお祭りの行列は長大で豪華でなければならない。主人はまだ君への贈り物を議論している。これを最初に立ち聞きした家僕はすぐ君のところに来て、あらかじめ主人の意向を知らせ、その知らせへの少なからぬ報酬をもらって立ち去る。翌朝には一三人もの家僕らが主人の贈り物を持って来て、「主人には大いに助言しました」とか、「あなたのことを主人に思い出させたのは私ですよ」とか、「すべて私が取り仕切り、いちばんいいやつを選びました」とか、めいめいが自分のしたことを君に言う。彼らは君からみな心付けを受け取り立ち去るが、なかにはたいした額じゃないなとぶつぶつ言いながら去る者もいる。

(1)古代において宴席で客が余興として弁論を行なうことはまれだった。また弁論をする時間は水時計で計るのが普通だった。

(2)ペーキュスは長さの単位で、肘から中指の先までの長さ。だいたい四五センチメートル。

(3)シケリアのディオニュシオス一世のこと。石切場を牢獄として利用した。

(4)アッティカ風の弁論とは正当なギリシア語による弁論を意味する。

(5)アテナイの近くにある山。蜂蜜の産地として有名。

(6)サトゥルヌスの祭り（サトゥルナーリア）に相当する祭り。十二月十七日頃に行なわれる収穫祭。

(7)アテナイでの女神アテナの祭りのこと。六月ないし七月頃に行なわれた。

お傭い教師の給料

三八　給料自体は二オボロスか四オボロスで、君の方から給料をくださいと要求すれば煩わしい厄介者と思われる。だから給料をもらうためには主人に媚びへつらい嘆願しなければならないし、執事にも別の方法でご機嫌をとらなければならない。また主人の親しい助言者もないがしろにできない。君が受け取ったものはすぐに服屋や医者や靴屋の支払いに消える。したがって、彼の贈り物は君にとっては贈り物ではなく、無益なのだ(1)。

お傭い教師の末路

三九　それでも君は周りから大いに嫉妬される。いつの間にかどこからともなく誹謗中傷がわきあがり、いままで君の悪口を喜んで聞いていた人たちのところへ届く。というのも、主人は、君がすでに絶えまない労苦に疲れ果て、脚を引きずりいやいやながらお伴をし、通風になりつつあることを見ているからだ。要するに、君を傭うことで得られる最も甘い汁は吸ってしまい、君の人生の全盛期を、身体の最大の活力を使いつくし、君をぼろぼろの布切れにしてしまったのだ。あげくのはてに、君をゴミ捨て場に捨て、労苦に耐えうる他の男を傭おうとしている。君は、老人のくせに主人の下男や女主人のお気に入りの下女を堕落させようとしているとか、何か似たような罪をきせられて、頭をすっぽりと覆われ夜中に追い出される。無一文で、よるべもなく、お伴は老年とありがたい通風だけだ。君がかつて学んだことはこの年月の間にすっかり忘れてしまい、ただお腹だけが樽よりも大きくなった。でも、どうしたっていっぱいにならない。容赦のない禍《わざわい》だ。君の喉はこれまでどおり食事を要求し、忘れることをいやがる。

四〇　すでに盛りを過ぎた君を、皮革にさえ使い道のない老馬のようになった君を受け入れてくれる人は誰もいないだろう。そのうえ、館を追い出される理由となったあの誹謗中傷はさらに邪推されて、君は間男か毒薬師か何かそんな者だと思われる。君を中傷する者は黙っていても信用されるが、君はだらしのないふしだらなギリシア人だ。主人たちは、われわれみながこんな人間だと思っている。もっともなことだ。われわれについて主人たちが抱いている意見にはそれなりの根拠があると思う。多くのギリシア人たちが館に入り、役に立つことなど何一つ知らないのに、その埋め合わせに、預言や媚薬術、恋愛術や悪魔払いを提供する。しかもこういった輩が、教養について語り、哲学者のマントを身に着け、立派な髭を蓄えているのである。だから主人たちがわれわれ全員について同じような疑念を抱いていても不思議はない。われわれの中でも最も優れている人と思われている者がこのようなていたらくであり、とくに宴席などのつきあいの場所での追従ぶりと金のための奴隷のような振る舞いを主人たちは見ているからである。

四一　主人たちがこうした輩を追い出し憎む。当然だ。あらゆる手段を講じて、できるならば彼らを全滅させようとする。というのも主人たちは、秘密にしておきたい自分たちの本当の姿を彼らが暴露するかもしれないと考えるからだ。なにしろこうした輩は館のすべてのことを完全に知ってしまい、自分たちの赤裸々な姿を見てしまっているのだ。主人たちのこうした考えが彼らの首を絞める。こういう輩はみんな、まさに

(1) ソポクレス『アイアス』六六五行でも使われている一種の諺。

最高のパピルスの巻物に似ている。巻物の軸は黄金製で、包装は紫色の革だが、中身は自分の子供をご馳走に食べるテュエステスや母親と結婚するオイディプスや二人の姉妹を同時に犯すテレウスの話だ。彼らもまたこの巻物のようなものだ。光り輝き周囲から称賛されるが、中身は紫衣の下に多くの悲劇を隠し持っている。彼らをひもとけば、エウリピデスやソポクレスの大作を見つけるだろう。でも外は、黄金製の軸で、華やかな紫色の包みだ。主人たちはこうしたことをよく分かっている。だから彼らを憎み、対策をたて悪巧みをする。彼らは、主人たちのことをすみからすみまで知っているので、潤色して多くの人びとに広める恐れがあるからだ。

絵画『お傭い教師の生涯』

四二　だが私は、あのケベス(1)にならって、このような人生を一幅の絵に描いてみたい。絵の中に入って、本当に君がそこに行かなければならないかどうかを君自身で確かめてもらいたいからだ。アペレスやパラシオスやアエティオンに喜んでお願いしたいところだ。しかしいまではこの技に長けた達人を見つけることができないので、大雑把ではあるが、私の力の及ぶかぎりこの絵を君に示すことにしよう(2)。

高くそびえる黄金の門が描かれている。低い平地にあるのではない。地上高く山頂にある。そこに登る路は長く険しく急だ。ようやく頂上だろうと思っていた者がしばしば滑り落ち足を折る。門の内には「富」自身が鎮座している。黄金の衣装をまとい、とても美しく魅力的だ。「富」を恋する者がやっとの思いで登ってきて門に近づき、黄金を見て驚きうっとりとする。「希望」が彼を引き取る。「希望」も美しく、きらびやかな衣装をまとっている。「希望」は門のところで恍惚となっている彼を内に導く。「希望」はつねに彼を先導する。しかしいまや「偽り」と「隷属」という二人の女性が彼を受け取り、「労苦」に委ねる。「労苦」は哀れな彼をさんざん働かせたあげく、病いをえて顔色の優れない彼を「老年」の手に渡す。最後に、「軽蔑」が彼を摑み、「絶望」へ引きずり込む。このとき「希望」が飛び立ち消えていく。そして彼は、入ってきた黄金の門からではなく、人目につかない裏口から追い出される。そのときの彼の姿は、裸で腹が出てしまい顔色の悪い老いぼれで、左手で前を隠し、右手で自分の首を絞めている。外に出て彼が出会うのは「後悔」だ。「後悔」は役に立たない涙を流しつつ、この哀れな男にとどめを刺す。

これで私の絵は完成だ。親愛なるティモクレスよ、あとは君自分で注意深く細部を調べるがよい。この門から絵の中に入って、裏口からこのように不名誉に追い出されることが、君にふさわしいことなのかどうか考えるがよい。しかし君がどの路を選んだとしても、「神に責任はなく、選んだ者に責任がある」[3]というあの賢者の言葉を記憶しておいてほしい。

(1) ケベスは前五世紀のテバイの人、ソクラテスの弟子。『(板に描かれた)絵』は、じっさいにはケベスによって書かれたわけではないが、ケベスが書いたと見なされていた。それは、人生を絵巻物のように描写した空想上の絵を言葉で記述したものである。

(2) 空想上の絵画を言葉で記述する技法は、エクプラシスと呼ばれる。ルキアノスは『蠅の讃美』や『広間について』でもこの技法を用いている。

(3) プラトン『国家』第十巻六一七E。

アナカルシス（第三十七篇）

渡辺浩司 訳

一　アナカルシス　ところでソロン、あなたの国では、なぜ若者たちがこんなことばかりしているのですか。こっちでは互いに摑み合い足をすくってひっくり返しているし、あっちでは首を絞め、体を捻り、豚のように泥にまみれて転げ回っています。ところが初めは、私は見ていたのですが、彼らは服を脱ぐとすぐに自分の体に油を塗ったり、仲よく交互に相手の体に油を塗ったりしていたのです。その後彼らに何があったのか知りませんが、彼らは頭を下げて押し合い、牡羊のように額をぶつけ合っているのです。ほら、あの男は相手の両足を摑み地面に放り投げました。そして相手の上に馬乗りになって頭をもたげないように泥のなかに押さえつけています。とうとう相手の腹の周りに両足を絡め、喉に手を回して、かわいそうに、締めつけています。相手の方は彼の肩を叩いて、どうやら窒息してしまわないように、やめてくれと嘆願しているようです。彼らはせっかくオリーブ油を体に塗ったのに汚さないようにするどころか、泥にまみれ全身汗だくになり油を隠してしまうのです。その様子はまるで手から滑り抜けるうなぎのように見えて、少なくとも私にはおかしくてたまりません。

二　中庭の青空の下ではまた別の者たちが同じことをしていますが、彼らは泥にまみれる代わりに、穴の中に砂を深く敷き詰めて、互いに砂を掛け合ったり、鶏のように喜んで砂埃を体にこすりつけたりしています。おそらく彼らはもっとしっかりと絡み合いたいのでしょう。砂のおかげで油の滑りやすさが取れ、乾燥してもっとしっかり摑めるようになるからです。

三　こちらにも砂埃にまみれながら立ったままの者たちがいますが、彼らは互いに飛びかかって殴ったり蹴ったりしています。あの男は、かわいそうに自分の歯まで吐き出しそうです。ご覧のように、相手から拳で顎を殴られて口の中は血と砂でいっぱいになっています。それでも、そこにいる役人は二人を引きはなして戦いをやめさせようとはしません。紫衣を着ているので役人だと思うのですがね。それどころか役人は二人を焚き付け、攻撃した方を誉めているのです。

四　また別のところでは他の人たちがせわしなく動いていて、同じ場所に留まりながらも走っているかのように跳躍したり、上に飛び上がって空を蹴ったりしています。

五　私は、こうしたことを行なってどんなよいことがあるのかを知りたいのです。少なくとも私はこうしたことが狂気に似ているとしか思えません。彼らは狂気からこういうことを行なっているわけではないと簡単に説得できる人はいないでしょう。

六　ソロン　アナカルシスよ、彼らが行なっていることが君にそう見えるのはもっともなことです。スキュティア人の風習とはまったく異なり、馴染みがないでしょうからね。たとえば、いまの君のようにわれわれギリシア人が君の国の教育や訓練を見たのならば、君の国の教育や訓練にも奇妙に思えることがたくさんあるでしょう。それと同じことです。しかし君、安心しなさい。彼らの行動は狂気からでもなく、乱心から彼らが互いに殴り合い、泥の中に転がり回り砂埃を掛け合っているわけでもありません。こうしたことは有益であり、楽しみであり、体を丈夫にしてくれるからです。じっさい、君がしばらくギリシアに滞在すれば、そして君はその予定でしょうが、幾日も経たないうちに君も泥まみれの人たちや砂まみれの人たちの仲間になることでしょう。こうしたことは、そんなにも楽しく、かつ有益なことだと君にも思えるようになるはずです。

アナカルシス　やめてくださいよ、ソロン。こうしたことは君たちギリシア人に楽しく有益であればよいのです。もし君たちのうちの誰かが私にそんなことをするならば、私たちが身に着けている懐剣が飾りでないことを思い知るでしょう。七　それはそうと、教えてください、こうした行動を何と呼んでいるのですか。彼らは何をしていると言ったらよいのですか。

ソロン　アナカルシスよ、この場所自体は体育場と呼ばれていて、アポロン・リュケイオスの聖域です。あそこにアポロンの神像が見えるでしょう。左手に弓を持ち石柱にもたれているのが。右手は頭上で折り曲げられていますが、これは長い運動の後であるかのように神が休憩している様子を表わしています。八　さて体育の方ですが、泥まみれになっているのはレスリングと呼ばれているものです。砂埃にまみれている者たちもレスリングをしているのです。立ったまま互いに殴り合っているのはパンクラティオンと呼ばれているものです。他にも拳闘、円盤投げ、跳躍といった体育がありますが、それぞれの種目ごとに競技が開催され、優勝者はその種目の体育の最高の者と見なされ、賞品をもらうのです。

九　アナカルシス　それで、その賞品は何ですか。

ソロン　オリュンピアでの競技では野生のオリーブの冠が賞品で、イストモスでの競技では松葉の冠が、ネメアではパセリの冠が、デルポイではアポロンへ捧げたリンゴの実が賞品です。われわれのパナテナイア祭では聖なるオリーブの木の油です。なぜ笑うのですか、アナカルシスよ。君にはこれらの賞品がつまらないものに思えるのですか。

アナカルシス　とんでもない。ソロン、あなたが仰った賞品はまことに立派なものばかりです。賞品を授与する人がその気前の良さを自慢するのも無理からぬことです。また競技者たちが勝つために一生懸命になるのも当然のことで、リンゴやパセリのためにこうしてあらかじめ訓練し、危険を犯して互いに首を絞め合ったり、相手の骨を折ったりするわけですね。まるで、望んでいても練習しなければリンゴをたくさんもらえないし、また顔中泥だらけになったり、相手から腹を蹴られたりしなければパセリや松葉の冠を被ることもできないとでもいうかのようです。

一〇　ソロン　いや、君ね、われわれが称賛の目を向けるのは賞品そのものだけではないのです。賞品は勝利の印であり、勝者が誰なのかを知る目印なのです。それに伴う名誉は勝者にとって何ものにも代えがたいもので、それを獲得するためならたとえ蹴られたとしても、訓練して名誉を得ようとする者にとっては何でもないことなのです。なにしろその名誉は訓練しなくても獲得できるようなものではなく、切望する者は初めのうちは数々の苦難に耐えなければならず、それからようやく苦労の末に有益で快い結果を待つことができるのです。

アナカルシス　ソロンよ、その有益で快い結果というのは、こういうことですね。つまり殴り合っていた者たちを今まで哀れんでいたのに、冠を被る姿を見るとみんなその勝利を称賛し、勝者は勝者で労苦と引き換えにリンゴやパセリをもらって幸せになるということですね。

ソロン　はっきりと言いますが、君はまだわれわれの国のことをよく知らないのです。しかし君が競技会に行って、大勢の人たちが競技を見に集まり、競技場が何万人もの群衆であふれ、勝者が拍手喝采で神のように扱われているのを見るならば、すぐに君も考えを変えるでしょう。

一一　アナカルシス　ソロンよ、もし少人数の前ではなく、暴行の証人となる大勢の見物人の前で彼らがこうした目に遭うならば、まさにそのことが最も哀れむべきことなのです。見物人たちは、彼らが血まみれになり、相手に首を絞められるのを見て、幸せだと讃えるのですから。彼らの勝利に伴う最高の幸せだというわけでね。われわれスキュティア人のところでは、誰かが市民を殴ったり、襲ったり、服を引き裂いたりしたら、長老たちがその者に重罰を科すことでしょう。たとえ、あなたが仰ったイストモスやオリュンピアのような大観衆の前ではなく、少数の証人の前でそれが起きたとしてもです。じっさい、私はそのような目に遭う競技者たちがかわいそうでしかたがないのです。また見物人たちについても、ギリシア中から偉い人たちが競技会にやって来るとあなたは仰いますが、彼らは大事な仕事をしないでそんなことに時間を浪費しているのかと不思議に思います。というのも、人びとが打ち合い殴り合い、地面に投げつけられ押しつぶされるのを見て何が楽しいのか、私には理解できないからです。

一二　ソロン　アナカルシスよ、もしいま、オリュンピア祭やイストミア祭やパナテナイア祭の時期ならば、そこで起きている出来事を見るだけで、こうしたことにかけるわれわれの情熱が無理もないことだと君にも分かるのですがね。そこで行なわれていることの楽しみを君に理解してもらうには、言葉で説明するよりも、むしろ、じっさいに観客席の真ん中に座って見てもらう方がいいでしょう。男たちの勇敢さ、肉体の美しさ、驚くべき健康状態、素晴らしい技、圧倒的な力、豪胆、競争心、不屈の負けじ魂、言葉で言い表わせないほどの勝利への情熱をね。そうすればきっと君も称賛し、拍手喝采し続けることでしょう。

一三　アナカルシス　そうでしょうね、ソロンよ。そして笑い続け、からかい続けるでしょう。勇敢さとか肉体美とか健康状態とか豪胆さとか、あなたがいまあげたことはすべて、取るに足らないことのために浪費されているように私には見えるからです。国家が危険にさらされているから、国土が蹂躙されているから、友人や親族が連れ去られたから、というわけではないのですからね。だから、彼らはあなたの仰るように優れた人たちなのに、訳もなくそんな目に遭うというのは、それだけいっそう滑稽に思えるのです。哀れな仕打ちに遭い、砂と目の下の痣で美しい頑丈な肉体を損なうのですから。しかも勝利してリンゴやオリーブの所有者となるためだけにです。まあ、賞品について考えるのはいつも楽しいものですがね。ところで、賞品を受け取るのは競技者全員ですか。

ソロン　とんでもない。ただ一人。勝者だけです。

アナカルシス　そうすると、ソロン、不確かで疑わしい勝利のためにこれほど大勢の人たちが労苦を重ねるというのですか。しかも彼らは、勝者が一人だけであり、その他大勢の敗者は、哀れにも、いたずらに殴られるだけで、場合によれば怪我をするだけだということを知っているというのですか。

一四　ソロン　アナカルシスよ、どうも君は正しい統治形態について考えたことがないようですね。考えたことがあれば、この最高の慣習を非難することもないはずです。しかしもし国家を立派に治めるにはどうしたらいいのかとか、市民を優れた人たちに育てるにはどうしたらいいのかということについて君が関心を持つようになれば、いつの日か君も、こうした訓練や、訓練においてわれわれが示す競争心を称賛すること になるでしょうし、たとえ彼らが無駄なことに一生懸命になっているといまは思えるとしても彼らは苦労と同時に有益な教訓をも得ているのだということが分かるようになるでしょう。

アナカルシス　ソロンよ、じっさい、あれほどの大地を越え、広大な荒れた黒海を渡って、はるばるスキュティアからあなた方の国にやって来たのは他でもありません、ギリシア人たちの法律を学び、あなた方の慣習を理解し、最善の統治形態についての知識を身につけるためなのです。そういうわけで、私の友人として、ギリシアでの私の主人として、すべてのアテナイ人の中からとくにあなたを選んだのです。あなたの名声は私の耳にも届いていて、あなたが法律制定者であり、優れた慣習の創案者であり、有益な生活習慣の導入者であり、要するに一つの統治形態を作り上げた人だと聞いていたからです。ですから、いますぐ、私に教えてください。私を弟子にしてください。私は飲食もとらずに喜んであなたの隣に座って、あなたが話す元気のある限りは、統治形態と法律についてあなたが説明してくれるのを熱心に拝聴するつもりです。

一五　ソロン　まあ、友よ、短時間で全部を説明することは難しいが、一つ一つ順番に取り上げていけば、神々について、両親について、結婚について、またその他の事柄についてわれわれがどう考えているのか、君にも理解してもらえるでしょう。だがいまは、若者たちについてわれわれが考えているところを君に話すことにしましょう。善悪の分別がつくようになり、身体も成長し、苦労に耐えられるようになり始めたとき、若者たちをわれわれがどのように扱っているのかということです。この話を聞けば、何のためにこうした訓練を若者たちに課し、強制的に身体を鍛えさせるのか、君も理解できるでしょう。それは、競技会のため、競技会で賞品を獲得するためだけではありません。競技会で賞品を獲得できるのはごくわずかな人たちですから。それよりもむしろもっと重要なこと、すなわち、国家全体にとっても若者たち自身にとっても有益なことを得るためなのです。つまり市民全員に開かれたもう一つの共通の競技会があるということなのです。そしてその栄冠は松やオリーブやパセリの冠ではなく、人間の幸福をすべて集めたものなのです。それは、たとえば、私的には個人の自由、公的には国家の自由、富、名声、国家の祭礼への参加、家内安全といったことです。一言でいえば、人が神々に祈願する最高の幸福のことです。この幸福がすべて、私が言った冠に織り込まれていて、こうした訓練や苦労の目標であるあの競技会で得られるわけなのです。

一六　アナカルシス　ソロン、あなたは不思議な方ですね。語るにふさわしいこのような立派な賞品を用意しておきながら、リンゴやパセリや野生のオリーブの枝や松の話をしたのですか。

ソロン　まあまあ、アナカルシスよ、私の説明を理解すれば、これらの賞品がつまらないものとは君も思わないでしょう。それらは同じ目的のためにあるのです。すべてはみな、もっと大きな競技会の一部であり、最高の幸福の栄冠と私が述べたあの冠の一部分なのです。どうも、いつの間にか話の順番を飛ばして、先に、イストモスやオリュンピアやネメアで行なわれていることについて話してしまったようです。しかし私たち二人は時間の余裕もありますし、君もさっき言っていたとおり話を聞きたいでしょうから、始めに戻って、これらの訓練すべての目的だと私が述べたあの共通の競技会からあらためて話し始めるのは簡単なことでしょう。

アナカルシス　ソロン、そうしていただければ幸いです。筋道をたてて順番に話を進めていけば、おそらく私もこれらの賞品の意味を理解して、野生のオリーブやパセリの冠を頭に被って威張っている人を見ても、もう馬鹿にしなくなるでしょう。では、よろしければ、あそこの木陰に行って腰掛けに座りましょうか。レスラーたちに頻りに声をかけている人たちに邪魔されないように。しかも、素直に申し上げますが、太陽の厳しい日差しが頭に降り注いでもう我慢できそうにないのです。あなた方の中で私だけが外国人風の身なりになってはいけないと思って、フェルト製の帽子は家に置いておいた方がよいと考えたのです。ともかくこの時期は一年で最も暑い季節です。あなた方が犬と呼んでいる星がすべてを焼き焦がし、空気を乾燥させカラカラにし、太陽もお昼になって頭上に位置し、耐えがたい熱暑をわれわれに浴びせてきます。ですので、この暑さの中でご老体にもかかわらずあなたが私のように汗をかくわけでもなく、辛そうにするわけでもなく、逃げ込む木陰を探すわけでもなく、たやすく暑さに耐えているのはどうしてなのか不思議でなりません。

ソロン　アナカルシスよ、これらの無益な労苦や泥の中での宙返りや炎天下での砂まみれの苦難が、直射日光などものともしない抵抗力をわれわれに与えてくれるのです。日光が頭に達するのを防ぐフェルト製の帽子などわれわれには必要ありません。

一七　それはともかく、あちらへ移動しましょう。さて、これから君に話すことを法律のように受け取って、すべてを信じてもらっては困ります。むしろ、私の話が間違っていると思ったならば、すぐに反論して、正してほしいのです。そうすれば二人して間違うことはないでしょう。つまり君は君で、反論すべきだと思われる点をすべてあげていけば、しっかりと私の話を理解することになるでしょうし、私は私で、この件に関して間違った考え方をしていたのだと教わることになるでしょう。しかも後者の場合にはアテナイ国家全体がすぐにでも君に感謝の意を表明することになります。君が私を教育してよりよい方へと導いてくれたおかげで、その分だけアテナイ国家にもこの上ない恩恵を施したことになるからです。私は国家に隠しごとなど一切せず、すぐに公にするでしょう。民会の場所に立って、全員に公言します。「アテナイの市民たちよ、私はあなた方のために法律を制定した。その法律は国家にとって最も有益であると私が判断したものである。ところがこの客人は」――と、ここで君のことを指し示すのです、アナカルシスよ――「スキュティア人だが学識豊かで、私をふたたび教育し、よりよい学問と訓練を教授してくれた。それゆえに、この人を諸君の恩人として記録し、この人の銅像を、十部族の英雄像のそばかアクロポリスのアテナ女神像のそばに立てるべきである」。君もよく知ってのとおり、アテナイという国家は、外国人[1]や客人から有益なことを教授してもらっても恥とはしません。

一八　アナカルシス　あなた方アテナイ人は反語的だと聞いていましたが、その噂はこのことですね[2]。私は、放浪する遊牧民であり、車上で生活し、季節によって暮らすところをかえ、国家に住んだことも、いまを除けば、これまで国家というものを見たこともありません。その私がどうして、統治形態について論じることができるでしょうか。その私がどうして、これほど長い間、法と秩序を保つこの古い国家に住み続けてきた生粋のアテナイ人であるあなた方に教えることができるでしょうか。とりわけ、ソロンよ、あなたは当初から、どうしたら国家が最もよく統治されるのか、どのような法律を制定したら国家が繁栄するのか、と

(1) 原語は「ギリシア語を話さない人たち」という意味。

(2) ソクラテス的アイロニーを念頭に置いている。

いうことを学問の課題としていたと聞いています。そのあなたに、何を教えることがありましょうか。そうは言うものの、法律の制定者であるあなたが仰ることですから、いまも従わざるをえません。ですから、しっかりと学ぶために、あなたの話が正しくないと思うときには異議を唱えることにしましょう。

ほら、もうすでに日差しを逃れて木陰に来ました。この石はひんやりとしていて、ちょうどいい快適な椅子になります。それでは、初めから話してください。なぜあなた方は、少年になるとすぐに若者たちを引き取って訓練しようとするのか、また、どうして若者たちが泥とこの訓練から立派な人になるのか、そして、なぜ砂埃と宙返りが若者たちの徳育に役立つのかを話してください。私がまず最初に聞きたかったのがこの点なのです。その他のことは、あとで折にふれて順番に一つずつ教えてください。しかし、ソロンよ、外国人を相手にして話しているということを、話しているあいだは忘れないでください。こう申し上げるのは、あなたが話を複雑にしたり、長く引き延ばしたりしないようにしてほしいからです。たくさんの話題が次から次へと変わると初めの話題を忘れるのではないかと恐れているのです。

一九　ソロン　アナカルシス、私の話が不明瞭だったり、脱線しすぎたりしたと思ったら、君が自分で調節して元に戻せばよいのです。君は話の途中でも好きなときに口を挟んでかまいませんし、話を中断させてもかまいません。しかし私の話が横道に逸れたり的外れになったりしない限りは、長くなっても問題ないと思ってください。殺人事件を裁くアレイオス・パゴス法廷でもそうするのが昔からの慣わしだからです。殺人や故意の傷害や放火を裁くために丘の上に集まり法廷を開くと、当事者双方の弁明が許され、原告と被告が順に陳述をすることになります。陳述は当事者自身が行なうこともあるし、代わりに弁論家が呼び出されることもあります。彼らが当該事件について弁論をしている間は、法廷は我慢して黙って聞いています。しかし誰かが、弁論の前に前口上をして好意を得ようとしたり、事件とは関係なく同情や反感を引き起こしたりすると、まあ、これらは審判者を前にして弁論家がよくやる手なのですが、そのときには触れ役が出てきてすぐに黙らせるのです。アレイオス・パゴス法廷の裁判員たちがありのままの出来事を見るようにするために、法廷に向かって無駄話をしたり、言葉巧みに案件を粉飾したりしないようにするわけです。

だから私はいま、アナカルシスよ、君をアレイオス・パゴス法廷の一員にしましょう。法廷の規則に従って私の話を聞きなさい。そしてもし私の話に騙されそうだと感じたら私に黙るように命じなさい。しかし主題に関係している限り話が長くなっても許してもらいたい。おまけに、もう日の光の下で話をするわけではないので、私の話が長くなっても辛くはないでしょう。木陰は濃いことですし、時間はたっぷりあります[1]。

アナカルシス　ソロンよ、ごもっともなことです。それに、話のついでにアレイオス・パゴスで行なわれていることを私に教えていただいたことだけでも、すでに少なからず感謝しています。アレイオス・パゴスで行なわれていることは、本当に称賛されるべきものです。真実に照らして評決しようとする立派な裁判員たちが作り上げた手続きですね。ですから、その条件でお話しください。私は、あなたが任命したように、アレイオス・パゴス法廷の一員となりましょう。法廷のやり方にならってあなたの話をお聞きします。

(1) 議論するために、日差しを避けて木陰を求めるのは、プラトン『パイドロス』(二二八D—二二九B)を思い起こさせる。

二〇　ソロン　それでは、まず、手短かにですが、国家と市民についてわれわれが考えていることを聞いてもらわなければなりません。われわれの考えでは、国家は城壁や寺院や造船所といった建築物ではありません。建築物はいわば安定した不動の肉体のようなもので、市民たちを保護する避難所なのです。全権は市民に置いています。というのも建築物一つ一つを満たし、設計し、実現し、維持するのは彼ら市民だからです。ちょうど、市民は、われわれ一人一人の内にある魂のようなものです。そういうわけで、こうした考えの下、われわれは国家の肉体にも配慮して、ご覧のように、この肉体ができるだけ美しくあるように飾り立て、国家の内側には建物を整備し、国家の外側には安全を確保するためこれらの城壁を築き上げているのです。しかしわれわれが最も心を砕いているのは、市民たちが魂の点では徳あるものになるように、肉体の点では丈夫であるようにすることです。こうした人たちが、平時には自らの力を発揮し協力して市民生活を送り、戦時には国家を守り、国家が自由で幸福であるようにするのです。

さて、自由な教育によって導き育てられるようにするために、最初の教育は彼らの母親や乳母や家庭教師に委ねられます。しかし彼らが善悪をわきまえるようになり、恥や慎みや恐れや野心が芽生え始め、肉体もようやく丈夫になり逞しく引き締まって労苦を課すのにふさわしいと思われる頃になって初めて、われわれは彼らを引き取り、魂のためには、これまでとは違う勉強や運動を課し、肉体のためには、これまでとは違うやり方で労苦に慣れさせて、教育し始めます。というのもわれわれの考えでは、肉体も魂も人は生まれついたままの状態では充分ではなく、教育と学習を若者たちに課し、そうすることで生来の優れた素質をさらに発展させ、劣った素質を改善させる必要があるのです。そのよい例が農夫のやり方です。農夫は、作物がまだ小さくて若い間は、風の被害を受けないように保護して周りを覆ってやりますが、幹が太くなると余計な枝を切り取り、風に吹かれて揺れるに任せて、たくさん実をつけるようにするのです。

二一　さて、彼らの魂については、まず最初に音楽と算術によって魂に火を着け、文字を書き、文字を明瞭に読むことを教えます。彼らがある程度進歩したら、今度は、賢者の言葉や先人の事績や有益な物語を、記憶しやすいように韻律で飾って、若者たちに歌って聞かせるのです。若者たちは武勇伝や歌に謳われた事績を聞いて、自分たちも後世の人たちに謳われ称賛されるようになりたいと思って、少しずつ憧れるようになり、真似をしようと駆り立てられるわけです。ホメロスとヘシオドスはこのような物語をたくさん作ってくれました。

さて市民権を得て、ようやく国事に携わるべきときになると、おや、これは話が脇道に逸れてしまったようです。当初私が話さなければならなかった主題は、どのように若者たちの魂を鍛えるかということではなく、このような労苦で若者たちを鍛え上げなければならないとなぜわれわれが考えているのかということでした。ですから、触れ役やアレイオス・パゴス法廷の裁判員である君を待つまでもなく、私自身が自分に黙りなさいと命じることにしましょう。どうやら君は尊敬の念から、私の話が本題からだいぶ逸れたのに我慢してくれているようですから。

アナカルシス　ソロン、質問があります。重要なことを黙って言わずにいる人たちには、法廷は何も刑罰を考えていないのですか。

ソロン　どうしてそんな質問をするのかね。理解に苦しむのですが。

アナカルシス　あなたが、最も重要で、私が聞くのを最も楽しみにしている魂の教育についての話をとばして、体育と肉体の鍛錬というあまり重要でない話をしようとしているからですね。

ソロン　友よ、初めに君が言った忠告を覚えているからです。話が次から次へと流れて君の記憶を混乱さることがあってはいけないので、話を脱線させたくないのです。しかしその話題についても、できるだけ簡潔に話してみましょう。詳細に考察するにはまた別の議論が必要になりますからね。

二二　さて、われわれは、まず公共の法律を教えることで若者たちの心に調和を与えます。その法律は、なすべきこと、してはいけないことを教えるものであって、国家の名の下で、すべての人が読めるように大書して掲げられています。また立派な人たちと交際することも若者たちの心に調和を与えます。若者たちは彼らから、適切な発言をすること、正しく振る舞うこと、お互い対等に協力し合うこと、恥ずべきことを求めないこと、よいことを求めること、暴力を振るわないことを学ぶのです。こうした立派な人たちをわれわれは賢者とか哲学者と呼んでいます。しかしさらにまた、われわれは若者たちを劇場に集めて、国家の名の下で彼らを教育します。すなわち、悪徳を遠ざけ徳を追い求めるようになるように、悲劇や喜劇を見せて、先人たちの徳や悪徳を観察させるのです。市民たちが国家にふさわしくない恥ずべき振る舞いをしていると思われるときには、そうした市民たちを喜劇役者が非難したり、からかったりすることさえわれわれは許しているのです。非難されれば行状を改めるので、振る舞いの悪い市民たち自身のためにもなるし、また同じ振る舞いをして非難されることのないようになるので、大勢の観客のためにもなるからです。

二三　アナカルシス　ソロン、あなたの仰る悲劇役者や喜劇役者なら、もしあのときの彼らがそうならば、見たことがあります。彼ら［悲劇役者たち］(1)は重い高靴を履き、黄金の縞模様で衣装を飾り、大きな口の開いた滑稽な兜(2)を被って、兜の内側から大声で叫び、どうやっていたのかはっきりとは分からないのですが、高靴を履いてちゃんと歩き回っていました。それは、国家がディオニュソスのお祭りをしていたときだったと思います。喜劇役者の方は彼らよりも背が低く、素足で、俗っぽく、あまり叫ぶこともなかったのですが、兜はもっと滑稽でした。じっさい、観客たちはみな彼らを見て笑っていました。それに対して、あの背の高い連中を聞いているときはみな深刻な顔をしていました。思うに、あんな足枷を引きずっていたので彼らを哀れんでいたからでしょう。

ソロン　友よ、彼らを哀れんでいたわけではないのです。おそらく詩人が昔の惨事を観客に上演して、哀れなせりふを悲しげに朗唱したので、観客は聞いていて引き込まれ涙を流したのでしょう。おそらくそのとき君は、笛吹きや、輪になって合唱する人たちも目にしたはずです。そうした歌や笛の音楽も、アナカルシスよ、無益なものではないのです。これらすべてによって、またこれらに類することによって、若者たちの魂は研ぎ澄まされ、よりよい人間になるのです。

二四　さて、君がとくに聞きたがっていた肉体についてのことですが、われわれは次のようにして鍛錬し

(1) テクストに欠陥があると考えられる。

(2) 悲劇や喜劇を上演するときに役者が被る仮面のこと。

ます。すでに述べたように[1]、ひ弱で丈夫でない時期が過ぎたら、われわれは若者たちを裸にします。まず肉体を大気に馴染ませるのが大切だと考えているので、それぞれの季節に肉体を慣らして、暑さをものともせず、寒さに耐えられるようにするのです。それから、身体がより柔軟になるようにオリーブ油を塗り込み柔らかくします。皮革は死んでいるのにオリーブ油を塗って柔らかくすると割れにくく、はるかに頑丈になると考えられています。まだ生きている肉体はオリーブ油を塗ってもよい状態にならないと考えるのは変な話ですからね。

　その後ですが、われわれはさまざまな体育を発明し、それぞれの種目に専門教師を置いています。ある者には拳闘を教え、ある者にはパンクラティオンを教えます。彼らが労苦に耐え、打撃に立ち向かい、負傷を恐れて退却したりしないように慣れさせるためです。これは二つの有益な効果を若者たちにもたらします。すなわち、危険にさいして肉体を顧みず勇敢な者になり、さらに、逞しく力強い肉体を作るのです。

　また、額を打ち合いながらレスリングをする者たちは、怪我をしないで倒れる方法、すぐに起き上がる方法、押し突き、絡みつき捻る技、首を絞められても耐える方法、相手を高く持ち上げる方法を学びます。彼らもまた無益な訓練をしているのではありません。むしろ一つのことを、第一にして最大のことを獲得しているのです。そうやって訓練されることで彼らの肉体はあまり苦痛を感じなくなり、いっそう逞しくなるというわけです。これ以外にも少なからざる利点があります。武器を手に取って、これらの知識を必要とする事態になったとき、こうした訓練の結果として彼らは熟練者として活躍するわけです。こうした訓練を受けた人は、明らかに、敵兵と組み合いになると、すばやく足をかけて投げ飛ばすでしょうし、自分が倒れてもすぐに起き上がることができるでしょう。つまり、アナカルシスよ、われわれはこうしたことすべてを武装戦のための準備として行なっているのです。そして若者たちの肉体をまず裸にして柔軟にして、より丈夫で、より力強く、軽やかで柔らかく、しかし敵には重いという肉体に鍛え上げたあとで、そのように鍛え上げられた彼らをはるかに優れた市民として見なそうと考えているのです。

二五　そのあとのこと、つまり彼らが武器を取ればどんな兵士になるかは君にも分かると思います。なにしろ武器を持っていないときでさえ敵に恐怖を与えることができるのですから。役に立たない白い肥満した体でもなく、木陰の下でしおれている女の体のように青白い痩せ細った体でもなく、今日のように太陽の照りつけるときに、震えてすぐに大汗をかいたり、兜の下で息を切らせたりするわけでもありません。喉が渇き水を求める者や、砂埃に耐えられない者、血を見るとすぐに動揺する者、槍の射程内に入る前に、敵と組み合いになる前に死んでしまう者、こんな連中に、どんな用があるというのでしょうか。

しかしここにいる若者たちは、日に焼けて肌は褐色になり男らしい。活気にあふれ情熱的で勇ましい。そうした強壮な身体を持って輝いている。貧弱で痩せ細っていたり、太って重すぎたりはしない。均整のとれた体つきをしている。無用な贅肉は汗をかいて取り、劣等な性質と混ざらないように活力と強靭さをもたらす筋肉をだけ残し、それを強力に維持しているのです。体育がわれわれの肉体に与える効果は、小麦を箕でふるい分ける人たちがやっていることと同じで、籾殻や屑を吹き飛ばし、純粋に実だけを選り分けて、将来

(1) 二一〇節。

のために蓄積しているのです。

二六　こうした理由で彼らは必然的に健康であり、とても長い間労苦に耐え続けることができます。このような者はすぐには汗をかかないだろうし、疲れた様子を見せることもめったにないでしょう。先ほどの箕でふるい分ける人の比喩に戻って言えば、小麦にも、藁にも、籾殻にもそれぞれ同時に火を投げ込めば、おそらく藁があっという間に燃え上がり、小麦の方は少しずつ、大きな炎が上がるわけでもなく、一気に燃え上がるわけでもなく、じわじわと燻って、やがて燃えて灰になるでしょう。

ですから、病気も疲労も、こうした肉体にすぐに入り込み苦しめることもなく、たやすく肉体を征服するということもないのです。内側はきちんと整えられていて、外側は病気や疲労に対してしっかりと防御して侵入を許さないし、身体を害する太陽や冷気などを受け入れません。苦難の最中に弱った部分には内側からたくさんの熱が湧き出てきます。その熱は長い時間をかけて準備し、緊急の事態に備えて蓄えたものです。熱はすぐに弱った部分を潤し活力で満たし、長時間疲れを感じさせないようにするのです。あらかじめ鍛錬し労苦に耐えることは力を浪費するものではなく、むしろ増加させるもので、その力は鍛えられれば鍛えられるほどますます大きくなるのです。

二七　さらにわれわれは、長距離にも耐えられるように若者たちを慣れさせ、短距離にはすばやく軽快に走れるようにして、彼らを優れた走者に鍛え上げます。走るのは、しっかりと整備された固い地面の上ではなく、深い砂の上です。砂の上では足が埋もれてしまうので、しっかりと足を着地させることも、踏み出すことも簡単ではないからです。また必要ならば、溝やその他の障害物を飛び越える訓練もします。両手に摑めるかぎりに鉛の錘を持たせてそのような訓練をする場合もあります。それから彼らはまた投げ槍の距離を競い合います。君が体育場で見た別の道具もあります。青銅製の円形の道具で、小盾から把っ手や革紐を取り除いたようなものです(1)。じっさい君は、運動場の真ん中に置いてあったのを手にして試したが、重くて、すべすべしていて持ちにくいと思いましたね。その道具を彼らは遠くへと宙に投げて、誰が最も遠くまで飛ばし他の者を凌駕することができるのかを競い合うのです。この訓練は彼らの肩を強くし、手足に筋力をつけてくれます。

二八　さて、泥と砂埃ですが、友よ、君は初めじつに滑稽だと思っていましたが、何のために下に敷き詰めるのかをお話しすることにしましょう。まず第一に、彼らが固い地面にではなく柔らかいところに安全に着地するようにするためです。次に、泥まみれになって汗をかくので、必然的にそれだけ滑りやすくなります。それは、君がうなぎのようだと喩えた点ですが、無益でも滑稽でもなく、体力と筋肉を増大させるのに大いに役立つのです。そのように滑りやすい肌をしている二人が互いにしっかりと摑み合い、滑り抜けようとする相手を押さえつけるからです。オリーブ油を塗った上に泥まみれになって汗をかくわけですから、必死にもがいて逃れようとする相手を持ち上げるのは簡単ではないと考えてください。こうしたことはすべて、先ほど述べたように、戦争に役立つのです。負傷した戦友を軽々と持ち上げて連れ出したり、敵兵を摑んで持ち上げて運んだりする必要がときにはあるからです。そういうわけでわれわれは、たやすく小事を耐え乗

(1) 円盤投げの道具である円盤のこと。

り切れるようにするために、より過酷な試練を課して、限界まで若者たちを鍛錬するのです。

二九　しかし砂埃の方は反対の効果を持つとわれわれは考えています。つまり絡み合ったときに滑らないようにするという効果です。滑らかさを利用して逃げ出す相手をしっかりと摑む練習を泥の中でした後で、今度は自分が捕まったときに相手の手から逃げ出す練習をします。しかもしっかりと押さえられた状態からです。しかも、砂埃は肌にかけると汗が吹き出るのを抑えるようなので、持久力を高め、疲れて毛穴が開いてきた体に風が害を与えないようにするのです。そのうえ砂埃は汚れを取り去り、肉体をいっそう輝くものにするのです。私はぜひとも試してみたいことがあります。それは、木陰で過ごしているあの青白い人たちの一人と、リュケイオンで運動している人たちの中で、もちろん埃と泥を落としたあとでですよ、君がこれと思って選んだ一人とを、並ばせたうえで、どちらの人に君がなりたいと思うのか聞いてみたいのです。答えは分かっていますがね。君は二人の能力を試さなくても一目見てすぐに、ひ弱でしなやかで貧血で血が体の内側に留まっているために青白くなっている者よりも、引き締まって鍛い上げられた者になることを選ぶでしょう。

三〇　アナカルシスよ、われわれが若者たちに課す訓練は以上のようなものですが、そういう訓練を課すのは、彼らが国家の優れた守護者になり、彼らのおかげで自由に生きることができると考えているからです。敵が襲ってきたらこれを撃退し、周辺部族を威嚇することで周辺部族の大半を服従させ朝貢させるからです。平時においても、彼らは、恥ずべきことに熱中することもなく、傲慢ゆえに怠惰になることもなく、こうした訓練に励み活動的に日々を過ごしているので、われわれは彼らを立派な市民として見なしているのです。

先ほど私が共通の善、国家の最高の幸福と呼んだものは、若者たちが最善美に目を向けて平和にも戦争にも準備万端整っているときのことなのです。

三一　アナカルシス　それでは、ソロン、敵が攻めて来たら、あなた方はオリーブ油を体に塗り砂埃をかけてから、拳を上げて敵に立ち向かい、敵はもちろんあなた方に恐れをなして敗走するわけですね。唖然として大きく開けた口に砂を投げ込まれのではないか、とか、背後に飛びまわられて腹に足を絡められるのではないか、とか、兜の下に腕を回されて首を絞められるのではないかと恐れてね。敵も当然、矢を射て槍を投げて来ますが、太陽に肌を焼き血を集めたあなた方には、まるで銅像を攻撃しているかのように、飛道具は役に立たない。というのもあなた方は藁でもなければ籾殻でもないので、彼らの打撃にすぐ降参しはしないからです。長い攻撃の後でようやくあなた方が深い傷を負って切り刻まれて、血を少し流してみせるというわけですね。私があなたの比喩を誤解していないならば、あなたの仰ったことは以上のようなものです。

三二　あるいはあなた方はそのとき、悲劇役者や喜劇役者のあの鎧を身に着け、出撃命令が出れば、あの口の大きく開いた兜を被って、恐ろしい形相で敵を脅す。もちろんあの高靴も履いてです。逃げなければならないときには軽くて逃げやすく、敵を追跡するときには、大股で歩くことになるので、敵は逃げ切れないのです。

しかし考えてみてください。あなた方の手のこんだ訓練は、取るに足らないたんなる子供騙しではないでしょうか。楽をしたいという怠惰な若者たちのたんなる暇つぶしではないでしょうか。もしあなた方がどんなことが起ころうとも自由で幸福でありたいと望むのでしたら、もっと他の種類の運動が、武器を用いた真剣勝負が必要になるでしょう。互いに遊び半分の競争ではなく、敵に向かって危険を伴う競争の中で、徳をみがかないといけないでしょう。ですので、砂埃やオリーブ油は捨てて、弓術と投槍術を教えるべきです。風で流される軽い槍を用いるのではなく、音を立てて飛んでいく重い槍にすべきです。さらに、手にあまるくらいの大きな石、戦斧、左手用の盾、胸当て、兜も持たせなさい。

三三　あなた方がいまのこのような状況での中で、これまで少数の軽装部隊に滅ぼされたことがなかったというのは、ある神の恩寵によってあなた方が守られているからだと私には思われます。もし腰に着けたこの短剣を抜いて私が一人であなた方の若者たち全員に襲いかかるとするならば、私の鬨の声だけで運動場を占領することでしょう。彼らは逃げ出し、誰もこの鉄剣に目を向けようとせず、それどころか彼らは銅像の周りに集まり、柱の後ろに隠れて、多くの者は泣き叫び震え、私を笑わせることでしょう。そのとき、あなたが見るのは、いま目にしているような褐色の肉体ではありません。彼らは、恐怖で顔色を変え一瞬にして青ざめてしまうでしょう。このようにあなた方はあまりに平和すぎて、敵兵の兜の羽飾り一本でも見ることに耐えられなくなっているのです。

三四　ソロン　アナカルシスよ、エウモルポスとともにわれわれを攻撃したトラキア人や、ヒッポリュテとともにわれわれの国に侵入した君たちの女たち[7]や、われわれと武力衝突した他の者たちは、そのようなことは誰も言っていない。ねえ君、われわれが若者たちを裸にして訓練するからといって、武器を持たせずに彼らを危険なところへ連れ出すわけではありません。肉体そのものが優れたものになれば、その後で武器を持った訓練が始まります。そのように訓練していけば武器も上手に使うことができるでしょう。

アナカルシス　それでは、武器を使う運動場はどこにあるのですか。市内をくまなく歩き回りましたが、それらしい場所は見当たりませんでした。

ソロン　いや、君がもう少しわれわれの国に滞在すれば、必要なときに使う武器をわれわれ各人がたくさん持っているのを見ることになるでしょう。それから兜の羽飾りや轡の飾り金や馬、市民の四人に一人である騎兵も目にすることでしょう。しかしながら、つねに武器を携帯し懐剣を腰に差しているのは平和なときには無駄だと考えています。じっさい、市内で必要もないのに武器を携帯したり、武器を持って公共の場に行ったりすれば、その人は罰せられるのです。君たちの国では、いつも武器を手にして生活することが許されているのでしたね。君たちは城壁のない場所で生活しているので、簡単に謀反が起こり、戦争が頻発し、いつ寝込みを襲われ、車から引きずり下ろされ殺されるかも分からないのですから。互いに対する不信が、法ではなく各自気ままに生きるという共同生活と相まって、暴力から身を守るために鉄剣を必需品にしているのです。

三五　アナカルシス　ソロン、そうすると、あなた方は、必要なとき以外に武器を携帯することは無駄であると考えて、手に持って振り回して傷でもついたらいけないと武器を大切にし、いざというときに備えて保管しているのに、他方で、若者たちの肉体はといえば、危険が迫っているわけでもないのに、彼らを殴ったり、汗で体力を消耗させたりして、厳しく訓練し、いざというときまで彼らの力を蓄えておくどころか、

(1) アマゾン族のこと。

泥と砂埃の中で無駄に使い果たしているというわけですか。

ソロン　アナカルシスよ、どうやら君は、体力というものを、ワインや水やその他の液体と同じだと考えているようですね。だから、練習中に体力は、陶製の壺から漏れるように、気がつかないうちに漏れてしまい、内部からさらに補充されないのでわれわれの肉体は空っぽになり干涸びてしまうと恐れているわけですね。しかしじっさいはそうではないのです。練習によって体力が流し出されれば出されるほど、それだけいっそうますます体力が流れ込んでくるのです。それはちょうど、君も聞いたことがあると思うが、一つの頭が切り取られるとつねに別の二つの頭が生えて来るというヒュドラの話のようなものです。しかし初めから訓練されてもいず、体も引き締まってもいず、元になる体力さえも充分に備わっていないならば、厳しい訓練で損なわれ痩せ衰えてしまうでしょう。それは、火とランプとの違いに似ています。同じように息を吹きかけても、火はふたたび燃え上がり、息によって焚き付けられてすぐに大きくなりますが、ランプの火は、充分な燃料の補給がなく風に耐えられず消えてしまうのです。思うに、火の根元が強くないからです。

三六　アナカルシス　ソロン、まったく理解できません。あなたの仰ったことは私には微妙すぎて、正確な思考力と鋭い洞察力を必要としています。しかし次のことをぜひともお聞かせください。若者たちが競争するのを見に大勢の人たちが集まるとあなたも仰るオリュンピア、イストモス、デルポイ、その他の競技会において、何のためにあなた方は、若者たちに武器を用いて競争させるのではなく、裸にして観衆の真ん中へ導き、蹴ったり殴ったりするのを見せ、勝者にはリンゴやパセリを与えるのですか。何のためにあなた方がそうするのかを知ることは大切なことですから。

ソロン　アナカルシスよ、もしこうした競技会で優秀な者たちには名誉が与えられ、ギリシア人の観衆の前で名前が公告されるのを人びとが目にするならば、人びとはますます体育に対して熱心になるだろうとわれわれは考えています。そういうわけで、大勢の観衆の前で服を脱ぐことになるので、裸になったとき恥ずかしくないように人びとは自分の身体の具合に気を配るようになり、一人一人が勝利にふさわしくなるように努めるのです。さらに、先ほど述べた賞品もつまらないものではなく、観衆からの称賛であり、名声の印であり、同世代の中でも最も優れた者と人びとから指示されるということなのです。それゆえ、観衆の多くは、まだ訓練する年頃ですが、こうしたことを目にして、優秀であることを望み、もっと研鑽を積もうと思って立ち去るのです。じっさい、アナカルシスよ、名声への欲求がこの世から失われたとしたら、何か立派なことがまだわれわれにあるでしょうか。あるいは誰が名誉あることをしようとするでしょうか。しかし現実は反対で、パセリやリンゴのために裸になってこれほどの情熱で勝利を得ようとしている彼らが、戦争で祖国や子供や妻や神殿を守るために武器を取ったときどういうふうに振る舞うのかは、いま君が目にしていることからも推測することができるでしょう。

三七　しかしもし君がわれわれのウズラや鶏の闘いを見物して、その闘いにかけるわれわれの情熱を見たらならば、君はどう思うでしょうか。もちろん君は笑い出すでしょう。とりわけ、われわれが法律に則ってこれを行なっていて、戦争にいく年齢の者たちは全員参加し、鳥が完全に力つきるまで蹴り合うのを観戦しなければならないということを君が知ったときには。しかしこれは笑うべきことではありません。危険に立ち向かう情熱がいつの間にか彼らの魂に忍び込み、鶏よりも卑しく臆病に見えないように、傷や疲労やその他の困難を負っているからといってすぐには降参しないようになるのです。

　武装させて若者たちを試し、傷つけ合うのを見物するなど、もってのほかです。最も優れた若者たちを、敵に対して最善の働きをする若者たちを殺してしまうなど、野蛮で、とても愚かで、おまけに有害なことです。
三八　アナカルシスよ、君はギリシアの他の国も訪ねるそうですが、覚えておいてほしいのですが、もしスパルタを訪問することがあるならば、彼らを嘲笑しないようにしなさい。彼らの訓練が無駄だと考えないようにしなさい。彼らは、あるときは、競技場で一つのボールを巡って互いに突進し殴り合い、またあるときは、周囲を水路で囲まれた場所に入って、敵と味方の二手に分かれて戦隊を組み、彼らもわれわれと同じように裸ですが、互いに相手を、ヘラクレス隊がリュクルゴス隊をあるいは反対にリュクルゴス隊がヘラクレス隊を、水路へ追いつめ囲いから追い出すまで戦うのです。こうした訓練の後では平和になり、もう誰も殴ろうとはしませんがね。とくに、祭壇のそばで若者たちが鞭で打たれ、血を流しているのを目にするときは気をつけなさい。父親と母親はそばに立っていますが、その様子に苦しむことなく、むしろ、鞭打ちに耐えられないならば罰を下すと脅したり、できるだけ長く拷問に持ちこたえるように懇願したりするのです。じっさい、この競技では、命あるかぎり家族の目の前で降参することなどできないと考え、肉体の苦痛に屈することなく死ぬ者も多くいます。そのような若者たちの銅像が崇拝されているのを君は見ることでしょう。スパルタ人が国費で立てたものです。
　君はこうしたことを目にしても、彼らが狂気に駆られていると思ってはいけません。僭主が暴力を振るうわけでもなく、敵に蹂躙されているわけでもないので、何の必然があって、苦労しているのかと言ってはいけません。彼らの法律制定者であるリュクルゴスがこうした慣習を弁護して、彼らを懲らしめるのが正当であるとする理由をたくさん君に示すでしょう。リュクルゴスは彼らの敵でもなく、憎しみからそうしているわけでもありません。国家の若者たちの血を無駄に流して喜んでいるわけでもありません。国家を守ろうとする人たちは強靭な肉体を持ち、あらゆる苦難に打ち勝つ者でなければいけないと考えているからです。しかしリュクルゴスがこういう説明をしなくても、君自身で理解するでしょう。彼らが捕虜になって拷問を受けても、決してスパルタの機密を漏らさず、敵をあざ笑い、先に相手が諦めるまで鞭打つ者と張り合って拷問に耐えるということを。

三九　アナカルシス　しかしリュクルゴス当人はどうなのですか。彼自身も若いときには鞭を打たれたのですか。それとも、そのような競争にはもう年を取りすぎて、自分は安全なままでそのような新しい法を制定したのですか。

ソロン　クレタ島から帰ってきてその法を制定したとき彼はもう老人でした。彼がクレタ島を訪れたのは、ゼウスの息子ミノスが法を制定したおかげでクレタ島の治安がとてもよいと聞いていたからです。

アナカルシス　ソロン、ではなぜあなたもリュクルゴスを真似て、若者たちを鞭打たないのですか。あなた方アテナイ人にふさわしい立派な訓練なのですから。

ソロン　アナカルシスよ、われわれは自分たちのこうした訓練で満足しているのです。外国のやり方を真似する必要はまったく感じていません。

アナカルシス　そうなのですか。個人にとっても国家にとっても何の役にも立たないのに、両腕を高く上げて裸で鞭打たれることがどういうことなのかをあなたも理解しているはずです。まあ、もしこの競技が行なわれる季節にスパルタに滞在することになれば、私はすぐに公の場で石打ちの刑にされるでしょう。強盗や追い剥ぎやその他これに類する悪事を働いた者のように若者たちが鞭打たれるの見るたびに笑ってしまうからです。彼らの国は滑稽なことを自らに課しているのであって、本当はエレポロス[1]を必要としているように私には思えます。

四〇　ソロン　友よ、反論する者が誰もいないのに、君一人で弁論して勝ったとは考えないように。スパルタには、これらを弁護するために筋を通して反論する人がいるはずですからね。

しかし、私はわれわれの慣習を君に説明しましたが、君はどうもわれわれの慣習に満足していないようです。ですから、今度は、君たちスキュティア人がどのように若者たちを鍛えるのか、どのような運動をして育てるのか、どのようにして立派な者を作るのかを、君から私に話してくれるようにお願いしても不当なことではないでしょう。

アナカルシス　まったくごもっともなことです、ソロン。私もスキュティアの慣習をお話ししようと思います。厳かなものではなく、あなた方のとは違っています。私たちは、顔を一撃殴られることさえ我慢できないのです。私たちは臆病だからです。しかしどのようなものか、お話しすることにしましょう。ところで、もしよろしければ、この話は明日にしませんか。あなたが今日仰ったことを少し静かに考えたいのです。それに私が話さなければならないことを記憶をたよりに思い出しながら整理しておきたいのです。いまはこう約束して帰ることにしましょう。もう夕方ですから。

（1）狂気を治療する薬。

メニッポス
または死霊の教え

（第三十八篇）

内田次信 訳

冥界から戻ったメニッポス

一　メニッポス　おお久しぶりだ、わが館と、炉《いろり》に通じる門口よ、
　光の世界に立ち戻りお前を目にするのは何と楽しいことか[1]！

友人　あれは「犬」のメニッポス[2]ではないか？　俺がやぶ睨《にら》みでないとしたら、彼に間違いない。上から下まで彼そのものだ。だが、フェルトの帽子に竪琴にライオンの毛皮という妙な出で立ち[3]は何なのだ？　とにかく話しかけて見よう。

こんにちは、メニッポス。いったいどこからやって来たのだ。長いことこの町では見かけなかったが。

メニッポス　ハデスが他の神々から離れて館を構えるところ、

---

(1) エウリピデス『ヘラクレス』五二三―五二四行でのヘラクレスの言葉をそのまま用いている。その悲劇では、主人公ヘラクレスが、テバイに亡命中の父のティリュンスへの帰国を許してもらうため、ティリュンスやミュケナイを含むアルゴリスを支配するエウリュステウス王に仕えながら、次々に難業を果たして行き、最後に、冥界の番犬ケルベロスを地上に連れてくるため、タイナロン岬（ラコニア地方）の洞窟から地下世界に降った。そして（冥界に囚われの身となっていたアテナイ王テセウスの解放という他の用事も手掛けたので）かなり長い時を費やしてから、ケルベロスを連れて、ヘルミオネ（ペロポネソス半島東部）における「地下神」デメテルの神域近くにあった峡谷から地上に戻り、さらにテバイに帰

還した、それはちょうど、彼を待ち望んでいた家族（父、妻、子たち）が、テバイ王リュコスに処刑されそうになっていたときだった。その帰還時の英雄の言葉がここの引用句。なお、「炉」は家庭の象徴物。本篇ではメニッポス（次註）が、最もよい生き方は何かという問題への解答を得るため、バビュロンの近くで、導師の呪文によって出現した地の裂け目から冥界に降り、預言者テイレシアスの霊からその答えを得たのち、ギリシア中部レバデイアのトロポニオス（地下神の一）の神域において地上に復帰する。

（2）「犬（キュオーン）」（「野良犬」のイメージ）は、「犬儒派（キュニコス）」ということ。反因習的な（因習から自由な）思想と行動態度や、咬みつくような攻撃的論争法からこう呼ばれた。犬儒派の祖はシノペ人ディオゲネス（ソクラテスの友アンティステネスが祖という説は疑問視される）。メニッポス（前三世紀）は、フェニキアのガダラ出身で、ディオゲネス・ラエルティオス『ギリシア哲学者列伝』（第六巻九九―一〇一）によると、メニッポスは元奴隷で、また乞食をしていたこともあったが、のちにテバイ市民となったといい、さらに高利貸しをしていた、しかし事業が失敗して首つり自殺をした、ともいう。こういう伝記がどこまで事実に基づいているか、不明である。彼の作品として、ルキアノスの本篇の副題 Νεκυομαντεία と同義の『死者占い（Νέκυια）』等一三篇があったとディオゲネス・ラエルティオスは記しているが、伝わらない。作風の特徴として、散文と韻文とを混ぜた「散韻文（prosametrum）」の創始者と伝えられ、この手法はウァロ、セネカらに受け継がれている。ルキアノスにおいてはこの手法自体は顕著ではないが、メニッポスを中心的な登場人物にする作品がいくつかあり、発想を彼の作から借りていると推測されている。

（3）フェルトの帽子はオデュッセウスの出で立ちを、竪琴はオルペウスの携える楽器を、ライオンの毛皮はヘラクレスの身なりを模倣する。これら三者はいずれも冥界訪問をすでにしたことがあるので、彼らに見せかければ、冥界の番人らに見とがめられる危険がそれだけ少なくなるという導師の計略による（八節参照）。なお、フェルトの帽子は、手職人や船乗りや旅人らが被った。神話的人物としては、オデュッセウスの他に、ディオスクーロイやピュラデスらも使用しているが、とくにオデュッセウス的な特徴と見られていたようである。ただしここでは、ハデス行の経験がある人物という観点も絡んでいる。なお、アリストパネス『蛙』四五行以下参照（ディオニュソスの出で立ち）。

死者の隠れ処と闇の門を後にして俺はやって来た(1)。
友人　ヘラクレスよ、われわれの知らぬ間にメニッポスはいったん死んで、また生き返ったのか！
メニッポス　いやそうではなく、ハデスは俺を生きたまま迎え入れたのだ(2)。
友人　そんな風変わりで突飛《とっぴ》な旅を企てたのは何故なのだ？
メニッポス　若さがわれを駆り立て、理性に大胆さが優ったのだ(3)。
友人　お目出度いね、君は。悲劇役者ぶるのはやめ、イアンボス調(4)から僕みたいな単純な言い方に調子を落として答えてくれ。その服装は何なのだ？　何の用があって地下に降っていったのだ？　本来この旅は楽しくもなく、喜んでするものでもないはずだからね。
メニッポス　おおわが友よ、必要に迫られてわれは、
　テバイの人テイレシアスの魂に伺いを立てるべく、ハデスに降ったのだ(5)。
友人　おい君、気が違ったのか。そうでもなければ、友達に向かってそのように拍子を付け、吟唱詩人のように語る(6)ことはあるまい。
メニッポス　不審がらないでくれ、友よ。エウリピデスとホメロスについこの間会ってきた(7)ところで、どういうわけか知らぬが詩の文句が頭の中を充たし、韻文が自然に口をついて出てくるという有様なのだ。
二　それはそれとして、地上の様子はどうかい？　町の人はどうしている？
友人　新しいことは何もなくって、これまで同様、くすねたり、偽誓をしたり、利子を帳面に書き込んだり、小銭を貸し付けたりしているよ。

(1) エウリピデス『ヘカベ』一行目ポリュドロスの台詞を用いている。ポリュドロスは、戦争の間、父のトロイア王プリアモスによって、同盟者のトラキア王ポリュメストルのもとに託されていたが、トロイア陥落直後ポリュメストルによって殺され、いまは死体の姿で海辺に漂っている。その亡霊が劇の冒頭（プロロゴス）で観客の前に現われ、今日自分の遺骸が発見されて、母ヘカベの手で埋葬されることになる、といった点を語る。

(2) イアンボス・トリメトロス（後註（4）参照）の韻文形になっているこの文は、エウリピデスの悲劇（『ペイリトオス』？）からの引用かと推測されている（「断片」九三六）。

(3) やはりイアンボス・トリメトロスのこの文は、エウリピデスの悲劇『アンドロメダ』からの引用かと推測されている（「断片」一四九）。

(4) イアンボス調 *ἰαμβεῖον* (*μέτρον*) は、イアンボス (*ἴαμβος*)、つまり短長格を基礎とする韻律。韻律単位（メトロン）は短長短長になる（最初の短はじっさいは長短いずれも可能）。通常ギリシア悲劇の台詞ではこれを三回繰り返し、イアンボス・トリメトロス (*ἴαμβος τρίμετρος*「三韻律単位のイアンボス」) の形になる。

(5) ホメロス『オデュッセイア』第十一歌一六四行を用いている。「友」は、その元の箇所では「母」。そこでは、ハデス（冥界）に赴いたオデュッセウスが母の霊と出会い言葉を交わす。放浪中のオデュッセウスが冥界に行った本来の目的は、テバイ（ギリシア中部）出身の有名な予言者テイレシアスの霊から、帰国のことについて教示を得るため。本篇でもメニッポスは、冥界でテイレシアスに教えを請う（ただしその目的は、「最善の生き方」について問うため）。

(6) 吟唱詩人（ラプソードス）は、祭典や宴の折などに、杖（ラブドス）を片手に持ちながら（より古くは竪琴を爪弾きながら）、暗記している作品（主にホメロスの叙事詩）を朗々たる声で吟じた者（ただしこの箇所の原文では動詞 *ῥαψῳδεῖν* の形で表わされている）。そういう職業の団体があり、とくにホメリダイ（直訳すると「ホメロスの子孫」）と称された者たちがホメロスの詩句の解釈などで権威を持っていた。ラプソードスたちのための競演が、祭典競技（パナテナイア祭など）の演目に含まれた。自作を朗唱するアオイドス「歌人」と区別されるラプソードス *ῥαψῳδός* の語源は、「（既存の）歌を縫い合わせる (*ῥάπτειν*) 者」のことだと言われる。いまの箇所では、メニッポスがホメロスの詩句をラプソードスのようにそらんじたので、そのように言った。

(7) 冥界で会って話をしたということ。

メニッポス　惨めで哀れな人達だ。この間、地下の国で、金持ちに対してどんな法律が採決され、認可されたか[1]、知らないんだね。これは、ケルベロスにかけて[2]、どんな手段を講じようと、逃れることはできないんだ。

友人　何だって？　地下の人びとが、この地上の人間に関して、何か新しい決定をしたのかい？

メニッポス　そのとおり、しかも多くの事柄をね。でも、それを誰にでも教えることは許されてはいない。口外無用のことは、しゃべってはいけないのだ。背《そむ》けば、誰かが僕に対して、不信心の科で、ラダマンテュスの法廷に訴訟を起こすことになりかねないからね。[3]

友人　お願いだから、メニッポスよ、友だちに話をするのを惜しまないでくれ。それを聞きたいといっているこの僕は、口の堅い男なのだし、秘儀にも入信しているのだから。[4]

メニッポス　難しいことをねだるね、君は。あまり信心深いこととも言えないし。[5]まあしかし、君のためなら、あえて話さねばなるまい。

決議では、金持ちで、懐《ふところ》が豊かだが、ダナエを隠すようにお金を秘蔵する[6]あの連中は――

（1）二〇節参照。

（2）ケルベロスは、三つ（ヴァージョンによっては五〇、等）の頭を持つ冥界の番犬。ただし、入ってくる者（つまり死んだばかりの者）はそのまま通す一方、冥界から出て行こうとする者を制止する。また、犬にかけて、という誓いの仕方（後出ラダマンテュスが、神にかける代わりに動物にかけて誓うそういう仕来りを始めたという）を、ソクラテス（犬儒派の理想の一人）らがよく行なった。「犬」のメニッポスは、ここで、地下世界から帰ってきたばかりということで、冥界の犬にかけて誓う。

(3)古代のクレタの王、ミノスの兄弟。正義の人と伝えられ、彼の作った法律がのちのギリシアの範となったという。死後エリュシオン(至福)の野に住み、また、ミノスらとともに死者の世界の裁判官を務めている。

(4)エレウシスの秘儀(ミュステーリア)のことを言っている。それへの入信(後記ミュエーシス)はすでに済ませているので、冥界(死後)に関わる秘密を話してもらうことを許される、と。アテナイ西方約二〇キロメートルの位置にあるエレウシスは、穀物神デメテルとコレ(ペルセポネ)の聖地として古来栄え、とくに秘儀で有名だった。それには殺人を犯した者を除くすべてのギリシア人(のちにはギリシア語を話す者)が、また奴隷も、入信を許された(ローマ時代には皇帝たちも入信した)。予備的な入信(ミュエーシス)をしていない者は、本格的な入信儀式(エポプテイアー)に参加することができなかった(しかし、ミュエーシスの段階に留まる者も多かった)。この儀式を口外することは禁じられていた。ただし厳密な秘密結社というのとは異なり、国家の関与も含む宗教儀式であり、秘儀入信志願者の行列が毎年、秋口に、アテナイの広場からエレウシスへ向け「聖なる道」を進んでいくのを、多くの市民が見送った(この大秘儀を準備する小秘儀がアテナイ郊外イリッソス河畔のアグライで行なわれた)。エレウシスに着いた一行は、洗い清めなどした後、本殿(アナクトロン)で、夜間に、松明の光のもとで行なわれる儀式に与った。何か聖物を「見る」ことが儀式の要だった。神話的な関連で、失踪したペルセポネのデメテルによる再発見を表現する儀式だったかと思われる。現世での成功と来生での至福を入信者たちに約束したらしい。

(5)以下で話そうとする、金持ちに対する冥界での決議は、二〇節で具体的に記述される。ラダマンテュスによる口外禁止令はエレウシスの禁忌(前註)同様に重大という意味合いを持たせて、本篇の趣向の一つに(滑稽な形で)もったいをつける。

(6)ダナエは、アルゴス王アクリシオスの娘。彼女の生む子が王位を奪うことになるという託宣を受けてアクリシオスは、地下に造った青銅製の部屋に彼女を閉じ込め、番をさせたが、ゼウスが黄金の雨となって屋根の割れ目から滴り入り、彼女と交わった。彼女はペルセウスを生んだ(アクリシオスは母子を箱に入れ海に流したが、二人はセリポス島に流れ着いて助かった。のち成人したペルセウスがある競技大会に参加した折、投げた円盤が、ちょうど観戦していた祖父アクリシオスの頭に偶然当たり、殺すことになった)。本箇所で、金持ちが、ダナエを隠すように財産を秘蔵している、というのは、閉じ込められているダナエに黄金の雨が降り注いできたという状態を目して言っているようである。

友人　決議のことを話す前に、友よ、僕がいちばん君から聞きたいと思うことを語ってくれ。つまり、君が地下へ降った目的は何だったのか、君を案内したのは誰だったのか、それからあそこで君が順々に何を見聞したのかといったことを述べてくれないか。美しいものを愛する君のことだから、見たり聞いたりするのにふさわしいことは、決してその機会を逃しはしなかったはずだからね。

三　メニッポス　これも君の意向どおりにせざるをえないね。友人のたっての望みとあれば、致し方ないからな。

冥界降りを決意した次第

では、まず第一に、どうして地下に降る決心をしたかということを話すことにする。

僕は、子供でいた間は、ホメロスやヘシオドスの作品で、半神のみならずまさに神々までが、戦争やいさかい、さらには密通、暴力沙汰、略奪、訴訟、父親の追放、兄弟姉妹との結婚を行なっていると叙述されるのを聴かされると、それはすべて善いことなのだと思い、ひとかたならずそれに心を動かされもした。だが、大人の仲間入りをしてからは、法律では反対に、密通も、いさかいも、略奪もしてはならないといった、詩人たちの話とは逆のことが命じられているのを耳にするようになった。それで僕は大きな懐疑に陥り、自分で自分を落ち着かせることができなくなった。それが善いことだという認識がなければ、神々がお互いに密通したり、いさかいを起こしたりすることはないだろうし、その方が身のためだと考えなければ、法律家も逆のことを勧めたりはしないだろうからだ。

四　途方にくれた僕は、あの哲学者と呼ばれる人びとのところに行き、好きなように扱ってくれるようこの身を委ねて、単純で堅実な人生行路を教えてくれるよう頼むのがいちばんだと考えた。そしてこの考えで僕は彼らのもとに足を運んだのだが、これは諺に言う、煙の中から必死に逃げ出したつもりが、知らないうちに却って火の真っ只中に飛び込む行為だった。つまり、よく観察すると彼らの間にこそ無知と迷妄の度合いがはなはだしく、それと比べればわれわれ普通人のこの生活は黄金のように輝かしいことが分かったのだ。たとえば、彼らのある者は、すべてを享楽し、快楽だけを追求せよ、これが幸福というものなのだからと勧めていたし[1]、別の者は逆に、すべてに関して労苦を厭《いと》わず、体の欲望を抑えて不潔なままで通し、誰にも彼にも悪態をつきながら憎まれ者になるべしと説いて、徳に関するヘシオドスの周知の詩句、「汗」とか「頂に至る道」といった言葉[2]を始終唱えていた[3]。また他の者は、金銭を軽んずること、それを所有していようがいまいが変わりはないことを教えようとし[4]、逆に他の者は富もまた善であることを示そうとした[5]。

宇宙に関する彼らの教説については、いまさら何を言うべきだろう？「イデア」とか「非実体」とか「原子」とか「真空」とか、その他同様の用語を来る日も来る日もわんさと聞かされ、うんざりしていた僕

---

(1) エピクロス派または「快楽主義」のキュレネ派（その祖は、ソクラテスの友アリスティッポス）のこと。

(2) ヘシオドス『仕事と日』二八九―二九二行。

(3) 犬儒派（キュニコス派）のこと。その祖はディオゲネス（またはアンティステネス）。

(4) ストア派のこと。「変わりはない」と訳したところは、ストア派の専門用語 ἀδιάφορον（善でも禍《わざわい》でもないこと）が使われている。

(5) ペリパトス派のこと。

なのだから。

いちばん奇妙だったのは、彼らのおのおのが正反対の主張をしながら、それをきわめてもっともらしく信ずべき様《さま》に述べ立てるので、同一の事物を熱いと唱える者にも、冷たいと言う者にも、こちらから反駁できないということだった。何にせよ、同時に熱くかつ冷たいということはありえないということは僕にはよく分かっているはずなのにだよ。だから、僕の有様といったら、まるでうたた寝をしている人間みたいで、あるときはうなずいたかと思えば、あるときはまた頭を上げる(1)というていたらくだった。

五　だがこういうことよりもずっと馬鹿げていたのは、よく見ていると同じ彼らが自分たちの主張とはまったく逆のことを実行しているのが分かったということだ。たとえば金銭を軽んじることを勧めていた者たちがじっさいにはそれに執着し、利息のことで言い争い、報酬と引き換えに授業を行ないながら、金のためなら何ごとも厭《いと》わない様子をしているのを目にしたし、名声を斥《しりぞ》ける者がまさにそれを狙って行なったり語ったりしているのも、快楽をほとんどすべての者が弾劾しているにもかかわらず私生活ではそれに浸り切りになっているのも、この目で見たのだ。

六　この「哲学者に教えてもらうという」望みもくじかれ、僕は前よりもいっそう落ち着くことができなくなった。ただ少し慰めになったのは、真実が見えないまま徘徊する無知な僕の同類に、知恵を謳われる多数の賢人がいるということだった。
こういう理由でまんじりともできないある夜のこと、僕は、バビュロンに行き、ゾロアスター(2)の弟子で、その後継者になっている魔術師(3)の誰かに頼んでみるのがよい策だと思いついた。魔術師たちが、呪文を唱え

(1)「うなずく（*ἐπινεύειν*）」の反対「頭を上げる（*ἀνανεύειν*）」は、ギリシア人による否定のしぐさ。

(2) ゾロアスター（ゾーロアストレース、ツァラトゥストラ）は、イラン地方（メディア、ペルシア）の伝統的な多神教（ミトラス教）を、アフラマズダを唯一神とする宗教によって置き換えようとした宗教改革者と言われる。その年代については、アカデメイア派では、プラトンより六〇〇〇年前の人という説を唱えていたが（プリニウス『博物誌』第三十巻三参照）、今日では前七世紀の生まれとされる。生誕地はバクトラ（現アフガニスタン）らしい。こういう点や彼の教えについては、彼の言葉を記しているというガーサ（Gatha「聖歌」、ゾロアスター教の聖典アヴェスタの一部）が重要な資料である。ゾロアスターがマゴイ「魔術師」（次註）の教祖とされる点については、本箇所の他に、プラトン『アルキビアデスI』一二二A、ディオゲネス・ラエルティオス『ギリシア哲学者列伝』第一巻二、等参照。

(3) ヘロドトス『歴史』第一巻一〇一によると、メディア人（後出参照）の一部族として「マゴス族（マゴイ）」があり、同第七巻三七で、マゴイと呼ばれる神官階級の者たちが、予兆の解釈や未来の予知などの能力を持つ者としてペルシア宮廷で重んじられていたことが記述されている。マゴイは、ギリシア人によって、神に関する知識を持つ賢者の集団として、敬意を持って言及されることがある（プラトン『アルキビアデスI』一二二A参照）。他方、この*μάγος*の語は、一般的に、胡散くさい技を用いながら、呪い殺し（ラテン語で*devotio*）や死霊の呼び出しなどを行なおうとする「魔術師」の意味で用いられる（「マゴイ」族の語との語源的関連は明瞭ではない）。この忌まわしい意味合いでは*γόης*「呪術師」や*φαρμακεύς*（原義「薬物、麻薬を扱う者」）の語と通じる。ギリシアでも古くから「魔術師」は知られていたはずだが、コルキス（黒海東岸）の王女メデイアの例などに見られるようにオリエントがその本場と見られていた。とくにアレクサンドロスの東征後、東方の神々と宗教が地中海世界に流入し、わけても占星術（運命の予見や回避に関わる）が影響力を持つようになって、それに対する関心がより高まった（それを禁止し抑圧しようとする公的な試みもしばしば行なわれた）。本篇では、そういう「本場」バビュロンのマゴスを持ち出し、しかもそれをテイレシアスの死霊占い（後出）というギリシア古典（ホメロス『オデュッセイア』第十一歌）的要素と結合する点が一つの趣向になっている。ここのマゴスが、諷刺家ルキアノスによって本当に敬意を持って遇されているかは疑問だが、とりあえず、偽善的で無智なギリシアの哲学者たちと対比される。

儀式を執り行なってハデスの門を開き、そうしてやろうと思う者を降らせてまた無事に戻って来させるということを聞いたことがあったのだ。だから、彼らの誰かと交渉してハデスへ降らせてもらい、それからボイオティア人のテイレシアス(1)のもとに行って、この予言に長けた賢者から、心ある人間の選びうる最善の生き方とはどんなものか教えてもらうのがいちばんだと考えたのだ。

バビュロンの賢者

そこで僕は跳び起きると、大急ぎでバビュロンに向かった。そこに着くと、カルデア人(2)で、その術を神的に操る賢者の知遇を得た。髪の白い、とても厳かな顎髭を垂らしているその人は、名をミトロバルザネスといった。彼に懇願し頼み込んで、やっとのことで、彼の求める額の報酬で、僕の導き手になってくれるよう承諾させることができた。

七　彼は、僕の身を預かると、まず新月から始めて二九日間、夜明けにエウプラテス河まで連れて行き、朝日に向かいながら水浴させた。その際、何か長いおまじないを口にしたが、下手くそな競技触れ役のように早口で不明瞭に話すので、僕にはあまり理解できなかった。しかし、少なくとも何か霊に呼びかけているようだった。とにかく、その呪文の後で僕の顔に三度唾を吐きかけ、出会う人をまったく見ないようにしながら家に戻るということを繰り返した。食物は木の実で、飲物は乳、蜂蜜入りの水にコアスペス河(3)の水、寝るのは星天の下、草の上だった。

予備的な精進の点ではもう十分という段になると、次には真夜中に僕をティグリス河に連れて行き、河水で洗い清めて、例の呪文をつぶやきつつ松明や海葱《かいそう》(4)やその他の多くの物を用いてこの身を浄らかにした。それから、幻に惑わされないよう、僕の周りを巡りながら全身にまじないをかけ、その状態のまま後ろ向きに家へ連れて帰った。あとは船出を待つだけとなった。

---

(1) 生前は、ギリシア中部ボイオティアのテバイ市に住んでいた有名な預言者。冥界に行ったオデュッセウスが、テイレシアスの霊に質問するホメロス『オデュッセイア』第十一歌九〇行以下参照。

(2) カルデア人（カルダイオイ）は、メソポタミア地方南部においてバビュロンを首都とする新バビュロニア王国を建設し、ネブカドネザル二世（前六世紀）のときに繁栄したが、ペルシアに滅ぼされた（前五三八年）。その後「カルデア人」の名称は、ギリシア・ローマにおいて、バビュロン的伝統に基づく占星術や魔術に精通する専門家集団を表わすようになった。

(3) ペルシアのスサ地方を流れる河で、その水質の良さが謳われた。ペルシア王はこの水しか飲まなかったという。ここでも、その清らかさという観点から用いられる。

(4) *σκίλλα*, 英語 squill. ユリ科、地中海の海岸地帯に産し、広い葉、白い花、大きな鱗茎を有する。刺激性のある鱗茎は、アクを除いた後で粉末にし、薬用として、蜂蜜などと混ぜて摂取された（食欲不振、黄疸などに対して）。ピュタゴラスは治癒力の観点からその食を勧めた。またここのように浄めの儀式に用いられる。戸口に掛けておけば、魔法（毒薬）の攻撃から護る（プリニウス『博物誌』第二十巻一〇一）、とされた。ドラキュラを防ぐニンニク（やはりユリ科）を想起させる。ルキアノス『偽預言者アレクサンドロス』四七参照。

八　さて、彼自身はメディア人(1)のに似た魔術師用の衣装を身に着け、僕にはこういうフェルト帽にライオンの毛皮、さらには竪琴まで持って来て身ごしらえさせた。そして、誰かが僕の名前を尋ねてもメニッポスだと答えてはならない、ヘラクレス、またはオデュッセウスまたはオルペウスだと言えと申し渡したのだ。

友人　いったいどういうことなのだ、メニッポス？　その出で立ちの目的も、名前に関する言いつけの理由も僕には理解できないよ。

メニッポス　明々白々だよ、秘法ということではない。われわれより以前に生きたままハデスに降っていったこの三人に僕を似せれば、アイアコス(2)の見張り所でも、すでにお馴染《なじ》みの者として、妨げを受けず容易に通過できるだろうと彼は考えたのだ。悲劇の登場人物のような(3)、こういう扮装のおかげで通らせてもらえるだろう、と。

九　すでに夜が明け初めた頃、われわれは河に下って船出に備えた。彼はもう船や祭具や蜜入り水その他の儀式に必要なものを用意していた。

かくてわれわれは荷を積み込み、次いでわれわれ自身も

熱い涙を流しつつ、重い心で乗り込んだ。(4)

しばらくの間河の上を流されていったわれわれは、やがてエウプラテス河が変じて湖沼になるところに入り込んだ。これも通り過ぎると、ある人気のない、森に覆われた、日の当たらない場所(5)に到着し、やっと、ミトロバルザネスが導くなか、僕は下船した。そしてわれわれは穴を掘り、羊の咽腔《のど》をかき切ると、血を穴

(1) メディア人は、前一〇〇〇年頃からイラン高原北西部に住んでいた民族でペルシア人と同系と見られる。キュアクサレス王（前七から六世紀）のときに、バビュロンと組んでアッシュリアを滅ぼし（ニネヴェ陥落は前六一二年）、イランの大部分や小アジアの一部（ハリュス河が対リュディアとの境界）を支配した。首都はエクバタナ。キュアクサレスの子アステュアゲス王（前六世紀）のときに、ペルシア人キュロス二世がメディアの権力と領土を奪った（前五五九年）。前出ゾロアスターを祖と称するマゴイの故地。

(2) ゼウスとアイギナ（アソポス河の娘）との子、アイギナ島（それ以前はオイノネ島と呼ばれていた）に生まれた。アイギナに人間がいないので、ゼウスに頼んで、そこの蟻たち（ミュルメーケス）を人間に変えてもらい、彼らをミュルミドネスと呼んだという伝承がある。テラモン（のち大アイアスの親）とペレウス（のちアキレウスの親）の父、また別腹の子としてポコスをもうけた（テラモンとペレウスに殺された、この二人はそののち国を追われた）。アイアコスは、その敬虔さと正義の性質のゆえに、死後冥界において、ラダマンテュスやミノスとともに、死者の裁判官を務めている、というのが通常のヴァージョン。しかし、ルキアノスは、彼を冥界の門番とする。この設定は、冥界に降ってきたヘラクレスをアイアコスが誰何《すいか》する場面（「断片」一）を含むクリティアスの悲劇『ペイリトゥス』においても認められるようである。またアリストパネスの喜劇『蛙』四六四行以下に現われ、ヘラクレスに扮して降ってきたディオニュソスを脅す門番も、写本によって「アイアコス」と表記されている（ここでは喜劇らしく完全に下賤な門番になっている）。アイアコスの「門番」という役は、死後彼が「冥界の鍵を預けられている」（アポロドロス『ギリシア神話』第三巻第十二章六）という伝承に関係すると言われる。

(3) クリティアスの悲劇（前註）参照。

(4) ホメロス『オデュッセイア』第十一歌五行。オデュッセウスとその一行が、キルケに命じられたので、冥界という恐ろしい場所へ、生きた身で、泣く泣く赴くという箇所。

(5) 闇におおわれたキンメリオイの地を想わせる（『オデュッセイア』第十一歌一四行以下）。

のあたりに注いだ。魔術師はその間燃える松明を手にしながら、もうぼそぼそとではなく、あらん限りの声を張り上げて、あらゆる神霊や「刑罰（ポイナイ）」や復讐の女神（エリニュス）たちや、

夜の女神ヘカテに、畏れ多いペルセポネイア[1]を呼び立て、同時に、異国の意味不明な、長たらしい言葉を混ぜ込んだ。

冥界行

一〇　すぐにあたり一帯が揺れ始め、まじないの言葉につれて地面が裂け、ケルベロス[2]の吠える声が遠くから聞こえて、雰囲気が暗く陰気になった。

死者の王アイドネウスは地下で震えた[3]。というのは、もう地下の大部分が姿を現わし、湖[4]も、火の河も、プルトンの館も見ることができたのだ。

しかしそれでもわれわれは裂け目から降ってゆき、まずラダマンテュスが恐怖のためほとんど死にかけているのを目にした。ケルベロスはわれわれに吠えかけ騒いだが、僕が急いで竪琴をかき鳴らすと、すぐにその音色に聞き惚れておとなしくなった。次いで湖にたどり着いたが、渡れるかどうかもおぼつかなかった。というのは、渡し場は人でいっぱいで、嘆き声が充満していたのだ。船に乗っている者たちはすべて負傷していて、ある者は脚に、ある者は頭に、別の者はまた別の箇所に怪我をしていた。どうやら、何かの戦闘で死んでやって来た者たちらしかった[5]。

しかしそれでも、親切なカロンが僕のライオンの毛皮を見るなり、ヘラクレスが来ていると思ってわれわれを受け入れ、喜んで向こう岸に渡してくれた。そして、下船したときには道を教えてくれもした。

(1) このとおりの字句を示す詩は知られていないが、ホメロス『イリアス』第九歌五六九行には「それに畏れ多いペルセポネイア（*καὶ ἐπαινὴν Περσεφόνειαν*）」の表現が出ている（アルタイアが、わが子メレアグロスを呪い殺そうとしてエリニュスに呼びかける一節）。ペルセポネイアは、冥界の女王ペルセポネ（プロセルピナ）の別称。ここの「ヘカテ」はホメロスでの「ハデス」の代わり（『オデュッセイア』第十一歌四七行等）。

(2) 冥界の番犬。

(3) ホメロス『イリアス』第二十歌六一行（「神々の戦い」においてポセイドンが大地を震動させるので、地面が裂けて冥界が露わになるのではないかとハデスが恐れるという一節）。アイドネウスは冥界神ハデスの別称、次出プルトンも同じ。

(4) 地下世界にあり、死んだ者が渡る（後出参照）というアケロンの湖（河の状態で想像されることもある）。次出「火の河（*Πυριφλεγέθων*）」は、冥界を取り巻いて流れている炎の河。

(5) 一六一から一六五年のパルティア戦争に関連した言葉と考えられている。マルクス・アウレリウス帝の共治帝ルキウス・ウェルス帝に従うローマ軍が、アルメニアを巡ってパルティア軍と戦い、パルティアの首都クテシポンを落とした。

一一　周囲は闇なので、ミトロバルザネスが先を進み、僕はその後に従って、アスポデロス(1)に覆われた大きな草地にたどり着いた。

死者たちの霊魂が、きいきいという声を上げながら、われわれの周りを飛び回った。

少しずつ進んでゆくとミノス(2)の裁判所にやって来た。ちょうど彼は高い座席に腰を降ろしており、傍らに「刑罰」と復讐の女神と「徴らしめ（アラストレス）」とが立っていた。そして一方向から、たくさんの者たちが、長い鎖に繋がれてぞろぞろと引かれてくるところだった。彼らは、密通者、女郎屋、徴税請負人、太鼓持ち、密告者、その他そういう類いの、人の世をかき乱す輩の群れだということだった。

別の側からは、蒼《あお》白い顔をして、腹が突き出、足が痛風にかかっている金持ちや高利貸しの連中が、めいめい、首枷と二タラントン(3)の錘《おもり》を身に着けて、やって来るのが見えた。

そこでわれわれはわきに立ち、起こることを見物し、弁明者の言い分を聞いた。告発するのは、前代未聞の驚くべき弁論者たちだった。

友人　いったいどんな者たちだったのだ？　それも渋らずに教えてくれたまえ。

メニッポス　太陽に向かうとき、われわれの体が作り出す影のことは君もきっと知っているね。

友人　もちろん。

メニッポス　そういう影が、われわれが死ぬと告発者になり、証言を行なって、生きている間われわれのしたことを暴き立てるのだ。彼らは大いに信用できると思われている。何と言っても、いつも体に付き添って決して離れることはないのだから。

一二　さてミノスは、注意深く審理を行ないながら、それぞれの罪過にふさわしい形罰を受けさせるべくめいめいを「悪人の地区」に送り込んだ。彼がいちばん厳しく弾劾したのは、富と権力のゆえに思い上がり、人びとがひれ伏して自分を崇めることまで要求しかねなかった者たちで、そのむなしい虚栄と高慢さや、死すべき存在で、儚い幸福を得ているにすぎないのを彼らが忘れていたということが、彼の嫌悪の的になったのだ。

彼らの方は、栄華を脱ぎ捨て、つまり富や生まれの良さや権勢を奪われ、裸のまま[4]うつむいて、生前味わっていた幸せの一つ一つを、夢であったかのように想い返しているという様子で立っていた。こういうことを目にして僕はとても楽しくなり、誰か顔見知りの者がいたら近寄って、生きている間彼がどんなに羽振りよく、どれほど大きな顔をしていたか、冷淡な口調で想い出させてやった。朝から多くの人間が彼の門口に詰めかけ、彼の現われるのを待っていると、召使いたちが彼らを押し除《の》け閉め出す、やがてやっとのことで彼が深紅の、金ぴかの、多色の服を着て姿を現わし、話しかけてくる者の誰かに自分の胸や右手を差し出

（1）アスフォデル（ツルボラン）、ユリ科の大型植物。春、薄い黄色（少しスミレ色が混じる）の花を咲かす。墓地にもよく植わっていた。冥界にふさわしい花とされて（ホメロス『オデュッセイア』第十一歌五三九行参照）、ペルセポネら、地下の神々のための祭祀にも用いられた。なお、貧民の食事でその球根が食べられた。

（2）兄弟ラダマンテュスとともに生前はクレタ王、死後は冥界の裁判官を務めている。

（3）一タラントンは約二六キログラム。次出「錘」は原語 κό-ραξ（「カラス」）。カラスの嘴様のもので、首枷に結び付けられている状態か。

（4）プラトン『ゴルギアス』五二三C以下参照。

して接吻させては、果報者にしてやったと自惚《うぬぼ》れるのが彼らだったのだ。そのようなことを聞かされて、彼らは悲しそうな顔をしていたよ。

一三　しかしミノスは、一度は温情ある判決も下した。つまりシケリアのディオニュシオスが[1]、たくさんの邪悪な恐るべき罪行の咎でディオンから告発され、例の影から不利な証言をされたとき、キュレネのアリスティッポスが[2]――地下にいる人びとから尊敬を受け大きな影響力を持っていたのだが――弁護に立ち、ほとんどキマイラ[3]に繋がれそうになっていた彼を、多くの知識人に金銭的な援助をしたという申し立てで、無罪放免にさせたのだった。

一四　しかし、裁判所は後にし、懲罰所へとわれわれはやって来た。ここでは、友よ、聞くのも見るのも哀れなことがいっぱいあった。鞭の音がするかと思えば、火であぶられる者たちの悲鳴が聞こえてくる。締め上げ道具や、さらし台や、車輪があるかと思うと、キマイラに引き裂かれたり、ケルベロスの餌食になったりしている者もある。あらゆる者たちがいっしょに懲らしめを受けていて、王も、奴隷も、総督も、貧乏人も、金持ちも、乞食もおり、みなが自分の慎みのない行ないを悔いていた。最近死んだ人間の中でわれわれが知っている者もあったが、ある者は顔を覆ってそっぽを向き、ある者はこちらを見ることがあってもご機嫌を取るような奴隷っぽい目つきをしていた。生きているときは、もったいぶった高慢な様子をしていた奴らがだよ。それでも、貧乏人は刑罰を半分軽減され、しかも合間合間に休んでからまた懲罰を受ければよいという扱いをされていた。

(1)ディオニュシオス二世のこと。シケリアでは、将軍たちの書記を務めていたディオニュシオス一世が僭主になりその独裁政治が前四〇五から三六七年まで続いた後、その子のディオニュシオス二世が政権を引き継ぎ、初めは叔父(また舅)のディオンを補佐とした。ディオンは、一世のときにシケリアを訪れたことのあるプラトンをふたたび来訪させた。しかし、その後ディオンは追放され、プラトンもシケリアを去った。ディオニュシオス二世は享楽的な生活に耽ったが、ディオンが帰国して政権を握り(前三五七から三五五年)、ディオニュシオス二世は亡命。それからディオンの死と、ディオニュシオス二世の復帰にいたるが、その後の政変で後者は結局コリントスに亡命してそこで死去する。彼は、父もそうだったが、文学や哲学にある程度関心を持ち、自らも詩作などに手を染めた。彼の宮廷に集まった知識人として、プラトンの他、アイスキネス、アリスティッポス、クセノクラテス、スペウシッポスが知られている(いずれもソクラテス派またはアカデメイア派の哲学者たち)。太宰治『走れメロス』(直接的にはシラーのバラードに拠る)の舞台は、ディオニュシオス二世の治めるシラクサであるが、その話には彼のピュタゴラス派的友愛の教義への関心が反映されているらしい。

(2)ソクラテスの朋友の一人。北アフリカ・キュレネの出身で、そのときどきの快楽が人間の行動の目的であるとするキュレネ派の祖と言われる(じっさいはその孫のアリスティッポスの始めた教義かと考えられている)。

(3)身体の前方はライオン、後方は蛇、真中は牝山羊という複合的怪物。ウェルギリウス『アエネイス』第六歌二八八行で、ヒュドラ等、冥界の入り口付近にいる怪物たちの一員に数えられている。次節参照。

僕はまた、神話で語られている有名な刑罰の数々も目にした。つまりイクシオン[1]、シシュポス[2]、辛い有様でいるプリュギア人タンタロス[3]、大地から生まれたティテュオス[4]の面々だ。ティテュオスの大きかったこと！　横たわっている彼は、畑くらいの面積を占めていたよ。

一五　この場所もわれわれは通過して、アケロンの野[5]に入った。ここでわれわれは半神、半女神その他の死者の群れが、国ごと、部族ごとに分かれて暮らしているのに出くわした。ある者たちは古びてかびくさく、ホメロスの言うように弱々しかった[6]が、他の者はまだ若々しく、しっかりしていた。とりわけエジプト人は、

---

(1) 以下は、冥界で劫罰を受けている者たち。イクシオンは、テッサリアの王（ペイリトオスの父）。舅を殺した彼は、その罪をゼウスに清めてもらったが、その後ゼウスの妃ヘラを犯そうと企てたので、ゼウスによって燃える車輪に四肢を縛りつけられた。その回転に連れて永遠に天空を巡っているとも語られるが、ここのように冥界で刑罰を受けているともされる。

(2) コリントスの王（ベレロポンの祖父）。狡猾さで有名な男（智将オデュッセウスの真の父とも言われる）。ゼウスがアソポス河の娘アイギナをさらったときのこと、シシュポスは神がコリントスを通過するさいにそれを目撃した。アソポスが娘を探索しているとき、コリントスのアクロポリスに泉をわき出させてくれるという報酬で、さらったのはゼウスということを教えた。ゼウスがそれに怒り、死神タナトスをシシュポスに送り込んだ。一度はタナトスを縛り上げて死を免れたシシュポスだが、ゼウスの命でアレスがタナトスを解放し、ふたたびシシュポスに差し向けた。彼は、死ぬとき、妻に、葬儀をしないよう言いつけた。冥界に降った彼が、死者にとっての掟どおりの葬礼を受けていない点をハデスに責められると、妻の怠慢のせいだと答え、正式な葬儀を受けるためということで地上に戻ることを許される。しかし、いったん戻ると、そのまま留まって長い人生を享受した。その後本当に死んで冥界に降ると、神々の与えた刑罰によって、大岩を坂の頂上まで転がしてゆくがそこに達する直前に転がり落ち

る、同じことを初めから行なう、という労役を永劫に繰り返すことになった（ホメロス『オデュッセイア』第十一歌五九三から六〇〇行参照）。

（3）プリュギア（小アジア）のシピュロス山上にあったタンタリス市（またはシピュロス市）の王だったタンタロスは、神々に愛された身だったが、彼らの秘密を人間に明かしたため、あるいは自分の息子ペロプスを料理して神々に供しようとしたため、冥界で永劫の刑罰を受けることになった。この刑罰に関しては、彼の頭上に岩が吊り下げられていていまにも落ちかからんばかりになっているという説話もあるが、ここで念頭に置かれているのは、彼がいつも渇いている状態にあり、池の中に身体が浸かっているもののそれを飲もうとすると水は引き、頭上に果樹が伸びているが手を伸ばして取ろうとすると枝が跳ね上がって果物が遠ざかる、という形の話だろう（ホメロス『オデュッセイア』第十一歌五八二から五九二行）。本箇所で「辛い有様でいる」と訳した原文 *χαλεπῶς γε ἔχοντα* は、同第十一歌五八二行 *χαλέπ' ἄλγε' ἔχοντα*「辛い苦痛を味わっている」に拠ると見られる。なお、わが子を料理し神々に供するという話は、幼児の人身御供というオリエント的慣習を想起させるので、非ギリシア的な神話の要素をここに見る見解がある。シピュロス山（スミュルナ北東）には、ヒッタイト起源かと推測される神（大地母神キュベレ）の像が今日まで残っている（パウサニアス『ギリシア案内記』第三巻第二十二章四参照）。タンタロスの子として娘ニオベがあり、彼女も神々から罰を受けた（わが子たちをアポロンとアルテミスに射殺された）人間として有名である。悲しみのあまり石に化した彼女の像と称するものが、シピュロス山に見出されるとされた（パウサニアス『ギリシア案内記』第一巻第二十一章三、等）。

（4）ゼウスと、エララという人間の女との子。ゼウスはヘラの嫉妬を恐れ、妊娠したエララを地中に隠した、そして巨人ティテュオスが大地から生まれた（*γηγενής*）。のち、ティテュオスがレトを犯そうとしたとき、レトの子アポロンとアルテミスが彼を射殺した。彼は冥界で、九プレトロンの巨体を横臥させられながら、二匹のワシに肝臓をついばまれるという刑罰を受けている（ホメロス『オデュッセイア』第十一歌五七六から五八一行）。一プレトロンは一〇〇プース（フィート）、アッティカ式単位で約三〇メートル。面積単位（一万プース）にも使われる。

（5）アケロンは冥界の境界をなす河または湖。その付近の野原をここでは言うらしい。

（6）ホメロス『オデュッセイア』第十歌五二一行などでの表現 *νεκύων ἀμενηνὰ κάρηνα*「弱々しき死者たち」に拠っている。

ミイラ作りの薬の効力によって、そういう状態だった。

しかし彼らの一人一人を見分けるのは決して容易ではなかった。というのは、骨ばかりになると、みながとても似た様子になってしまうからだ。長いこと見つめている間に、やっとめいめいを識別できるようになりはしたが、とにかくお互いの上に積み重ねって横たわり、外形も定かでなく、目印も持たず、この世での装飾品も保持していないので、多くの骸骨が同じところにかたまってみな同じように恐ろしい空ろな目で睨み、歯をむき出しにしているのを目の前にして、いったいどうしたらテルシテスと美青年ニレウス[1]とを、乞食イロス[2]とパイアケス人の王とを、あるいは料理人ピュリアス[3]とアガメムノンとを見分けられるか、本当に困ってしまった。昔の識別手段は何も残っていず、ただ似たりよったりの、くずれかけた、しるしもない骨になっていて、誰にとっても見分けるのは難しかったのだ。

一六　それで、このようなことを目にした僕には、人生とは長い行列行進に似ていると思われた。そして運の女神が、行列する者たちに、種々の色とりどりの衣装を与えてお膳立てをし、役の割り当てをするのだ、と。つまり誰かを手当たり次第に選んでティアラ[4]を被せ、親衛隊をつけ、頭飾りを額に巻かせて王に扮させる一方で、別の者には召使いの服を身に着けさせる。ある者にはいい男の粧いをさせ、ある者は醜く滑稽に仕上げる。思うに、見世物には多種多様さが求められるからだ。
また女神は、一部の者には、初めに割り当てた衣装を最後まで着けることを許さず、行進の途中で衣替えをさせる。クロイソス[5]には、［王から］捕虜や召使いの服に着替えをさせ、マイアンドリオス[6]には、しばらく召使いたちの間で行進させた後にポリュクラテスの王権を帯びさせる、といったこともしばしばあるのだ。

そしてしばらくの間は衣装を用いることを許されているが、行進の時が過ぎ去ると各々は身の周りの物を返して衣も脱ぎ取り、生まれる前の時の状態のとおりに身一つになり、隣の者と何ら変わりがなくなる。ところがある者は無知のあまり、運の女神がそばに来て衣装の返還を求めると不快に思い、しばらくの間借りていた物を返すのではなく、まるで自分自身の物を奪われるかのように憤るのだ。

演劇の場合でも、悲劇の俳優が、作品の必要に応じて、あるときはクレオン[7]に、あるときはプリアモスに、またあるときはアガメムノンになるということ、また同一の役者が、場合によっては、つい先ほどケクロプスやエレクテウスの役をものものしく演じていたのが、すぐ後で作者の指示で召使いとして現われるという

(1) テルシテスはトロイアでのギリシア軍中で最も醜い男、他方ニレウスは(アキレウスに次いで)最も美しい男と言われた。

(2) イロスは、オデュッセウスの故郷イタケにおける乞食で、乞食に変装しているオデュッセウスと拳闘をして倒される。他方の「パイアケス人の王」アルキノオスは、流浪中のオデュッセウスが漂着したとき歓待し、その後、イタケに向け送り出す。

(3) ピュリアスなる人物については不明だが、次のギリシア軍総大将アガメムノンとの対比から、軍の料理人か。

(4) ペルシアの王や高官が用いた、ターバンのような、円錐形の頭の被り物。

(5) リュディア王、在位は前五六〇から五四七年。ペルシア王キュロスとの戦いに敗れて捕虜となり、その後はキュロスとその子カンビュセスの宮廷に相談役あるいは「召使い」として仕えた。

(6) サモスの僭主ポリュクラテス(前六世紀)の臣下で、彼の死後(前五二二年頃)にそこの権力を継承したが、すぐにペルシアの圧力で国を追われた。

(7) 以下は、悲劇の登場人物の数々。クレオンはテバイの王。プリアモスはトロイア王。アガメムノンはミュケナイの王。ケクロプスとエレクテウスはアテナイの神話的な王たち。

ことを君はしばしば見て知っているだろう。そして作品がもう終わりまで来ると、各々は、黄金をちりばめたそれらの衣装を脱ぎ去り、仮面を下に置き、深靴から足を抜いて、卑しい貧乏人として巷を歩くことになる。彼らはもうアトレウスの子アガメムノンとか、メノイケウスの子クレオンという名ではなく、代わりに、スニオン区民でカリクレスの子ポロス[1]とか、マラトン区民でテオゲイトンの子サテュロスとかと呼ばれるのだ。人生もこういうことと同じなのだと僕はそのとき思ったのだよ。

一七　友人　じゃあ、メニッポスよ、ああいった費用のかかる高い墓を立て、墓標や像や碑文を作らせる手合いが、あそこでは、並みの人間より尊重されるということは決してないのか？

メニッポス　君、馬鹿なことを言うなよ。もし君が他ならぬマウソロス[2]、墓で名高いあのカリア人が、どういう様子でいるか目にしたら、きっと笑い出して止まらないことだろうよ。それほど落ちぶれて片隅に放り出され、大衆階層の死者の間でひっそりとしているのだが、どうやらあれほどの重量のものを上に乗せられ押しつけられていたという、自分の墓に関する記憶だけを慰めにしているようだった。いったんアイアコスがめいめいに居場所を割り当てると——といっても広くても一プース[3]を越えないのだがね——、その面積に合うよう縮こまって我慢しながら横たわっていないといけないのだ。

だけど君がもっと大笑いしたにちがいない光景は、この世における王や総督があそこでは乞食同然の貧乏人になっていて、貧に苦しむあまり塩漬け魚を売り歩いたり、初歩の読み書きの教師[4]をしたりしていて、通りすがりの者からいちばん卑しい奴隷のように見下され、げんこつを食らう、という目に遭っているということだ。たとえばマケドニアのピリッポス[5]を見たとき、僕は、自分の笑いを抑えることができなかった。道の角で、駄目になったサンダルを修繕しながら金を稼いでいるのが彼だと教えられたときはね。三叉路では他にもたくさんの者が乞食をしているのを目にすることができたよ、クセルクセス[6]とかダレイオスとかポリュクラテスの類いをね。

一八　友人　君が王たちについてしてくれる話は奇妙で信じがたいね。ところで、ソクラテスやディオゲネス[7]や他の賢人はどうしてた？

（1）ポロスと次出サテュロスは、前四世紀に活躍した役者。

（2）前四世紀のカリア（小アジア南部）の支配者。ペルシアの総督に任じられていたが、独立的な地位を保ち、首都ハリカルナッソスを中心として広範囲の支配圏を治めた。マウソロス廟は彼と妻のアルテミシアのために建てられ、世界の七驚異に数え入れられた。

（3）一プース（フィート）は約三〇センチメートル（アッティカ式で）。ここではその二乗の広さ。

（4）子どもに読み書きや算数を教える初級教師（γραμματιστής, γραμματοδιδάσκαλος）は、稼ぎの少ない職で、軽侮されていた。教育の階梯は、中級の文法教育（古典の学習など）、そして高等教育の弁論術へと進む。

（5）アレクサンドロス大王の父。在位は前三五九から三三六年。

（6）ペルシア王、在位は前四八五から四六五年。次出ダレイオスは、その父で、在位は前五二二から四八六年。

（7）シノペ（黒海南岸）の出身（前四世紀）。世の因習に背を向けて、普通「恥」とされることも頓着せずに行ない、人びとの思い込みを咬みつくような調子で論難する「犬儒派」の祖。

メニッポス　ソクラテスは、あそこでも歩き回りながら、みなを問いただしている。そして、パラメデス(1)とかオデュッセウスとかネストル(2)とか、あるいはその他にもおしゃべりの死人がいれば、そういった連中が彼の仲間になっている。だけど、彼の脚《あし》は毒を飲んだせいでまだむくんで膨らんでいたよ。

あの愉快なディオゲネスは、アッシュリア王サルダナパロス(3)や、プリュギア王ミダス(4)や、その他の贅沢をし放題だった者たちと隣り合わせに暮らしている。そして、彼らが悲嘆にくれながら、昔の幸せがどんなだったか想い返しているのを耳にすると笑い興じ、仰向けに寝転んで、彼らの嘆きをかき消すような、がさつで耳障りな声で何度も歌うので、ディオゲネスに我慢できなくなった彼らは、不快さのあまり引越しまで考えているくらいだったよ。

一九　友人　そういう話はそれで十分だ。では、君が初めに触れた、金持ちに対して採択されたとかいう動議はどういうものだったのか？

メニッポス　よく想い出させてくれた。このことを話そうと思っていたのに、自分でも知らないうちに本題から大きく逸れてしまったよ。

僕がちょうどあそこに滞在していたとき、当番の評議員が、公の利益に関する問題で民会を催したのだ。そこで、多くの者が駆け集ってくるのを見て、僕自身も死者の間に交わり、民会の列席者の一人になった。

他の議事が扱われたのち、最後に、金持ちに関する討議が行なわれた。彼らの恐ろしい罪行の数々が――無法、法螺、高慢、不正が――弾劾を受け、締めくくりに、大衆扇動家の一人が立ち上がって次のような動議を読み上げた。

動　議

二〇　金持ちたちは、生きている間、略奪を重ね、無理を押し通し、あらゆる仕方で貧乏人を侮辱しながら、数多くの犯罪を行なっている。それゆえ、評議員および民会は、以下のように決議すべきである。彼らが死んだとき、その肉体は他の悪人と同様の懲罰を受ける。そして魂は生き返るべく地上に戻され、ロバの体に入って、次々とロバの生を繰り返し、貧乏人に急《せ》き立てられながら重荷を運び続けて、二五万年を過ごす。この後で彼らは死に果てることを許される。

(1) ナウプリオス（ナウプリア市の建祖）の子。トロイア遠征のギリシア軍で、オデュッセウスと並ぶ智将（彼に謀殺された）。

(2) ピュロスの王。ギリシア軍で重きを置かれた老将で、その雄弁を謳われた。

(3) 伝説的なアッシュリア王で、贅沢、放縦な生活の代名詞的存在。彼に関する伝承には、実在したアッシュリア王たちの生涯に関する記憶が結び合わされているらしい。

(4) 伝説的な王で、ディオニュソスの従者であるシレノスをよくもてなしたので、ディオニュソスから、手に触れるものは何でも黄金になるという報酬を得た。しかし、ミダスが手にする食べ物まで黄金になったので、この特権の取り消しを願った。神の指示で、パクトロス（サルディス付近を流れる河）で水浴びすると、それ以降この河には砂金が流れるようになった。

この動議を行なったのは、死体区(1)の民で亡骸《なきがら》部族に属する骸骨漢の子髑髏男《どくろおとこ》である。

この動議が読み上げられると、議長の者が票決を行なった。そして大多数が賛成の挙手をし、ブリモ(2)はわめき、ケルベロスは吠えた。つまり、こういう仕方で動議は承認され、効力を持つにいたるのだ。

二一　これが民会での成行だった。

さて僕は、地下に降っていった目的のことで、あのテイレシアスのもとに赴いた。そして訳《わけ》をすべて話して、どんな生き方がいちばんよいと彼は考えるか、聞かせてほしいと懇願した。

すると笑って答えた──彼は盲目の小柄な老人で、蒼ざめた顔をし、か細い声で話した──、

「若者よ、お前が途方に暮れているのは、賢者たちの意見が互いに一致しないからだということは分かっている。だが、お前に話すわけにはいかない。ラダマンテュスに口止めされているからだ」。

「どうかそんなことを言わずに」と僕は言った、「おじいさん、教えてください、そしてあなたより盲目の状態で世の中を徘徊している僕を見放さないでください」。

すると彼は、僕一人を他の者から遠く離れたところに連れて行き、口をそっと耳に近づけて言った。

「普通の人間の生き方が最善なのだ。お前もこうすれば、より分別ある男になるだろう、つまり、天体のことを論じたり、目的因(3)や始原因のことを考察したりすることはやめ、ああいう賢い三段論法(4)は軽蔑して、そういうのは戯言《たわごと》だと考えよ。そして、大いに笑い、何ごとも真剣にしないように(5)しながら、目前のことをよく治めて人生を過ごすことだけを求めるがよい」。

そのように彼は言うと、アスポデロスの草地を戻って行った(6)。

地上に還る

二二　そこで僕は、もう遅くなっていたので、

「さあ、ミトロバルザネスよ」

と言った、

「何故われわれは、ぐずぐずしているのですか？　生の世界に戻ってゆきましょう」。

すると彼は、これに答えて、

「安心するがよい、メニッポスよ。早く行ける、苦労のない小道を教えるから」

と言うと、他よりも闇の濃い場所に僕を連れて行き、遠くの方で、弱い細い光が、まるで鍵穴から洩れてくるように落ちているのを指《さ》し示して、

(1) 以下、「死体区の民」＝Νεκυσιεύς（νέκυς「死体」による造語）、「亡骸部族」＝φυλὴ Ἀλιβαντίς（ἀλίβας「死骸」による。φυλή「部族」は血縁的単位）、「骸骨漢」＝Σκελετίων（σκελετός「骸骨」による人名風の語）、「髑髏男」＝Κράνιοι（κρανίον「頭蓋骨」による人名風の語）。

(2) 冥界の女神の一。ヘカテあるいはデメテルと同一視される。テッサリアのペライで崇拝されていた。

(3) 目的因（τέλη）や始原因（ἀρχαί）はペリパトス派的な用語。

(4) 三段論法はとくにストア派的方法。

(5) シモニデス「断片」六四六（Page）参照。

(6) ホメロス『オデュッセイア』第十一歌五三九行（アキレウスに関して）のもじり。

「あれがトロポニオス(1)の神殿で、ボイオティアから降ってくる者はあそこを通るのだ。そこから昇れば、もうすぐにお前は、ギリシアの地にいることになるだろう」。

この言葉に僕は喜び、魔術師と抱き合ったあと、やっとのことで穴をはい上がると、いつの間にかレバデイアにいたのだった。

(1) ギリシア中部ボイオティアのレバデイアで祭られていた英雄神。もともと地下神的な存在で、その奥所は地下にあるとされ、参詣人は、種々の予備儀式(洗い清め、食べ者の制限、鞭打ち、供犠など)ののちに、穴から地下に降った(「冥界降り」の儀式と称した)。そしてトロポニオスの姿を見たりその声を聞いたりする秘儀的体験をしたのち、地上に戻ると、その体験を神官たちが解き明かす、という手順が採られた。光線は、秘儀一般で語られる救済の光を想わせる。プルタルコス『ソクラテスのダイモニオンについて』五九〇B—五九二Fでは、レバデイアでの「冥界降り」に、スピリチュアルな飛行体験談が結び付けられている。

ルキオスまたはロバ（第三十九篇）

戸高和弘 訳

ルキオス、あるいはロバ[1]

一[2]　あるとき私はテッサリアへと向かっていました。そこで土地の人間と父との取引があったのです。馬が私と荷物を運んでくれ、召使いが一人従っていました。さて私は、予定どおりの道筋を進んでいました。すると、たまたまテッサリアの町ヒュパタ出身で、そこへ帰ろうとしている人たちをいっしょになったのです。私たちは道連れとなり、そのままあの辛い道程を進み、すでに町の近くにまで来たとき、私はそのテッサリア人たちに、ヒュパタに住んでいるヒッパルコスという名の男を知っているか、尋ねました。私は彼に宛てた手紙を携えていて、彼のところに滞在することになっていたのです。彼らはそのヒッパルコスなら知っていると言い、彼がどこに住んでいるのか、また、彼がたっぷりと金を持っていること、また、恐ろしくけちであるため女の召使い一人と彼の妻一人しか家族はいないことを話してくれました。さらに町に近づくと、庭があって、そのなかにこぢんまりとしたなかなかの家があり、そこにヒッパルコスは住んでいました。

ヒッパルコス

二[3]　こうしてテッサリア人たちは別れを告げて立ち去り、私は入っていきドアを叩いたのですが、かなりたってからようやく女がのろのろと返事をして、それから出てきました。私はヒッパルコスは家にいるのかと尋ねました。彼女は言いました。

「いらっしゃいます。しかしあなたはどなたで、何のご用でしょうか」。

「私はパトライのソフィスト(4)、デクリアノスから彼に宛てた手紙を携えてやって来ました」。

「ここでお待ちください」と彼女は言い、ドアを閉め、ふたたびなかへ入っていきました。しばらくして、出てきた彼女は、私になかに入るように勧めました。そこで私はなかへと進み、彼にあいさつしてから、手紙を渡しました。彼はちょうど食事を始めたところで、小さな寝椅子に横になっており、彼の妻がそばに座り、何も乗っていないテーブルが横にありました。彼は手紙を読むと言いました。

---

(1) この作品は、ルキオスという人物の『変身物語(Μεταμορφώσεις)』からの抄録とも言われ、ルキアノスの真作であることに疑問を呈する研究者もいる。また、ローマの作家アプレイウスにも『変身物語――黄金のロバ』というラテン語による作品があり、物語の大筋は結末部分を除き本作品と共通している。現存しないルキオス『変身物語』という作品が本当に存在したのか、また存在していたとして、それと本作品、またアプレイウス『変身物語』との関係がどのようなものであるのかについては、さまざまな推測がなされているが、未だ確かなところは不明である。いずれにせよ、本作品が抄録であることは疑いようがなく、物語の展開が分かりにくい箇所もあり、以下では結末部分を除き、対応するアプレイウス『変身物語』の箇所を節ごとに註記する。

(2) アプレイウス『変身物語』第一巻二、二一。

(3) アプレイウス『変身物語』第一巻二一―二三。

(4) ソフィストについては、一八七頁註(2)を参照。

「私の最も親しい人、ギリシア人のなかで最も卓越しているデクリアノスが、うれしいことに、彼の友人を安心して私のところへ寄越してきた。[1]だが、ルキオスさん、私の家がどんなに小さいかはあなたも見てのとおりだ。それでも、贅沢を言わねば寝泊まりするには十分だ。我慢して暮らせば、あなたにもこの家は広々とした住まいとなるだろう」。

そしてお手伝いさんを呼び言いました。

「パライストラ、友人に寝室を提供し、何か荷物を持ってきているなら、持っていきなさい。それから彼を風呂に入れてあげなさい。大変な旅をしてきたのだから」。

三[2] 彼がこう言うと、お手伝いさんのパライストラが私を案内し、とても素晴らしい小部屋を見せてくれました。それから彼女は言いました。

「あなたはこの寝椅子でお休みください。お供の人にはそこに小型の寝椅子を置き、枕を乗せましょう」。

彼女がそう言うと、私たちは馬にやる大麦の代金を渡し、風呂に入りに行きました。その間に、彼女は荷物をすべてなかへ持ち運び、片付けておいてくれました。さて、風呂に入り戻ってきて、そのまま部屋に入るとヒッパルコスが私に歓迎のあいさつをして、彼の隣に座るように勧めてくれました。食事は決して粗末なものではなく、ワインはおいしい年代物でした。食事を終えると、客人のもてなしにはお決まりの、酒盛りと雑談をして、そのままその晩は飲み続け、その後寝ました。次の日、ヒッパルコスは私に、旅の予定はどうなっているのか、また、彼のところにずっと留まるつもりなのかと尋ねました。私は言いました。

「ラリッサへ行くつもりですが、三、四日はここで過ごすつもりです」。

アブロイア

四[3] しかしそれは口実でした。実は、私はそこに留まって魔法の心得がある女[4]を見つけ出し、空を飛ぶ人であれ、石に変わる人であれ、何か不思議なことをぜひとも見たいと思っていたのです。そうしたものを見たいという欲求に身を任せ、私は町を歩き回っていたのですが、探索をどこから始めるかも分からないままに、それでもなお歩き回っていました。するとそのうちに、まだ若い女がやって来るのが見え、道すがら推測するかぎりでは、裕福な女でした。というのも、服が華やかで、たくさんの供を連れ、むやみに金製品を身に着けていたからです。私が近づくと、その女があいさつをしてきたので、私も同じようにあいさつを返すと、彼女は言いました。

「わたくしアブロイアと申します。お母さまの友人ですが、お聞きになっているかしら。わたくし、あなた方、彼女のお子さんたちを、まるで自分が産んだ子供のように大切に思っています。あなた、ぜひともわたくしの家にお泊まりなさい」。

私は言った。

「どうもありがとうございます。しかし、友人に何の落ち度もないのに彼の家を去るのは気が引けます。

(1)けちなヒッパルコスは皮肉を言っているのである。
(2)アプレイウス『変身物語』第一巻二三。
(3)アプレイウス『変身物語』第一巻二四—二六。
(4)当時、テッサリアの女性は魔法を使うことで有名だった。

とはいえ、ご親切に、お気持ちだけ頂戴します」。

彼女は言いました。

「どこに宿を取っていらっしゃるの」。

「あのけちん坊のところです」。

「あのけちん坊のところですって」、彼女は言いました。

私は言いました。

「あなた、そんなことは決して言わないでください。というのも、彼は私を大いに歓待してくれ、贅沢だと非難されかねないほどだったのですから」。

彼女は微笑み、私の手を取ってわきへと連れて行き、私に向かって言いました。

「どんなことがあろうと、ヒッパルコスの奥さんには気を許してはいけません。というのも、彼女は恐ろしい魔法使いで、身持ちが悪く、若い男なら誰にでも色目を使うからです。そしてもし彼女の言いなりにならない者がいれば、魔術で仕返しをして、多くの者は動物に変えられ、その他の者は息の根を止められるのです。あなた、若くて美男子ですから、すぐにあの女の気に入るでしょうし、また、よそ者ですから面倒を心配しなくてもよいのです」。

五[1]　私は、以前から探し求めていたものが、自分と同じ家のなかにあったと知り、もはや彼女のことはどうでもよくなりました。それから彼女と別れると、家へと帰る途中、心のなかで自分に話かけました。

「さあ、これからだ。お前はそのような不思議なことを見たいと思っていたのだから、しっかりしろ[2]。お前の欲しいものを手に入れるうまい策を見つけ出せ。召使い女のパライストラのために服を脱いで準備しろ(3)——というのも、家の主人であり、友人である男の妻からは離れておけ。パライストラで試して練習し、彼女と取っ組み合っていれば、きっとお前の知りたいことが簡単に分かるだろう。じっさい、奴隷たちは「家のなかの」よいことも悪いこともよく知っているものだ」。

パライストラ

心のなかでこのようなことを自分に語りかけてから、私は家のなかに入っていきました。するとそのとき、ヒッパルコスも彼の妻も家にいず、パライストラが竈のそばにいて、私たちの食事の支度をしていました。

六(4) そこで私はすぐにその場で取りかかり(5)、言いました。

「かわいいパライストラ、君はお尻を鍋といっしょに何てリズムよく揺らしたり、向きを変えたりするんだろう。僕の腰もそれにぴったりと合って動いている。その鍋のなかに指を浸す男は幸福だ」。

(1) アプレイウス『変身物語』第二巻六—七。
(2) エウリピデス『シュレウス』断片六九三—二。
(3) パライストラとはギリシア語で「格闘場」を意味する。言うまでもなく、ここでは性的な意味合いが込められている。
(4) アプレイウス『変身物語』第二巻七—一〇。
(5) 「すぐにその場で取りかかり」というのは、ホメロス『オデュッセイア』第八歌五〇〇行、その他で用いられる決まり文句である。

彼女は――とても活発で、魅力あふれる娘さんだったからですが――言いました。

「あなた、分別があって生きていたいのなら、あっちへ行った方がいいわよ。こっちは煙と火がいっぱいだから。これに触れただけでもやけどして、ここで私から離れられなくなるわ。あなたを治せるのは誰でもなく、医術の神でもなく、あなたにやけどをさせた私だけ。とっても不思議なことだけど、私はあなたをもっと熱くするでしょう。そうなったら、あなたは私の苦しい治療で冷ましてもらうのを永遠にやめられなくなり、たとえ石を投げつけられても、甘い苦痛から逃げようとはしないでしょう。どうして笑うの。あなたの目の前にいるのは、人間料理の名人なのよ。私はこんな普通の食べ物だけじゃなくて、大きくて美しいもの、人間も料理するの。私にはとどめの刺し方も、皮の剝ぎ方も、さばき方も分かっているし、内臓そのものや心臓に触《さわ》るのは最高に楽しいの」。

私は言いました。

「君の言うとおりだ。というのも、遠く離れて近づいていないのに、君は僕を焼くどころではなく、大火事の真っ只中に放り込んでしまった。君は目に見えない炎を、僕の目を通して僕の内臓のなかまで投げ込んで、僕を蒸し焼きにしている。何も悪いことはしていないのに。だからお願いだ、君自身の言うその辛くて心地よい治療で、僕を治してくれ。とっくにとどめを刺されている僕を摑んで、君の好きなように皮を剝いでくれ」。

それに対して彼女は、大声で実に楽しそうに笑い、その後、私のものとなりました。私たちは取り決めをして、主人夫婦を眠らせたあと、彼女は私の部屋にやって来て、一夜を過ごすことになったのです。

七[1]　やがてヒッパルコスが帰ってきて、私たちはお風呂に入ってから食事を取り、話をしながら大いに酒を飲みました。その後、私は眠くなったふりをして席を立ち、自分の部屋へ戻りました。なかは準備万端整っていました。供の者には部屋の外に寝床が敷いてあり、寝椅子のわきには小ぶりな酒杯を乗せたテーブルがありました。そのそばにはワインが置いてあり、水とお湯も用意してありました。そのすべてをパライストラが準備したのです。テーブルクロスの上には、たくさんのバラが振りまいてあり、あるものは花の形のまま、あるものは花びらだけ、あるものは花輪を編んでありました。宴の用意ができているのを見て、私はお相手を待っていました。

八[2]　さて、彼女は女主人を寝かせると、いそいそ私のところにやって来て、私たちはお互いに乾杯して、キスを交わし、陽気に騒ぎました。そして、ワインを飲んで夜への準備が整うと、パライストラは私に言いました。

「ねえ、あなたはパライストラ［格闘場］に入ったのだから、自分が勇猛な若者で、これまで多くの格闘を経験していることを証明しなければいけないの」。

「まさか、僕がこの試験から逃げ出すなんて思っていないよね。それじゃあ、服を脱いで。さっそく格闘を始めよう」。

(1) アプレイウス『変身物語』第二巻一一―一五。

(2) 以下八から一〇節については、アプレイウス『変身物語』第二巻一六―一七を参照。

彼女は言いました。

「その証明は私の望むとおりにやってよ。私が先生や監督のように、望みの格闘の名前を見つけて言うから、あなたは命令されたことすべてに従い、それを実行する用意をしてね」。

私は言いました。

「よし、指図してくれ。そうすれば、僕の格闘がどれほど上手で、柔軟で、激しいかが分かるだろう」。
九　彼女は服を脱ぎ、丸裸で立ち、それから指図を始めました。
「さあ、あなた服を脱いでそこの香油を塗り、敵に組みつきなさい。両ももを引っ張って仰向けにし、次にももの間に上から入り込み、脚を分けて持ち上げまっすぐ上へと伸ばし、それから降ろして止めて自分に密着させ、もぐり込んで投げ飛ばし、すぐに押し進み疲れ果てるまであらゆる方向から攻撃しなさい。腰に力を入れるように。そのあと後退し、全面から下半身を攻めたて、ふたたび壁に押しつけて、そのあと打撃を加えなさい。敵が疲れているのが見えたら、そのときこそのしかかって腰周りに組みつき、押さえ込みなさい。あわてないように、少し我慢して敵のペースに合わせなさい。これでもう、あなたは解放されます」。

一〇　さて、私がすべての命令にやすやすとこたえ、私たちの格闘を終わらせると、私は笑いながらパライストラに向かって言いました。

「先生、僕がどれくらい上手に、また指図どおりに格闘したかはご覧のとおりです。格闘する順番が狂っていないか、考えてください。いやあ、矢継ぎ早の指図でしたから」。

するると彼女は、私の頬を打ち言いました。

「私の受け入れた生徒は、何て馬鹿ばかり言うのかしら。とにかく、これ以上打たれたくないなら、指図されていない格闘はしないように注意しなさい」。

そう言いながら立ち上がり、身づくろいしてから言いました。

「いまこそ、あなたが若くて激しいことを、また、格闘、しかも膝の上で格闘する心得があることを証明しなさい」。

そして彼女は、ベッドの上で私の膝に乗り［言い］ました。

「さあこれからよ、格闘家さん、あなたは真ん中を摑んでいる。だから、武器を振り回して前進し、深くもぐり込みなさい。そこで、武器がむきだしになっていることを確認して、それを使いなさい。まずは正攻法でしっかりと組みつき、それから、敵を後ろ向きにして突進し、押さえ込みなさい。間を開けないように。疲れてきたなら、急いで武器を持ち上げ、もっと高い位置に移し、撃ちかかりながら覆い被さり、命令されるより前に引き下がらないように注意して、大いに奮起してから徐々に後退し、そしてふたたび脚を絡めて下から入り込んで押さえ込み、そのあと敵から離れなさい。敵は、ぐったりを弱っており、汗びっしょりでしょうから」。

すぐに私は大きく笑い、言いました。

「先生、僕のほうも少しばかり格闘を指図したいので、あなたは起き上がって従ってください。座りなさい。その後、手を洗うための水を渡し、残りの香油を塗り、あなたは身体を拭きなさい。そしてヘラクレスにかけて、もう私を抱きしめて眠らせなさい」。

一一[1]　このような格闘の楽しさとおもしろさに、私たちは夜ごと試合をして、自分たちに花輪を被せていました。その甘美さは大きなものでした。その結果、私はラリッサへの旅のことはまったく忘れていました。そうしたある日のこと、自分が奮闘してきた目的に関することを知りたくなり、彼女に言いました。

「君、奥さんが魔法を使い、変身するところを見せてくれないか。というのも、ずっと前からそういう不思議なことを見たいと思っていたんだ。あるいは、もし君もやり方を知っているなら、君自身が魔法を使って、次から次へといろんな姿を見せてくれるともっといい。君も魔術には通じていると僕は思う。このことは別の人から聞き知ったのではなく、自分の心でとらえて分かったんだ。なぜなら、僕は以前から、女性たちに言わせると金剛石で、どんな女性にも一度だって色っぽい目つきをしたことはなかったのに、君はその僕の目をとらえ、まさに魔術によって恋の戦争へと導き、僕を虜にしてしまったんだから」。

パライストラは言いました。

「ふざけるのはやめて。いったいどんな呪文が、魔術の支配者エロース［恋の神］に魔法をかけることができるの。ねえ、私はあなた自身とこの幸福のベッドに誓って、そんなことは何も知らないわ。だって、私は文字を習ってないし、奥さまは自分の魔術のことにはとても疑り深いのよ。でもチャンスが巡ってくれば、奥さまが変身するところをあなたが見られるようにやってみるわ」。

変　身

こうした話をしてから、その後私たちは眠りました。一二[2]　それからほんの何日かして、女主人が鳥になって飛んでいこうとしていると、パライストラが私に知らせてくれました。

私は言いました。

「パライストラ、さあ、僕への好意を示してくれるチャンスだ。君はまさにいま、君に助けを求めている僕を、長い間の願望から解放できるんだ」。

「大丈夫よ」、彼女は言いました。

日が暮れると、彼女は私を連れて主人夫婦が休んでいる寝室へと案内し、ドアの小さなすき間に顔を近づけ、なかで起こっていることを見るように勧めました。そこで私がのぞくと、女主人が服を脱いでいます。その後、彼女は裸のままランプのところに行き、二粒の乳香をつまみ上げ、一粒をランプの火の上に乗せ、立ったままランプの前でしばらくぶつぶつ言っていました。その後、彼女はなかにとてもたくさんの木箱の入った大きな箱を開け、そのなかから一つを取り上げ外に出します。そして彼女はなかのものを手に取りました――何かは分かりませんでしたが、その外見からしてそれはオリーブ油だと私は思いました。その中身を出すと、足の爪から始めて全身に塗りました。すると突然、彼女に翼が生えてきて、鼻は角のようになって鉤形になり、彼女はその他の鳥の性質と特徴のすべてを持っていました。それはヨガラス[3]以外の何もので

(1) アプレイウス『変身物語』第三巻一九―二〇。
(2) アプレイウス『変身物語』第三巻二一。
(3) κόραξ νυκτερινός をそのまま「ヨガラス」と訳したが、じっさいはミミズクであり、アリストテレスの言う νυκτικόραξ のことだと思われる。アリストテレス『動物誌』第八巻第十二章五九七b二三以下を参照。

もありませんでした。彼女は自分に翼が生えているのを見ると、ヨガラスがするように恐ろしい鳴き声を出し、立ち上がると窓から飛び出して行きました。

一三[1]　私は夢でも見ているのかと思い指で自分の瞼《まぶた》を触《さわ》りました。自分の目も、自分が見ているということも、目を覚ましていることも、信じられなかったのです。ようやくのことで、何とか自分が眠っていないと納得して、それから、私も翼を持ちたいので、あの薬を塗って飛べるようにしてほしい、とパライストラに頼みました。というのも、人間から変身したあと、魂も鳥になるのかどうか、自分で体験して知りたかったからです。すると彼女は、寝室のドアをこっそりと開け、木箱を取ってきました。私は逸り立ちすぐに服を脱ぎ、全身にそれを塗りました。ところが、不運な私は鳥にはなりませんでした。その代わりに後ろから尻尾が飛び出し、指はすべてどこかに行ってしまいました。私は全部で四つの爪を持ち、これは蹄以外の何ものでもなく、手と足は家畜の足となり、耳は長く、顔は大きくなりました。私は全身を見回して、自分がロバであることに気づき、パライストラを非難しようにも、もはや人間の声を持っていませんでした。私は唇を舌に降ろし、まさにその姿のまま、ロバがするように怒って下から彼女を見上げ、鳥ではなくロバになったことを精いっぱい抗議しました。

一四[2]　彼女は両手で頬を叩き言いました。

「馬鹿な私、大変なことをしちゃった。急いでいたし木箱がよく似ていたから間違えて、翼を生えさせるのとは別のを取ったんだわ。でも大丈夫よ、あなた。なぜなら、この治療は簡単なの。つまり、バラを食べさえすれば、たちまちあなたは家畜の姿を脱ぎ去り、ふたたび私の愛する人へと戻るでしょう。だけど、ねえ、今晩一晩はロバのままでいてね。夜が明けたら大急ぎでバラを持ってくるから、それを食べればあなたは元どおりになるわ」。

私の耳とそれ以外の毛皮をなでながら、彼女はそう言いました。

一五(3)　ところで、私は他の点ではロバでしたが、心と知性の点では、声を別にすれば人間のルキオスのままでした。さて、私は心のなかでパライストラの間違いをさんざん非難して、唇を噛みながら、あらかじめ知っていた、自分の馬とヒッパルコスの本物のロバがいるところへ行きました。しかし、馬とロバは私が入ってくるのを見ると、エサの分け前を取りにきたのかと不安になって、耳を下げ脚で食料を守る用意をしました。私は事情を理解したので、飼い葉桶から少し離れてところまで後退して立ち、笑いましたが、私の笑いはロバの鳴き声でした。そこで私は心のなかで思いました。

「ああ、あんなつまらない好奇心が、とんでもないことになってしまった。狼や他の獣が入ってきたら、どうしよう。何も悪いことをしていないのに、僕は危険な目に遭っている」。

盗賊の襲撃

こんなことを思っていたのですが、不運な私はこれから先の禍《わざわい》については知らなかったのです。一六(4)

(1) アプレイウス『変身物語』第三巻二二、二四—二五。
(2) アプレイウス『変身物語』第三巻二五。
(3) アプレイウス『変身物語』第三巻二六。
(4) アプレイウス『変身物語』第三巻二七—二九。

すなわち、すでに夜は更けて静まりかえり、甘い眠りが行きわたった頃、壁の外で穴を掘るような物音がしたのです。まさに穴が掘られていて、すでにその穴は人間が通れるくらいになっており、すぐにそこから一人、同じようにしてもう一人と、次々に人が現われて大勢がなかに入り、みな剣を持っていました。その後、彼らは家のなかへと入り、ヒッパルコスとパライストラと私の奴隷とを縛り上げて、ゆうゆうと金目のもの、服、家財道具を外へと持ち出し、家を空っぽにしてしまいました。なかに残っているものが無くなると、もう一頭のロバと馬を連れてきて鞍をつけ、次に彼らが盗んだかぎりのものを私たちにくくりつけました。こうして彼らは、私たちを棒で叩きながら重い荷物を運ばせ、逃げのびるために道なき道を通って、山のほうへと追い立てたのです。さて、他の二匹の家畜がどう感じていたのかは言うことはできませんが、私はとがった石を踏みながら裸足で行くのに慣れていないうえに、これほどの荷物を運んでいたので死にそうでした。私は何度もつまずきましたが、脱落することは許されず、すぐに誰かが棒で太腿を叩くのです。「おお主よ」と私は何度も叫びたくなったのですが、それはロバの鳴き声以外の何ものでもなく、精いっぱい大きくはっきりと「おお」と叫ぶのですが、「主よ」が続かないのです。しかも、そのうえさらに、鳴き声で彼らのいるところがばれるからといって、私はそのために殴られました。叫んでも無駄だと分かったので、黙って進み打たれないほうが得だと考えることにしました。

一七[1]　その頃にはすでに夜が明けていて、私たちは多くの山を登りましたが、私たちの口は朝食の草を食べまわって道程を無駄にすることがないように、紐で塞がれていました。したがって、その日もまたロバのままでした。ちょうど正午になった頃、私たちはある農家で休息したのですが、起こったことから判断するかぎりでは、その農家は彼らの友人たちのものでした。というのも、彼らはお互いに抱き合ってあいさつし、農家の者たちは彼らに休息するように勧めて朝食を出し、私たち家畜にも大麦を投げ与えてくれたからです。私の仲間たちは朝食を食べました。それに対して、私はひどくお腹を空かせていたのですが、しかし、生の大麦は一度も食べたことがなかったので、何か私にも食べられそうなものはないか探しました。すると、その庭の後ろに農園を見つけ、そこにはたくさんの立派な野菜があり、その先にはバラが見えました。私は、なかでみなが忙しく朝食を取っていたため気づかれずに、一方で生の野菜を腹いっぱい食べるために、他方でバラのために農園へ行きました。というのも、間違いなくその花を食べれば、ふたたび人間に戻れると考えたからです。そこで私は農園のなかに入り、人が生で食べているもの、レタス、大根、セロリを腹いっぱい食べたのですが、そこのバラは本物のバラではなく、野生の月桂樹から生えている花でした。それを人はロドラプネ(2)と呼んでいますが、すべてのロバと馬にとっては、禍《わざわい》の朝食です。というのも、それを食べたものはたちまち死ぬと言われているからです。

一八(3) そのとき、庭師が気づいて棒を取ると、農園に入ってきた敵と、野菜が荒らされているのを見て、まるで悪人を憎む領主が泥棒を見つけたかのように、私に向かって棒を投げました。彼は肋骨も太腿も容赦せず、それどころか耳を殴りつけ、顔をめった打ちにしました。もう我慢できず両足で蹴とばすと、彼は野

---

(1) アプレイウス『変身物語』第四巻一—二。

(2) セイヨウキョウチクトウを指すと思われる。プリニウス『博物誌』第十六巻七九、第二十四巻九〇を参照。

(3) アプレイウス『変身物語』第四巻三。

菜のうえに仰向けにひっくり返ったので、私は山の上に逃げました。しかし彼は、私が走って逃げるのを見ると、大声で叫び、犬を私に向けて解き放ちました。犬はたくさんいて、しかも熊と闘えるほど大きな犬でした。そんな犬に捕まれば食いちぎられるのは分かっていました。しばらく逃げ回ってから、私は次の諺に従おうと決めました。

「禍《わざわい》に向かって走るよりは走って引き返すこと(1)」。

私は後戻りをして、ふたたび農園に入りました。彼らは、走って襲いかかろうとしていた犬を呼び戻すと縄に繋ぎ、その一方で私を打ち、苦痛のあまりすべての野菜を吐き戻すまでやめませんでした。

一九(2)　それからまた、旅立つ時間になると、盗品のいちばん重く大切なものを私の背に乗せました。そしてそこからそのまま私たちは出発しました。打たれ、荷物に苦しめられ、これまでの旅で蹄がすり減っていた私は、すでにぐったりとしていたので、ここで倒れて、たとえ彼らが私を打ち殺したとしても絶対に起き上がるまいと決めました。この計画はとても私の得になりそうだと思ったのです。というのも、私は彼らが根負けして私の荷物を馬ともう一頭のロバに分け、私の方はそこに置き去りにして狼にまかせるだろうと考えたわけです。しかし、ある悪意を持った神霊が私の計画に気づいて、それをあべこべにしてしまいました。つまり、もう一頭のロバもおそらく同じことを考えたのか、道に倒れたのです。最初彼らは、そのかわいそうなロバを棒で打ち、立ち上がるように命令していたのですが、打たれても言うことを聞かなかったので、一人が耳を摑み、もう一人が尻尾を摑み立ち上がらせようとしました。しかし何をしても無駄で、道に石のようにぐったりと横たわっていました。彼らは話し合い、死んだロバにかかわっていても無駄な骨折りで、逃走の時間を浪費しているということになり、そのロバが持ち運んでいた荷物をすべて私と馬とに分け、その一方で、共に捕らわれ荷物を運んだそのかわいそうな仲間を連れて行き、剣で脚から下を切り離し、まだぴくぴくと動いているまま、崖から突き落としました。そのロバは死の舞踏をしながら落下していきました。

盗賊のすみか

二〇[3] 私は、旅の道連れの身に起こった自分の計画の結末を見て、いさぎよく現状に耐え進んで歩こうと思いましたが、いつか必ずバラを見つけてそれを食べ、元の自分に戻るという希望を持っていました。また私は、盗賊たちがもう残りの道程は長くなく、休息場所に留まるということを聞いていました。そこで私たちは急いでその荷物を運び、夕方前にはすみかに到着しました。なかには老婆が座っていて、火が盛んに燃えていました。彼らは私たちが運んできた荷物をすべてしまい込みました。その後、彼らは老婆に尋ねました。

「そんなふうに座ったまま食事の準備をしないのは、いったいどういうわけだ」。

老婆は言いました。

「とんでもないすべてお前たちのために用意してあるよ。パンはたくさん、年代物のワインは瓶ごとある

（1）『作者不詳喜劇断片』四八〇（Kock）。

（2）アプレイウス『変身物語』第四巻四—五。

（3）アプレイウス『変身物語』第四巻七。

し、お前たちのために野獣の肉も準備してある」。

彼らは老婆をねぎらい、裸になって火の前で香油を塗り、なかにお湯の入った大釜からくみ出してお互いに注ぎかけ、即席の入浴をしました。二一[1]　その後少しして、大勢の若者が、金、銀、服、女性用と男性用の大量の装身具が詰まったとても大きな容れ物を持ってやって来ました。若者たちも彼らの仲間でした。その容れ物をなかにおさめると、彼らも同じようにして入浴しました。それが終わったあと、がつがつと食事をし、酒盛りをしながら人殺したちは大いに語り合っていました。その一方で、老婆は私と馬に大麦を与えてくれました。馬は、もっともなことながら、食事仲間の私を警戒しながら、大麦をせっせと飲み込んでいました。それに対して私は、老婆がいないすきを見つけて、家のなかのパンを食べました。しかし次の日、老婆のために一人の若者を残して、他は全員が外へ仕事に出かけました。私は自分が厳重に見張られることを嘆きました。というのも、老婆なら扱いやすく、目を逃れることができたのですが、その若者は大男で目つきが恐ろしく、そしていつも剣を持ち、いつもドアを閉めていたからです。

二二[2]　三日後、真夜中ごろに盗賊たちが戻ってくると、金でもなく、銀でもなく、他の何ものでもなく、一人の娘を、それもとてもきれいな娘を連れ去ってきたのです。彼女は泣いていて、服も髪もぼろぼろでした。彼らは彼女を家のなか、藁の上に降ろし、心配しなくてよいと言い、老婆につねに家のなかに留まり、その子を見張っているように命令しました。しかし、彼女は食べようとも飲もうともせず、泣いてばかりで自分の髪をかきむしっていました。そのため、私も飼い葉桶のわきに立って、その美しい娘とともに泣いていたのです。その間、盗賊たちは外の入り口の部屋で食事をしていました。さて、夜明けごろに、道に見張り役に着いていた監視の一人がやって来て、よそ者がこれからその道を通って大金を運んで行くと報告しました。彼らはそのまま立ち上がって武器を身に着けると、私と馬に鞍をつけ駆り立てました。不運な私は、争いと戦いへと駆り出されていると知っていたので、びくびくしながら進んでいると、そのせいで先を急ぐ彼らに棒で打たれました。よそ者が馬で駆け抜けようとしている道に私たちがやって来ると、盗賊たちは馬車にいっせいに襲いかかり、その男と従者たちを殺しました。彼らは金目のものを奪うと、馬と私の背に乗せ、その他の荷物はそのあたりの森のなかに隠しました。それから彼らは、そのまま私たちを駆り立てて帰ろうとしたのですが、先を急ぐように棒で突かれたために、私はとがった石に蹄をぶつけてしまい、その一撃で受けた怪我が痛むようになりました。そこからは、残りの道を足を引きずりながら進んだのです。すると、彼らは次のような言葉を交わしました。

「こんないつも倒れてばかりのロバを飼っておいて、いったい何になると思う。こんな縁起の悪いやつは崖から投げ落としてしまえ」。

もう一人が言いました。

「それがいい。こいつを投げ落として、一味の罪を浄める犠牲となってもらおう」。

そして彼らは私に近づいてきたのです。それを聞いていた私は、怪我は他人事であるかのように前進しました。死の恐怖が、私に痛みを感じさせなかったのです。

（1）アプレイウス『変身物語』第四巻八、一二一。

（2）アプレイウス『変身物語』第四巻二三―二四、二五―二六。

二三(1)　私たちがすみかのなかへ入ると、彼らは私たちの肩から荷物を降ろして、しっかりとしまい込み、座って食事を取りました。そして夜になると、残りの荷物を取り戻しに出かけました。

彼らの一人が言いました。

「こんな惨めったらしいロバ、蹄からして役に立たないロバを何のために連れて行くんだ。荷物の一部は俺たちで運び、残りは馬に運ばせればいいじゃないか」。

そして彼らは馬を連れて出かけました。月がとても明るい夜でした。私は心のなかで自分に話しかけました。

「惨めなやつめ、お前はどうしてまだここに留まっているんだ。禿鷹とその子供たちがお前を餌食にしようとしているんだぞ。お前について何を計画したのか聞いてなかったのか。崖から落とされたいのか。いまは夜で月がこうこうと輝いている。彼らは行ってしまった。人殺しの主人たちから逃げ出して、自分の命を救うんだ」。

逃走

こうしたことを心のなかで考えながら見てみれば、私は縛りつけられておらず、道で私を引っ張る紐はわきにぶら下がっていました。このことがまさに私にとって、逃げ出すことへのこれ以上ない励ましとなったのです。私は急いで外へ出て立ち去ろうとしました。ところが、私がちょうど立ち去ろうとしているのを見て、老婆が私の尻尾を掴み引き留めたのです。老婆に捕まるくらいなら、何度も崖から落とされて死んだほうがいいと心のなかでつぶやきながら、老婆を引きずっていたのですが、彼女はとても大きな声で家のなかにいる捕虜の娘を呼びました。出てきた娘は、年老いたディルケ[2]がロバからぶら下がっているのを見ると、高貴で向こう見ずな若者にふさわしい冒険を決行しました。すなわち、彼女は私に飛び乗って、背にまたがると私を駆り立てたのです。逃げたい一心と娘の熱意によって、私は馬のように走って逃げました。老婆はあとに残され、娘は老婆が無事に逃げることができるよう神々に祈りました。そして娘は私に言いました。

「ロバさん、もしあなたが私をお父さまのところまで連れて行ってくれるなら、あなたをすべての労働から解放して自由にしてあげるし、毎日朝食に一メディムノス[3]の大麦をあげます」。

私は自分を殺そうとしている者たちから逃げようとし、また、私の助けようとしている娘からの援助と奉仕とを期待して、怪我のことなど忘れて走りました。二四[4] しかし道が三つに分かれているところまで来ると、敵に捕まり連れ戻されてしまいました。彼らは、月明かりのせいで遠くからでもすぐに不運な捕虜たちに気づき、走ってやって来て私を摑むと言いました。

「きれいで立派な娘さんが、こんな夜中にどこへ行くんですか、お気の毒に。神霊が恐いんですか。さあこっちへ、私たちのほうへいらっしゃい。私たちがあなたをお家まで送ってさし上げましょう」。

---

(1) アプレイウス『変身物語』第六巻二六—二八。
(2) テバイ王リュコスの妻。姪のアンティオペを虐待したため、アンティオペの子アンピオンとゼトスによって牡牛に縛りつけられ、死ぬまで引きずり回された。
(3) 約五二リットル。
(4) アプレイウス『変身物語』第六巻二九—三〇。

冷酷な笑いを浮かべながらそう言うと、私の向きを変えて逆向きに引っ張っていきました。

さて、私は脚の怪我を思い出し、脚を引きずっていました。すると彼らは言いました。

「走って逃げているところを捕まったのに、いまは脚を引きずるのか。だが、逃げようとしていたときは、ぴんぴんして馬よりも速く、翼が生えたみたいだったくせに」。

こうした言葉のあとから棒で打たれ、彼らの懲らしめはすぐさま私の太腿の傷となりました。ふたたびすみかへと引き返すと、老婆が岩に結びつけた縄からぶら下がっているのが見つかりました。すなわち、もっともなことながら、娘が逃げたことで主人の盗賊たちを恐れ、自分で首を縛りぶら下がったのです。彼らは老婆の賢明さに感心すると、彼女を降ろし、首に紐がついたまま崖から下へ投げ落としました。その一方で、娘は家のなかに閉じ込め、その後食事をして、長々と酒盛りをしました。

二五[1]　そうしているうちに、彼らは娘について話し合っていました。彼らの一人が言いました。

「逃げようとした娘をどうする」。

もう一人が言いました。

「あの老婆のところへ投げ落とすしかないだろ。あいつは俺たちから必死になって大金を奪おうとしたんだし、俺たち一味全員を売り渡そうとしたんだぜ。いいか兄弟、お前もよく分かってるだろ。あいつが家にたどり着いていたら、俺たちの一人として生き残ってなかったんだ。敵は準備を整えて俺たちに襲いかかり、全員が捕らえたれていたさ。だから敵にお返しするとしよう。だが岩の上に落とすんじゃあ、あんまり簡単に死んでしまうから駄目だ。あいつにとって最高に苦しくて長引く死に方、あいつの苦痛の時間を延ばすような死に方を見つけ出してやろうぜ」。

その後彼らは、殺し方を相談していたのですが、一人が言いました。

「きっとみんなが賛成する名案があるぜ。びくびくしているくせに、今度は脚を引きずるふりをして、おまけに娘が逃げ出す手引きをして助けたあのロバは、殺さなきゃならない。だから、あいつを殺し、腹から切り裂き内蔵を全部取り出して、あのご立派な娘をロバの皮のなかに押し込むんだ。ただし、頭は外に出したままにして、すぐに窒息して死んでしまわないようにする。それ以外は身体が全部なかに隠れるようにして、なかに女が入ったまま皮をしっかりと縫い合わせ、あいつらをいっしょに禿鷹に投げ与えてやろう。こんなふうに準備された食事はいままで無かったんじゃないか。さあ兄弟、この苦痛の恐ろしさを考えてくれ。最初は死んだロバのなかで暮らし、次には真夏に灼熱の太陽によって家畜の皮のなかで蒸し焼きにされ、ずっと死にそうな空腹のままで死んでゆくのに、自分で息の根を止めることもできない。それ以外に、ロバが腐ったときの臭いと蛆虫にまみれたあいつがどんな目に遭うかは、言わないでおこう。だが結局は、禿鷹がロバの皮のなかまで食いついて、ロバと同じようにあいつを、それも生きているままで食いちぎってしまうさ」。

二六(2)　全員がこのグロテスクな思いつきに、それは傑作だと叫びました。私は自分の身について大いに泣

---

(1) アプレイウス『変身物語』第六巻三一—三二。

(2) アプレイウス『変身物語』第六巻三二末尾、第七巻一二末尾—一三冒頭。

きました。なぜなら、私は殺され、死骸はありがたいことに埋葬してもらえず、かわいそうな娘を身体のなかに入れたまま、何も悪いことをしていない乙女の墓となるのですから。

救　出

ところが次の日のまだ早朝のことでした。突然、兵士の大軍がやって来て、悪党どもに襲いかかったのです。すぐに彼らは悪党全員を縛って、その土地の長官のところへ連行しました。ところで、兵士たちといっしょに娘の婚約者もやって来ていました。すなわち、盗賊のねじろを通報したのは彼自身だったのです。こうして彼は娘を引き取ると、私の背に乗せ、そのまま家へと向かいました。村人は、まだ遠くにいるのに私たちを見つけ、うまくいったことを知り、私が彼らに吉報の先触れとして鳴き声を出すと、走ってやって来てあいさつし、家のなかへと導いてくれました。

二七[1]　彼女は、捕虜仲間であり、いっしょに逃げ出し、二人同時に殺されるというあの危険を共にした私を、当然のこととして丁重に扱ってくれました。私の前には女主人［である娘］から一メディムノスの大麦が朝食として出されたのですが、ラクダのエサとしても十分な量でした。もっともそのときに、私は自分を魔術によって犬ではなくロバに変えてしまったパライストラをこれ以上ないくらい呪いました。というのも、犬たちが台所に入り込んでは豊かな新郎新婦の婚礼にあるかぎりのものを、いろいろとむさぼり食べているのを見たからです。婚礼のあと、数日して、女主人が父親と並んで私に感謝の言葉を述べると、父親も私に当然のこととしてお礼がしたいと言い、私に自由になって戸外へと行き、牝馬たちといっしょに草を食べるように勧めました。そして言いました。

「なぜなら、このロバも自由な身になったように楽しく暮らすだろうし、牝馬とつがいになるだろうからな」。

ロバの裁判官が決定したことだとすれば、これはこの上なく正当な謝礼だと思われたことでしょう。そこで彼女は一人の馬丁を呼び、彼に私を委ねました。もう重荷を背負わなくてもすむかと思うと、私はうれしくなりました。私たちが農場まで来ると、その牧人は私を馬の群れに加わらせて、私たちの群れを牧草地まで連れて行ってくれました。

新たな災難

二八(2)　しかしながら、まさにそのとき、カンダウレス(3)に起こったことが私にも起こる運命になっていたのです。その馬の番人は、家のなかでは私を妻のメガポレに任せました。すると彼女は、私を挽き臼に繋ぎ、彼女のために小麦と大麦の粒とを挽かせたのですが、恩義を知るロバにとって、自分の番人のために臼を挽くことなどたいした禍《わざわい》ではありませんでした。ところが、あっぱれなこの女は、そこの農地の隣人たちに

（1）アプレイウス『変身物語』第七巻一四―一五。

（2）アプレイウス『変身物語』第七巻一五―一六。

（3）リュディア王カンダウレスについては、ヘロドトス『歴史』第一巻八以下を参照。ヘロドトスはカンダウレスについて「所詮悲惨な目に遭うのが彼の宿命であったのであろうが」（岩波文庫、松平千秋訳）と述べている。

――実にたくさんいました――、惨めな私の首を貸し出して、代金として小麦を要求したのです。また彼女は、私の朝食である大麦を炒って、私には臼で挽かせるために寄越し、それでケーキを作って平らげてしまいました。それに対して、私の朝食は麦かすでした。さらに、夫の牧人が私を牝馬といっしょに駆り立てるたびに、牡馬たちから打たれたり、咬まれたりして死にそうになりました。というのも、牡馬たちは私が自分たちの牝馬を狙っていると絶えず疑い、両足で蹴って追い払おうとしたために、私は馬の嫉妬が耐えがたかったからです。それゆえ、やがて私は痩せて不細工になってしまいました。家のなかでは挽き臼のそばでは心が安まらず、外で草を食べるときも仲間たちから攻撃されて心が安まらなかったからです。

二九（1） さらにまた、私はたびたび山の上へと駆り出され、薪を肩に乗せて運びました。そしてこれが私の禍《わざわい》のなかでも最高のものでした。私は高い山に登らなければならなかったのですが、まず最初に、ひどく険しい道で、次にその山は岩だらけで私は裸足だったのです。さらに、御者として汚い子供の奴隷がいっしょに送り出されました。そいつときたら次から次へと新たな手を使って、私を死にそうな目に遭わせたのです。まず最初に、そいつは十分すぎるほどに走っているときでさえ私を棒で打つのですが、その棒というのがただの棒ではなく、堅くてとがった枝がついた棒で、しかもつねに太腿の同じところを打つのです。その結果、私の太腿はそいつの笞のせいで皮がめくれてしまいました。しかもそいつは、いつもその怪我の部分を打つのです。次にそいつは、私の背にゾウでさえ担げないほどの荷物を乗せました。また下りの道は急でした。そいつはそんなときでも打ちました。そして、荷物がずれて一方に傾いているのを見ると、薪の一部を軽い方へ移してバランスを取らなければならないのに、そいつは絶対にそんなことはせず、山から大きな石を拾ってきて、軽くて上向きになっている方の荷物の上に乗せました。惨めな私は、薪といっしょに不要な石まで運んで降りていったのです。また途中には、流れの絶えることのない川がありました。そいつは靴を駄目にしないように、私の背の上、薪の後ろに座り川を渡ったのです。

三〇[(2)] 私が疲れたまま重荷を背負っているせいで倒れたりすれば、まさにそれは苦難が耐えがたくなるときでした。すなわち、そいつは降りて手を貸し、私を地面から立ち上がらせ、荷物を減らしたりはせずに、打たれるのが嫌で私が立ち上がるまで、上に乗ったまま、頭と耳から始めて、棒で私を打ち続けたのです[(3)]。さらにまた、私を耐えがたくするもう一つのいたずらがありました。そいつは、先のとがったイバラを一塊取ってきて、それを紐で尻尾に結びつけて、後ろにぶら下げるのです。当然のことながら、私が前に進むと、それはぶら下がったまま私に当たり、私の下半身のいたるところを刺して傷だらけにしました。傷の元はいつも私についてきて、私からぶら下がっているのですから、私にはそれを防ぐことができませんでした。もしイバラに当たらないように慎重に前進したとしても、棒で打たれ死にそうになり、その一方で棒に打たれないようにすると、今度は後ろから恐ろしい痛みが襲ってきました。要するに、私の御者にとって、私を死ぬような目に遭わせることが仕事だったのです。

(1) アプレイウス『変身物語』第七巻一七—一八。
(2) アプレイウス『変身物語』第七巻一八—一九。
(3) この箇所はテキストが乱れており、訳文は大意を取って訳してある。

三一(1)　ある日のこと、いろいろとひどい目に遭わされて、もう我慢できず、一度だけそいつに蹴りを入れてやったのですが、そいつはいつまでも蹴られたことを覚えていました。そしてある日、そいつはある土地から別の土地まで亜麻を運ぶように命令されました。そこでそいつは、私を連れて行きたくさんの亜麻を集め、私の背に縛りつけたのですが、私を大いに苦しめてやろうと企んで、紐で私とそのやっかいな荷物を非常にきつく縛ったのです。いよいよ出発すべき時間になると、そいつは竈からまだ熱い燃え木を盗み出し、家の庭から遠くまで来ると、その燃え木を亜麻のなかに忍び込ませたのです。亜麻は――他にいったいどんなことがありえたでしょう――すぐに燃え始め、ついには私が乗せているものは、巨大な火の塊以外の何ものでもありませんでした。さて、いまにも焼きロバになってしまうと分かったので、私は道のわきの深い沼に飛び込み、沼の最も湿ったところに身を投げ出しました。次にそのなかで亜麻を転がし、激しく燃えている荷物を泥が消火するまで全身でぐるぐる回りました。こうして私は、その後残りの道をもう危険な目に遭うこともなく、歩いて行きました。というのも、亜麻が湿った泥にまみれてしまったので、その子はもう私に火を着けることができなかったからです。しかし、図太いその子は到着すると、このことでも私を悪者にし、私がやって来て自分から竈に突っ込んだと言いました。ともかくそのときは、期待もしなかったのに、私は亜麻から逃れたのです。

三二(2)　しかし、その汚い子は、私に対してはるかにひどい別のことを見つけ出したのです。すなわち、私を山へと連れて行き、薪の荷物を私の背に高く積み上げ、それは近くに住んでいる農夫に売りつけておいて、背に荷物を積んでいないまま私を家へ連れ帰り、私が汚らわしい行為をしたと彼の主人に向かって中傷したのです。

「ご主人さま、恐ろしく怠け者でのろまなこんなロバを、どうして飼っておくのか分かりません。それだけじゃなく、近頃このロバは別の仕事に精を出しているんです。こいつ、きれいな若い娘や青年を見ると、まるで人間の男が恋をして愛する女性へと向かっていくように、私を蹴飛ばしてそっちの方に走ってついて行き、人間がキスするみたいに咬みつき、無理やり親密になろうとするんです。こんなことしてたら、裁判沙汰になって、ご主人に迷惑がかかります。みんなが乱暴され、みんなが押し倒されてるんですから。ついさっきだって、薪を運んでいるのに、女性が農場へと入っていくのを見ると、薪は全部振り落として地面にまき散らしてしまい、その女性を道に押し倒し交わりたがったんです。結局、あちこちから人が飛び出してきて、この男前の恋人から彼女がめちゃくちゃにされるところを助けてくれました」。

三三[3] それを聞いた彼の主人である牧人は言いました。

「よし、歩くのも荷物を運ぶのも嫌で、女性や青年にのぼせ上がって人間さまの恋愛がしたいのなら、こんな奴は殺してしまえ。そして内蔵は犬に与え、肉は働き手のために取っておけ。もし、こいつがどうして死んだのかと尋ねられたなら、狼に殺されたということにしてしまえ」。

こうして、私の御者である汚い子供の奴隷は喜び、いまにも私を殺そうとしました、ところが、たまたま

（1）アプレイウス『変身物語』第七巻一九—二〇。
（2）アプレイウス『変身物語』第七巻二〇—二一。
（3）アプレイウス『変身物語』第七巻二二—二四。

その場に近所の農夫が居合わせたのです。彼は恐ろしいことを考え出して、私を死から救ってくれました。彼は言いました。

「ロバを殺しちゃあいけない。臼を挽いたり、荷物を運んだりできるだろ。そんな大層なことじゃない。このロバが人間に恋し、のぼせ上がってついて行くんだったら、こいつを連れて行って去勢してしまえよ。なぜって、その色狂いを取り除いたらすぐにおとなしくなって太るから、重い荷物も文句も言わずに運ぶようになるからさ。あんた自身にその荒療治の経験がないんなら、三、四日すれば俺がここに来るから、このロバを去勢して羊よりも従順にしてやろう」。

さて、家のなかにいた全員が、よいことを言うとその助言者を称賛したのですが、すでに私の方は、ロバの身体の男性器がいまにもなくなってしまうというので涙にくれ、去勢者となるくらいならもう生きていたくないと心のなかでつぶやきました。そうして、その時が来たら絶食して死ぬか、あるいは山から身を投げようと決めていました。そこで最高に哀れな死を迎えようとも、[1]まだ五体満足で無疵のままの死体となるだろうからです。

三四[2]　ところが、夜も更けた頃、一人の使者が村から農場の家にやって来て、盗賊に捕まっていたあの新婚の娘とその花婿について知らせました。夕暮れ時に、二人そろって海岸を散歩していると、突然海が盛り上がってさらって行き、二人の姿は見えなくなり、結局二人は非業の死を遂げた。そして、若い主人たちが家からいなくなったため、家に仕える者たちは、もはや奴隷の身に甘んじることはないと考え、家中のものをすべて略奪し、逃げのびてしまったというのです。「それを聞くと」馬丁であった牧人は、私と集められるかぎりのものを手に入れると、それを私と馬とその他の家畜に縛りつけました。私は本物のロバの荷物を運ぶのは不満でしたが、私の去勢がこうして妨害されたことは大歓迎でした。そして私たちは一晩中辛い道を進み、さらに三日の道程を経て、マケドニアのベロイアという大きくて、人の多い町へと到着しました。

三五[3] ここまで率いてきて彼らは、私たちも自分たちも腰を落ち着けることにしました。そしてそれから、私たち家畜を売ることになり競売人が広場の真ん中に立ち、よく響く声で競売を行ないました。やって来た人たちは私たちの口を開けて見たがり、それぞれの歯から年齢の見当をつけようとしました。次々と他の家畜が売れていくなか、私は最後まで残り、競売人は私をとっとと家に連れて帰るように勧めました。彼は言いました。

「見てのとおり、こいつだけは主人が見つからなかった」。

新しい主人――物乞い司祭

しかし、いつもあちこち歩き回っては気が変わる女神ネメシスが[4]、私にも主人を導いてきてくれました

(1) ホメロス『オデュッセイア』第十一歌四一二行参照。
(2) アプレイウス『変身物語』第八巻一、一五、二三。
(3) 以下三五から三六節については、アプレイウス『変身物語』第八巻二三―二六を参照。
(4) ネメシスは神の怒りと罰を擬人化した女神であるが、本来は「配給者」を意味し、ここでは、幸福と不幸を人びとに割り当てる女神である。

――私が願っていたような人物ではありませんでしたが。すなわち、彼は同性愛者の老人で、シュリアの女神(1)をあちこちの村や農場へと連れ回しては、その女神に物乞いをさせる集団の一人でした。私はこの男にとても高額、三〇ドラクマで売られました。私はため息をつきながらも、すぐに先導する主人のあとに従いました。三六　ピレボス(2)――つまり私を買った人物はそういう名前でした――の家に来ると、彼はドアの前で大声で叫びました。

「娘たち、お前たちのために、カッパドキア生まれ(3)の男前で頑丈な奴隷を買ってきたぞ」。この娘たちというのは、同性愛者の集まりで、ピレボスの同業者でしたが、彼らはこの大声に拍手喝采しました。というのも、本物の人間を買ってきたと思ったからです。しかし、奴隷というのがロバであるのを見て、すぐにピレボスを次のようにからかいました。「その、奴隷じゃなくてあなたの花婿さんをどこで捕まえて連れてきたのさ。このうるわしい結婚がうまくいって、すぐにお父さんのような子供が生まれますように」。

三七(4)　そして彼らは笑いました。次の日彼らは、彼ら自身が呼ぶところの仕事のために整列し、女神像を正装させると私の背に乗せました。その後、私たちは町を出て田舎を歩き回りました。私たちはある村へやって来ると、女神の運び手である私は立ったままで、笛吹きがそろって神がかった調べを奏で、その他のものはターバンを取り去り頭を下げて首に巻きつけると、剣で腕を切り、また一人一人が歯の間から舌を突き出してそれも切り、そのため一瞬にしてあたり一面流れ出す血でいっぱいになりました。それを見た私は、最初のうち女神はいずれロバの血も必要とするのではないかと、立ったまま震えていました。しかし、彼らはこのようにして自分の身体を切り刻むと、周りに立っている見物人からオボロス銅貨やドラクマ銀貨を集めたのです。その他に、干しイチジクや壺に入った酒やチーズを与えたり、一メディムノスの小麦や大麦をロバに与える人もいました。こうしたもので彼らは暮らしを立て、また私の運ぶ女神に奉仕していたのです。

三八[5] ある日私たちがある一つの村へ入っていくと、彼らは一人の若くてたくましい村人を捕まえて、彼らが休息していた場所に連れ込みました。それから、汚らわしいその同性愛者たちは、彼らが慣れ親しんでいることをこの村人からしてもらいました。さて、私は自分が変身したことを大いに嘆き、「こんなにまでも私は禍《わざわい》に耐えているのです、ゼウスよ」と大声で叫ぼうとしたのですが、その叫び声は［人間の］私の声ではなく、ロバの喉から出た声であり、ロバの大きな鳴き声でした。ところが、たまたまそのとき何人かの村人がロバをなくし、そのなくしたロバを捜していたのですが、私のその大きな鳴き声を聞いて、自分たちのロバだと思い、誰にも何も言わずに仲へ入ってきたのです。彼らが出くわしたのは、同性愛者たちがなかで行なっていた口にするのもはばかられる行為でした。なかへ入った村人たちは大笑いしました。彼らは外へ走り出ると、村中にその司祭たちのみだらな振る舞いを語り広めたのです。同性愛者の司祭たちは、口にするのもはばかられる行為が暴露されたことを恥じて、すぐさま夜のうちに村を出ました。人里離れたところまで来ると、彼らは私が彼らの秘儀をばらしてしまったといって、怒り狂いました。言葉で悪く言われ

(1) シュリアの豊穣の女神アタルガティス。
(2) ギリシア語でピレボスとは「若者を愛する」という意味である。
(3) カッパドキアは馬や荷役動物の産地として有名だった。
(4) アプレイウス『変身物語』第八巻二七―二八。
(5) アプレイウス『変身物語』第八巻二九―三〇。

る苦難には耐えることができたのですが、その後のことにはもう耐えることができませんでした。すなわち、私の背から女神像を降ろして地面に置くと、私の背に着けていたものをすべて剝ぎ取り、裸のまま大きな木に縛りつけたのです。その後、これからは黙って女神を運ぶように命令しながら、羊の骨が結びつけてあるあの鞭[1]で、私を危うく死にそうになるまで打ちました。それどころか、彼らに赤恥をかかせ、仕事を終えないうちに村から去ることになったというので、鞭打ちのあとで私を殺そうと計画していたのです。しかし、私が殺されずにすんだのは、地面に置かれ移動する術を持たない女神が、彼らを大いに恐縮させたからでした。

三九[2]　さてそういうわけで、鞭打ちの後私は女主人［女神像］を背に乗せ歩いて行き、日が暮れる頃には、あるお金持ちの農場で休息しました。そのお金持ちは家にいて、女神を大いに歓迎し家に迎え入れると、女神への供儀を行ないました。そのさい私は、自分が大きな危険にさらされていることを知ったのです。その農場主の友人が贈り物として野生のロバの腿肉を送りました。料理人は、調理するためにその腿肉をもらったのですが、たくさんの犬がなかに入ってきたのに気づかず、うかつにも腿肉をなくしてしまったのです。彼は腿肉の紛失のために何度も打擲され拷問されることを恐れ、首つりをしようとしました。ところが彼の妻は、私にとっては迷惑きわまりないことに、言いました。

「あんた、死ぬなんてやめてちょうだい。そんなに思いつめなくてもいいでしょ。まあ、私の言うとおりにすれば、万事うまくいくからさ。同性愛者たちのロバを人気のないところまで連れ出して、それから殺してその腿肉の部分をここに持ってくるのよ。それを調理して御主人にお出しなさい。ロバの他の部分は崖下

郵便はがき

料金受取人払郵便

左京支店
承認
1228

（差出有効期限
平成26年
3月31日まで）

606-8790

（受取人）
京都市左京区吉田近衛町69
京都大学吉田南構内

京都大学学術出版会
読者カード係 行

▶ご購入申込書

書名	定価	冊数

1. 下記書店での受け取りを希望する。

都道府県　　市区町　　店名

2. 直接裏面住所へ届けて下さい。

お支払い方法：郵便振替／代引　　公費書類（　　）通　宛名：

送料　税込ご注文合計額3千円未満：200円／3千円以上6千円未満：300
／6千円以上1万円未満：400円／1万円以上：無料
代引の場合は金額にかかわらず一律200円

京都大学学術出版会
TEL 075-761-6182　学内内線2589 / FAX 075-761-6190または719
URL http://www.kyoto-up.or.jp/　E-MAIL sales@kyoto-up.or.j

手数ですがお買い上げいただいた本のタイトルをお書き下さい。
名)

書についてのご感想・ご質問、その他ご意見など、ご自由にお書き下さい。

名前
(歳)

ご住所
〒
TEL

ご職業

■ご勤務先・学校名

所属学会・研究団体

-MAIL

購入の動機
A.店頭で現物をみて　B.新聞・雑誌広告(雑誌名)
C.メルマガ・ML( )
D.小会図書目録　E.小会からの新刊案内(DM)
F.書評( )
G.人にすすめられた　H.テキスト　I.その他
常的に参考にされている専門書(含 欧文書)の情報媒体は何ですか。

購入書店名
都道府県　市区町　店名

購読ありがとうございます。このカードは小会の図書およびブックフェア等催事ご案内のお届けのほか、告・編集上の資料とさせていただきます。お手数ですがご記入の上、切手を貼らずにご投函下さい。
種案内の受け取りを希望されない方は右に○印をおつけ下さい。　案内不要

西洋古典叢書

月報 98

2012＊第7回配本

スタゲイラの市壁
【陸側の山頂部附近より西方のエーゲ海を望む】

目次

2013年1月
京都大学学術出版会

サモサタのルキアノス

ティム・ホイットマーシュ

古代ギリシア世界で最も有名な諷刺作家ルキアノスは後一二五年頃に生まれた。彼の生地サモサタは、ローマ属州シリア内、コンマゲネの極めて特徴的な一都市であった。この都市は、現在の南トルコ中央部のアドゥヤマン県に位置する。クルジスタン、トルコ、ヨーロッパ、アラビアの文化的影響が混ざり合っているこの地域は、さまざまな文化の出会いの場と呼ぶことができよう。そして古代においてもまた、この地域はこのような多種多様な文化的アイデンティティを有していたに違いないだろう。イラクの沃野に南向きに流れ込むメソポタミアの河川群の開始点にあることを考えればよい。サモサタからそれほど遠くないところには、コンマゲネ王アンティオコス（在位前七〇―三六年）の実に手の込んだ像が当時から立っており、これは今でも残っている。この場所は現在ではネムルート・ダーという名で世界遺産に登録されている。この像には二つの面があり、一方は東、他方は西を向いているために、あたかも見る者にコンマゲネの二つのアイデンティティを示しているようである。前四世紀末のアレクサンドロス大王の征服活動によって、コンマゲネにはギリシアの言語と文化がもたらされたものの、ペルシア帝国及びアッシリア帝国の一属州であったこの土地は、古代を通して常に境界地域といった雰囲気を持っていた。

ルキアノスもまた、文化的には多くの異なった方向に向いていたといえる。我々にとっては、彼はまず何よりもギリシア語の華麗な使い手として知られている。古代後期のギリシア語が堕落したものと捉えられ始めた十九世紀に至るまでは、彼は最も洗練された散文作家のモデルの一人であるとヨーロッパ世界で考えられていた。後二世紀、ギリシア語を用いる文人たちの間で、我々が「古典」と呼んでいるテクストの内容、そして言語それ自体を模すことが大流行した。実際のところこれらのテクストは、前五世紀及び四世紀のアテナイで生み出された特定の散文テクスト群であった。トゥキュディデスの『歴史』、プラトンの哲学的対話篇、デモステネスの熱のこもった弁論などがその例だ。ルキアノスは、この極めて模倣的な文体をマスターしたのみならず、模倣そのものを大いに楽しんでいた。例えば、『子音の訴訟』という小品では、シグマ（ギリシア語のs）が、タウ（ギリシア語のt）を、窃盗のかどで訴える。ジョークの肝は、アッティカ方言（アテナイで用いられていた方言）以外の方言における ss の綴りが、アッティカ方言では tt になる、ということだ（したがって、「海」を表わすアッティカ方言は、thalassa ではなく thalatta となる）。アイロニーとなっているのは、訴訟という行為それ自体が古典期アテナイのものをモデルにしているということだ。多くの諷刺作家と同じように、ルキアノスも、最も身近な標的に最も激しい攻撃を加えたのであった。

ルキアノスは、この古典ギリシア回帰という題材を幾度となく利用する。例えば、対話篇『レクシパネス』で衒学者レクシパネスを描くときがそうだ。彼の話す言葉はあまりに人工的で不自然なために、これを聞いていた対話相手は吐き気を催す。あるいは、『挨拶での失敗について』における偽善者を描くときも同じだ。この男は、自分が真正アッティカ方言ではないと考えていた単語をルキアノスが使ったことで無謀にも彼に食ってかかる。さらに、『弁論教師』も同様である。この作品の語り手は、悪辣な弁論教師なのだ。しかしながら、すでに見たように、自分自身が古典ギリシア語に熟達していることに大いに自信を持っているという意味で、ルキアノスは内側から攻撃を行なっているといえる。彼の時代においては、言語というものはアイデンティティ形成の鍵となるものであった。まさに、ギリシア語を話すということはギリシア人になることを意味したのである。とはいえ、彼のいかにも諷刺作家的な斜に構えた態度が示すのは、彼がギリシア文化に対して常に曖昧な立ち位置を占めていたということである。古典ギリシア語を自家薬籠中のものにすることによって、彼が当時の文学界のスターダムにのし上がったことは確かであるが、彼は、ギリシア文化を外から眺めるアウトサイダーであることを終生やめはしなかったのである。

『夢またはルキアノスの生涯』で、彼は若かりし頃のことをアレゴリーを用いて物語っている。夢の中で、二人の女性が彼のもとにやって来て、各々が自分についてくるよう誘いかけてきたという。一方は「技術」。「職人風で、男みたいで、うすぎたない髪の毛をしている」(六)。つまり伝統的な石工のなりをしており、石工業というのは、彼の話では、まさにそのとき彼が徒弟奉公をしていた職業であった。彼女は、「つっかえつっかえ、異国人みたいに」(八)言葉を発し、故郷を出ることなく石工として誉れを得る機会を彼に与えてやろうとする。もう一方の女性は「教養」で、彼に全世界的な名声と富を約束する。言うまでもなく、ルキアノスは後者を選ぶ。ここで重要なのは、この話がどの程度事実に即したものなのかということではもちろんなく、教養のあるギリシア人聴衆に向けてこれほどまでに注意深く作り上げられた、彼の出自の物語そのものなのである。彼は、自らの成功のことのみならず、長い旅路のこと、自分がはねのけてきた故郷の者たちからのプレッシャーと期待のことを、聴く人たちに知って欲しかったのである。この物語は、都会の輝きに魅せられて僻地から旅をしてきた者なら誰であれ理解できるものであったろう。

これとはまた別の、さらにもっと注目に値するものが、『シリアの女神について』である。第一に、この作品は、前五世紀の偉大な歴史家・旅行作家のヘロドトスが用いたイオニア方言によって書かれているという点で、模倣技術の傑作であるといえる。イオニア方言使用の理由は明らかである。本作においてルキアノスはヘロドトス的なスタンスを借りてきているのだ。すなわち、ヒエラポリスの町の宗教的活動や女神アタルガティス崇拝の様を描く仕方が、ヘロドトス同様民族誌的なものなのだ。意図的に奇妙な形に仕立てられた解説は、聖なる魚、去勢の儀式、謎の「しるし」に言い及んでいる。ヘロドトス的な叙述技法を用いることによって、ルキアノスは、いわば望遠鏡を覗くようにして、ギリシア中心的な視点からあらゆる説明を試みているのだ。しかしながら、作品の最後の一文において、彼は自分も若い頃にシリアの儀礼に参加していたことを暴露する。この最後の文章には驚愕させられてしまう。ここに至って読者は著者の二重の文化的アイデンティティに気付くのである。

いや、ルキアノスの文化的アイデンティティは三重であったというべきかもしれない。というのも、彼はローマ市民でもあった可能性が高いからだ。コンマゲネは後七二年、皇帝ウェスパシアヌスによってローマ帝国に併呑された。だが、帝国の一部であるからといって、ローマ市民権が直ちに保障されたわけではなく、それについてはカラカラ帝が法令を布告する二一一年まで待つ必要があった。それ以前にローマ市民権を手にできたのは、概して属州のエリートに限られていた。彼らは通常とは異なった税や法的な特権を享受することができた。ルキアノス自身はこのような身分に属していたとどこにも明らかに述べてはいないものの、彼の名前（形はラテン語のそれである）が一つの手がかりとなる。他の証拠としては、彼がエジプトで帝国官僚機構の行政職を手にしたという事実が挙げられる。しかしこの点においても彼のアイデンティティは複雑なものであった。というのも、彼がローマのために仕事をするポストに就いていたことが明らかにされる作品（『弁明』）が、金はないが教養はあるギリシア人を屋敷内で庇護する残酷なローマ人を攻撃する作品（『お傭い教師』）と対になっているからだ。ここにおいてもまた、彼とローマとの関係性がいかに曖昧で不確かで揺れ動くものであったのかを読者に向けて強調しているということが重要なのである。

彼の故郷と軌を一にするように、ルキアノス自身もさまざまな伝統が交差する地点に立っていた。彼はギリシアの古典作品にどっぷりと浸り、これらの作品に精通していた。しかしそれと同時に彼は、自分を取り巻く事物に目を向ける、後二世紀で最も辛辣な批評家でもあった。宗教に関する彼の諷刺作品、『偽預言者アレクサンドロス』及び『ペレグリノスの最期』は、伝統的なギリシア・ローマの多神教と、カリスマ的な一個人の下に成立した新興宗教との緊張関係（これはのちにローマ帝国がキリスト教を導入することによって微弱化することになるのだが）をこの上なくよく証するものである。さらに、当時は伝統墨守趣味の文化があり、ルキアノス自身その文化に賛同していたという事実があるにもかかわらず、同時に彼は古代世界で最も奇抜な発想力を持つ作家の一人でもあった。月世界そして鯨の腹に赴く旅の様子を描く『本当の話』は、世界初のSF小説とみなされてきた。一部の作品（例えば『悲劇役者ゼウス』）では、ギリシア的な意味でいう無神論に近い考えも見られる。もし彼がギリシア文化に対するアウトサイダーであり続けたとしたら、彼はアウトサイダーの特権を思う存分利用したことだろう。愛すべきもの憎むべきものを取捨選択し、混ぜ物から全く新しいものを生み出すという特権を。

（西洋古典学・オックスフォード大学教授［邦訳＝勝又泰洋］）

連載

西洋古典名言集 ⒁

老いてもつねに多くのことを学ぶ

昔から老年を嘆く言葉は多い。杜甫には「花は飛ぶ（散る）ことなんの急かある、老いさっては春の遅き（早く過ぎぬ）ことを願ふ」（「可惜」）という詩句があるが、漢詩や和歌に同様な言葉があり、その点では西洋古典においても例外ではない。「老年は人生の冬だ」と言ったのは、キュニコス派の哲学者メトロクレス（前四世紀後半）であるが（ストバイオス『精華集』第四巻五〇b-八四）、このように老年を慨嘆する用例はいくらでもあって、「老年はそれ自体が病気だ」（テレンティウス『ポリュミオ』五七五）という言葉さえある。セネカが老年を「治療法のない病気」（『倫理書簡集』一〇八-二八）と呼んでいるのも同じような例であるが、これには哲学者アリストテレスが「病気は外から得た老年であり、老年は自然に生じる病気である」（『動物発生論』七八四b三三）というもっともらしい説明をしている。たいていの老人にとって老年にあることは厭わしいもので、これをシチリアのエトナ山に喩えたのは、キケロの『老年について』二-四に登場する小スピキオであるが、エウリピデスの『狂えるヘラクレス』に、「若さこそわが愛しきもの、老いはいつも重荷で、エトナの巌よりも重く、わが頭《こうべ》にのしかかる」（六三七以下）という同じような表現があるから、キケロの言葉はこれから借りたものかもしれない。それはともかく、ほかの用例を求めると、前四世紀の喜劇詩人アンティパネスの言葉とされる「われらの人生は葡萄酒のようなもの、樽にわずかしか残っていないときには、酢になっちまう」（ストバイオス『精華集』第四巻五〇-四七による引用）などがある。

これに対して、老年においてもなお人間は学ぶべきことがある、と説いたのは、アテナイの立法家で七賢人のひとりソロン（前七世紀）である。冒頭の言葉はプラトンの作と伝えられる『恋がたき』（一三三C）に引用されているが、プラトンはよほどこの詩句が気に入ったとみえて、『ラケス』（一八八B）や『国家』（第七巻五三六D）など幾度か言及している。ディオゲネス・ラエルティオス『哲学者列伝』（第一巻六〇―六一）のソロンを扱った章を読むと、コロポン出身のエレゲイア詩人ミムネルモス（前七世紀後半）が、「病気も厄介な心配事もなく、六〇で死の定めに遭いたいもの」と、老年を慨嘆する詩を作ったのをソロンは諫めて、最後の詩句を取り消して、むしろ「八〇で詩の定めに遭いたいもの」とすべきだと言ったとある。アモルゴスの詩人セモニデス（出身はサモスだが、入植した島の名前からこう呼ばれる）にも同様に人生の儚さを歌った詩が多く、人の一生は老い、病気、死などの苦しみや嘆きに満ちている（「断片」一）と歌っているが、このようなイオニア風の現世的、享楽的な人生観に対して、アテナイのソロンは対照的な立場をとっていた。

もちろん、ソロンは人生を充ち足りたものと見なしていたわけではない。むしろ、「いかなる人間も幸福ではない。陽が見そなわす死すべき人の輩はすべて哀れむべきもの」（「断片」一四）という言葉が、ストバイオスによって保存されているように、人生についてけっして楽観してはいない。ソロンの幸福観については、ヘロドトスが伝えるリュディアの王クロイソスとの会見記からよく知られている。ソロンが最も幸福な人間としてごく平凡な庶民の名を挙げたのは、「どんなことにせよ、その結末を見ることが肝心である」（『歴史』第一巻三二）からである。幸福であるかどうかは「最後を見極めねばならない」というソロンの言葉については、アリストテレスが『ニコマコス倫理学』（第一巻第十章）において取り上げている。幸福を人間の活動状態と考えるならば、死んではじめて幸福だというのはきわめて不合理な話だからである。そういう哲学論議はさておき、ソロンの幸福に関するこのような考えのもとには、人生をかりに七〇年と考えたとき、一日たりとも同じことが起こることはないように、すべてが偶然にまかされているという見方がある。なぜなら、「不死なる神々の思いは、人間にはまったく見えないからである」（アレクサンドリアのクレメンス『雑録集』第五巻一二九-六。ソロンのエレゲイア詩集からの引用）。

しかしながら、それでもソロンは、老年にあって人間が学ぶべきものは多いと信じた。こんな話がある。ある晩のこと、ソロンが葡萄酒の盃を傾けながら、甥のエクセケスティデス（ソロンの父もエクセケスティデスと言った）がサッポーの詩を朗唱するのを聞いていた。ソロンはその詩をたいそう気に入り、教えてくれぬかと言った。側にいた人が驚いて「なんのために」と訊くと、ソロンは「その詩を学んでから死にたい」と語ったという（ストバイオス『精華集』第三巻二九-五八）。話の典拠であるストバイオスは、アイリアノス（『奇談集』の著者）からの転載としているが、アイリアノスの現存著作にはこの話は含まれていない。

（文／國方栄二）

西洋古典叢書

[2012] 全８冊

★印既刊　☆印次回配本

●ギリシア古典篇

アイスキネス　弁論集★　木曽明子 訳

アリストテレス　生成と消滅について★　池田康男 訳

エウリピデス　悲劇全集 1★　丹下和彦 訳

プルタルコス　モラリア 8★　松本仁助 訳

ポリュビオス　歴史 4☆　城江良和 訳

ルキアノス　偽預言者アレクサンドロス ── 全集 4★　内田次信他 訳

●ラテン古典篇

クインティリアヌス　弁論家の教育 3★　森谷宇一他 訳

リウィウス　ローマ建国以来の歴史 9★　吉村忠典・小池和子 訳

●月報表紙写真――マケドニアのピリッポス二世によって攻略されるまでのスタゲイラ市域は、小さく突き出た岬の海岸線全体とその陸側背後の小山の頂上を通る稜線に沿って市壁がめぐらされていた。山稜側の壁はさほど取り壊されることなく、今日もなお当時の姿をとどめている。現存部の長さはおよそ五〇〇メートル、わずかに湾曲しながら岬を遮蔽するように両側海岸辺までつづいていて、中央山頂部の市壁沿いに狭い石囲いのアクロポリスがある。市壁の幅は約二メートル、高さは場所によっては四メートル前後に達している。乱積み風の堅固な石垣壁はレスボス・タイプと言われる。また写真の袖壁のように突き出した部分（日陰になった箇所）は、エジプト・タイプと呼ばれ、主として平らな切石が整然と積み重ねられている。（一九九五年六月撮影　高野義郎氏提供）

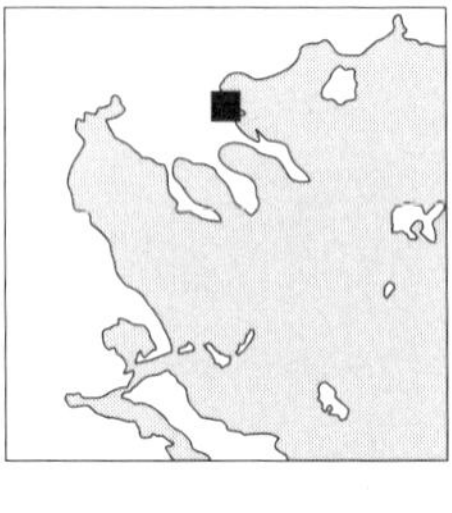

にでも投げ捨てるのよ。ロバは逃げ出して行方知れずになったと思われるからさ。見なさいよ、こっちのロバの方が肉付きもいいし、どこをとっても野生のロバよりも立派じゃないか」。

その料理人は、妻の計画を誉めて言いました。

「お前、それはすごくいいぞ。そうするだけで、俺は鞭打ちされなくてもすむ。さっそくやることにしよう」。

こうしてその汚らわしい、私の調理人は、私の近くに立ち妻とそのような相談をしました。四〇 私はこれから起こるであろうことをすぐに予測して、刃物から身を守ることが肝心だと思い、私を引っぱっていた革紐をちぎり飛び跳ねると、同性愛者たちが農場主と食事をしているところに走り込んだのです。なかに走り込んだ私は、飛び跳ねて燭台もテーブルも何もかもひっくり返しました。私としては、自分が助かるうまいやり方を見つけたと思いました。農場主は気性の荒いロバとして、すぐに私をどこかに閉じ込め、しっかり監視するように命令すると思ったのです。しかし、このうまいやり方は私を窮地に陥らせたのです。彼らは私が錯乱したと考え、すぐさまたくさんの剣や槍や大きな薪を取り出して私へ向けると、私を殺してしま

---

(1) ここでは「あの（ἐκείνῃ）鞭」と言われているが、本作品では以前に言及されてはいない。これは本作品が抄録であることを示す根拠の一つである。ちなみに、アプレイウス『変身物語』では第八巻二八で言及されている。

(2) アプレイウス『変身物語』第八巻三〇—三一、第九巻一冒頭。

(3) アプレイウス『変身物語』第九巻一—二。

おうと考えたのです。私は大いに危険であるのを見て、私の主人たちが寝ることになっていた部屋のなかへと走り込みました。これを見て彼らは、外からドアを念入りに塞ぎました。

四一[1] さて、すでに夜は明け、私は女神像を背負いふたたび物乞い司祭たちといっしょに出発しました。私たちは、大きくて人の多い村へとやって来て、そこで、彼らは新たに突拍子もないことを言い出しました。女神は人間の家に滞在するのではなく、村人たちによってとくに敬われている、土地の神霊の聖堂に宿を取るというのです。村人たちは大喜びをして異国の女神を受け入れ、彼ら自身の女神と同居させ、私たちには貧者の家を提供してくれました。そこで何日か過ごしたあと、私の主人たちは近くの町に行こうとし、土地の人たちに女神を返してくれるように言いました。彼ら自身が神域へと入っていき、女神を運び出し私の背に乗せると、村から立ち去りました。ところが、罰当たりな彼らはその神域へと入ったときに、供物である黄金の水盤を盗み、自分たちの女神像のなかに隠して持ち出していたのです。このことに気づいた村人は、すぐに追いかけてきて、やがてすぐ近くまでやって来ました。馬から飛び降りて道の真ん中で彼らを捕まえると、村人は彼らを罰当たり、聖物泥棒と呼び、盗んだ供物を返すように言い、彼らの持ち物をすべて探しまわって、女神像の懐にその供物を見つけました。その結果、村人はその女みたいな男たちを縛って連れ戻し、彼らを牢に放り込み、私の運んでいた女神を取り上げて別の聖堂におさめ、黄金の水盤はふたたび村人の女神に返しました。

新しい主人――パン焼き屋

四二[2]　翌日、村人たちは、その囚人たちの荷物と私とを売り払うことに決め、近くの村に住む外国人で、パン焼きを生業とする男に私を売り渡しました。その男は私を受け取ると、一〇メディムノスの小麦を買い、その小麦を私の背に乗せると彼の家まで、辛い道程を運ばせました。到着すると、彼は私を粉挽き小屋に入れたのですが、そのなかには、私の奴隷仲間である動物がとてもたくさんいて、また、たくさんの挽き臼がありました。すべての臼の周りに動物がおり、あたり一面小麦でいっぱいでした。その日は私が新入りの奴隷であり、また、非常に重い荷物を背負って辛い道程をやって来たというので、なかで休ませてくれました。しかし次の日、彼らは亜麻布で私に目隠しをし、挽き臼の柄に繋ぎ、それから臼を挽かせようとしました。私は、何度もやらされたことがあり、どうやって挽いたらよいのか知っていたのですが、知らないふりをしていました。しかし、私の希望は虚しいものでした。すなわち、なかにいた多くの者たちは棒を取って私の周りに立ち、目が見えないために予期していなかった私を、いっせいに打ったのです。そのため、打たれるやいなや私はコマのように［臼の周りを］回りました。この経験から私が学んだのは、奴隷は主人に殴られるのを待ったりせずに、なすべきことをやるべきだということです。

（1）アプレイウス『変身物語』第九巻三―四、八―一〇。

（2）アプレイウス『変身物語』第九巻一〇―一一。

新しい主人――菜園業者

四三[1]　こうして、私はすっかり痩せて身体が弱くなってしまったので、主人は私を売ることにし、菜園業を生業とする男に私を売り渡しました。すなわち、その男は耕作するための菜園を持っていたのです。私たちの仕事は次のようなものでした。夜明けとともに、主人は野菜を私の背に積み市場まで運ぶと、野菜売りたちに渡し、ふたたび私を菜園に連れ戻しました。それから彼は、土を掘り起こし、種を植え、苗に水をやり、私はその間することもなく立っていました。しかし、そのときの暮らしは私にとって、ひどく苦しいものでした。まず第一に、すでに冬になっていたのですが、彼は私のためどころか、自分のための夜具を買うことができず、また、私は裸足でぬかるみや、かちかちに固まって突き刺さる氷の上を歩き、二人が食べるものといえば、苦くて固いレタスだけだったのです。

四四[2]　そしてある日、私たちが菜園へ向かっていると、軍服を身に着けた立派な男に出会い、その兵士は最初は[3]ラテン語で私たちに話しかけ、ロバの私をどこに連れて行くのかと尋ねました。菜園業者は、私が思うに、ラテン語を理解できなかったのでしょう、何も答えませんでした。すると、兵士は馬鹿にされたと思い、鞭で菜園業者を打ったのです。これに対して、菜園業者は兵士に摑みかかり、足を持って道に転ばせ大の字にし、倒れたままの兵士を手、足、道から拾った石で打ったのです。最初のうち、兵士は抵抗し、立ち上がったら剣で殺すと脅していました。菜園業者は、その兵士から教えられたかのように、できるだけ危険をなくそうと兵士の剣を引き抜いて遠くへ投げ、それから倒れた兵士を打ちました。兵士はその暴行にもはや耐えられないと思い、打たれたせいで死んだかのようなふりをしました。菜園業者は、これを見て恐くなり、兵士をそこに倒れたままにして立ち去り、剣を私の背に乗せ町へ向かいました。

四五[4] 到着すると、彼は仕事仲間に自分の菜園を耕作することを任せ、自分は道での事件の後難を恐れて、町にいる友人のもとに隠れました。次の日、彼らによいと思われたのは、以下のようにすることでした。私の主人を箱のなかに隠し、私の方は足から持ち上げ、はしごを使って屋根裏部屋に運びそこに閉じ込めるのです。ところで兵士は、人びとの言うところでは、しばらくしてようやく道から立ち上がり、打たれたせいでふらふらしながら町に来て、たまたま居合わせた兵士たちに、凶暴な菜園業者のことを話しました。彼らは彼とともにやって来て、私たちが隠れている場所を見つけると、町の役人を連れてきました。役人は部下を一人なかに入らせ、なかにいる全員に外に出るよう命令しました。しかし、全員が出てきても、菜園業者の姿はどこにもありませんでした。そこで、兵士たちは菜園業者と彼のロバである私がなかにいると主張しました。しかし、その家の者はなかには何も残っていない、人間もロバも残っていないと言いました。路地は大騒ぎになり、双方が怒鳴りあいになったため、身勝手で何でも知りたがる私は、誰が怒鳴っているのか知りたくなって、窓から頭を出し、上から下をのぞき込んだのです。兵士たちは私を見るとすぐに大声で叫びました。家の者は、嘘をついていたというので捕らえられました。役人たちがなかに入ってきて家中を捜

(1) アプレイウス『変身物語』第九巻三一末尾―三二。
(2) アプレイウス『変身物語』第九巻三九―四〇。
(3) この箇所も本作品が抄録であることを示している。アプレイウス『変身物語』によれば、兵士は最初はギリシア語で、次にラテン語で話しかけている(第九巻三九)。
(4) アプレイウス『変身物語』第九巻四〇―四二。

索し、箱のなかにいた私の主人を見つけて捕まえると、粗暴な振る舞いについて説明を聞くために牢屋へ送り、私の方は抱えて降ろし兵士たちに渡しました。兵士たちはみんな、屋根裏から密告し自分の主人を売り渡したロバを見て、笑い転げました。[1] そのとき以来、私から始まって、次の諺が人びとの口にのぼるようになりました。「ロバがのぞき見したから[2]」。

新しい主人——テッサロニケのメネクレス

四六[3] 次の日、私の主人である菜園業者がどうなったのかは知りませんが、兵士は私を売ることに決め、二五ドラクマで売りました。私を買ったのは、マケドニアで最も大きな町テッサロニケ出身の、とても裕福な男の召使いでした。その召使いの仕事は、主人のために料理を作ることでしたが、彼には奴隷仲間の兄弟がいて、こちらはパンを焼いたり、蜂蜜菓子を作るのが上手でした。この兄弟はつねに食事を共にし同じところで寝て、仕事の道具も共同で使っていました。さて、その後彼らは、彼らの寝泊まりしているところに私も住まわせました。そして彼らは、主人の食事が終わるとそろって残り物、一方が肉と魚、他方がパンとお菓子を持って帰ってきました。彼らは、この残り物といっしょに私をなかに閉じ込め、最高においしい見張り役を私にまかせて、風呂に入るために出て行きました。私はわきに置かれた大麦には丁重に別れを告げ、主人たちの仕事上の余得に没頭しました。人間の食べ物で腹いっぱいになるのは実に久しぶりのことでした。彼らは戻ってきても最初のうち、私の健啖ぶりに気づきませんでした。残り物はたくさんあり、私も恐ろしくて控えめに食事を盗んでいたからです。しかし最終的には、彼らが気づかないのをよいことに、最高の部分を食べ、さらに量もたくさん食べてしまうようになりました。彼らがようやく損失に気づいたとき、最初はお互いを疑いの目で見て、互いに相手を二人のものを盗む恥知らずな泥棒と呼びました。その後二人とも細心になり、分け前を数えるようになりました。

四七(4) しかし、私は快楽と美食の生活をし、以前慣れ親しんでいた食物のためにふたたび身体がふくよかになり、毛がふさふさしてきて皮膚にもつやが出てきたのです。無類の好人物である彼らは、私が大きく太っていながら大麦には口がつけられず、同じ量のままであるのを見て、私の大胆な行動を疑うようになりました。彼らは風呂に行くふりをして出てゆき、それからドアを閉め、ドアのすき間に目をくっつけてなかを見ていました。そのときの私は、罠にまったく気づかず、残り物に向かい食べていたのです。彼らは最初、思いもよらない食事の様子を見て笑い、その後、奴隷仲間を呼んできて私を見せました。彼らは大笑いをしたのですが、その結果、外で騒いでいたせいで、彼らの主人も笑い声を聞きつけ、外では何をそんなに笑っているのか尋ねました。主人は話を聞くと宴会の席を立ち、なかをのぞき込んで、私が野豚の肉片を飲み込んでいるのを見ると、大きな笑い声を出しながらなかに駆け込んできたのです。私は、主人の目の前で盗みと同時に大食らいの現場を押さえられ狼狽しました。主人は私のことを大いに笑うと、まず私をなかへ、彼

(1) ホメロス『イリアス』第一歌五九九行。
(2) メナンドロス『女祭司』(断片二四六)、ゼノビウス(『諺集成』第五巻三九)によれば、人が滑稽な理由で訴えられたさいに用いられた。
(3) アプレイウス『変身物語』第十巻一、一三―一四。
(4) アプレイウス『変身物語』第十巻一五―一六。

の宴席へと連れてくるように命じ、次いで、私の横にテーブルを置き、その上に他のロバは食べることのできないものをたくさん出すように言いました。肉に貝にスープに魚で、一方は海産ソースとオリーブがかけられ、他方はマスタードがつけてありました。いまや、運命の女神が、私に穏やかに微笑みかけているのが見え、この茶番劇だけが私を救い出してくれると悟ったので、すでに満腹していたにもかかわらず、私はテーブルの横に立って食べました。宴会の客たちはどっと笑いました。一人が言いました。

「このロバは、ワインも水で割って出してやれば飲むだろう(1)」。

主人が命じ、私は差し出されたものを飲みました。

四八(2) もっともなことに、彼は私を並はずれた宝だと見なし、私を買った男に買った金額の二倍支払うよう執事に命令しました。彼は私を、彼に仕えている若い解放奴隷に渡し、彼を楽しませるためにできる限りのことを教え込むようにと言いました。しかし、彼にとってすべてが簡単なことでした。というのも、教えられるやいなや、私は何でも身につけたからです。その解放奴隷は、第一に私に人間のように肘をついて寝椅子に横たわらせ、次に彼と格闘をさせ、さらに二本足で直立して踊らせ、彼の言葉に「はい」とうなずき、「いいえ」頭をそらすようにさせました。どれもこれも、たとえ学ばなくてもできることばかりでした。そしてこのことは評判となりました。主人のロバはワインを飲み、格闘をし、踊るロバだというのです。しかし、最も評判になったのは、私が言葉に対して的確にうなずき、また頭をそらすことでした。また、私はワインが飲みたくなると、ワイン係を押して目で要求しました。人びとはこのことを不思議なことだと驚嘆しましたが、ロバの中身が人間だとは知らなかったからです。私は彼らの無知をよいことに、贅沢をしていたのです。さらにまた、私は主人を背中に乗せて歩いて運んだり、走ったりすることも学びました。走ることはとても快適なのですが、乗っている人には分からないことです。また、私の飾りは高価なもので、私は紫の衣をまとい、金と銀で飾られた轡をつけてもらい、最高に美しい旋律で鳴る鈴をぶら下げていました。

四九　私の主人メネクレスは、すでに述べたように、テッサロニケの人で、ここにやって来たのは以下の理由からでした。つまり彼は、郷土の人たちに剣闘士が闘う見世物を見せてやると約束したのです。(3) すでに剣闘士たちの準備は整っており、出発の時がやって来ました。私たちは夜が明けると旅立ち、起伏の多い道や、乗り物で渡るのが困難なときはいつも私が主人を運びました。私たちがテッサロニケに到着すると、見世物と私を見ようという人たちが殺到していました。というのも、いろいろな役割を演じ、踊りと格闘も人間並みだという、私の評判は遠い距離を超えて先に到達していたからです。しかしながら、主人は自分の町の最も有名な人たちにお酒を飲みながら私を見せ、例の私の並はずれた茶番劇を食事の席の座興としたのです。

五〇　さて、私の飼い主［である解放奴隷］は私を使って大もうけできることに気づきました。すなわち、私をなかに閉じ込め立たせておき、料金を払って私と私の並はずれた妙技を見たい人たちのためにドアを開けたのです。彼らはそれぞれいろんな食べ物を持ち込んできたのですが、とくに多かったのは、ロバのお腹

（1）古代ギリシアでは、通常はワインを水で割って飲んでいた。

（2）以下四八から四九節については、アプレイウス『変身物語』第十巻一七―一九を参照。

（3）剣闘士を探し求めてやって来たのである。

なら受けつけないだろうと思われるものでした。しかし私は食べました。その結果、主人からも町の人たちからも食事をしたために、ほんの何日かすると、私はすでに恐ろしく大きく太っていました。

ロバに恋する女

そしてある日、とびきりのお金持ちで外見も十分美しい外国の女性が、私の食事を見になかへ入ってきて、私への熱い恋に落ち入ったのです。一つには、ロバの美しさを見たからであり、もう一つには、私の並はずれた仕事ぶりに情交への欲求が生じたからです。彼女は私の飼い主と話をして、彼女が私と一夜を共に過ごすことを認めるならば、多額の料金を渡すと言いました。私の飼い主は、彼女が私から手に入れるものがあるのかどうか気にかけることなく、その料金を受け取りました。

五一(1) さて、すでに日は暮れて、主人が私たちを宴会から解放すると、私たちは寝所へと戻ったのですが、その女性がずっと前から私の寝室にやって来ていたことが分かりました。彼女の柔らかい枕が持ち込まれ、なかには夜具が敷いてあり、私たちの寝床が整えられていたのです。それから、女性の召使いたちが、部屋の前のほど近いあたりに一晩控え、なかではランプがともされ、灯火が明々と輝いていました。その後、彼女は服を脱いで全裸でランプのわきに立ち、香油壺から香油を注ぎだし、それを身体に塗りました。そして壺の香油を私にも塗り、とくに鼻を香油まみれにしました。その後、私に熱いキスをし、まるで彼女の恋人、つまり人間に対してのように私に語りかけ、私の端綱を摑み寝床へと引っぱりました。私の方は、寝床へと誘われる必要はありませんでした。年代物のワインに泥酔し、香油を塗られて興奮し、すべてにおいて美しい情人を見ながら私は横たわったのですが、どうやって人間の上に乗ったらよいのか、まったく見当がつきませんでした。というのも、私はロバになってから本物のロバと普通につきあったこともなければ、牝のロバと交わったこともなかったからです。さらにまた、私を受け入れた女性が引き裂かれ、私は人殺しとして立派な罰を受けるのではないかと、とても恐ろしくなりました。恐れる必要はないということが分からなかったのです。というのも、その女性は数多くのしかも熱烈なキスを求め、私が抑えきれなくなっているのを見て、まるで人間の男であるかのように私のわきに横たわり、私を抱きしめると私を上にしてすべてをなかに受け入れました。哀れな私は、まだ恐ろしく慎重に下がって身体を離そうとしたのですが、彼女は私の腰を押さえつけ引き下がろうとせず、私が逃げると彼女の方から追ってきました。さて、私に求められているのは彼女をもっと楽しませ喜ばせることだとしっかり了解すると、それからは、自分がパシパエの姦夫(2)と同類だと思いながら、安心して御奉仕しました。その女性は、何とも性愛に積極的で、情交の楽しみに飽きることを知らなかったため、まるまる一晩私と過ごしました。

五二(3)　夜明けとともに、彼女は立ち上がり、私の飼い主とその晩も同じ料金で私が同じお務めをすると取り決めてから立ち去りました。私の飼い主は、私でひともうけできると同時に、主人に私の目新しいところを見せようと、私をその女性といっしょに閉じ込めたのです。彼女は私を恐ろしく消耗させました。そして

(1) アプレイウス『変身物語』第十巻二〇—二二。
(2) クレタ王ミノスの妻パシパエは牛に欲情を抱き、牛と交わってミノタウロウスを生んだ。
(3) アプレイウス『変身物語』第十巻二三。

ある日、飼い主は自分が教えたかのように、その妙技を主人に報告しました。日が暮れるとすぐに、彼は私が知らないままに、主人を寝室へと導き、ドアのすき間から、なかで私が情人と同衾するところを見せました。主人はこの見世物を喜び、私がこれを行なっているところを公の場で見せたくなりました。主人は、このことを誰にも言わないように命令してから言いました。

「見世物の日に、罪人の女といっしょにこのロバを円形競技場へ連れて行き、みんなの目の前でその女の上に乗らせることにしよう」。

そして、動物に殺される刑罰の確定している一人の女をなかへと導き、私のところへ進んで私を愛撫するように命令しました。

変　身

五三[1]　その後、とうとう主人の気前のよさを示す競技会の当日となり、彼らは私を円形競技場に連れて行くことに決めました。こうして私はなかへ入りました。大きくて、インド亀の甲羅製の、金をちりばめてある長椅子があり、彼らはその上に私を横たわらせ、その私の傍らに女を横たわらせました。それから、彼らは私たちをそのまま装置の上に乗せて、円形競技場のなかへと運び込み、その真ん中へ置きました。人びとは大声で叫び、私へ向かっての拍手が巻き起こりました。私たちの傍らにはテーブルが置かれ、その上には、美食家たちの食事に並ぶ多くのものが用意されていました。きれいな少年たちがワイン係として私たちの横に立ち、黄金の杯にワインを注いでくれました。そうして、後ろに立っていた私の飼い主は私に食べるように命令したのです。しかし私は、円形競技場のなかで横たわっているのが恥ずかしく、また同時に、熊やライオンがどこかから飛び出してくるのではないかと、恐くてたまりませんでした。

五四(2) するとそのとき、いろいろな花を持った男が目にとまり、そのなかには新鮮なバラの花びらがあったのです。私はもはやためらうことなく、寝台から飛び出して駆け降りました。人びとは私が立ち上がって踊り出すものだと思っていました。しかし私は、一つ一つ花を調べてまわり、その花のなかからバラを選び出し、一呑みにしました。人びとがなお唖然として私を見ていると、あの家畜の姿は私から抜け落ち、跡形もなくなりました。以前のあのロバは消えてしまい、そのなかにいたルキオス本人が裸で立っていたのです。この不思議で、まったく予想もしていなかった見世物に誰もが驚き、すさまじい怒号が起こると、円形劇場は二つの意見に分かれました。一方の人たちは、恐ろしい呪文を身につけていろいろと姿を変える悪党として、私を火のなかで焼き殺すべきだと考え、もう一方の人たちは、あわてずに待ち、前もって私の話を確認し、そうしてからこのことについて決定を下さなければならないと言いました。私は属州長官のところへ走って行き──たまたまその見世物に出席していたのです──、テッサリアの魔女の奴隷であるテッサリア女が魔法の香油を私の全身に塗って、私をロバにしてしまったと下から言いました。そして長官に、私の言ったことがそのとおりで嘘をついていないと納得するまで、私を捕らえて牢に入れてほしいと嘆願しまし

(1) アプレイウス『変身物語』第十巻二九、三四。
(2) 以下の物語の結末は、本作品とアプレイウス『変身物語』とでは大きく異なっている。

た。

五五　すると長官は言いました。

「お前の名前と両親の名前、一族をなすものがあるというのなら親族の名前、そして町の名前を言え」。

私は言いました。

「父は……(1)で、私の名前はルキオス、私の兄弟の名前はガイオスです。その他の二つの名前は同じです(2)。私は歴史(3)やその他散文の著作家であり、兄弟はエレゲイア詩人(4)にして素晴らしい予言者です。私たちの郷土はアカイアのパトライです」。

これを聞いて、裁定者でもある長官は言いました。

「君は、私がとりわけ親しくしている人たち、外国人でありながら私を迎え入れてくれ、贈り物をくれた人たちの息子さんですね。君があの人たちの息子さんなら、嘘なんかつかないことは分かっています」。

彼は座席を飛び出すと、私を抱きしめて何度もキスをし、私を彼自身の家へと案内しました。そうこうするうちに、私の兄弟が、お金やその他いろいろなものを持ってやって来ました。そしてこのときになって、長官は公の場でみなが聞いているなか、私を無罪放免しました。私たちは海へ行って船を捜し、荷物を積み込みました。

五六　ところで、私はロバの私を愛してくれた女性のもとを訪れるのが最善だと考え、いまや人間になって自分は、彼女に以前よりも美男に見えるだろうと心のなかで思っていました。彼女は喜んで私を迎え入れてくれ――私が思うに、不思議な出来事をおもしろがっていたのでしょう――、いっしょに食事をして寝てほしいと頼んできました。私は承知しましたが、ロバのときに愛されていながら、人間になったいまあまり高慢になって愛してくれた女性を見下したりすれば、神罰に価すると思ったからです。私は彼女と食事をし、香油をたっぷりと塗り、私を人間に戻してくれた親愛なるバラの花冠を被っていました。さて、すでに夜は更け、寝るべき時間となり、私は立ち上がり何か大層立派なことでもするかのように服を脱ぎ、裸で立っていました。もちろん、交わりでロバと比べてもさらにもっと喜んでもらうつもりだったのです。しかし彼女は、私の身体がすべて人間のものであるのを見ると、私に唾を吐きかけ言いました。

「私の前から消え失せてしまえ。私の家から遠く離れたどこかに行って寝るがいい」。

いったい全体私がどんなひどい過ちを犯したのかと尋ねると、彼女は言いました。

「私が愛したのはあなたではなくて、あなたのロバだったのよ。あのときいっしょに寝たのは、あなたではなくあのロバだった。私は、あなたが少なくともあの大きなロバの印だけは、いまも守り抜いて引きずっていると思っていたの。それなのにあなたは、あの美しくて役に立つ動物から猿に変身して私のところに

(1) 写本は意図的に父親の名前を略してある。

(2) 古代ローマでは、ある程度の家柄に属する人は、たとえばガイウス・ユリウス・カエサルのように、個人名・氏族名・家族名の三つの名前を持っていた。

(3) *ἱστοριῶν* を「歴史」と訳したが、あるいは *ἱστορίη* のもともとの意味である「調査ないし研究の記録」、あるいはその他の散文作品を含むものかもしれない。

(4) エレゲイアとは完全な長短短の六脚と不完全な長短短の五脚とを組み合わせた二行一組の詩形である。古代ローマでは、カトゥルス、ティブルス、プロペルティウスなどのいわゆるエレゲイア詩人が活躍し、オウィディウスもこの詩形を用いた作品を残している。

やって来たのよ」。

そしてすぐさま使用人を呼び、私を背中に担いで家の外へ運び出すように命令しました。家から外へと追い出され、丸裸の私は、立派な花冠を被り、香油をたっぷり塗ったまま、大地をじかに抱きしめて、大地と同衾しました。夜が明けきらないうちに、私は裸のまま船まで走り、兄弟に自分の災難について、笑いながら話しました。その後、私たちは順風に恵まれその町から船出し、ほんの数日で私の故郷に到着しました。それから私は、私を救ってくれた神々に犠牲を捧げ、供物を献じました。何といっても、私は物語にある犬の尻の穴からではなく(1)、ロバの好奇心から(2)、実に長い間、これほどの苦労をして、ようやく救われて家に戻れたのですから。

（1）この言葉はアリストパネス『アカルナイの人びと』八六三行、『女の議会』二五五行などで用いられ、また、『イソップ寓話集』六〇八（B. E. Perry, *Aesopica I*, p. 630; Babrius and Phaedrus, Appendix, p. 543, L.C.L.）との関連も指摘されているが、正確な意味は不明である。

（2）四五節の「ロバがのぞき見したから」の同義の諺かもしれない。

哀悼について（第四十篇）

戸高和弘 訳

哀悼について[1]

一　ぜひとも観察すべきものは、哀悼における多くの人びとの言動と、その後で今度は彼らを慰める者たちの言葉であり、また嘆いている人たちが、彼ら自身と嘆かれているかの人たち［死者］にいま起こっていることをどれほど耐えがたいと思っているかである。プルトンとペルセポネにかけて[2]、彼らはこの出来事が災難であり悲しむべきことなのか、その反対で、当事者にとっては快くむしろよいことなのか、しっかりと理解しているわけではまったくなく、仕来りと慣習のなすがままに悲しんでいるにすぎないのだ。それゆえ、誰かが死んださいには、人びとはいつも次のようにする――いやむしろその前に、人びとが死そのものについてどのような考えを持っているのか語りたいと思う。というのも、そうすれば、何のために人びとがあのような無駄なことにあくせくしているのかが明らかになるからである。

人びとの考える冥府

二　さて、賢者たちが庶民と呼ぶ大多数の人たちは、これらのことについてホメロスやヘシオドスやその他の物語作家を信じ、彼らの作品を法と定め、地下の深いところにハデス［冥府］という場所があると考えている。そこは大きくて広く、暗くて日の照らない場所だが、どういうわけか明るくてそこにある一つ一つのものがはっきり見えると彼らは思っている。また、その奈落の底を王として支配しているのはプルトンと呼ばれるゼウスの兄弟であり、こうしたことに詳しい人たちの一人が私に言ったところでは、死者に富むことからその呼び名を授けられている。[3] そしてこのプルトンは、自らの国の制度と地下の生活を以下のように定めているそうだ。すなわち、彼は籤引きで死者たちを支配することになり、[4] 死者たちを受け入れ引き取ると、逃れられない枷をはめ、決して誰にも地上への道を通さない――太古の昔よりこれまで、よんどころのない理由で、ほんのわずかの例外はある。[5] 三　またプルトンの国の周りを、大きくて名前だけでも恐ろしい河が流れている。すなわち、コキュトス［嘆きの河］とかピュリプレゲトン［火焔の河］とか、その他同様の名前で呼ばれている。[6] しかし最も重要なのは、アケロン湖[7]がその前に横たわり、訪問者を最初に迎えるのだが、渡り守［カロン］なしには渡ることも通過することもできないことである。というのも、徒歩で渡るに

(1) 本篇は、哀悼および葬儀一般について、またその背景にある当時の人びとの死生観について諷刺したものである。
(2) プルトンは冥府の王ハデスの呼称であり、ペルセポネはその妃である。
(3) プルトンが冥府すなわち死者の国の王であるとともに、プルトス（富）と関連することを踏まえている。
(4) 籤引きの結果、ゼウスは天空を、ポセイドンは海を、プルトンすなわちハデスは地下の世界を支配することになった。
ホメロス『イリアス』第十五歌一八五―一九三行を参照。
(5) オルペウスやヘラクレスなどがそうである。五節も参照。
(6) ホメロス『オデュッセイア』第十歌五一三―五一四行、プラトン『パイドン』一一二D―一一三Cを参照。なお、ホメロスはコキュトス、ピュリプレゲトンに加えてステュクス（憎しみの河）の名を挙げている。
(7) ここでは湖とされているが、いわゆる「三途の川」である。前掲箇所を参照。

は深く、泳いで渡るには広いからで、死んだ鳥でさえそれを飛び越えることは決してできないだろう。四　また、ちょうど下りの道の金剛製の門のところには、王〔プルトン〕の甥アイアコス[1]が見張りの任務を与えられ立っており、彼の傍らには三つの頭を持つとても牙の鋭い犬〔ケルベロス〕がいて、やって来る者には親しげで平和な眼差しを向けるが、逃げ出そうとする者には吠えかかり大きく口を開けて威嚇する。五　そして、湖を越えてなかへ入った者を迎え入れるのは、アスポデロスの花が群生する大きな草原[2]と記憶を喪失させる飲み水である——このせいでまさにレテ〔忘却〕の水と名づけられている[3]。じっさいこうしたことを、そこから戻ってきた人たちが古人に間違いなく語ったのだ。テッサリアのアルケスティス[4]とプロテシラオス[5]、アイゲウスの子テセウス、ホメロスの描くオデュッセウスがそうで、とても高貴で信頼に価する証人たちだが、私が思うに、彼らは泉の水を飲まなかったのだろう。というのも、〔飲んでいたなら〕彼らはそうしたことを覚えていなかっただろうから。

六　ともかく、彼らの言うところでは、プルトンとペルセポネが君臨し冥府全体の支配権を握っているが、他方で大勢の従者が彼らに仕え、その支配を補佐している。エリニュス〔復讐の女神〕たち、ポイネ〔懲罰の女神〕たち、ポボス〔恐怖〕たち、ヘルメスがそうで、このヘルメスだけはつねにそばにいるわけではない[6]。七　また、大臣、総督、裁判官として、ゼウスの息子であるクレタのミノスとラダマンテュス[7]が控えている。そして彼らは、立派に正しく徳を持って生きた人たちがたくさん集まると、まるで移民先にでも送るかのように、彼らをエリュシオンの野[8]へと送り、最上の暮らしをさせてやる。八　他方で、悪人を受け取るとエリニュスたちに引き渡し、背徳者の地へと送り込み、不正の程度に応じて罰を受けさせる。まさにここで、彼らは何という苦しみを蒙っていることか。拷問台の上で身体を引き伸ばされたり、火あぶりにされたり、禿鷹に身体をついばまれたり、車輪に縛りつけられ転がされたり、岩を山の上へ転がしあげたりしている。[9] なかでもタンタロスは、湖の縁ぎりぎりのところに乾いたまま立ち、喉の渇きのせいで気の毒にも死にかけている。[10] 九　他方で、平凡な一生を過ごした人たちは――この人たちが多いのだが――、草原をさまよっているが、身体のない影となり、触《さわ》ると煙のように消えてしまう。[11] ということは、彼らはわれわれの献酒や焼い

(1) ゼウスの子であり、アイアスの父テラモンとアキレウスの父ペレウスは彼の子である。
(2) プラトン『国家』第十巻六二〇Eを参照。
(3) ホメロス『オデュッセイア』第十一歌五三九、五七三行、プラトン『国家』第十巻六二一Aを参照。
(4) テッサリア地方ペライの王アドメテスの妻。夫の身代わりになって死ぬが、ヘラクレスによって冥府から連れ戻された。エウリピデス『アルケスティス』参照。
(5) テッサリア地方ピュラケの王。トロイア戦争に参加、トロイアに最初に上陸して最初に戦死した。妻ラオダメイアの願いにより一日だけ生き返ることを許される。ラオダメイアはその後自害したと伝えられている。
(6) ヘルメスは死者の魂を冥府へと導く役目を持つが、同時にゼウスの使者でもある。
(7) ホメロス『オデュッセイア』第十一歌五六八行、プラトン『ソクラテスの弁明』四一Aを参照。
(8) 神々に愛された人びと（英雄など）が、死後住むとされた楽園。ホメロス『オデュッセイア』第四歌五六三―五六五行を参照。
(9) 「車輪に縛りつけられ転がされ」ている者としてはイクシオン、「岩を山の上へ転がしあげ」ている者としては、シシュポスが有名である。ピンダロス『ピュティア祝勝歌』第二歌二一―二三行、ホメロス『オデュッセイア』第十一歌五九三行以下を参照。
(10) ホメロス『オデュッセイア』第十一歌五八二行以下を参照。
(11) ホメロス『オデュッセイア』第十一歌二〇四行以下を参照。

て墓に供える犠牲獣を糧としているのだ。したがって、もし地上に友人や親戚を残していなかったならば、その死者は食べるものがなく、飢えで苦しみながらそこで暮らすことになる。

葬儀と哀悼

一〇　以上のことがあまりに強く多くの人びとの心をとらえているために、家族の誰かが死ぬと、まず最初に一オボロス硬貨をその人の口になかに入れ、渡し守への船賃とするのだが、地下の世界でどのような硬貨が認められ流通しているのか、また、通用しているオボロス硬貨はアッティカのものか、マケドニアのものか、アイギナのものかを前もって調べたりはしない。また、渡し賃を払わないほうがずっとよいことだと考えたりもしない。というのも、この場合渡し守が受け取らなければ、死者は送り返され、ふたたび生き返ることになるからだ。

一一　その後で、あの世の人にとって地下の湖の沐浴では不十分であるかのように死者の沐浴をし、すでにやむなく悪臭を放っている身体に香油を塗り、美しい花の冠を被せ、きっと、死者が寒くないように、また途中でケルベロスに裸体を見られないようにするためだろう、鮮やかな衣装を着せ安置する(1)。

一二　そして、女たちの哀泣と悲嘆、全員の涙がこれに続き、胸が叩かれ、髪がかきむしられ、「ひっかいた」頬が血まみれになる。またおそらくは、服は引き裂かれ、頭の上には砂ぼこりが降りかかり、生きている者たちのほうが死者よりも哀れむべきである。というのも、彼らは何度も地面を転がり頭を床に打ち付けるのに対して、死者は姿よくきれいで、むやみに花冠を戴き、まるで祭の行列のために飾られたかのように、堂々と高いところに横たわっているのだから。

一三　次に、母親が、あるいは何と父親が親族のなかから進み出て、死者に抱きつき――というのも、若くて美しい男が横たわっていることにしよう、そのほうが死者のための芝居がさらに盛り上がるから――、奇妙でたわいのない言葉を発するのだが、もし死者が言葉を持つなら自ら返答するだろう。[2] すなわち父親は、哀れっぽい声を出し、一つ一つの言葉をのばしながら言うだろう。「愛しい子よ、お前は逝ってしまった、死んでしまった、惨めな私を一人残して奪われてしまった。結婚もしていないのに、子供もつくっていないのに、軍人になることもなく、農夫となることもなく、老年を迎えてもいないのに、息子よ、お前は二度とはしゃぎまわらない、恋をしない、宴会で仲間と酔っぱらいはしないのだ」。

一四　こうしたこと、またこれに類したことを父親は言うだろうが、死んだ後でさえ、息子がなおもこれらのもの必要とし欲していながら、それに与ることができないと考えているのだ。しかしこんなことが何になるというのか。あの世で利用し、地下の世界で楽しむようにと、いったいどれほどの馬と妾と酌人までも墓の上で殺したのか、また、どれほどの服とその他の飾りをいっしょに焼いた、あるいは埋めたのか。[3]

一五　それはさておき、このように哀悼しながら老人は、いま述べたことを残らず、さらにはそれ以上の

(1) ホメロス『イリアス』第十八歌三五〇―三五三行、アリストパネス『女の議会』五三七―五三八行を参照。
(2) 一六節を参照。
(3) ヘロドトス『歴史』第四巻七一―七二を参照。

ことを言うのだが、子供のために愁嘆場を演じているとは思われず――というのも、たとえステントル(1)より大声で呼びかけようと、聞こえないことは分かっているからだ――、また決して自分のためだとも思われない。というのも、大声を出さなくとも、そのように考え、判断することはできるからだ。じっさい、自分自身に向かって大声で叫ぶ必要はない。したがって、残されているのは、その場にいる人たちのために父親はあのようなたわごとを言っていることになるが、彼は子供がどんな目に遭っているのかも、どこに行ったのかも知らず、まして、生きることそれ自体がどのようなことなのかを検討してもいない。［そうしているなら］この世を去ることが何か恐ろしいものであるかのように、忌み嫌ったりはしないだろう。

一六　それに対して息子は、アイアコスとハデスに嘆願して、墓穴から頭を出し父親が馬鹿なことをするのをやめさせようと、次のように言うだろう。

死んだ息子の応答

不幸な人よ、何をわめいているのです。どういうわけで僕を困らせるのですか。髪を引き抜き、顔の上をひっかくのはやめてください。なぜ僕を侮辱し、惨めな者、不幸な者と呼ぶのですか。僕はあなたよりもずっと恵まれ幸福になっているというのに。僕がどんな恐ろしい目に遭っているとあなたは思っているのですか。あるいは、僕が老人になっていないからですか。あなたのように頭は禿げ、顔にはしわがより、腰は曲がり、足元がおぼつかず、要するに、時が経ち多くの月日とオリュンピア期［四年］とに耐えてきたためにがたがきて、あげくのはてには、これほどたくさんの証人がいるところでこんな醜態をさらしていないからですか。愚かしい人よ、もはや僕たちの与り知らない現世に、どんなよいことがあるとあなたは思っているのですか。あるいは、あなたはきっと酒や食べ物や衣服や恋愛だと言うのでしょうし、それらがないために僕が消滅するのではないかと恐れているのです。飲むよりも渇かないほうが、食べるより空腹にならないほうが、服をたくさん持つより寒くないほうが素晴らしいということがあなたには分からないのですか。

一七　さてそれでは、ご存じないようなので、弔いの言葉のより正しい述べ方をお教えしましょう。さあ、始めからやり直して叫んでください。「惨めな子よ、もはやお前は渇くことはなく、もはや空腹になることもなく、寒さを感じることもないだろう。不運にもお前は逝ってしまい、病気を免れ、高熱を恐れることなく、敵も独裁者も恐れることはない。恋愛がお前を煩わせることも、交わりが責めさいなむこともなく、そのために日に二度三度と消耗することもないだろう――ああ、辛いことだ。お前は老人となり、侮られ、若者に見るのもうるさい存在となることもないだろう」。

一八　父よ、もしこうしたことを語るならば、先のものよりもずっと正しく高貴な言葉(2)になると思いませんか。しかし、あなたを煩わせているのはこのことではないのでしょうか。それならば、あなたは僕たちの周りの暗黒と大きな闇とを思い、そこから、僕が墓のなかに閉じ込められ窒息するのではないかと恐れているのですね。しかしこのことについては、目は腐乱しているか、あるいはあなたが火葬にすると決めたとす

(1)「五〇人の声を合わせたほどの大声を発する」と形容されている。ホメロス『イリアス』第五歌七八三行を参照。

(2) 底本に従い γενναιότερα と読む。写本は γελοιότερα（より滑稽な）であり、このほうがルキアノスらしいかもしれない。

れば、間違いなくすぐに焼かれるわけで、闇も光も見る必要はなくなると考えねばなりません。一九　こうしたことならまだ我慢できます。しかしあなた方の悲嘆や笛に合わせて胸を叩くことや女性たちの度を超した弔いは、僕にとっていったい何になるのでしょう。また墓の上に乗せられた石が何になるのでしょう。あるいは生ブドウ酒を注ぐのは、いったい何のためですか。あるいは、あなた方はそれが私たちのところまで滴り、ハデスのもとまで届くと信じているのですか。というのも、まず焼いて供えられて犠牲獣については、あなた方自身もご存じのとおり――だと私は思います――、供物の最も栄養ある部分を取る煙は天上へと上がっていってしまい[1]、まったく地下の私たちを楽しませることなく、後に残された部分、つまり燃えかすは役に立ちません――私たちが灰を食べていると信じているならば別ですが。プルトンの王国はそれほどに荒れはててもいなければ不毛でもなく、あなた方から食べ物を送ってもらうほどに、アスポデロスが私たちに不足しているわけでもありません。したがって、ティシポネにかけて[2]先ほどからずっと、あなた方の言動には大笑いをしたかったのですが、あなた方が僕の顎を縛りつけた埋葬衣と羊毛の紐がそうさせてくれなかったのです。

そしてこのように語った彼を、死の最期が覆い隠した[3]。

二〇　ゼウスにかけて。もし死者が肘で身体を支え向き直り、このように語ったとすれば、われわれは彼の言うことはまったく正当だと思うのではないだろうか。しかし、馬鹿な人たちは大声で叫ぶとともに、また古くからの不幸な話を収集している弔いの専門家を呼んできて、愚行の共演者にして演出家を務めさせ、彼が先導するままに節に合わせて号泣するのだ。

民族ごとの葬儀のやり方

二一　ところで、弔いまでならどこにでも同じようなつまらない慣習がある。他方で、それから先のことになると、民族ごとに葬儀のやり方が異なり、ギリシア人は火葬を、ペルシア人は土葬を、インド人はヒュアロス石で(4)［死体を］覆い、スキュティア人は食べ(5)、エジプト人はミイラにする(6)。なかでもエジプト人は――見たから言うのだが――、死体を乾燥させて会食や酒宴に参加させる(7)。また、折りよく［死んでミイラとなった］兄弟あるいは父親が担保となり、金に困ったエジプト人を助けたことが何度もあった(8)。

二二　墳丘もピラミッドも墓石も碑文も少しの間しか保たないからには、まさしく無用なもの、児戯に等

(1) つまり、神々のものとなるのである。
(2) 復讐の女神の一人。六節を参照。
(3) ホメロス『イリアス』第十六歌五〇二行。
(4) 透明な石材らしく、ガラスとも考えられる。ヘロドトス『歴史』第三巻二四を参照（ただしヘロドトスはエチオピア人の慣習として述べている）。
(5) ヘロドトス『歴史』第一巻二一六を参照（ただしヘロドトスはマッサゲタイ人の慣習として述べている）。
(6) ヘロドトス『歴史』第二巻八五以下を参照。
(7) ヘロドトス（『歴史』第二巻七八）によれば死者をかたどった木製の死骸であり、テレス『談論』三一-九―一二(Hense[2]) のほうがこの箇所の趣旨に近い。テレスの典拠がボリュステネスのビオンだとすれば、ルキアノスもビオンを典拠にしていたのかもしれない。
(8) ヘロドトス『歴史』第二巻一三六を参照。

しいものではないか。[1]　二三　にもかかわらず、墓の前で葬礼競技を開き、まるで地下の裁判官の前で死者のために弁護し証言するかのように、追悼演説をする者までいるのだ。

供　応

二四　これらすべての後に供応となり、親戚たちが出席して亡き人の両親を慰め食べるようにと勧めるのだが、決して両親はいやいや食べるのではなく、強制されるからでもなくて、すでに三日連続で食を絶ち、やつれてしまっているからだ。すなわち［親戚たちは］「あなた、いつまで嘆くのですか。故人の霊を眠らせてあげなさい。どうあっても泣こうと決心しているにしても、少なくともそのためには、長い哀悼にも耐えられるよう絶食はやめねばなりません」［と言うだろう］。

まさにそのとき、ホメロスの詩句が二行、全員によって朗唱されるのだ。

　髪うるわしいニオベでさえ、食事のことを忘れなかったのだから。[2]

また、

　アカイア勢としては、胃袋によって死者を哀悼することはできない。[3]

そこで両親は［食事に］手をつけるのだが、最初はきまりわるそうにし、最愛の者を亡くした後に、人間的感情にとらわれていると思われるのではないかと恐れるのだ。

まとめ

以上のことが、またこれよりももっと笑うべきことが哀悼において起こっているのを、注意して見る人なら発見できるだろうが、それというのも、多くの人たちが死を最大の禍《わざわい》だと思っているからなのである。

（1）テレス『談論』三一–八—九（Hense[2]）を参照。

（2）ホメロス『イリアス』第二十四歌六〇二行。ニオベは子だくさんであったが、そのことで女神レトよりも自分のほうが優っていると誇ったため、レトの子アポロンとアルテミスとに子供を皆殺しにされた。その後ニオベは石になったとされている。

（3）ホメロス『イリアス』第十九歌二二五行。これはオデュッセウスの言葉であるが、戦死したパトロクロスのために断食をしていては、戦闘が行なえないと主張している。

弁論教師（第四十一篇）

戸高和弘 訳

弁論教師(1)

一　若者よ、君が尋ねているのは、どうすれば弁論家となれるのか、そしてあの最も高貴にしてとても名誉あるソフィスト(2)の名にふさわしいと思われるのかということだね。というのも弁論において敵対するものなく、抵抗するものもなく、みなに驚嘆され注目の的となる能力を身につけ、君の話をどうしても聞きたいとギリシア人に思われるのでなければ、人生は生きるに価しないからだ、と君は言うのだね。さらにまた、そこへと通じているのはどのような道なのかを君は学びたいのだね。よろしい、少年よ、私は出し惜しみをする人間ではないが、誰か若者自身が最も優れたものを欲しながら、どこからそれを手に入れたらよいのか分からず、ちょうどいまの君のように、助言を何か神聖なものとして、これを求めてやって来る場合はとくにそうだ。だから聴きたまえ。まず、少なくとも私の力の及ぶかぎりで、君は以下のことにはまったく安心してくれ。もし君自身が私から聞いたことを守り、労を厭わずそれを練習し、懸命に道程を踏破してついに目的地に到着しようとするなら、たちまちのうちに君は語るべきことを知るとともに、それを表現するのに熟達した人物となれるだろう(3)。

弁論術の効用と弁論術が容易に獲得できるようになることの約束

二　たしかに獲物[4]は小さなものではなく、また少しばかりの努力で済まされるものでもなく、それどころか、大いに苦労し、寝る間もなく、ありとあらゆることに耐え忍ぶだけの価値があるものだ。とにかく、それ以前は取るに足りない者だったのに、弁論のおかげで有名になり、裕福にもなり、間違いなく最も生まれのよい者とさえ思われるようになった人がどれほどいるのかをよく考えてみよ。三　しかしながら、恐れることはないし、また数え切れないほどの取り越し苦労をして、望んでいることの大きさに尻込みしなくてよい。というのも、少なくとも私が君を導くのは、途中で疲れて引き返してしまうような、起伏の激しい道で

（1）原題 *Ῥητόρων διδάσκαλος* を直訳すれば、「弁論家の教師」である。最初は、冒頭から登場して話を進める人物を指すと思われるが、一三節からはこの人物の言うところの「弁論家」が登場して「弁論家の教師」として話を展開する。さらに最終節（二六節）では、最初の人物がふたたび登場し話を締めくくることになる。なお、弁論教師自身が語るという体裁を取りながら、作者の意図は弁論教師を嘲弄し諷刺することにある。

（2）「ソフィスト（*σοφιστής*）」とは元来「賢者」を意味する言葉であるが、古典期のギリシアでは、料金を取って若者を教育する職業教師を意味するようになった。そしてソフィストは主として弁論術を教示したため、ソフィストと弁論家とは明瞭に区別できない。ここでも、ソフィストは弁論家の別名として用いられている。なお、弁論術を教えるソフィストは、古典期には「詭弁家」という意味で軽蔑的な呼称として使われたが、ルキアノスの時代には必ずしもそのような意味合いはない。

（3）ペリクレスが自らについて語った言葉を受けたものと思われる。トゥキュディデス『歴史』第二巻六〇を参照。

（4）以下では弁論術を身につけることが、狩りで獲物をとることに喩えられている。

もなく、険しい道でもなく、汗まみれになるような道でもないからだ。そうでなければ私は、例のお馴染みの道、長く、上りの急な疲れる道、たいていは絶望して見捨てられた道を案内する他の人たちと何ら異ならないだろう。それどころか、私から君への助言の卓越した点は、まさに次のことにある。［この助言に従い］最高に心地よいと同時に最短で、戦闘馬車が通れる下りの道を、(1)花の咲きほこる草原や日差しのささない木陰を抜けて、大いに楽しみ安楽にのんびりしてゆっくりと登って行くならば、君は汗もかかずに頂上について、疲れるまもなく狩りに成功し、間違いなく身体を横たえ宴会をすることになるだろう。高みにある君は、別の道へと向かった者たちが息を切らしているのを眺めているだろう。彼らはまだ上り道の麓にいて、登りにくくて滑りやすい断崖絶壁をやっとのことで這い登り、ときには頭から転げ落ちて、とがった岩であちこち傷を負っている。他方で君のほうは、すべてのよいものを弁論術から、わずかのあいだ、ほとんど眠っているうちに獲得し、ずっと前から花の冠を戴いて、最高に幸福な人となっているだろう。

四　まことに、私の約束することはかくも大きいのだ。(2)ところで、友誼の神［ゼウス］にかけて、私が最も容易で心地よいこうしたことを示そう言っているのに、君は疑ったりしないでくれ。あるいは、ヘシオドスがヘリコン山からわずかな葉っぱを手に入れると、あっという間に羊飼いから詩人となり、ムーサからの霊感を受けて、神々や英雄たちの系譜を歌ったのに対して、(3)もしある人が最速の道を学んだとすれば、わずかのあいだに、詩の荘重な文体よりはるか下方にいる弁論家になることはできないのだろうか。

五　私としては君に、不信によって実行されず聞き手の役には立たなかった、あるシドンの商人の計画について話をしたい(4)。すなわち、すでにアレクサンドロスはアルベラの闘いの後ダレイオスを廃位しペルシア人を支配していたが、アレクサンドロスの命令を運ぶ伝令たちは、支配地のあちこちを走り回らねばならなかった。またペルシアからエジプトまでは長い道程だった。というのも、山を迂回し、次にバビュロンを通ってアラビアへ入り、次に大きな砂漠を進み、ようやくのことでエジプトに到着するしかなく、この実に長い旅程を終えるのに軽装の者でも二〇日かかったからだ。さてアレクサンドロスは、この点で悩んでいた。それというのも、エジプト人が何か陰謀を企んでいると聞きながら、エジプト人についての自分の考えを総督たちにすみやかに伝えることができなかったからだ。まさにそのとき、シドンの商人が言ったのだ。「王よ、私はペルシアからエジプトまでの長くない道程をあなたにお教えすると約束いたします。すなわち、誰

（1）ここで「下り」の道と言われるのは、以下の「登って行く」、「頂上」と矛盾している。たんに楽な道を表わすためにこう言ったのか、あるいはあえて矛盾した言葉づかいをしたのか定かではない。
（2）デモステネスの言葉である（『ピリッポス弾劾、第一演説』一五）。
（3）ヘシオドス『神統記』二二一―三四行を参照。
（4）シドンは古代フェニキアの港湾都市で、現在のレバノンのサイダである。『ピロゲロス』（一二八―一三九）によれば、シドンはアブデラ、キュメと並んで愚か者の町として挙げられている。こうした評判が一般的なものであったとすれば、当時の人にとって以下の話は最初から胡散くさいものと聞こえたにちがいなく、ルキアノスはそれを意図したのかもしれない。

かがこの山を越えるならば――三日で超えるでしょう――、その者はあっという間にエジプトに着きます」。

まさにそのとおりだったのだ。それにもかかわらず、アレクサンドロスは信用せず、その商人はペテン師だと思ったのだ。このように思いもよらない約束は、多くの人が信用できないと考える。六　しかし君は同じ目に遭わないようにしてくれ。すなわち、試してみれば、一日でしかも丸一日かからずに、ペルシアからエジプトへと山を飛び越えて、君がすぐに弁論家として評判になるのに、何ら支障がないことが分かるだろう。

弁論術に到達する二つの道

ではまず最初に、あのケベス(1)がしたように、言葉によって絵を描き両方の道を君に示してみたい。すなわち、［絵のなかには］二本の道があり、それらは君がどうしようもなく恋しているように見えるレートリケー［弁論術(2)］へと通じている。当然ながら、彼女レートリケーには、実に美しく、姿もよく、高みに座ってもらおう。その右手は、あらゆる果物がいっぱいの、アマルテイアの角(3)を持っている。反対側の彼女の傍らには全身黄金で魅力的な「富」が立っていると思ってくれ。「名声」も「力」も彼女の傍らにおり、「称賛(4)」たちも小さなエロース［恋の神(5)］に似た姿で、彼女の全身の周りをあちこちと数多く飛びかいながらまとわりついているしよう。これまでに君が、絵によって描写されたナイル河を見たことがあるのなら――ナイル河神が、河にたくさんいるワニやカバの背に乗り、その周りにエジプト人がペーキュス(6)と呼ぶ、小さな子供たちが遊んでいる――、ちょうどそれと同じような「称賛」たちが、レートリケーの周りにいるのだ。

さあ進め、君、恋する人よ。君が彼女のもとに登り結婚し、あのすべてのもの、「富」と「名声」と「称賛」たちを手に入れようと、少しでも早く頂上に行きたいと望んでいることは明々白々だ。というのも、法律によってそのすべてのものは夫のものとなるのだから。七　それなのに君は、山に近づくと、最初は登るのを諦めるだろう。じっさい、アオルノス山がマケドニア人(7)にどこから見ても切り立った姿を現わしたときと同じことを君は思うだろう――まったくもって鳥でさえ飛び越えるのが容易でなく、かりにこの山を征服しようとするなら、誰かディオニュソスかヘラクレスのような者を必要とする。

（1）ケベスはソクラテスの弟子の一人であり、プラトンの『パイドン』にも登場している。ディオゲネス・ラエルティオス（『ギリシア哲学者列伝』第二巻一二五）によれば、ケベスには『奉納額（*Πίναξ*）』、『第七日』、『プリュニコス』という三つの対話篇があったとされている。ただしここでルキアノスが言及している『奉納額』は、後一世紀の偽作である。なお、「言葉によって絵を描く」というのは、第二次ソフィスト期（後二世紀から三世紀）に盛んに用いられるようになった描写法「エクプラシス（*ἔκφρασις*）」を意味している。

（2）レートリケー（*ῥητορική*）は女性名詞であり、美女として擬人化されている。

（3）「アマルテイアの角（*Ἀμαλθείας κέρας*）」は「豊穣の角（cornu copiae）」であり、アマルテイアとはゼウスが赤児のときクレタ島で乳を与えた山羊あるいはニンフの名である。この山羊の角はアンブロシアー（神の食べ物）とネクタル（神の飲み物）に満ちていたが、折れた（あるいはゼウスが折った）角は、持ち主の望むままに無尽蔵の実りをもたらしたという。

（4）「富」、「名声」、「力」、「称賛」、いずれも擬人化されている。

（5）エロースは、ラテン語の Cupido, 英語の Cupid に当たる。

（6）ペーキュス（肘から指先まで長さ）の大きさの子供で、ナイル河の増水を象徴している。

（7）アレクサンドロスの部下たちを指す。アリアノス『アレクサンドロス大王東征記』第四巻第二十八章一―二を参照。

最初君はこう思うだろう。その後少し経つと、二本の道が見てくるだろう。もっとも、一方は狭く、イバラが多く、起伏の激しい、むしろ小道であって、多くの渇きと汗とを予示している。この道については、ヘシオドスも先にもう実によく記述しているので、[1] 私のなすべきことは何もないだろう。他方の道は、広々として、花が咲きほこる、水の豊かな道だが、つい先ほど述べたとおりなので、[2] 同じことを何度も語りすでに弁論家になることのできる君を引き留めたりはしない。八　ただしこれだけは付け加えておいたほうがよいと思う。一方のあの起伏が激しい上りの道には、旅人の足跡は多くなく、あるとしてもとても古いものだった。しかも私としたことが、不運にも、必要もないのにその道を通って疲れ果ててしまった。他方の道は、平坦で曲がりくねっておらず、そちらを進まなかった私にも遠くから様子が見えたのだ。というのも、まだ若かった私は、よりよいものを見ずに、「労苦からよきものが生じる」と語るあの詩人は、[3] 真実を語っていると思っていたからだ。しかしそうではなかったのだ。じっさいは、多くの者が弁論の道をうまく選択したので、労せずにより価値ある者と見なされているのを私は目にした。

それはさておき、君が出発点に到着すると、どちらの道を取るべきか当惑するだろうということ、いやすでに当惑していることは、私にはよく分かっている。したがって、君がいま何をすれば最も容易に頂上まで登り、幸福となり、結婚し、みんなに驚嘆すべき人と思われるようになるのかを、私は君に語るとしよう。というのも、私自身が欺かれ、苦労したことでもう十分だからだ。君には、クロノスの時代[4] のように、種もまかず、耕しもせずに実りがあるようにしてあげよう。

弁論術に到達する上りの道

九　さて［到着すると］すぐに、たくましい男が君のところにやって来るだろう。引き締まった身体つきで、男らしい歩き方をし、全身よく日に焼けており、油断のない［目つきの］その男は、あの起伏の激しい道の案内人だ。この馬鹿者は、君に対して何かたわごとを詳しく語るだろう。従うようにと君に命令しながら、デモステネスやプラトンやその他の人びとの足跡、大きいというよりいまの人には大きすぎ、他方で時が経ったせいで多くはぼんやりとしてはっきりしない足跡を示して言うだろう。「もしお前がロープの上を歩くように、これらの足跡について行くなら、お前は幸福となり、レートリケーと法にかなった結婚をするだろう。しかし、もし少しでも踏み外したり、道から逸れたり、一方に体重をかけすぎたりすると、お前は正しい道、結婚へと通じる道から脱落するだろう」。次にその男は、あの昔の人たちを見習うよう君に命令し、弁論の古くさい模範を持ち出すのだが、それは模倣するのが容易でなく、ちょうどヘゲシアスの、また

（1）ヘシオドス『仕事と日』二八六―二九二行。

（2）三節を参照。

（3）エピカルモス。クセノポン『ソクラテス言行録』第二巻第一章二〇を参照。

（4）クロノスはゼウスの父親であり、ゼウスを頂点とするオリュンポス神族以前に宇宙を支配していたティタン神族の支配者とされている。ヘシオドスによれば（『仕事と日』一〇九行以下）、クロノスの時代とは人類の黄金時代である。クロノスはローマではサトゥヌスと同一視された。また、「種もまかず、耕しもせずに実りがある」という表現については、ホメロス『オデュッセイア』第九歌一〇七―一〇九行も参照。

クリティオスとネシオテスの頃の人たちの［彫刻］作品のようで、[1]がっしりとして、筋肉質で、硬質な、輪郭を正確にかたどられたものだ。またその男は、労苦、不眠、［酒ではなく］水を飲むこと、我慢強さ、これらが必要にして不可欠だと言うだろう。というのも、これらなしには道程を終えることはできないというわけだ。しかしすべてのなかで最も煩わしいのは、その男が君に何年にもわたるとても長い時間の道程を、日や月ではなくオリュンピア期全体［四年］を単位にして数えながら、一通り示すことだ。結果として、それを聞く君は始める前から疲れ果てて諦めてしまい、望んでいたあの幸福に永の別れを告げることになるだろう。また以上に加えて、その男がこれほどの苦しみに対して要求する報酬は少ないわけではなく、前もってたっぷりもらわないかぎりは、決して君を案内しないだろう。

一〇　こうしたことを言うであろうその男は、ペテン師にして、まことにもって古くさい、クロノスの時代の人間だ。彼は大昔の死人を模倣させ、はるか昔に埋もれてしまった弁論を最高に素晴らしいものとして掘り出すべきだと考え、刃物職人の息子［デモステネス］やもう一人はアトロメトスというある小学校教師の息子［アイスキネス］を見習うべきだと考えている。[2]それもまた、ピリッポスが攻めてくるわけでもなければ、アレクサンドロスが命令するわけでもない平和の時代にだ。その当時なら、しばらくは彼ら［デモステネスとアイスキネス］の弁論は役に立つと思われていた。いまではレートリケー［弁論術］への早くて、容易で、一直線の道が新たに切り開かれたことを彼は知らないのだ。しかし君は、その男を信用したり、気にしたりしないことだ。さもないと、彼は引き受けるやいなや、君を真っ逆さまに投げ落としかねず、[3]あるいは最終的に労苦によって君を若くして老け込ませるだろう。むしろ、君が本当に恋していて、まだ若さの盛りにあるうちにレートリケーと早く連れそって、彼女も君に夢中になってほしいなら、さあ、あの毛深くて、やけに男性的な彼には永の別れを告げ、彼自身が登ろうと、彼が騙すことのできた他の人たちを上へと導こうと、息を切らし大量の汗と連れそうままにさせておけ。

弁論家の紹介

一一　しかし他方の道を行くなら、君は多くの他の人びとを、そしてそのなかに実に賢く、実に美しいある男を見出すだろう。その歩き方は悠然とし、小首をかしげ、目つきは女性的で声は蜜のように甘く、香油のにおいを放ち、指先で頭をかき、すでに少なくなっているが、カールしたヒアシンス色の髪をきちんと整えている。実にもの柔らかな、サルダナパロスのような、あるいはキニュラスのような、あるいはあの魅力的な悲劇詩人アガトン本人のような人だ。(4) 私がこう言うのは、こうした点から君が彼を見つけるためであり、

(1) ヘゲシアス、クリティオス、ネシオテスは、いずれも前五世紀前半に活躍した彫刻家である。

(2) デモステネスとアイスキネスは前四世紀に活躍した弁論家であるが、対マケドニア政策を巡って、前者が強硬派、後者は和平派という立場から激しく対立した。

(3) 馬が乗り手を真っ逆さまに投げ落とすことに喩えられている。

(4) サルダナパロスはアッシュルバニパルとも呼ばれるアッシュリアの王（前七世紀）、文芸への造詣が深くニネヴェに大図書館を建設した。キニュラスはキュプロスの建国者と言われる王、音楽家であったと伝えられている。アガトンは前五世紀に活躍した美男とした名高い悲劇詩人。

君がまさしく神のような人、アプロディテとカリス［優美女神］に愛されている人に気づかないということのないようにするためだ。しかしながら、私の話が何になるだろう。君が目を閉じているところへ彼がやって来て、あのヒュメットスの口[1]を開いて何かを言い、いつもの声を発するとしても、君は彼が「畑の実りを食らう[2]」われわれの仲間ではなく、露あるいはアンブロシアー［神の食べ物］で養われる、別世界の精霊だと分かるだろう。

さて、君がこの男のところへ行き身を委ねるなら、たちまちのうちに弁論家となり、周りから注目され、労せずに彼自身が言うところの弁論の王の地位につき、弁論の四頭立て馬車を走らせるだろう。というのも、彼は君を引き受けるとまず最初に例のことを教えるだろう――いや、むしろ彼自身に語ってもらおう。

一二　これほどの弁論家をさしおいて、私が演説するのは馬鹿げているし、おそらくこのようなとても重要な人びとの役をするのは私には無理で、転倒してしまい演じている英雄をだいなしにしかねないだろう[3]。

そこで彼が君に対して次のように言うだろう。たぶん残っているかぎりの髪をかき上げ、いつものようにあの洗練された、穏やかな微笑を浮かべ、喜劇に出てくるタイスその人を、あるいはマルタケやグリュケラを愛想のよい声で真似しながら[4]。というのも、男らしさは粗野であって、優雅な愛すべき弁論家のものではないからだ。

弁論家の自賛

一三　それはさておき、彼は自分について謙遜して語るだろう。

友よ、まさか君を私のところに寄越したのは、ピュティオス〔アポロン〕ではないでしょうね。この神は、ちょうどカイレポンが伺いを立てたときに、当時最高の賢者が誰であるのか告げたように、[5] 私を最高の弁論家に指名したのです。しかしそうではなくて、みなが私の才能に驚愕し、誉め讃え、呆然とし、額ずいていると聞き、評判を目当てに自分からやって来たのなら、君はたちまちのうちに、何と神がかった人間のところに来たのかを知るでしょう。また君は、あれこれのものと比較できるようなものを目にするとは思わないでください。それどころか、たとえティテュオスやオトスやエピアルテスの[6] ようなものがいるとしても、それらをはるかに超える、超絶した途方もないものが君の前に出現するでしょう。なぜなら、ラッパが笛よりも、蟬が蜜蜂よりも、合唱隊が先導する独唱者よりも大声であるのと同じぐらい、私が他の人たちよりも大

(1) ヒュメットスとはアッティカの山で、蜂蜜の産地として有名であった。「ヒュメットスの口」とは蜜のように甘い弁舌を意味する。口ないし弁舌を甘いとする表現については、ホメロス『イリアス』第一歌二四九行、ヘシオドス『神統記』九六行以下を参照。

(2) ホメロス『イリアス』第六歌一四二行。

(3) 古代の劇では俳優は仮面を着けていた。「転倒して演じている英雄をだいなしにしかねない」という言葉は、転倒して仮面が壊れることを暗示しているのかもしれない。

(4) タイス、マルタケ、グリュケラ、いずれもメナンドロスの喜劇に登場する遊女の名前である。

(5) 最高の賢者とはソクラテスのことである。プラトン『ソクラテスの弁明』二一Aを参照。

(6) いずれも神話上の巨人である。ティテュオスについてはホメロス『オデュッセイア』第十一歌五七六―五八〇行、オトスとエピアルテスについては同書同歌三〇八―三二〇行を参照。

声であることに君は気づくだろうからです。

一四　しかしまた、君自身弁論家になりたくて、しかもそれを学ぶのは他の人からでは容易ではないのですから、私の言うことにひたすら従いなさい。そしてすべてを見習い、私が用いるよう命ずる規則を忠実に守りなさい。いやむしろ、すぐに前へ進みなさい。たとえ君が、弁論術に先行する例のこと、他の予備教育(1)が愚かで馬鹿な者どもに大いに疲れて指導する類いのことを、あらかじめ授かっていないとしても、臆してはいけないし、怖じ気づいてもいけません。というのも、それらのうちの何一つ必要とはならないからです。むしろ諺に言うように、「足も洗わず(2)」踏み出しなさい。そのために手にいるものが少なくなることはないし、たとえ君が文字の書き方を知らなくても——まったくありふれたことですが——そんなことはないでしょう。すなわち、弁論家とはそんなことを超えた何か別のものなのです。

弁論家になるための条件

一五　ではまず最初に、できるだけ早く旅を終えることができるために、君が旅のために家からどれくらいの支度をしてくるべきか、またどうやって食糧を調達すべきかを述べることにしましょう(3)。その後で、私自身が、あることは道を進みながら見本を示し、また別のことは助言して、日が沈む前に君をすべての人に優る弁論家に、弁論を手がける者のなかで、異論の余地なく始めであり、中であり、終わりである(4)私自身のような弁論家にするでしょう。

さて最も重要なものとして、無知を、次にこれに加えて厚かましさと向こう見ずと無恥を持ってきなさい。

他方で、羞恥心や礼儀正しさや節度や赤面は家に残してきなさい。というのも、こうしたものは役に立たず、事に当たって妨げになるからです。むしろ、できるだけ大きな声と恥知らずな節回しと私のような歩き方です。これらこそ大いに必要で、これらだけで十分なときもあるのです。また服は、華やか、あるいは真っ白で、タレントゥム製の織物にして、全身が目立つようにしなさい。また靴は、女性用のたくさんの切れ目が入ったアッティカの半長靴か、あるいは真っ白のフェルトで飾り立てたシキュオンの靴にして、たくさんのお供を連れ、いつも本を持っていなさい。

---

(1)「予備教育（προπαιδεία）」の具体的内容についてルキアノスは語っていないが、クインティリアヌス『弁論家の教育』によれば、弁論家の教育はまず文法教師が「正しく話すことの知識と詩人たちについての解釈」（第一巻第四章二）を教え、その後文法教師は「弁論予備教育」として、文法以外の諸学科（音楽、幾何学など）と口演について教える（第一巻第九―十二章）。文法教師の後を受けて、弁論術教師はまず「弁論予備教育」として「叙述、反駁と論証、称賛と非難」などを教え（第二巻第四章）、それが終わってからじっさい的な弁論術の教育を開始する（第二巻第十章）。

(2)これは一部であり、諺の全体は「足も洗わず屋根に登る」である。

(3)ここでルキアノスは、弁論術の習得を軍隊の遠征に喩えている。

(4)デモステネス『アリストゲイトン弾劾、第一演説（第二十五弁論）』八の言葉を受けた文句と思われるが、デモステネスが敵に対する非難として言ったのに対して、ここでは「自分一人ですべてだ」と自賛の言葉として用いられている。

弁論家の外見と語彙

一六　これらのものは君が自分で整えねばなりません。他方で、その他のものは道を進みながら見て、そして聞きなさい。それでは、どのような規則を用いればレートリケー〔弁論術〕が君のことに気づいて受け入れてくれるのか、そして入信していないのに秘儀を探る者に対してのように、背を向けて追い返すことがないのか、君に説明することにしましょう。

まず第一に、外見と上着の優雅さにはとくに気を配らねばなりません。それから、一五ないし二〇を超えないアッティカの単語をどこからか選び出してしっかり特訓し、舌先に用意しておきなさい――「一種の（ἄττα）」や「そこで（κᾆτα）」や「まさか（μῶν）」や「何らかの仕方で（ἁμηγέπῃ）」や「よき友よ（λῷστε）」やその他同様のものです。そしてあらゆる弁論に、それらのうちからいくつかをスパイスのようにふりかけなさい。他方で、その他の単語がこれらとは異質で、似つかわしくなく、不釣合いでも、気にしてはいけません。たとえ外套が山羊皮製の厚手のものであったとしても、紫の縞だけは美しい華やかなものにしなさい(1)。

一七　その後、ふだん使わず耳慣れない言葉と昔の人もめったに口にしなかった言葉、これらも収集して手元に置いておき、聴衆に向かって放ちなさい(2)。というのも、そうすれば、多くの人たちが君を仰ぎ見て、君が驚嘆すべき人で自分たちよりも教養があると考えるでしょう。君が削り取ることを「掻き落とす」、日を浴びることを「日なたぼこ」、手付け金を「前渡し」、夜明けを「かわたれどき」と言う場合がそうです。またときには君自身が新奇で風変わりな単語を作って、巧みに表現する人は「語法通」、聡明な人は「賢知」、踊り手は「身振り達者」と呼ぶように、規則を定めなさい。しかし君が、文法違反を犯したり不純語法を用いたならば、無恥を唯一の救済策とするように。そしてただちに、生きてもいなければ、かつて生まれたこともない詩人ないし歴史家の名前を持ち出し、賢者にして言葉づかいを頂点まできわめたこの人物がそのように語るのを正当だとしていた、ということにしなさい。さらにまた、まぬけなイソクラテスであろうと、優美さとは無縁なデモステネスであろうと、しらじらしいプラトンであろうと、君は昔の人のものを読んだり決してしないように。そうではなくて、われわれの少し前の人たちの弁論や例のいわゆる模擬弁論(3)を読み、ちょうど貯蔵室から取り出してくるように、時宜にかなったときにそれらの弁論を用いることができるようにしなさい。

弁論を実践するさいの注意事項

一八　さて、じっさいに話さねばならなくなり、その場にいる人たちが何か弁論の主題と発端とを持ち出してきたときに、取り扱いにくいものがあればそのすべてを、どれ一つとして男らしいものではないとしてけなし貶めなさい。それでもその主題と発端とが選ばれたならば、もはやためらうことなく口から出るに任

---

(1) アッティカの単語が紫の縞に喩えられている。

(2) ルキアノスは聴衆に向かって語ることを矢を放つことに喩えている。

(3) 模擬弁論（μελέτη, ラテン語では declamatio）とは、学校で行なう練習のための弁論であり、また弁論家が自らの技術をひけらかすために行なう公開弁論でもある。内容は虚構の題材を扱うため、しばしば現実離れを批判され（ペトロニス『サテュリコン』一―二）、また雄弁衰退の原因とされた（クインティリアヌス『弁論家の教育』第二巻第十章三）。

せどんな時宜をえないことでも語りなさい。第一のものをまさしく第一のものがあるにふさわしいときに、その後で第二のものを、その後で第三のものを語ろうなどと気を配ったりせず、最初に思いついたことを最初に語りなさい[1]。そしてそのような事態になれば、すね当てを額に、兜をすねに着けておきなさい。そんなことより、急ぎ、話を続け、黙ることだけはしないように。そして誰かアテナイの乱暴者や姦夫について語るさいには、インドやエクバタナ[2]でのことを語りなさい。またどんな事柄であろうとマラトンとキュネゲイロスを付け加えなさい[3]。これらなしには何もうまくいかないでしょう。また、アトス岬は船で横断し[4]、ヘレスポントス海峡は徒歩で渡り[5]、太陽はメディア軍の矢に覆い隠され[6]、クセルクセスは逃走し[7]、レオニダスは讃歎され、オトリュアデスの碑文[8]が読み上げられるようにしなさい。また、サラミスとアルテミシオンとプラタイア、これらに何度もしつこく言及しなさい。また、例のいくつかの「アッティカの」単語を飴として[9]あふれさせ満開にし、何ら必要がなくても、「一種の」や「確かに(δήπουθεν)」を連続させなさい。というのも、これらの単語は手当たり次第に語られても美しいのですから。

一九　さらに、歌うのがふさわしいと思われるようなときがあれば、何でも歌にして節をつけなさい。もし歌う材料に困ったならば、「裁判官諸君」と節をつけて呼びかければ音調に満たされると思いなさい。また、「ああわが不運よ」と繰り返し腿を打ち、がなり立て、演説中に唾を吐き、尻を振りながら歩きなさい。そして、人びとが君を称賛しなければ、怒って彼らを罵りなさい。また、人びとが聞くに耐えないとして席を立ちいまにも出て行こうとしたなら、座るように命令し、全体として、僭主のように行動しなさい。

二〇　さらに、人びとが話の豊富さにも驚嘆するように、トロイアの物語から、あるいはその気があるな

ら、ぜひともデウカリオンとピュラの結婚[10]から始めて、現在の状況まで話を進めなさい。というのも、物知

(1) いうまでもなく、何をどのような順序で語るかという「配置」は弁論術において重要な要素である。クインティリアヌス『弁論家の教育』第七巻序を参照。

(2) エクバタナはメディアの首都であり、現在のイランのハマダーンである。聴衆のよく知らない遠方の土地のことを語るのは、弁論を印象づけるためである。

(3) マラトンとキュネゲイロス、以下で挙げられるサラミスとアルテミシオンとプラタイアはいずれもペルシア戦争で戦場となった土地である。ギリシアの勝利に終わったペルシア戦争について触れることは、ギリシア人の歓心を買うための手段である。

(4) アトスには海岸にまで山がせまり岬をなしていた。先の遠征でペルシア艦隊はこの岬を海岸沿いに回航しようとして損害を蒙ったため、クセルクセスは運河を掘削した。

(5) クセルクセスはアジアとヨーロッパを隔てるヘレスポントス海峡に船団を連ね橋を築いた。ヘロドトス『歴史』第七巻三三―三六を参照。

(6) テルモピュライの戦いでの描写であり、メディア軍とはペルシア軍のことである。ヘロドトス『歴史』第七巻二二六を参照。

(7) ヘロドトス『歴史』第八巻九七―一二〇を参照。

(8) オトリュアデスについてはヘロドトスも言及しているが(『歴史』第一巻八二―八三)、「碑文」について伝えているのは別系統の記録である。アルゴスとの戦いでただ一人生き残ったスパルタの兵士オトリュアデスは、瀕死の状態にありながら死ぬ前に戦勝碑を建て自らの血でスパルタの勝利を記した。

(9) 底本に従い *ἐπίπαστα* と読む。*ἐπὶ πᾶσι τὰ*「すべてのものに」と読む写本もある。

(10) デウカリオンとピュラはギリシア版洪水伝説の主人公夫婦である。ピンダロス『オリュンピア祝勝歌』第九歌四一―四六行、オウィディウス『変身物語』第一巻三八一―三九九行を参照。

りな人はわずかで、たいていは彼らも寛大に黙っていてくれるし、かりにまた何かを言ったとしても、嫉妬からそうしていると思われるからです。他方で、大多数の人は君の外見、声、歩き方、［壇上で］うろうろすること、節回し、半長靴、例の「一種の」に驚嘆するでしょうし、君が汗をかき息を切らしているのを見て、君が弁論における実に恐ろしいほどの論争家ではないかと信じずにはいられないでしょう。とりわけ、君の話の早さは、大多数の人に対する［誤った場合の］小さくない弁明であり、驚嘆の的となるのです。それゆえ、原稿を書いたり、熟考してから壇上に登ったりしないように。というのも、そんなことをすれば［君の実力が］はっきりと証明されるからです。

二一　また、友人たちには、君がやじり倒されそうなのを見ることがあれば、いつでも席から跳び上がらせ、［おごってやった］食事の代償を払わせなさい。彼らが拍手喝采して、君を称賛しているあいだの時間に、君は次に語るべきことを見つけることができます。ですから、調子を合わせてくれる君お抱えの合唱隊を持つことにも心がけるようにしなさい。

以上が、君が演説するさいに関係することです。その後で、帰って行く君を友人たちに護衛させ、君自身は彼らに隠れ、話したことについて途中で検討するのです。そして、誰かに出くわしたならば、君自身についての驚嘆すべきことを語り、自分を誉めちぎり、その人にうっとうしいと思われなさい。「私に比べれば、パイアニアの人(1)がいったい何だというのか」、また「おそらく私と競うのは、古人の一人だろう」などと言うのです。

二二　いや、最大のこと、評判をよくするにはなくてはならないことを忘れるところでしたが、演説している者すべてを嘲笑しなさい。そして、誰かが見事な弁論をしたとしても、それは他人のものであって彼自身のものではないと思わせるようにしなさい。また、ほどほどに反駁されている人がいれば、すべてが非難されるべきだとしなさい。そして、演説会においては、すべての人の後に入場しなければなりません。そうすると目立つからです。また、全員が黙ってしまった場合には、何か奇妙な称賛の声を発し、その場にいる人たちの耳目を引きつけ、いやがられることです。そうすれば、全員が君の言葉の下品さに吐き気を催し、耳を塞ぐでしょう。[2] また、何度も手を振り回さないように。[3] ありがたみがなくなるからです。立ち上がるのは一度だけ、せいぜい二度にしなさい。むしろ、たいていは軽く笑みを浮かべて、演説の内容に満足していないことを明らかにしなさい。あら探しする人の耳には、難癖のもとは豊富にあるのですから。

しかし、その他の点では大胆でなければなりません。じっさい、向こう見ず、無恥、すぐに出てくる嘘、唇の先で待ちかまえている誓いの言葉、あらゆる人に対する嫉妬、憎しみ、誹謗、まことしやかな中傷、こうしたものがわずかのあいだに君を評判の高い、周りから注目される人物とするでしょう。

---

(1) パイアニアとはアテナイのデモス(ポリスの最小行政単位)の名であり、「パイアニアの人」とはこのデモス出身のデモステネスのことである。

(2) 一八七頁註(1)に述べたように、本篇は弁論教師の諷刺を目的としており、ルキアノスは本物の弁論教師であれば決して言わないであろうことをことさらに登場人物に語らせているが、この箇所などは明らかにルキアノス自身の弁論家に対する感想だろう。

(3) 次の「立ち上がる」とともに、称賛を表わすための動作である。

弁論家にふさわしい私生活と語り手自身の経歴

二三　以上は公的な、家の外での事柄です。他方で私的には、何でもする決心をしなさい。ばくちを打つこと、姦通すること、大酒を飲むこと、女遊びをすること、あるいは、じっさいにはやらなくても［やっていると］自慢だけはすること、あらゆる人にそれを語ること、間違いなく女たちが書いて寄越したという手紙を見せびらかすこと。ですから、美しくあるようにして、女たちが夢中になっていると思われるように心がけなさい。というのも、大多数の人びとはこのこともまた弁論術のせいにするでしょうから。君が女部屋でも評判がよいのは、そのおかげだと考えるわけです。また、例のことですが、たとえ君が道に外れて男たちから愛されている、しかも君が髭を生やしてからも、あるいは何とすでに禿げてからもそうだとしても、恥じてはいけません。むしろ、それを目当ての同伴者がいるようにしなさい。しかしもしいなければ、召使いで十分です。というのも、このことからも弁論術に有利な多くのことが伴うからです。つまり、無恥と厚かましさが増加します。君は女性が男などをはるかに凌ぎ、どんなにおしゃべりで、はなはだしく罵るかを知っていますね。まさに同じようにすれば、この点でも君は他の人たちを凌ぐでしょう。ことにまた、瀝青で脱毛をしなければなりません。できるだけ全身を、さもなければ何としてでもあそこはするように。また口そのものも、何であろうと関係なく、大きく開けるようにし、舌も弁論だけでなく可能なかぎり他のことにも役立てなさい。すなわち、文法に違反する、不純語法を使う、たわごとを言う、あるいは偽誓する、あるいは罵る、あるいは中傷する、あるいは嘘をつくことができるだけでなく、夜に何か他の務めを果たすことができ、またとくに、あまりに多くの愛人に身がもたない場合がそうです。舌にすべてを心得させ、より精力的にし、何ごとからも逃げないようにさせなさい。

二四　少年よ、以上のことを学びとれば――きっとできます、このなかに面倒なことは一つもないのですから――、君がまもなく最高の弁論家となり、私と同類となっているであろうことを私は自信を持って約束します。他方で、その後レートリケー〔弁論術〕からどれほどのよいものが君にもたらされるかは、私が述べるまでもありません。私を見てください。私は、名もなく、生粋の自由人でもなく、クソイスやトムイス(1)を超えた先で奴隷をしていた父親と、どこかの裏通りでお針子をしていた母親とから生まれました。他方で、私自身は色気においてまんざらでもなく、最初はただ生活のためにある貧相でけちな愛人といっしょに住んでいました。しかし、この〔弁論術の〕道が最も容易であると見きわめ、一気に駈け抜け頂上に着いた後は――というのも、親愛なアドラステイアよ(2)、先に述べたあの旅行必需品のすべて、厚かましさと無知と無恥とが私には備わっていたからです――、まず最初に、私はもはやポテイノス(3)とは呼ばれず、いまやゼウスと

(1) ともにエジプトの町。

(2) アドラステイアはネメシス（神の憤りと罰を擬人化した報復の女神）の別名であり、並はずれた幸運に恵まれた人、自画自賛する人、何か邪なことをする人は、神の怒りを恐れてあらかじめアドラステイアに呼びかけていた。ルキアノスが「親愛なるアドラステイアよ」と語らせたのは、読者に弁論家のいかがわしさを暗示するためだろう。

(3) ポテイノスとは「憧れられる、求められる、愛すべき」といった意味であるが、この弁論家が「愛人」として生活していたことを暗示する名前かもしれない。

レダの子供たちと同名になりました[1]。それからまた、私は最初は老女といっしょに暮らし、愛しているふりをしながら、彼女のお金で腹いっぱい食べていました。七〇歳で歯は四本しか残ってなく、それさえ金がはめ込まれている女でした。しかしともかくも、貧乏に苦しんでいた私は、試練に耐えていましたし、棺桶からのあのかさかさの接吻でさえ、飢えが私にとってこの上なく甘くしてくれました。その後、一人のいまいましい召使いが、私が毒を買ったと密告しなければ、もう少しで彼女の全財産の相続人となるところでした。

二五　そこで私は頭を先にして叩き出されたのですが、その頃には生活の糧に困ることはなく、それどころか、弁論家として名をなし、たいていは［依頼人を］裏切り、愚かな連中に裁判官のことを請け合いながら[2]、いまや法曹界の人間と認められているのです。ほとんどが敗訴ですが、玄関には椰子の樹が青々と茂り、その上に冠を戴いています[3]。すなわち、私はこれを不運な人たちへの餌として使っているのです。しかしまた、みんなから憎まれることも、性格の悪辣さで目立ち、弁論の悪辣さでさらにいっそう目立つことも、「これが、あらゆる悪徳にかけて右に出る者のないと言われている例の男だ」と指されることも、少なくとも私にとっては、大切なことなのです。

以上が君への助言であり、俗世の女神[4]にかけて、私ははるか以前に自分にこうした助言を与え、そして自分に大いに感謝しているのです。

結び

二六　もう十分だろう[5]。その高貴な人は、こうしたことを言って話を終えるだろう。他方で、君は言われたとおりにすれば、最初から行きたいと熱望していたところにいますぐにでも到着すると考えよ。そして、彼の規則に従えば、法廷のなかでは勝利し、民衆のなかでは評判となること、また魅力的な人物となり、あの立法家であり教師でもある人のように喜劇に出てくる老婆ではなく、最高に美しい女性レートリケー［弁論術］を妻とすることに、何ら支障はないだろう。それゆえ、翼もつ馬車を駆って進むというプラトンのあの一節[6]は、彼によってゼウスについて語られるよりも、むしろ君によって君自身について語られるほうがふさわしいのだ。

（1）いわゆるディオスクーロイ（ゼウスの息子たち）、カストルとポリュデウケス（ラテン語ではポルクス）のことである。なお、この一節を根拠として、弁論家のモデルはナウクラティスのポリュデウケスではないかと言われているが、真偽は不明である。ポリュデウケスについてはピロストラトス『ソフィスト列伝』第二巻一二を参照。

（2）裁判官を買収してやると言って金を受け取り着服するのである。

（3）椰子の樹も冠も勝訴の印である。

（4）「俗世の女神（τὴν πάνδημον）」が何を指すのか確かなところは分からないが、プラトン『饗宴』（一八〇C―一八五C）において、パウサニアスは「天上のアプロディテ」と「俗世のアプロディテ」とを区別している。前者が魂を求めるのに対して、後者はもっぱら肉体を求める恋である。かりに「俗世の女神」が「俗世のアプロディテ」のことだとすれば、この弁論家が誓いを立てるにふさわしいといえよう。

（5）この二六節、最終節では冒頭から一二節までの語り手がふたたび登場し本篇を締めくくる。

（6）プラトン『パイドロス』二四六E。

しかし私は、生まれの卑しい臆病者なので、その道を君たちにゆずり、レートリケーに関わるのはやめにしよう[1]。私は君たちと同じことを彼女に貢献できないのだから。いやむしろ、いますぐにやめよう。だから、君たちは競争もなく勝利者として布告され、讃歎されるとよい。ただこの点だけは覚えておくように。君たちがわれわれに優って足のより速いことが明らかになるとしても、それは速さからではなく、最も容易な下りの道を通ったからなのだ。

(1) 一二節までと最終節では、同じ人物が語っていながらずいぶんと言うことが違っている。さんざんけしかけておきながら、最後に実行する段になって自分は加わろうとしないのは典型的なペテン師の手口である。ルキアノスは、読者に弁論教師のいかがわしさを強調しようと意図したのだろう。

偽預言者アレクサンドロス（第四十二篇）

内田次信 訳

序

一　君は、親愛なるケルソスよ[1]、たぶんそれを些細《ささい》な、取るに足らない仕事の依頼だと思っているのだろうね――アボヌテイコス出身[2]の詐欺師アレクサンドロスの生涯や、その計略、大胆な企て、手管の数々を記して一つの本にし、送って寄越せと依頼しても。だがそれは、一つ一つのことを正確に記述しようとすると、ピリッポスの子アレクサンドロス[3]の事績を書き上げるのと劣らないくらい大変な仕事なのだ。一方が英傑であったのと同じほどに、こちらは性《しょう》の悪さで際立っていたからね。それでも、もし君が寛容な心でそれを読んでくれるのなら、そして、僕の記述で足りないところは自分で補ってくれるというなら、この試錬を君のために引き受けることにしよう。そして例のアウゲアス[4]の牛舎を、その全部とまではいかないとしても、僕の力の及ぶかぎりきれいにしてみたいと思う。その糞《くそ》を、ほんの数杯の籠《かご》の分だけ持ち出すことになるだろうが、そういうものから、君が、全体はどれほどの量のものだったか、三〇〇〇匹の牛が長年にわたってしてきた糞の山がいかに筆舌に尽くしがたいものであったか、推量できるようにしたいのだ。

二　君と僕自身の両方のために、恥じる気持ちはある。君は、本当に呪わしい男が、人びとの記憶と書き物とによって後世に語り継がれてゆくのをよいことだと見なしているわけだし、僕のほうは、そんな男について調査し、どんな行ないをしたかという問題に精力を注ごうとしているのだ。彼は、教養ある人びとから伝記を読んでもらうに価するような男ではなく、むしろ、町じゅうの人が集う大きな闘技場で、猿やキツネたちに引き裂かれる[5]姿をさらすほうがよいという人物だったのだ。

しかしもし誰かがそういう非難をわれわれに向けたとしても、われわれのほうで、同様の事柄を先例に持

（1）ルキアノスの友人、エピクロス派（六一節）、『魔術師を駁する（*Κατὰ μάγων*）』という書を著わした（二一節）。ギリシア人教父オリゲネスの『ケルソスを駁する（*Κατὰ Κέλσου*）』という書で槍玉に挙げられるケルソスと同一人物であるかは不明（こちらはむしろプラトン派的思想の持ち主と思われる）。

（2）黒海南岸、パプラゴニア地方の小さな町。ここにグリュコン（アスクレピオスの化身）の神託所を創始したアレクサンドロスは、マルクス・アウレリウスとルキウス・ウェルス帝のときに、故郷のこの市を「イオノポリス（*Ἰωνόπολις*）」に改名したいと願い出て許された（五八節）。今日ではこちらに由来する Inebolu の名で呼ばれる。

（3）アレクサンドロス大王。

（4）エリス地方の王。長い間そのまま放置した牛糞が積もっている牛小屋をヘラクレスが掃除した。

（5）死罪者の刑罰だが、ライオンなどではなく猿たちにそうされるのがふさわしい男だ、と。

ち出すことができるだろう。というのは、エピクテトスの弟子であるアリアノスも(1)——傑出したローマ人の中に数えられ、その生涯全体にわたって教養に身を捧げた人であるが——同じような情況になったことがあるわけだから、われわれのためにも弁護してくれるのではないかと思うのだ。じっさい彼も、山賊のティロロボス(2)に関する伝記を書くべきであると考えたのだから。ところが、われわれの記述は、この男が、森や山の中ではなく、諸都市の中で賊を働いたという分だけ、ずっと野蛮な者の話になるだろう。彼が蹂躙《じゅうりん》したのはミュシア(3)やイデ(4)だけではないし、アジアの中の寂しい地方をいくつか荒らしただけというわけでもない。いや、彼は、言ってみればローマ帝国全土に、自分の賊行為を見舞ったというわけなのだ。

アレクサンドロスの外見と性質

三　その前に、あまり絵の得意な僕ではないが、言葉によって、彼の姿を僕の力の及ぶかぎり実物に似せて描き、君に見せることにしよう。

彼の身体は——この点も君に分かるよう説明するのだが——大きく、美しい姿をしており、本当に神のようだった。肌は白く、顎《あご》鬚はもじゃもじゃしているというほどではなく、髪の毛は、一部は自分のものだったが、一部はかつら(5)を着けていた。しかし、それも本物によく似せてあり、他人の毛だということはたいていの人間には分からないのだった。両目は鋭い光を放ち、神的なものをよく現わしていた。またその声は甘く、とても明朗だった。総じて、身体の点では、けなすべきところは何もなかったのだ。

四　外見はそのような男だったが、彼の心と精神のほうは——禍《わざわい》を防ぐヘラクレスよ、災厄を転じるゼウスよ、そして救済者ディオスクーロイよ(6)、どうか敵の憎らしい者たちのほうに、こういう人物と出会い交際する運命が降りかかりますように！

というのは、知性と、利発さと、頭の鋭さにおいて、彼は、他の者をはるかに凌駕していたし、好奇心の強さと、飲み込みの早さと、記憶力と、学ぶのに適した能力と――こういう点もすべて、あらゆる方面において、ありあまるほど備わっていた。ところが彼は、そういうものを卑劣きわまる目的に用い、そのような貴い手段を自分のために利用することで、あっという間に、悪辣さで名を謳われる人間のうちの第一人者に

---

(1) フラウィウス・アリアノスは、後九〇年頃から一七五年頃まで生きた、小アジア・ニコメディア出身のギリシア人（「ローマ人」は、ローマの市民権を持つ者の意）。執政官代理（consul suffectus）やカッパドキア総督を務めた。アテナイの執政官にもなった。歴史著作家としても知られ、アレクサンドロス大王の遠征に関わる『アナバシス』や『インド誌』、黒海について記述する『周航記』などの他、師事したストア派哲学者エピクテトスの教えをまとめた『提要（*Ἐγχειρίδιον*）』や『説教集（*Διατριβαί*）』がある。

(2) 小アジアを荒らしまわったらしいこの盗賊（写本によってはティロボロス *Τιλλόβορος* と記されているが、碑文でティロロボス *Τιλλόροβος* の形が確認される）に関するアリアノスの書は伝存しない。

(3) 小アジア西部の地域。

(4) 小アジア北西部の山脈。

(5) かつら（*πρόσθετος* [*κόμη*], *φενάκη*, ラ capillamentum）の使用は前六世紀から始まったと考えられる。男も女も用いた。アリストパネス『テスモポリア祭を営む女たち』二五八行、ルキアノス『遊女の対話』一一-四、等参照。

(6) もともとはスパルタで祀られていた双子の神ポリュデウケスとカストル。

なった。ケルコプスたち[1]や、エウリュバトス[2]や、プリュノンダス[3]や、アリストデモス[4]や、ソストラトス[5]をも凌駕するようになったのだ。

あるときには彼は、婿のルティリアヌス[6]に宛てた手紙の中で、自分のことを謙虚に語りながら、ピュタゴラスに比べられうると自ら主張したことがある。だが――こう言ったからといって、神的な理性を持つ賢者ピュタゴラスは怒らないでほしい――もしも彼がこの男［アレクサンドロス］と同じ時代に生まれたなら、きっと彼は、この男と比べたら、子供のように見えたことだろう。優美女神（カリテス）に誓って、僕が、ピュタゴラスを侮辱するためにこう言っているのだとか、両者の功績を比べうるという理由で二人を結び付けようとしているのだとかと思わないでほしい。だが、もし人が、ピュタゴラスを中傷するために言われている事柄でいちばんひどい冒瀆的なの[7]を――僕はそれらを本当だとは信じないが、とにかく――比較のために持ち寄ったとして、それらすべてを合わせても、アレクサンドロスの悪辣さの何分の一にしかならないだろう。

要するに、嘘と策略と偽誓と悪事が入り混じった多彩な精神の持ち主《ぬし》を、頭で造形し、思い描いてほしいのだ。躊躇《ちゅうちょ》しない、大胆な、冒険的な性質で、思いついたことをやり遂げる労力を惜しまない男だった。また、人を信じさせ、信頼に価する人物と思わせながら、偽善的に、じっさいに企《たくら》んでいるのとは正反対の様子を現わしていた。彼と初めて出会った者は、誰でも、彼について、どの人間よりも立派で高潔だという印象を受け、さらには、とても素朴で飾り気のない男であると感じて立ち去ったものなのだ。このような性質すべての他に、彼には、壮大な企てを好む傾向があった。彼が思いつくのは小さなことではなかった。

(1) 兄弟の賊（複数形でケルコペス）。エペソスあるいはテルモピュライで狼藉を働いていたが、ヘラクレスに捕まえられ、棒から逆さまにぶら下げられて運ばれる途中、英雄の黒い尻毛をからかった。英雄はそれを愉快がり、彼らを解放した。その後も悪さをやめない彼らは、ゼウスによって猿に変身させられ、イタリア・ナポリ沖のピテクサエ（「猿諸島」）に住まわされたという（石に変えられたという説もある）。ならず者の代名詞になっていて、アテナイには「ケルコペス市場（*Κερκώπων ἀγορά*）」＝「ならず者の市場」という、盗品の売買をする場所があった。

(2) 古典期のアテナイ人たち（アリストパネス、アイスキネス等）によってならず者、騙りとして言及された男。「エウリュバテウオマイ *εὐρυβατεύεσθαι*」＝「エウリュバトス的にペテンを働く」という動詞もある。なお、ケルコプス兄弟の一人の名としても現われる。

(3) ペロポネソス戦争時代にアテナイで暮らした男（アテナイ人ではない）。やはり、ならず者としてよく名を挙げられ、プラトン『プロタゴラス』三二七Dではエウリュバトスと並べられている。

(4) アテナイ人。アリストパネスやクラティノスに皮肉られた。「あまりにもおぞましい、尻軽［好色］な男で、そこから『尻穴のアリストデモス』と呼ばれている」とルキアノス古註にある（クラティノス『パノプタイ』断片一六〇）。

(5) 不明だが、やはり昔からならず者として挙げられた人物らしい。

(6) P. Mummius Sisenna Rutilianus. ローマの名士で、皇帝とも繋がりが深かった。執政官代理、上モエシアの総督（前執政官総督）、アジア州の総督（前執政官総督）などの要職を歴任した。六〇歳のとき、アレクサンドロスの娘と結婚（三五節）。「カモ」にされた中で最も地位の高い人物として、以下でしばしば言及される。

(7) ピュタゴラス（ピタゴラス）に対する非難や中傷について、たとえばディオゲネス・ラエルティオス『ギリシア哲学者列伝』第八巻六、七、等参照。「いちばんひどい冒瀆的」な中傷というのは、イタリアで、彼が地下に身を潜め、しばらくしてから地上に戻って、「冥界から帰った」と主張し、人びとを信者にしたという伝説を言うか（同巻四一）。ルキアノス自身は、ピュタゴラスの教説のあれこれや「黄金の腿」という伝説を『哲学諸派の売り立て』でからかったり、魂の輪廻説を『夢または鶏』で滑稽に利用している。なおピュタゴラスを持ち出したのは、アレクサンドロスが、自分を彼の再来と匂わせたから（四〇節）であろう。

いつもいちばん大きなことに心を向けていたのだ。

アレクサンドロスの初期の人生と神殿の創設まで

五　さて彼は、まだ少年だったとき――「刈り株」(1)から推し量ることもできたし、人の話からそれを聞くこともできたように、とても美少年だったのだが――ふしだらに春をひさぎ、彼の身体を求める者から金を取って交わっていた。中でも彼と親密になった愛人は、魔術や、不思議な呪文や、恋を叶《かな》える魔法(2)や、敵への呪詛や、宝物の掘り出しや、地所の相続やらを約束するいかさま師の一人だった。この男は、少年「アレクサンドロス」に素質があること、自分の仕事を喜んで手伝うつもりであること、自分が彼の美しさに惚れているのと劣らないくらいに自分の悪さを愛していること――こういうことを見て取ると、彼の徹底的な教育を引き受け、最後まで彼を自分の手下、従僕、召使いとして使っていた。

この男自身は、公共の医師という触れ込みだったが、あのエジプト人トンの妻のように、

　　調合した薬の、よい種類のものも、害を及ぼすものも、たくさん(3)

知っていたのだ。そういう薬物すべてを、彼「アレクサンドロス」は相続し、受け継いだ。彼の愛人のその先生は、出身はテュアナで(4)、あの名うてのアポロニオス(5)の弟子の中に数えられ、この男のはったりを全部熟知していた。僕が話している人間が、どういう一派の者だったが、君には分かるね。

六　だが、アレクサンドロスは、もう顎《あご》髭を蓄える年齢になった頃、そのテュアナ人も死に、同時に、自

分を養う術《すべ》にしていた美しさの華も盛りを過ぎたので、困窮するにいたった。それで、もう小さな企てをするのはやめ、あるビュザンティオン人と行動を共にするようになった。これは、競演に出場する者たちのために合唱歌を作っていた男[6]だったが、性質は彼よりもはるかに呪うべき人間だった。名は、たしか、コッコナス[7]といった。この男といっしょに彼は、各地を巡りながら、いんちきを行ない、魔術を用いながら、「太った」人間たちから金品を巻き上げるようになったのだ。「太った」人間というのは、彼ら自身が一般大衆を、魔術師の伝統的な用語で呼ぶときの言葉なのだがね[8]。それで、そういう人たちの中に、ある裕福なマケドニア女性が見つかった。若さは通り越していたが、まだ性的魅力は持ち続けていたいと思っていた女性

（1）老残の状態。
（2）より逐語訳的には、「恋に関する事柄で相手の好意を引き寄せる手段の数々」。たとえば『嘘の愛好者たち』一四で、ある魔術師が粘土で小さいエロースの像を作り、それに向かって、クリュシス（魔法の依頼者グラウキアスの懸想相手）を連れてこいと命じた、しばらくするとクリュシスが、グラウキアスの戸口を叩いた、戸を開けると彼女はグラウキアスの腕の中に飛び込み、そのまま夜明けまで彼の家に留まった、という話が記されている。
（3）ホメロス『オデュッセイア』第四歌二三〇行。エジプト人トンの妻ポリュダムナがヘレネにさまざまな薬の知識を授けたという一節（同歌二二八行以下）。
（4）ヒッタイト時代の歴史までさかのぼる、カッパドキア南西部の町（今日の Kemerhisar）。
（5）後一世紀のテュアナ人、新ピュタゴラス派の哲人、神秘家。ピロストラトスによる伝記がある。
（6）競技祭の一部としての音楽競技のための曲を、あるいは運動競技で優勝した者を讃えるための歌を作っていた。
（7）κόκκων「種、核、睾丸」の語に由来する名で、「小粒な男」というような意味を示唆する。
（8）「太った（παχύς）」の語は、「金持ち」「うすのろ」の意を含む。

で、彼女から十分金品をせしめた彼らは、さらに、ビテュニア(1)からマケドニアまで、彼女に従《つ》いていった。彼女の故郷はペラ(2)で、ここはかつては、マケドニアの王族がいた頃は、繁栄した土地だったけれど、いまはさびれて、わずかな住民しか住んでいない。

七　この地で彼らは、巨大な種類の蛇(3)を目にした。とてもおとなしく、馴れていて、女たちに餌をもらい、子供たちといっしょに寝て、踏まれても我慢するし、押さえつけられても怒《おこ》らず、赤子と同じように乳首から乳を吸うというほどである。こういう蛇がそこにはたくさんいて、これから、昔のオリュンピアス(4)にまつわる話が広まるようになったらしい。たぶん、アレクサンドロス［大王］を妊んでいるときに、そういう蛇がいっしょに寝ていたのだろう。さて二人は、この爬虫類を一匹、とても見事なのを、はした金で買い求めた。八　そして、トゥキュディデスの語句にならうと、そこからいまや戦争が始まる(5)のである。

二人の、とても性悪《しょうわる》で、大胆きわまりなく、悪い行ないを喜んでする手合いの者が力を合わせたので、人びとの生活を暴君的に支配している二つの最大の要素を見て取るのは容易だった。それはすなわち希望と恐怖の二つ(6)であり、これらの両方を然《しか》るべく利用する術《すべ》を知る者は、すぐに金持ちになるだろうということも、彼らには理解された。というのは、恐怖を抱く者にも、希望する者にも、どちらにとっても、将来のことを知ることが絶対に必要であり、切望されていることを彼らは知ったし、デルポイも、デロス(7)も、クラロス(8)も、ブランキダイ(9)も、いま述べた希望と恐怖という暴君たちのせいで、それらの神域に次々赴いて未来の予知を求めるために大犠牲式を行ない金塊を奉納する人びとがいるおかげで、昔からあれほどに富んで名も謳われているのだということを二人は見て取ったのである。

こういうことをお互いに話し合い、いろいろな考えを捏《こ》ね回しながら、彼らは、預言所と神託所を創設し

（1）黒海南岸からプロポンティス（マルメラ）海南岸にかけての地域。パプラゴニア地方（アレクサンドロスの故郷）の西方にある。

（2）マケドニアの都。とくにアルケラオス王（前五から四世紀）のときに首都となって栄え出し、大規模な都市計画に基づく市街や広壮な宮殿（ゼウクシスの壁画が有名）を誇った。ピリッポス二世とアレクサンドロス大王の治世下にさらに繁栄した。ローマ時代（前二世紀）にテッサロニケがローマ総督の居住地となり、ペラは衰退した。

（3）以下で語られるおとなしい大蛇は、*παρείας*（ラテン語で anguis Aesculapii 等）と言われる二メートルほどにもなる黄褐色の種類のもの（学名 coluber longissimus）。もともとは地中海地域東部に棲息、アスクレピオス信仰に関係し、その関連でローマ人によって他の地域にもその飼育が広められ、ペットのように家の中で自由に動きまわることを許された。アスクレピオスの杖の上によく図像化された。プルタルコス『アレクサンドロス』二から三では、この蛇の秘儀における利用や、その神秘的イメージが記述される。なおドイツでは、ライン河西岸地域（Schlangenbad 等）に同種が棲息するという。

（4）ピリッポス二世の妻、アレクサンドロス大王の母。くだんの大蛇が彼女の傍らに横たわっているのをピリッポスが目撃したという話、アンモン神がこの蛇の姿になって彼女と交わったのだと信じられたという話を参照（前註プルタルコス引用箇所）。じっさいに大王は、自分がアンモンの子であると考えていた節がある（同書二七参照）。

（5）トゥキュディデス『歴史』第二巻一（ペロポネソス戦争そのものの開始を言う）。

（6）『デモナクスの生涯（第九篇）』二〇参照。

（7）デロス島ではじっさいは託宣は行なわれなかったと考えられる。また後二世紀にはデロスはさびれていた。デルポイやクラロスなどとの連想で挙げたらしい。

（8）小アジア・イオニア地方のコロポン市西方にあった、土着（カリア）の、古い歴史を持つ神託所。のちアポロンの神託所となり、ローマ帝政期にとくに繁栄。

（9）イオニア地方ミレトス南方にあったアポロン神託所（ただし前ギリシア的起源にさかのぼる）のディデュマを代々管理する一族（祖先をブランコスと言う）。またディデュマの別名。

ようと企てるにいたった。それが成功すればすぐに金持ちになり、羽振りがよくなるだろうと期待したわけだが、それは［結局］彼らの当初の予期以上にうまく行き、期待を上回る成果を上げることになった。

九　その次に彼らが考えを巡らしたのは、まずその場所のこと、第二に、この企ての始め方と進め方についてである。

コッコナスのほうは、カルケドン[1]がそれにふさわしい都合のよい処だと考えた。それはトラキア[2]にもビテュニアにも近いし、アジア［小アジア[3]］やガラティアや、その奥の諸民族からも隔たってはいない、と。

他方、アレクサンドロスは、自分の故郷のほうがよいと考え、次のように述べたが、これは正鵠《せいこく》を得ていた。すなわち、こういう企てを手掛けるためには、それを受け入れやすい「太った」馬鹿たちを必要とする、それはたとえば――と言葉を続けた――アボヌテイコスの奥に住むパプラゴニア人である。彼らのおおかたは迷信的な金持ちで、誰かが、笛吹きや、タンバリン奏者や、シンバルを打ち鳴らす者を引き連れて現われ、いわゆる「篩《ふるい》の占い[4]」をしてやりさえすれば、みな即座にあんぐりと口を開けて彼に見とれ、まるで天から降りてきた誰かを目にしているという状態になるのだ、と。

一〇　この問題に関して少し二人に言い争いが生じたが、最後はアレクサンドロスが勝った。そして両人は――その町がそれでもやはり何がしか役に立つと考えたので――カルケドンに来ると、カルケドン人にとって最古のものであるアポロン神殿の聖域に、青銅の書板を埋めた。そこには、すぐまもなくアスクレピオスが、父のアポロンとともにポントス[5]に移るだろう、そしてアボヌテイコスを領有することになるだろう、と記してあった。この書板が計画的に「発見」されると、そのお告げの文句がビテュニア全土とポントスに、とりわけアボヌテイコスにまで容易に伝わった。この町の人びとは、神殿を建てるということまでただちに議決し、やがて基礎を掘り始めたほどだった。

その後コッコナスのほうは、カルケドンに居残って、二様の意味に取れる、あいまいで不明瞭な託宣を書いていた――だが、しばらくして、たしか毒蛇に咬まれたせいで、命を終えた――。

一一　他方、アレクサンドロスが先に送り込まれた。いまや髪を伸ばしてその房を下に垂らし、白い縞《しま》の入った緋色の肌衣（キトーン）(6)を着込み、その上に、白い外衣（ヒーマティオン）をはおっており、手には、系図上、母方の祖先に当たると彼の唱えるペルセウスにならって、鎌を握っていた。(7)哀れなパプラゴニア人たちは、彼の両親が、いずれも、卑しい、名もない人間だったことを知ってはいたが、例の託宣がこう言っ

---

(1) ビュザンティオンに面した町。

(2) ギリシア本土北部。

(3) 以下、「アジア（小アジア）」はここではアナトリア西部海岸部のことだろう。ガラティアは、アナトリア中央部。「その奥」は、カッパドキアなど。

(4) 人相占い、手相占いや皿占い等々と同様に、信用できない占い方法として、夢見占い者アルテミドロスにも批判されている（第一巻第六十九章）。古代の篩を用いた占いの具体的方法は知られないが、十七世紀のドイツの例として、やっとこに篩を載せ、犯行者の嫌疑のある者の名を唱えて、その篩が震えれば真犯人だとした方法が参考に引かれる。

(5) 黒海南岸、パプラゴニアの東方の地域。

(6) ペルシア王的衣裳かという（Victor）。ペルセウス（次出）はペルシア王の祖。

(7) ペルセウスが、ヘルメスから貸与され、ゴルゴン（メドゥサ）の首を切り取るときに用いたはがね（アダマス）の鎌。この英雄は、シノペ等、黒海の町々で古くから崇められ、硬貨にもその像が、この鎌などとともに、刻まれていた。

ているのを信じた。

そちらに姿を現わす神々しいアレクサンドロスは、

生まれはペルセウスの裔《すえ》、ポイボス(1)と親しく、ポダレイリオス(2)の血を引いている男。

すると、ポダレイリオスは、それほどに淫蕩《いんとう》な女狂いの性質だったので、欲情に駆られて、トリッカ(3)からパプラゴニアまで、アレクサンドロスの母［となる女］を求めて行ったほどなのだ！(4)

そしていまや、シビュラ(5)によって前から予言されていたという託宣が見つけ出された。

人びとをもてなすポントス(6)の岸辺、シノペの近くの
「塔」(7)のところに、アウソニオイ(8)の治政の下、ある預言者が現われるであろう。
最初の一の数と、三箇の十の数との後に、
五箇のさらなる一の数と三箇の二十の数とを示す者、(9)
防御する男という語に等しい四輪の名(10)を有する者が。

一二　さて、そのように派手な仕掛けとともに、久しぶりに故郷へ乗り込んだアレクサンドロスは、世の注目を集める時の人となったが、ときどき狂気を装いながら口を泡でいっぱいにすることもして見せた。これは彼には簡単なことで、サボンソウ(11)という染物用の植物の根を噛めばよいのだった。しかし土地の者には、そういう泡も、神的な恐ろしい現象に思えたのだ。また二人は、以前から、亜麻製の蛇の頭も作って準備していた。それは、人間のもののような形をしており、彩りが施されてとてもよく似せてあった。そしてその

（1）アポロンの別名。

（2）アポロンの子アスクレピオス（医神）の子。兄弟マカオンとともにトロイアに出征。医術に通じていた（マカオンは外科を、ポダレイリオスは診断をよくしたという）。ピロクテテスの傷を治した、また大アイアスの狂気を見抜いた。医神として、トリッカ（次出）の他、小アジア（カリア等）やイタリアでも、（アスクレピオスと合同で）崇められた。アレクサンドロスの父という（三九節も参照）。

（3）ギリシア本土テッサリアの町。ポダレイリオスの故国の一部に属する。

（4）「神の子」という出生上の伝説は、プラトン（アルテミドロス『プラトン伝』第一章「アポロンの幻影（*φάσμα*）が彼の母と交わった、うんぬん」）やアレクサンドロス大王（プルタルコス『アレクサンドロス』二、三）などに関しても行なわれた。

（5）伝説的な女預言者。彼女に仮託した偽の予言がしばしば作られた。

（6）黒海のこと。古くは *ἄξενος πόντος*「人びとをもてなさざる海」と称されたが、それを忌んで、*εὔξενος πόντος*「人びとをもてなす海」と名称を変えられた。黒海はたんに *Πόντος* とも称する。なおギリシア語で「黒い海」と称されることもあったが（エウリピデス『タウリケのイピゲネイア』一〇七行）、これはオリエント（エジプト、イラン）の呼称にさかのぼる可能性がある（*ἄξενος* は、オリエントの「黒い海」の意味の語に由来するかと言われる）。また「ポントス」はローマ時代には黒海南岸の地方をも指し、人びとに「救い」をもたらそうとするアレクサンドロスの故郷とその周辺（次出シノペ等）を表わすのにふさわしい。

（7）アボヌテイコスは「アボノスの城壁」という意味（古い砦に由来するか）。その城壁との関連で「塔」（やぐら）と言った。

（8）ローマ人のこと（詩的名称）。

（9）アラビア数字がまだ知られていないギリシアでは、各アルファベットに数価が当てられた。*A*＝1, *B*＝2, *Γ*＝3 …… という具合である。アレクサンドロスの名前 *ΑΛΕΞΑΝΔΡΟΣ* の最初の四文字は、*A*＝1, *Λ*＝30, *E*＝5, *Ξ*＝60 となる。

（10）その最初の四文字 *ΑΛΕΞ* は、「防御する（*ἀλέξω*）」等と同系語。「男（*ἀνδρός*）」と合わせて、アレクサンドロスの名が露骨に示される（原文は *ἀνδρὸς ἀλεξητῆρος*）。「四輪（*τετράκυκλον*）」は、四つのシラブル（A, lex, and, ros）を言うか。

（11）*στρουθίον*（saponaria）. その根を少し噛むだけで、シャボンのような泡がいっぱい出てくるという。

口は、数本の馬の毛で開けたり、また閉じたりするようになっていて、舌も、ちょうど蛇のもののように、二叉《ふたまた》に分かれた黒いのが、前に突き出てくるのだが、これも毛で操られていた。そして例のペラ産の蛇はすでにそこにおり、家で飼われながら、折を見て現われ出て二人のもったいぶった芝居を手助けする日を、いやむしろその主役になる日を待っていた。

一三　いよいよ始めるべき頃合いになると、彼は次のような仕掛けをした。夜間に、掘り始められたばかりの神殿の基礎に来ると——そこは、どこかそのあたりから湧き出る水が集まっていたか、天水が降ったかして、たまり水になっていた——そこに、あらかじめ中を空《から》にして生まれたばかりの蛇をおさめておいた鵞鳥の卵を置き、泥の奥深くそれを埋めてからふたたび立ち去った。そして早朝になると、裸で(1)広場に躍り出た。隠し所には腰布を巻き——これも金色《こんじき》(2)にしてあった——、手にはあの鎌を持つとともに、ほどいた髪の毛を、太母神(3)に仕えながら乞食をする神がかりの信者たちのように、振り回していた。そして高い壇の上に立つと、民衆に演説をぶち、ありありと現出する神をすぐ迎え入れることになるであろうこの町を至福と讃えた。壇の前にやって来ていた者たちは——ほとんど町じゅうの者が、女も老人も子供も含めて、駆け寄ってきていた——驚愕し、祈りを捧げ、額《ぬか》ずいた。すると彼は、ヘブライ人かフェニキア人の言語のような意味不明の言葉を発して、何を言っているのか分からない人びとをあっけにとらせた。ただ彼が、どの文にも、アポロンかアスクレピオスの名を交ぜているという点だけは理解できた。

一四　それから彼は、建設中の神殿へ走っていった。そして、神託所の掘り下げた基礎と、あらかじめ仕掛けをしておいた泉のところまで来ると、水の中に入って、アスクレピオスとアポロンの讃歌を大きな声で歌いながら、神に、吉運とともにこの町へお出ましあれと呼びかけた。それから平皿[4]を求め、誰かからそれを受け取ると、無造作に水面下に突っ込み、水と泥といっしょに、彼の神が閉じ込められていた例の卵を掬《すく》い上げた。その蓋《ふた》の部分の継《つ》ぎ目は、白い蠟《ろう》と白鉛[5]とで接着してあった。それを両手に取り上げると、いまや自分はアスクレピオスを持っていると唱えた。[6]人びとは、その前に、卵が水の中から見つかったことでとても驚かされていたので、いまはいったい何が起きるのかと、ひたすら見つめていた。そして彼がそれを割り、自分の手の平に例の蛇の子を受け止めると、それが動きながら彼の指のいくつかに巻きつくのを目《ま》のあたりにして、人びとはとたんに叫び声を挙げ、神を歓迎し、自分たちの町を祝福して、めいめいが欲張りな祈願をあれこれ夢中でしながら、財宝や富や健康などの幸《さち》をこの神から求めた。

(1) ペルセウスのような英雄(の時代)を想起させるための裸で、ということらしい。

(2) 鎌と同様に、という意味か。

(3) 「(神々の)母」、プリュギア近辺で古くから祀られていたキュベレ。

(4) *φιάλη*. 宗教儀式で酒注ぎなどのためによく用いられる。医神アスクレピオスの関連では、軟膏などの入れ物にもされる。

(5) *ψιμύθιον*. おしろい等に用いられるが、軟膏の材料にもなった。

(6) アスクレピオス信仰において蛇は聖なる動物であり、その神殿でよく飼われていた。造形表現でアスクレピオスの杖には蛇が巻きついている。ここの「グリュコン」と名付けられる蛇(四三節「新アスクレピオス」)のように、その化身と見なされることもあった。たとえば、シキュオンのアスクレピオス神殿の伝説で、神が、ある女と蛇の姿で交わったと語られた(*RE* II 2, 1682)。

彼のほうは、ふたたび家まで走りながら[1]、誕生したばかりのアスクレピオスをいっしょに連れて行った。「他の人間は一度しか生まれないが、こちらは二度生まれた[2]」ということで、親はコロニスでもなく、カラスでもなくて、ガチョウだ[3]という触れ込みだった。民衆は、みな、神がかり状態になり、希望に駆られて狂ったようになりながら、こぞって従《つ》いていった。

一五　彼は、数日の間、家に留まりながら、あることを待ちもうけた。そしてそのとおりになった――噂を聞いて、すぐたくさんのパプラゴニア人が、馳せ集まって来たのである。そして町が人びとであふれ返るようになると――みな、脳みそも心臓も抜き取られていて、穀物を食する人間にはまったく似ていず、ただ外見だけは家畜と異なっているという有様だったが――彼は、小さな部屋の中で、とても見事な衣裳を身に着け、カウチに座りながら、あのペラ産のアスクレピオスを――すでに述べたようにとても大きく美しいのを――自分の懐に抱いた。その全身を自分の首に巻きつけさせ、長い蛇だったから、その尾は服の胸の部分を垂らさせて一部が床の上に引きずるようにさせていた。その頭だけは、何でも我慢する蛇なので、脇の下に隠し持ち、あの亜麻製の頭を、自分の顎《あご》鬚の片側から見せながら、言うまでもなく目の前に見えている蛇のものだという態《てい》にしていた。

一六　そこで、君に、充分な光を受け入れない、あまり明るいとは言えない部屋と、雑多な人間がそこに群がっている様子とを思い浮かべてほしい。彼らはすでに度肝を抜かれて頭が混乱していたし、数々の希望に舞い上がってもいたのだが、そういう彼らがその部屋に入ってゆくとき、以前は小さかった蛇が、わずかの日数のうちにそれほどの大蛇になって、しかも人間の形「の頭」をしており、人間になついてもいるという状況を見て驚異的と思ったのは、無理からぬことだったのだ。それに彼らは、次から次へ入って来る者たちに押し除《の》けられ、しっかり見る前に、さっさと出口のほうへ追い立てられるのだった。というのは、入口の反対側には他の戸が出口として穿《うが》ってあった。同様のことをマケドニア人も、バビュロンにおいて、アレクサンドロス［大王］の病臥《が》の折にした[4]という。そのとき彼はすでに重体になっており、彼を一目見て最後の言葉を掛けたいと願う人びとが、王宮を取り巻いて立っていたのだ。

この披露の仕方を、あの呪われた男は、一度ならず何回もしたという。とくに、金持ちで新たに見物に来た者がいたらそうしたという。

一七　この状況下では、親愛なるケルソスよ、真実を述べれば、あの愚鈍で無教養なパプラゴニア人やポントス人のことは寛恕してやらねばならない――アレクサンドロスが、それを望む者に許していたように、

（1）一三節「裸で……躍り出た」と二二七頁註（1）参照。

（2）かつてのアスクレピオスはアポロンとコロニス（テッサリア王プレギュアスの娘）との子として生まれ、ケイロンに教えられて医術に長じ、死人（ヒッポリュトス等）まで生き返らせるようになったので、ゼウスが雷電を投げて殺した（死後、天に登って蛇つかい座になったとも言う）。いま彼は「新アスクレピオス」（四三節）として、蛇グリュコンの姿で再出現したという。

（3）ここは著者の皮肉な文。コロニス（*Κορωνίς*）、カラス（*κορώνη*）、ガチョウ（*χήν*）という語呂合わせを含む。カラスのことは、アスクレピオスの母コロニスが、すでに妊娠していたのに浮気をした、そのことをカラスがアポロンに告げ口した、という神話との関連で挙げたらしい。

（4）前三二三年のこと。プルタルコス『アレクサンドロス』七六やアリアノス『アレクサンドロス東征記』第七巻第二十六章には、もう一つ戸口を穿ってという記述はない。

あの蛇に触《さわ》ったり、おぼろな光の中でその頭が口を開いたり閉じたりするのを眺めたりすることで、彼らが騙されてしまったとしても。この仕掛けを信じ込まず、本当はどうなのかと推理するためには、[冷徹な]デモクリトス(5)のような人間を、あるいはエピクロスその人(6)を、あるいはメトロドロス(7)を、あるいはその他の、鋼鉄のように堅固な精神をそういうことに向けられる人間を必要としたのだ。かりにそのやり口を見破ることはできなくても、少なくとも、いかさまの仕方がどういうものかは分からないが、とにかくすべては虚偽であり、起こりえないことであるということを、初めから確信している人間が必要だったのだ。

一八　さて、ビテュニア(8)も、ガラティア(9)も、トラケ[トラキア](10)も、少しずつ流れ込んで来た。言い広める者たちの一人一人が、もっともらしく、神の生まれるところを見た、すぐ後でとても大きくなり、人間の顔に似たのを持つようになったその神に触《さわ》りもした、と語ったのである。そしてそれの絵や、肖像や、青銅あるいは銀でかたどった彫像が作られるようになり、名前もこの神に付けられた。つまりグリュコン(11)と呼ばれるようになったのだが、これは韻文で言われた神的な命令によっていたのだ。アレクサンドロスがこのように宣言したのである。

　われはグリュコン、ゼウスから三代目の血を引く者(12)、人間にとっての光なり。

神託所の開設とその隆盛

一九　そして彼のもろもろの企てが目的にしていた時機が来ると、つまり、欲する者に託宣と予言を授け

（5）アブデラ（トラキア地方）出身の原子論哲学者（前五から四世紀）。デモクリトスの冷徹な知性について、たとえば、亡霊の類の存在を信じない彼が、市外の墓の中に閉じこもって昼夜執筆を続けた、若者たちが脅かそうとして幽霊を装い騒ぎ立てたが、彼に軽くあしらわれたという逸話参照（『嘘の愛好者たち』三二）。

（6）エピクロスはサモス出身の哲学者（前四から三世紀）。「その人」の語は、本書を捧げる相手ケルソスがエピクロス派なので、この派の偉大な「教祖その人」という意味合い。エピクロスは、自然学ではデモクリトスの原子論を継承。宗教や倫理学の面では、神々は人間の世界に介入しない、迷信に基づく恐怖心から離れるべきだ、自然の欲求に従いながら平安（アタラクシアー）な生き方を目指すべきだと説いた。

（7）ランプサコス（トロアス地方）出身、エピクロスの主要な弟子（前四から三世紀）。

（8）小アジア、パプラゴニアの南西の地域。

（9）小アジア半島の付け根近辺の地域。

（10）ギリシア本土北部の地域。

（11）γλυκύς「甘い、優しい」の語に拠る名。アスクレピオス（Ἀσκληπιός）の名も、その後半に、-ηπιός「優しい」の語要素を持つと解された。

（12）「三代目」は、ゼウス、アポロンそしてアスクレピオス（＝グリュコン）という系図を言う。

るべき頃合いになると、キリキアのアンピロコス(1)から［託宣の仕方の］手がかりを得た。この男も、父アンピアラオスがテバイで姿を隠して生を終えた後、祖国を追われてキリキアにやって来てから、自分自身が(2)キリキア人たちに未来のことを予言し、一回の託宣ごとに二オボロスを取る(3)ようになったことで、なかなか繁栄するようになっていたのだ。この男からアレクサンドロスは、いま述べたように手がかりを得て、訪れて来る者たちすべてに、神が託宣を与えるであろうと告げ、ある特定の日をその時と言い渡した(4)。そして、一人一人が、自分の尋ねたいこと、また何をとくに知りたいと思っているかということを書(5)に記してからそれを縫い合わせ、蠟か粘土か、それに類するもので封印しておくよう命じた。それからその書を彼自ら携えて内陣に下って行き(6)——神殿はすでに建立《こんりゅう》され、「舞台」は整えられていた——、書を差し出した者を、呼び役と神官(7)とを通じて、順番に呼び出す、神から一つ一つのことを彼［アレクサンドロス］が聞いて、書のほうは封をしたままの状態で返却し、回答のほうは、神が各人の質問に一語一語答えるので、それをそこに書き添えておく(8)ということだった。

二〇　こういう企《たく》らみは、君のような［教養ある］男には、そしてこう述べるのが浅ましいことでないとし

（1）ギリシア本土アルゴスの人。次出のアンピアラオス（占い師、将軍）の子、アルクマイオンの弟。父は、テバイ攻めの戦闘で、ゼウスの雷電によって割られた地面の中に飲み込まれたが、死後はオロポス（アッティカとボイオティアの国境に位置）で夢占いを介した託宣を与える身となった。アンピロコスは、兄たちとともに二回目のテバイ攻めを行なった後、トロイア遠征に参加し、戦後はギリシアに帰らずに（ルキアノスの言う「祖国を追われて」は、このことに関連するか）、

小アジアの地でいくつかの都市と託宣所を創設した。とくにキリキア（小アジア南部）のマロス市の託宣所が有名で、デルポイを凌ぐほどの名声を得た（パウサニアス『ギリシア案内記』第一巻第三十四章二「私の時代で最も偽りを犯さない託宣所」、ルキアノス『嘘の愛好者たち』三八で同様のことが言われる。なおこの地は占い師モプソスとの共同建設）。マロス建設後、いったんアルゴスに戻ったが、そこに満足できずに帰ってきた（ストラボン『地誌』第十四巻六七六、ルキアノスの句「祖国を追われて」はこちらに関係するかもしれない）。マロスはアスクレピオス信仰にも関係するらしい（アエリウス・アリステイデスはトロポニオス、アンピアラオス、アンピロコスおよびアスクレピオス神官団を並べている（ed. Dindorf, I, p. 78)）。また、マロスでの託宣法でアレクサンドロスが参考にした点として、文書による伺いを提出させたということも含まれる。また、マロスでも夢占いが行なわれたが、通例のように、伺いを立てる人間に現われる夢を基にする（それを神官が解説する）のに対して、アレクサンドロスの創始した方法は、預言者の彼が見る夢による。

（2）父と同様に（前註参照）。

（3）アポロンはしばしば一オボロスの価で託宣を与えるとリバニオスは言っている（『仮想演説集（*Declamationes*）』三四－四九）。アンピロコスは、デルポイでの価の倍にしたということとか。ただし、一オボロスは一二青銅硬貨（*χαλκοί*）に相当、六オボロスで一ドラクマ。一青銅硬貨を一円になぞらえると、一オボロスは十円くらいで、それ自体はそれほど高額ではない（リバニオスの引用文も、そういう安価で、という意味合い）。アレクサンドロスは、託宣の対価をもっとずっと値上げした（一ドラクマと二オボロス）。

（4）託宣が与えられる日を、一定の日に限ったということか（Victor）。たとえば、デルポイでのピュティアによる託宣は古くは年一回（アポロンの誕生日というビュシオス月第七日）、のちには毎月一回だったらしい（プルタルコス『モラリア』二九二E―F、冬季はアポロンの不在のため休業）。ただし籤による占いはそれほどの制限はなかったろう。

（5）巻き物。

（6）「内陣（*ἄδυτον*）」は、（本来は）神殿本体（中央）部の一部に設けられた最も神聖な場所で、主だった神官しか入れない。地下の（掘り下げられた）ところにあることがあり（パウサニアス『ギリシア案内記』第二巻第二章一、等）、ここもそうらしい。

（7）「呼び役」は *κῆρυξ*、「神官」は *θεολόγος*. 後者は、神のみわざを語り、讃える者、「神の語り部」。韻文で語る *ὑμνῳδός* と区別されることもある。

（8）巻き物の封印の「下（そば）」に書きつける。

たら僕のような男には、容易に看破しうる見え透いたものなのだが、鼻水を垂らした(1)無知な人びとにとっては驚異的であり、まったく信じがたいことであると言ってよいのだ。

つまり彼は、封印の解き方をさまざまに考え出し、個々の質問を［こっそり］読んだ上で、それにふさわしいと思われる答えをし、それからふたたび書を丸めて［同一の］封印をしてから返却したのだ。これは、それを受け取る人たちには大変な驚異であり、このようなことを彼らに頼りと言わせることになった。

いったいこの男は、真似しにくい押印を私がして、とてもしっかり封印してから渡した書の内容をどうして知ったのだろう——本当に全知の神がそこにいなかったら？

二一　では彼は、［盗み読みする］どういう手を考え出したのかと君は尋ねることだろう。それでは、その点を聞かせることにしよう。君が、そういう遣り口を暴くことができるようにするためにね。

第一の方法は、親愛なるケルソスよ、あのよくある手だった。つまり、一本の針を火で温《あたた》め、封印の下の部分の蠟を溶かしてそれを剝がし、［中を］読んだ上で、ふたたびその針で蠟を——［書巻を締める］亜麻糸の下の部分にあるものと、封印そのものが捺《お》されているところとを——温めてから、容易に接着したのだ。

別のやり方は、いわゆるコリュリオン(2)を用いたものである。これの成分は、ブルッティウム産(3)のピッチと、アスファルトと、透明な石(4)を磨《す》りつぶしたのと、蠟と、マスチック樹脂(5)で、これらすべてを錬り合わせてコリュリオンを作り、それを火で温めて、あらかじめ封印の部分に唾を塗っておいたのへそれを当てがう。そして印の型を取ると、そちらはすぐに乾くので、封印のほうをあっさりと解き、［中を］読んでから、［新たに］蠟を塗って、その上に、まるで石の［正規の］印章でそうするように型を捺《お》すことで、元の封印の型にとてもよく似たものにした、というわけだ。

それらとは別の第三のやり方を聞かせよう。石膏と、書巻を接着するために用いられるにかわとを混ぜ合わせ、それで蠟を作り上げると、それがまだ湿っているうちに封印の上に当て、それから取り除く。すぐに乾いて、角《つの》よりも、いや鉄よりもカチカチになるので、それを用いて型を捺したのだ。

他にも、この目的のために数々の方法が考案されたが、全部を述べる必要はない。趣味が悪いと思われてはいけないからね。とくに君のほうで、魔術師たちを駁《ばく》するために君が著わしたあの美しい、有益な、読者を思慮深くさせる力を持つ書の中で、以上の例よりもっとたくさんの引用を縷々《るる》しているのだから。(6)

二二　話を戻すと、彼は託宣を与え予言を行なうようになったが、その際に、思いつきに推量を組み合わせながら、ある人びとの質問にはあいまいな、どちらともとれる答えをし、またある人びとにはきわめて不

(1) 直訳、「鼻孔を鼻水で充たした者たち」。

(2) κολλύριον. 医学で用いるものとしては軟膏の一種らしいが、ここでは印章の型を取るための柔らかい、しかしすぐに固くなる塊。

(3) ギリシア語で Βρέττιοι, 南イタリアの町。ここのピッチ(コールタール等を蒸留した残留物)は有名で、Βρεττία という形容詞だけで「黒いピッチ」を表わす。

(4) 水晶、または結晶化した石膏、または滑石(タルク)。

(5) μαστίχη. 英語 mastic. マスチック樹は地中海産常緑樹で、芳香のある葉と果実を有し、その樹皮から浸み出る樹脂を芳香用などにする(ピスタチオに近い種類という)。

(6) ケルソスのこの書は今日では知られない。ヒッポリュトスという後三世紀のキリスト教徒が、魔術師を駁するというくだりで、封印を破るためのいろいろな手口についてやはり記述を残している(『すべての異端説への反駁』四-三四)。ケルソスの書を参考にしているという説がある。

明瞭な返答を与えた。こういうのが託宣にはふさわしいと考えていたからだ。また、推量してそちらがよいと思われるのに従いながら、思いとどまらせたり、奨励したりした。また別の場合には、治療法や食事療法を言い渡したが、これは、初めに僕が述べたように、効力のある薬を彼がたくさん知っていたからである。とくに彼のお気に入りだったのは「キュトミデス」という、健康回復のための塗り薬で、名前は彼のこしらえたものだが、熊の脂から製造した薬[1]だった。しかし、人びとの願い事や昇進や地所の相続については、［確答を］一日一日先延ばしにし、［ただ］こう付け加えた。

　すべては成るであろう、われがそのように欲するときには、そしてわが預言者アレクサンドロスがそれを
　求め、お前たちのために祈願するときには。

二三　料金は、託宣ごとに、一ドラクマと二オボロス課[2]せられた。少ない額だと思わないように、友よ。またこの金蔓《かねづる》は微々たるものでもなかった。いや、欲に捉われている人びとがめいめい一〇件や一五件の伺いを立てるので、彼の収入は毎年七か八万［のドラクマ］に達したのだ。といっても、それを彼が一人占めして使ったとか、自分の富として貯え込んだとかしたわけではない。すでに彼は、自分の周りに、たくさんの協力者や、助手や、情報収集係りや、神託制作役や、神託保管役や、書記や、封印担当者や、託宣解釈者を従えていて、みなに、それぞれの働きに応じた報酬を払っていたのである。

二四　いまや彼は、他の地方へも人びとを送り込み、この神託所に関する噂を諸国に広めさせようとした。このように言わせたのだ——それは予言を行ない、逃亡奴隷を見つけ出し、盗人や盗賊の正体を明かし、宝物を掘り出す手がかりを［これまですでに］与えた、また病人を癒し、すでに死んでいた者をいく人か蘇《よみがえ》ら

せることまでした、と。[3]

それで各地から人びとが馳せ集まり、押し合いへし合いするようになり、供犠や奉納物を供えるようになったのだが、それも、神の預言者にして弟子という者［アレクサンドロス］にも、ということで、二倍に行なうのだった。こういう託宣も出されていたのだ。

わが奉仕者たる預言者を敬うようわれは命ずる。
かくべつ財宝のことにわが心はあるのではない、むしろこの預言者のことを思うのである。

二五　しかし、やっと多くの分別ある人びとが、あたかも深い酔いからさめたように団結して彼に立ち向かうようになり――とくにエピクロスの徒がそうだった――、あちこちの町で、彼のペテンや、芝居がかったからくりがだんだん見破られてくると、彼は、そういう人びとに対する虚仮《こけ》脅し的なお触れを出した。ポ

(1)「キュトミス」の語源は不明。俗に熊の脂は、薄毛、疥癬、しもやけ、腺の腫れ、痛風などに効くとされた。

(2) 言い換えると八オボロス。日雇い労働者の賃金はルキアノスの当時四オボロス(一日)だったという(『人間嫌いのティモン』六、等)。サンダルの値が七オボロスとも言われている(『夢または鶏』二二)。

(3)(前世の)アスクレピオスは、ヒッポリュトスら死人を蘇らせたと言われる。ピロストラトス『テュアナのアポロニオス伝』第四巻第四十五章「死んでいると思われた娘を、その眠りから覚ました」参照。

ントス地方は無神論者やキリスト教徒たちでいっぱいになっている、(1)そして彼に対して悪罵の限りを尽くそうとしていると述べて、もしこの神の恩寵を保ちたいなら、石を投げて彼らを追い出せと命じた。

エピクロスについては次のような託宣も発した。誰かが、エピクロスは冥界でどうしているのかと尋ねたとき、こう答えたのだ。


彼は、鉛の足枷をはめられて、汚泥《おでい》の中に座っている。


だから、この神託所が大きくなったことを君が不審に思うことはないだろう――訪れてくる者たちの質問が理知的で、教養に充ちていることを目にすればね。(2)

総じて、彼のエピクロスに対する戦いには、休戦もなく和平交渉もなかった。きわめて当然のことだ。法螺吹きで、真実にはまったく敵対的なペテン師の男が戦いを挑む相手として、物事の本質を見通しながらその真実を唯一認識しているエピクロスほどにふさわしい人物が他にいただろうか？　というのも、プラトンやクリュシッポスや(3)ピュタゴラスの徒は彼と親しくしていて、深い平和の関係にあったのだが、他方で、強《ごう》情《じょう》なエピクロス――そう彼に呼ばれていた――は、彼のそういうやり口をすべて笑い草と見なし、悪ふざけとして扱っていたので、(4)当然ながら、とても彼に憎まれていたのだ。

そこから、ポントスの町の中でとくにアマストリスに(5)彼の憎悪が向けられることにもなった。というのは、レピドス(6)の弟子たちや、それに類した人びとがたくさんそこにいることを知っていたからである。また、アマストリスの人間には、誰に対しても、託宣を与えようとしなかった。ある元老院議員(7)の兄弟にあえて託宣する行為に出たときには、自分でそれを巧みに拵えることもできず、また彼の代わりに折りよくそれを作ってくれそうな者も見つからなかったので、滑稽な結果になってしまった。つまり、その男が胃の痛みを訴えたので、彼は、豚の足をゼニアオイといっしょに調理して食べるよう指示するつもりでこう言ったのだ。

（1）「無神論者（たち）」はここではエピクロス派のこと。ポントス地方におけるキリスト教徒については『新約聖書』（『使徒行伝』第二章九、等）にも言及がある。小プリニウス『書簡』一〇-九六参照。

（2）皮肉。

（3）ストア派哲学者（前三世紀）。ゼノン、クレアンテスに次ぐ三代目の学頭。

（4）エピクロスの占いに対する態度について、予言の術を否定する「断片」B三（Bailey）参照。

（5）黒海南岸の都市（現 Amastra）、アボヌテイコスの西方にある。ポントスの首都で、良港があり、小プリニウスによってその町の街路等の美しさが誉められている（『書簡』一〇-九八）。後代にいたるまで栄え、「パプラゴニアの目」と呼ばれたという。ここの記述によると、当時エピクロス派が多くいたらしい。

（6）アマストリスの碑文で、「民会（デーモス）は、ティベリオス・クラウディオス・レピドス、レピドスの子、ポントスの主神官、……の議長……［以下不明］……（を顕彰する）」というものが残っている（*Corpus Inscriptionum Graecarum* 4149）。エピクロス派の名士だったらしい。碑文の「主神官」は、ローマ皇帝崇拝を管掌する役目の者で、こういう務めはエピクロス派の信条に反しなかった。

（7）アマストリスの元老院であろう。

ゼニアオイを、豚の聖なる鍋の中でクミンと煮よ。(1)

二六　さて、先に述べたように、彼はあの蛇を、望む者たちにひんぱんに見せた——その全体をではなく、たいていはその尾だけを、［ときには］他の部分も示したが、その頭は懐に隠して見えないようにしていた——。しかし大衆をもっと驚かせてやろうと思った彼は、神が、自分だけで、解釈者なしに託宣して話す、という状態も見せることを約束した。それから、数羽の鶴の気管を手ぎわよく繋ぎ合わせ、実物［の人間］そっくりに作った例の頭にそれを通し、誰か他の人間が［部屋の］外からそこへ声を送り込むという形で、質問の数々に答えた。その声は、例の亜麻製のアスクレピオスから出てくるというわけだった。(2)

この託宣は、「じきじきのお告げ(3)」と呼ばれたが、誰にでも見境いなしに与えられたのではなく、それを許されたのは、高官や金持ちやお布施の多い者たちだった。

二七　たとえば、アルメニアへの進攻についてセウェリアヌス(4)に与えられたのも、「じきじきのお告げ」の一つだった。侵入するよう促しながら、こう述べていた。

なんじは、パルティア人とアルメニア人を、敏速な槍のもとに平らげてから、
ローマと、テュブリスの輝かしい河水のもとに還るであろう、
額には、太陽光線の交わった冠を戴いて。(5)

それから、あの愚かなケルト人が、これを信じて進攻し、オスロエス(6)によって軍隊もろとも殲滅されるという結果に終わると、彼［アレクサンドロス］は、この託宣を記録から取り除いて、その代わりに別のものを入

（1）ゼニアオイは本文では *μαλάχη* という一般的な語で、しかしこの託宣の中では *μάλβαξ* と言われている。後者の用例はここしかない。「クミンと煮よ」とした動詞 *κυμίνευε* は *κύμινον*「クミン（英語 cumin, セリ科の薬草）」の派生語で、やはり他に用例はない。豚足を入れた「鍋」の原語 *σίπυδνος* も単出語である。託宣のどういう点が「滑稽」なのか不明だが、そういう用語を含めた表現法か、それともその調合の内容が、アマストリスのエピクロス派たちから笑われたということか。しかし、ゼニアオイを食することそのものは、（アレクサンドロスに教説的に近い）新プラトン派ポルピュリオスにも言及がある（『ピュタゴラス伝』三四）。ゼニアオイはピュタゴラス派にとって聖なる植物ともされた（アイリアノス『雑録』四-一七）。そして治癒効果も持つとされた（プリニウス『博物誌』第二十巻二二二以下、等）。通じ薬的な働きを持つともされた（M. L. West, *Hesiod, Works and Days*, Oxford 1978, ad 41）。アレクサンドロスとしては、こういう点は真面目に言ったつもりだろう。なお、『本当の話』（一-一六、二-二八）で、ゼニオアイの毒に言及されるが、他方で、ホメロス『オデュッセイア』第十歌三〇五行でのモーリュ（キルケの麻薬の力を打ち消す薬草）に相当する厄除け的な（毒消し的な）機能もそれに帰される。

（2）キリスト教徒ヒッポリュトスが、鶴や、コウノトリや、白鳥の気管を繋いだパイプを同じように利用する手口について記述している（『すべての異端説への反駁』四-二八）。近代における同様のペテンについて、ロウブ版二一一頁の註で紹介されている。

（3）*χρησμοὶ αὐτόφωνοι*. 比較として、たとえばデルポイでは、巫女が神がかりの状態でアポロンのお告げを口走る、それを付き添いの預言者（*προφήτης*）たち――本篇のすぐ前での解釈者（*ὑποφήτης*）参照――が、韻文または散文の文章に書きとめて人に伝えるというプロセスになり、神は人間から三段階離れている。

（4）M. Sedatius Severianus, ケルト人。パルティア戦争（一六一から一六五年）のときカッパドキアの総督で、一六一年、エウプラテス（ユーフラテス）河畔エレゲイアの戦いで戦死した。なおパルティア戦争では、マルクス・アウレリウス帝の共治帝ルキウス・ウェルス帝に従うローマ軍が、アルメニアを巡ってパルティア軍と戦い、パルティアの首都クテシポンを落とした。

（5）「テュブリス」はティベル河のギリシア語形。「太陽光線の交わった冠」は、神格化された皇帝にふさわしいもので（スエトニウス『アウグストゥス』九四参照）、誇大な約束である。

（6）パルティア将軍。

れた。

　なんじ、アルメニアに軍を進めるなかれ、それはよからぬことであろうから。
　女のキトーン[1]を着た男が、その弓から悲しむべき
　運命を射かけ、生命と光をなんじより奪うということにならないように。

二八　じっさい彼は、こういう賢い方法も思いついたのだ、つまり、まずい予言をして当てそこねた託宣をつくろうため、後から出す託宣を作っておくということである。しばしば病人に、死ぬ前に、健康を予告したが、死んでしまうと、歌い直しのための別の託宣が準備されていた。

　もはや、苦しい病いの救いを求めるなかれ。
　定めは目前に控えている、それを逃れる術はなんじにはない。

二九　また、クラロス[2]やディデュモイ[3]やマロス[4]の神官たちも、これと同様の占いで名声を博していることを知っていたので、彼らを友とした。訪れる者たちの多くを、次のような言葉で、それらの場所に送り込んだのだ。

　いまはクラロスに行け、わが父[5]の言葉を聞くために。

また、

　ブランキダイ[6]の内陣に近づき、その託宣を聞け。

あるいはまた、

マロスへ、アンピロコスの神言を伺うために行け。

三〇　こういうことは、イオニア、キリキア、パプラゴニア、ガラティアまでの地域での状況である。一方、この神託所の名声がイタリアにまで達し、ローマ市の中にまで広まってくると、先を争ってそれを求めない者はいなかった。ある者は自分で赴き、ある者は人を派遣した。とくに、市内でいちばん権勢を誇り、最大の栄位を持つ者たちが熱心だった。その中でも先頭に立ち、主導した人物がルティリアヌス(7)である。他の点では立派なまともな男で、ローマの多くの役職を勤め上げた経歴を持っていたが、神々に関することになるとまったく病的であり、尋常でない信仰の仕方をしていた。塗油されたり冠を載せられたりしている石を見かけただけで、すぐに跪いて接吻し、長いことその傍らに立って祈りかけながら、幸を求めるという男だった(8)。

それで彼は、この神託所のことを聞き知ると、自分が任されている役職をなげうってアボヌテイコスまで

（1）θηλυχίτων をこう直訳したが、ἀναξυρίδες と呼ばれるオリエント式の、下はズボンで、袖も手首まで覆う密着型の衣服を言うらしい。ギリシア・ローマ人は、それを、軟弱さを表わす衣服と見なした。ゆったりしたギリシアのキトーン（チュニック）とは異なる。

（2）小アジア・コロポン近くのアポロンの託宣所。

（3）ディデュマ、小アジア・ミレトス南方のアポロン託宣所。

（4）小アジア南部、アンピロコスの託宣所。一九節参照。

（5）アポロン。

（6）ディデュモイを管掌する神官一族。ここではその託宣所のこと。

（7）二一七頁註（6）参照。この頃どういう役職だったかは不明。

（8）テオプラストス『人さまざま』中の「迷信家」を想わせる。

飛んでいかんばかりになった。しかし、とにかく人を次から次へと送り込んだが、派遣された者は、無知な下僕たちだったので、簡単に騙されて帰ってきた。［じっさいに］見たことを話したり、見たり聞いたりしたと彼らの唱えることを語ったりしながら、余分なこともそれに付け足しては、自分がそれだけ主人に重んじられるようにしようとした。そうして哀れな老人を焚《た》きつけ、強度の狂気に陥《おとしい》れてしまったのだ。

三一　彼は、最も勢力のある者たちをたくさん友人に持っていたので、市内じゅうを巡りながら、派遣した者たちから聞いたことを、また場合によっては自分から付け加えたことを、語り聞かせた。それで都を［同じ狂気で］充たしてしまい、震感させ、宮廷の大部分の者たちを騒然とさせた。そして彼らも、自分に関係することを何か聞こうと押し寄せるようになった。

彼［アレクサンドロス］のほうは、やって来る者たちをとても親切に迎え入れ、よくもてなし、高額な贈物をして、自分に好意を持つようにさせてから送り返した。彼らが、質問の結果を報告するのみならず、また、この神のことを——彼らもこの託宣所に関する驚異談的な嘘を加えながら——讃美するようにさせるためだった。

三二　この三倍に呪われた男は、さらにまた、ありきたりの賊徒では思いつきそうにない巧妙な策を仕組んだ。つまり、送られてきた書状を開いて読んだとき、質問の中に何か危険な、大胆な企てが含まれているのが認められると、それを自分の手元に留めておいて返さなかったのだ。それは、送り主たちを、恐怖感を通じて、自分の従属者に、ほとんど奴隷に、しておくためだったのだ。自分がどういう質問をしたか、彼らは憶い出すことになるからね。裕福な権力者たちがどのようなことを尋ねそうか(1)、君には理解できるだろう。

それで、自分が網の中に取り込められていることを知ったそういう人びとから、彼は、ふんだんに金品をせしめたのだ。

三三　また、ルティリアヌスに与えられた託宣のいくつかも、君に話したいと思う。前の妻から得た子供に教育を授けるべき時期が来たとき、どういう教師をその勉学のために選ぶべきかと彼が尋ねると、このような答えが与えられた。

ピュタゴラスを、また、戦のよき使者たるかの歌人(2)を。

しかし、それから数日後にその子が死んでしまったので彼は困りはて、その託宣の誤りがかくも明らかにされているので、批判者たちに対して何も言い訳できなかった。だがすぐに、お人好しのルティリアヌスが、自ら、神託を弁護する役を買って出た――まさにこのことを神は予示したのであり、これを通じて神は、生きている教師は彼［子供］に選ぶべきでないこと、むしろずっと以前に死んでいるピュタゴラスとホメロスを選ぶべきことを命じたのだ、子供はいまはきっと、ハデスにおいて、彼らの教えを学んでいることだろう、と。だから、こういうつまらない人間たちを相手に暇つぶしをしてやろうとアレクサンドロスが思ったからといって、彼を非難するいわれはないのだ。

（1）帝位継承者は誰か、という類いの質問を言うらしい。そういう行為が罪に問われえたという事例が、アンミアヌス第二十九巻六以下等に見える。

（2）ホメロスのこと。「使者」とした διάκτορος の意味は明確ではない。ここでは、戦争に関するよき語り手、という意味で言われているとしておく。

三四　また、彼［ルティリアヌス］が、誰の魂を自分は受け継いだのかと尋ねるので、こう答えた。

初めになんじはペレウスの子となった。(1) その後にはメナンドロス、(2)
それからいまそのように現われている身となり、この後にはなんじは太陽の光線となるだろう。(3)
そして、一〇〇に加うるに八〇の年数を生きることであろう。

しかし彼は、憂鬱症のため、神が約束した時を待たずに七〇歳で死んだ。これも、「じきじきのお告げ」の一つだった。

三五　あるときは、結婚のことで尋ねた彼に、はっきり答えた。

アレクサンドロスとセレネとの間の子をめとるがよい。

彼［アレクサンドロス］は、以前から、自分の娘がセレネとの間に生まれた子だと言い触らしていた。つまり、あるとき、彼が眠っているところを見たセレネが、彼への愛に捉われたのだ、と。眠る美男子を愛するというのは、彼女の慣《なら》わし(4)だからね。

するると、とても賢いルティリアヌスは、一刻も猶予せずに使者を娘の家まで送り、六〇歳の花婿として結婚式を挙げ、彼女を妻にした。そして、しゅうとめとしてセレネに、完全な百牛犠牲を捧げ、その心を喜ばせた。自分も天上の存在の一人になったと信じていた。

三六　いったんイタリアの国を掌中に収めると、つねにより大きな企てを考案していった。そして、ローマ帝国のあらゆる方面に託宣伝達者を送り込み、諸都市に、悪疫や火災や地震を用心するよう警告した。そして、そういうことが何も起きないよう、自らが信頼できる救援者になることを、人びとに約束した。例の悪疫(5)のさいには、一つの託宣を――これも「じきじきのお告げ」のものだった――あらゆる国々に送った。それはこういう一行のものだ。

髪を刈らざるポイボスが、悪疫の雲を遠ざけておくであろう。

そしてこの詩句が、悪疫を防御するまじないとして、いたるところの門口の上に書かれているのが目にされた。ところが、大部分の人間にとってはそれと反対の結果が出来《しゅったい》することになった。というのは、何らかの巡り合わせで、この詩句を書いて掲げていた家々こそが、その住人をいちばん失うことになったのだ。その詩句によって彼らは滅びたのだと僕が言っているとは思わないでほしい。いや、それは何らかの巡り合わせでそうなったのだ。しかし、たぶんまた、おおかたの人間は、この詩句に信頼して注意を怠り、だらしない生活をするようになって、病いの防御のために託宣と協力することをしなかったのだろう。彼らを守るために戦ってくれるそういう文句と、弓で悪疫を追い払ってくれる「髪刈らざるポイボス」とが自分たちにはいると考えていたのだ。

---

(1)アキレウス。
(2)前四世紀の有名な喜劇作家のことか。
(3)(新)ピュタゴラス派的教説で、魂は太陽から発し、諸転生の後そこへ還る、と説かれたことに基づく(Victor)。
(4)月の女神セレネのエンデュミオン(エリス王)への愛のこと。後者が、ラトモス(小アジア・カリア地方)の洞窟で眠ったとき、セレネが添い寝した。青年は、その洞窟で永遠に眠り続けているという。三九節参照。
(5)パルティア戦争出征軍が持ち帰ったペスト。一六五から一六八年頃まで、ローマを含む帝国一帯を襲った。

三七　彼は、ローマ市そのものの中に、共謀者の中から、たくさんの偵察者も置いていた。彼らは、市民一人一人の考えを彼に報知し、質問の内容、とくに何を人びとが欲しているかという点を前もって彼に教えたので、［託宣所に］派遣された者たちは、自分たちの到着以前から答えが準備されていたということを発見することになった。

三八　イタリア内に関しては、そのようであった。他方、地元ではこういう手も打った。すなわち、秘儀と、松明《たいまつ》担ぎの式と聖物示現（ヒエロパンティアイ）(1)の儀礼とを創設し、連続する三日間を毎度それに当てることにしたのだ。

そして最初の日には、アテナイにおけると同様、次のような布告が行なわれた(2)。

もし無神論者が、あるいはキリスト教徒が、あるいはエピクロス派の者が、この密儀を偵察しようとやって来ているなら、逃げるがよい。しかし、この神を信じる者たちは、吉運とともに、秘儀を果たせ。

そして早々に追い出しの儀式が始められ、彼が、

キリスト教徒たちを外へ！

と言って音頭を取ると、信者たちが全員で、

エピクロス派の者たちを外へ！

と唱和した。

次いで、レト(3)の出産とアポロンの誕生、彼のコロニス(4)との結婚が［式で］行なわれ、アスクレピオスが生まれた。また二日目にはグリュコンの顕現と神の生誕となり、三九　三日目には、ポダレイリオスとアレク

サンドロスの母との結婚が行なわれた。これは松明《たいまつ》の日と呼ばれ、松明の数々が燃やされた。そして最後にセレネとアレクサンドロスの情事があり、ルティリアヌスの妻［になるべき娘］の誕生となった。松明を担ぎ、聖事示現の務めをなしたのは、エンデュミオンことアレクサンドロスである(5)。

彼は、眠りながら、真ん中に横たわっていた。すると彼の方へ、あたかも空から降りてくるように、天井から、ルティリアなるとても美しい女が、セレネに扮して下ってくる。これは、皇帝のある執事の妻だったが、アレクサンドロスのことを本当に愛しており、彼からも愛し返されていた。そして惨めなその夫の目の前で、接吻が交わされ、抱擁が行なわれた。もし松明がたくさんでなかったら、きっと下半身のこともなされたに相違ない。

少し経《た》ってから彼は、聖事示現者の衣裳を身に着け、一座の深い沈黙の中を、ふたたび入ってきた。そし

---

(1) エレウシス秘儀にならった制度。少なくとも用語はそうである。その秘儀では、松明を担いだりする役のダードゥーコスと称する第二位の神官、および本殿で聖物（詳細は不明）を入信志願者に示すなどの主要祭事を果たしたヒエロパンテースと称する主神官が世襲で務めていた。

(2) 布告（πρόῤῥησις）は、エレウシス秘儀における序章的儀式。入信志願者の行列がエレウシスへ向かう前に、アテナイの広場で、非ギリシア人や殺人者は立ち去るよう神官（ヒエロパンテース、ダードゥーコス）が告げた（イソクラテス『民族祭典演説』一五七、アリストパネス『蛙』三五四行以下、等参照）。

(3) アポロンとアルテミスの母神。

(4) ラピテス族の王プレギュアスの娘。

(5) ここは秘儀宗教的に、エンデュミオンは、浄い魂として、月＝「至福者の島」に受け入れられる、という思想を表わす儀式か（Victor）。

て彼が自ら大きな声で、

　イエー、グリュコン！

と叫ぶと、彼について来ているパプラゴニア人で、言うまでもなくエウモルピダイ[1]とかケリュケス[2]とかと称する者たちが――粗末な革靴[3]を足に履き、ニンニク汁[4]のゲップをいっぱい吐き出す男たちが――、それに続けて、

　イエー、アレクサンドロス

と言うのだった。

四〇　また、松明担ぎや秘儀的な跳躍のさなかに、しばしば彼の腿《もも》が露わにされ、黄金であることが見せつけられた。おそらく金粉を上に塗った革《かわ》がそこに巻きつけてあったのが、灯明の光で輝くのであった。それで、あるとき、二人の愚かな賢者の間で、黄金の腿に鑑《かんが》みると、彼はピュタゴラスの魂を有しているのだろうか[5]、それともそれに似た魂をだろうかという論争が起き、その点についてアレクサンドロス本人にお伺いを立てるということになった。すると王グリュコンが、この問題を託宣によって解いたのである[6]。

　ピュタゴラスの魂は、あるときは衰弱し、あるときは強大になる。

　彼の予言は、神の心の一端である。

　そして父は彼を、よき人びとの援助者として送り込んだ。

　そして彼はふたたびゼウスのもとへ、ゼウスの雷電に打たれて、赴くであろう。

四一　また、少年との交わりは不敬であるという理由で、それを控えるようすべての人間に達しを出しておいて、自分にはこの高貴な男は、次のような策を講じた。すなわち、ポントスとパプラゴニアの諸都市に使者を遣わし、三年にわたって神に仕えながら彼のそばで神を讃美する役をする者を送って寄越すよう命じたが、それは検査を受けて選り抜かれた、花盛りの、美しさで際立った貴族の者でなければならなかった。そして彼らを部屋に閉じ込めると、まるで購入した奴隷のように扱い、彼らといっしょに寝たり、あらゆる陵辱《りょうじょく》の行為を加えたりしたのだ。また、新たに一つの決まりを作った。一八歳以上の者を、唇を使って迎

(1)(本来は)エレウシス秘儀の創始者エウモルポス(トラキア出身)の子孫。エレウシスで聖物示現者(ヒエロパンテース)の役を務めた一族。
(2)エウモルポスの子ケリュクスの子孫。エレウシスで神官職を務めた一族。
(3)*καρβατίναι.* なめしていない革の靴。
(4)*σκοροδάλμη.* ニンニク入り塩水スープ。とくに黒海の住民に好かれたスープかもしれない(ディピロス断片一七参照)。ニンニクは一般に田舎者に好まれた。
(5)ピュタゴラスは黄金の腿を持っていると言われた(ディオゲネス・ラエルティオス『ギリシア哲学者列伝』第八巻一一、プルタルコス『ヌマ』六五、等)。また魂の輪廻説の提唱者として有名で、自分の輪廻の経歴についても自ら語った。そういう点からアレクサンドロスをピュタゴラスの再来かと考えた。
(6)「解いた」は、あいまいで思わせぶりな言辞への皮肉。
(7)同性愛をプラトンは、自然に反するとして、『法律』第一巻六三六Cおよび第八巻八三五Bから八四二Aで批判し、禁止しようとしている(ただし、『饗宴』等では少年愛を称揚する)。ムソニウスのような一部のストア派も批判したが、そのように同性愛を原理的に批判するのは、古代では少数意見だった。アテナイでは、同性愛を金のために(男娼として)行なうことのみが非難された。

えることはせず、接吻して抱擁することもしないことにし、ただ花盛りの少年たちだけに口づけして、他の者には自分の手を差し出し、それにキスさせるようにしたというわけだ。少年たちは、「接吻の圏内にいる者」と称された。

四二　そのように彼は、最後まで、愚かな者たちを好きなようにあしらいながら、したい放題のやり方で女たちを堕落させ、少年たちと交わり続けた。そして彼が誰かの妻に視線を向けることがあれば、それは誰にとっても素晴らしいことであり、願ってもないことなのだった。そのうえに接吻までしてくれようものなら、自分の家に幸運がどっと流れ込んでくるにちがいないと誰もが考えた。さらに、多くの女が、彼の子を生んだとまで自慢して言い、夫たちもそれが本当のことだと証言するのだった。

四三　君に、グリュコンと、サケルドスというティオス人[1]との間の対話についても話しておこう。彼のした質問から、どういう知性の持ち主か理解できることだろう。その対話を、僕は、ティオスにあるサケルドスの家で読んだのだが、それは黄金の文字[2]で書かれてあった。

「言ってください」と彼は尋ねた、「わが主グリュコンよ、あなたは誰ですか？」

「私は」と答えた、「新たなアスクレピオスである」。

「あの、以前の方とは別の、他の方ですか？　そのお言葉の意味は？」

「そのことをお前が聞くことは許されていない」。

「では、われわれのもとに、託宣をしながら、何年留まるおつもりですか」。

「一千年に加うるに三年間」。

「ではその後はどこへ移られるのでしょう?」

「バクトラとそのあたりの地方へ。(3)蛮族の者も、私が滞在することで利せられるようにすべきであるから」。

「では他の、ディデュモイと、クラロスと、デルポイにおける託宣所は、父のアポロンを託宣者にしているのでしょうか、それとも、いまそれらの地で出される託宣は偽物なのですか?」

「その点も知ろうと思わないように。許されてはいないから」。

「では、私は、いまの生の後に、何者になるのでしょうか」。

「ラクダに、(4)それから馬に、それからアレクサンドロスに劣らぬ預言者たる賢人に」。

そのような対話をグリュコンはサケルドスと行なった。最後に韻文の託宣を述べたが、それは彼がレピドスの知人であることを知っていたからである。

レピドスには従うなかれ。辛い運命がつきまとっているから。

(1) 黒海南岸の港町。

(2) 碑文の部分に金粉を塗り込んだもの。

(3) 中央アジアの地方。ほぼ今日のアフガニスタン北部に相当する。(アレクサンドロス大王東征で拡張した)ギリシア世界の東の辺境の一部。「蛮族」とあるように、非ギリシア的要素ももちろん大きい。

(4) 正しい人間は、おとなしい動物に生まれ変わることもあるというプラトン『国家』六二〇D参照(Victor)。

というのは、先に述べたように、彼はエピクロスのことを、自分のまやかしに対抗できる技と知恵を持つ者として、とても恐れていたのだ。

四四　じっさい彼は、あるエピクロス派の者が、衆人の前で、自分の非を明らかにしようという振る舞いに出たとき、その男をとても危険な状態に陥れた。この男は、近くに寄ると、大きな声でこう言ったのだ。

「お前は、アレクサンドロスよ、例のパプラゴニア人を説き伏せて、彼の召使いたちを、死刑に価するという咎で、ガラティアの総督に告発するようにさせた。召使いたちが、アレクサンドリアで教育を受けている彼の息子を殺したという嫌疑があるとのことだった。だが、その若者は生きている。生きて戻って来たのだ――召使いたちが、お前のせいで、獣どもに引き渡され、滅んだ[1]あとに！」

　事の経緯はこうだった。若者は、ナイルを航行し、クリュスマ[2]まで来たとき、ある船が［インド方面へ］出航するというので、自分もインドまで航海しようという気になった。それから彼が［戻るのに］てまどっていると、あの不幸な召使いたちは、若者がナイルを航行中に死んだか、当時たくさんいた海賊たちに殺されたかしたに相違ないと考え、国に帰ると、彼がいなくなったと報告した。それから、あの託宣と裁判が行なわれた後に若者が現われ、自分の旅行のことを語ったのだ。

四五　その［エピクロス派の］男がこのように話すと、アレクサンドロスは、この暴《あば》き立てに憤然となり、非難の真実性に耐えられないので、彼を石打ちに処するようその場にいた者たちに命じた――そうしなければ、彼らも汚れた人間とされ、エピクロスの徒と呼ばれることになろう、と。

そこで人びとが、彼を石打ちの刑にしかけたとき、当地に滞在していたデモストラトスというポントスの有力者が、わが身で彼をかばって、石打ちによって殺されそうになった彼を死から救った。これはまったく正しいことだ。何故彼が、これだけの狂人たちの間で一人だけ思慮を保っていることで、パプラゴニア人たちの愚かさから恵み(3)を受けねばならなかっただろう？

四六　彼に関しては以上のような顛末《てんまつ》だった。また誰かが、託宣の与えられる順番が来て呼び出されたとき――これは神託の前日に行なわれた――、触《ふ》れ役の者が、彼に神託を与えるかどうか尋ねたときに、内部から彼［アレクサンドロス］が、

くたばるがよい

と答えたら、そういう人間を家の中に入れる者は誰もいなかったし、誰も火や水を分け与えようとしなかった。いや、彼は、不敬な無神論者として、エピクロス派の徒として――これが最大級の罵倒だった――、土地から土地へ追い立てられねばならなかった。

四七　一度は、とても滑稽なことを仕出かした。エピクロスの『主要教説』(4)を――君も知るようにとても

(1) 闘技場に犯罪者を投げ入れ、野獣に食い殺させるという刑罰法があった。『トクサリス』五九参照。

(2) 紅海に面した港クリュスマから、紅海経由でインドへ向かう船が出ていた。

(3) 皮肉。

(4) *Κύριαι δόξαι*. 弟子たちによって編まれた教義摘要。

見事な書で、この賢者の教義の要点をおさめている——見つけると、広場の真ん中に持ってゆき、イチジクの木(1)を積んだ薪山の上で、まるで彼［エピクロス］を焼いているかのように、それを燃やしたのだ。そしてその灰を海中に投げ捨て、おまけに後でこういう託宣を出した。

盲目の老人の教説を火で焼くよう私は命じる。

呪われたこの男［アレクサンドロス］は知らなかったのだ、その書が、読者にどれほどの恩恵の源になっているか、どれほどの平和と精神の安定と自由を彼らにもたらしているか、ということを——それが、恐怖される事柄や幻影や凶兆から、また虚しい希望や過剰な欲望から彼らを解放し、その代わりに理知と真実を心の中に生じさせて、真に考え方を浄めてくれる書であり、それも松明や海葱《かいそう》(2)の類いのくだらぬ物を使うのではなく、むしろ正しい理性と真実と率直さによってそうするのだ、ということを。

四八　この汚らわしい男のいろいろな企ての中でも、とくべつ大胆だったのを聞かせることにしよう。宮殿と王室に対して少なからぬ影響力を、ルティリアヌスという有力者を通じて持っていた彼は、ゲルマニアの戦争(3)がたけなわのとき——神君マルクスがすでにマルコマンニ族とクウァディ族相手の交戦に入っていたとき——託宣を送り付けた。それは、二匹のライオンを生きたまま、多量の香草と壮大な供犠とともに、イストロス(4)へ投げ込むよう求めていた。その託宣自体に語らせるほうがよいだろう。

ゼウスより下れる河イストロスの渦の中へ、
山中に育ち、キュベレ(5)に仕える野獣を二匹と、

インドの人間が養う花々や香り高き植物とを、
投げ込むよう私は命じる。そうすればすぐに、
勝利と大いなる栄誉とが、愛すべき平和とともにもたらされるであろう。

しかし、彼の指示したとおりのことが行なわれたが、ライオンたちが泳ぎ渡って敵地の側に着いたとき、蛮族の民は、まるで異国の犬や狼であるかのように、それらを棍棒で退治してしまった。そして、すぐに[6]われわれの軍［ローマ軍］に最大の禍難が襲いかかり、二万人ほどの兵がまとめて殺された。それからアクィレイアで行なわれた戦いで、その町がほとんど陥落しそうになるという出来事が続いた。

（1）イチジクには浄めの効力があるとされた。アテナイのタルゲーリオーン月（今日の五月）で、市の穢れを背負う二人の「スケープゴート（φαρμακοί）」が、イチジクの実を結びつけた紐を首に掛け、イチジクの木の鞭で打たれながら、市外へ追われた（RE VI. 2, 2149 参照）。

（2）ユリ科、地中海の海岸地帯に産する。薬用の他、浄めや魔除けに用いられる。九九頁註（4）参照。

（3）マルクス・アウレリウス帝治世下（一六一から一八〇年）のゲルマン人（マルコマンニ族、クウァディ族）侵入は、一六六年頃にいったんあったが、そのときは撃退した。しかし、一七〇年にふたたび侵攻があり、イストロス河を越えた彼らによって、アクィレイアの町（現在北イタリア、トリエステの北西にある）を包囲されるまでになった。戦いは長引き、マルクスの子コンモドゥス帝のとき、やっと一八〇年に、休戦条約が結ばれた。

（4）ドナウ（ダニューブ）河。ローマ帝国と北方との境界をなす。

（5）小アジアの大地母神。

（6）託宣での「すぐに」を、皮肉に受けている。

彼のほうは、この顛末に対して、デルポイの例の弁明と、クロイソスに与えられた託宣[1]のことを、お寒いやり口だが、引き合いに出した——神は勝利を予言した、しかしそれがローマ人のものか敵側のものかは明らかにしていなかった、と。

四九 いまや、多くの人間が、次から次へと流れ込んでくるようになった。神託所を訪《たず》ねる群衆のため町が過密になり、必要なもの[2]が間に合わなくなったので、彼は、「夜の託宣」と称するものを考案した。つまり、〔神託伺いの〕書巻を手に取ると、彼の言うには、その上で眠る、すると夢で、神からお告げを聞かされるというので、それを答えにしたのだ。とはいえ、それらの大半は明瞭ではなく、むしろあいまいで混乱した文であり、とくに、書巻が念入りに封印されているのを見た場合にはそうした。自然に心に浮かぶことをでたらめに書きつけ——そういうやり方も託宣にはふさわしいと考えた——、余計な危険を冒さないようにしたのだ。

また、この用事のために解説者たちがそこに座り、そういう託宣を受け取った者に、解説と解明をしてやることで、多額の価を徴収した。彼らのこの仕事は請け負いで、解説者たちは一人一人が、アレクサンドロスに、一アッティカ・タラントン[3]を支払った。

五〇 ときには、誰かが尋ねてもいず、派遣されてきた者もいないのに、いやそもそも当の人間が存在してもいないのに、託宣を出すことがあった。愚かな者たちを驚かすためだ。たとえば、以下のもその例だ。

なんじは、きわめてひそかにお前の妻を、
カリゲネイアを、館のふしどの上で揺り動かしている者は誰かと尋ねている。

それは奴隷のプロトゲネス、お前がすべてのことで信頼している男である。お前はあの男をめとった、それで今度は彼のほうがお前の伴侶をめとって、自分の受けた侮辱に返報する最高の贈り物になしたのだ。しかし、お前に対して忌まわしい魔薬が彼らによって仕組まれており、お前は、彼らのしていることを、聞くことも見ることもできぬようにさせられている。だがそれをなんじは、お前のふしどの下側、壁のきわ、頭のあたりに見つけることだろう。この秘密を、お前の下女カリュプソが知っている。

どんなデモクリトス［のような男］でも、名前と場所がこう正確に言われるのを聞いて、動転させられたこ

(1) リュディア王クロイソスが、ペルシアを攻めようと考えて、あらかじめデルポイの神託を伺った、すると、進撃すれば大きな帝国を滅ぼすだろう、という答えが与えられた（オロポスのアンピアラオスの神託も同じ予言をした）、それを信じてクロイソスは、両国の国境ハリュス河を越えて侵攻したが、敗れて囚われの身となり、リュディアは滅んだ（前五四六年）、その後恨み言を言った彼にデルポイの神は、滅びるのがどちらの国であるかということは言っていない、本当はそれはリュディアのことを意味していたのだが、クロイソスがそれを敵国のことだと思い込んでしまったのだと答えた（ヘロドトス『歴史』第一巻五三から五四、九一）。

(2) スタッフ、食糧、設備など。

(3) タラントンは最大単位の金銭。古典時代だが、一隻の船（三段櫂船）の建造費が一タラントンほどだったらしい。『トクサリス』一六では、ある一軒の家の価が三タラントンだったとしている。

とだろう。しかしそれからすぐ後に、一味の目論見を看破して、唾《つば》を吐いたことだろう。(1)

五一（五二）(2) また他の、そこに居もしない、そもそも存在しもしない男に、散文で、帰るよう命じて言った。

なぜならお前を派遣した者は、隣人のディオクレスによって、今日殺されたからだ。賊のマグヌスとケレルとブバルスが助《すけ》っ人《と》に使われたが、この一味はすでに捕縛されている。

五二（五一） さらに、外国の者にもしばしば託宣を与えた。誰かが、母国語のシュリア語やケルト語で尋ねても、そういう伺いを立てた者と同族の、当地に滞在中の人間を容易に見つけられたのだ。このゆえに、書巻の提出と託宣の答えとの間には、長い時間が費やされた。その間に、じっくりと安全に託宣の質問状を解き、一つ一つのことを翻訳できる人間を見つけられるようにしたというわけだ。たとえば、例のスキュティア人に与えられた託宣はこうだった。

モルペーン・エウバルグーリス・エイス・スキアーン・クネキクラゲー・レイプセイ・パオス。(3)

ルキアノスとアレクサンドロス

五三 僕に与えられた託宣も少し聞いてほしい。アレクサンドロスは禿げているかと僕が尋ね、それを念入りに、明瞭な形で封印しておいたところ、「夜の託宣」がその下に書き記してあった。

サバルダラクー・マラカアッテーアロス・エーン。(4)

また僕が、二冊の異なる書巻で、別々の署名をしたうえで、同じ質問を、すなわち詩人ホメロスはどこの出身か、と尋ねたことがある。すると彼は、そのうちの一つには、僕の召使いの若者に騙されて――旅行の目的を訊かれた彼は、「脇腹の痛みの治療を求めて」と答えたのだが――こういう託宣を［封印の］下に書いた。

キュトミスと、競走馬の口泡《あわ》とを塗るがよい。

またもう一つの巻には、この場合も目的を聞き出して、派遣者が、イタリアへの旅は船にすべきか、陸路がよいか質問しているということだったので、ホメロスにはまったく関係ないことを答えた。

なんじは船旅をすべからず。むしろ歩いて道を行くがよい。

五四　そういうことをたくさん、僕のほうも、彼に仕組んでやったのだ。こういうこともあった。質問は［実は］一つだけして、書巻の上には、仕来りにならって、「しかじかの者の八つのお伺い」と書きつけ、そ

（1）侮蔑のしるし。

（2）内容に鑑みて、写本で五一番目の節と五二番目の節になっている順序を入れ替えるべきと、Fritzsche 以来の校訂者たちは考えている。

（3）一部ギリシア語らしい単語が混じる。「モルペーン（μορφήν）」＝「姿を」、「エイス・スキアーン（εἰς σκιάν）」＝「陰の中へ」、「レイプセイ（λείψει）」＝「お前は摑むだろう」、「パオス（φάος）」＝「光（を）」。全体の意味は不明。

（4）最後の「エーン（ἦν）」＝「であった」以外は意味不明。

の署名は偽のものにしておいて、八ドラクマと、それにまだ不足分（一）を付けて送ってやったところ、彼は、報酬の送付と書巻のその書きつけを信用して、一つだけの質問に対し——「アレクサンドロスのペテンはいつ露見するだろうか」という内容だったが——八つの託宣を送って寄越したのだ。それらは、俗に言うように、地にも空にも付かない代物で、どれもこれも愚かな馬鹿らしいものだった。

　そういう企らみに後で気づいた彼は、僕がルティリアヌスに結婚を思いとどまらせようとしていること、また、神託所が抱かせる希望のあれこれにあまりのめり込まないようにさせようとしていることも知ったので、当然のことだが、僕を憎むようになり、最大の敵と見なすにいたった。そして、あるとき、僕のことを質問したルティリアヌスに答えてこう言ったのだ。

　　彼は、夜中に放浪して睦み言に耽《ふけ》り、汚れた交わりを愉《たの》しんでいる。

総じて、僕が最大の敵であるのは当然だった。

五五　彼は、僕が町へやって来たとき、それに気づき、例のルキアノスであるということを知ると——僕は、槍持ちと杖《つえ》持ちとして、二人の兵士も引き連れていた、それは、当時知人だったカッパドキアの総督が、僕を海まで護送するよう、付けてくれたのだった——すぐに僕を、とても丁重に、友好的な態度で招び寄せた。僕がそちらに向かうと、彼の周りにたくさん人がいるのを認めたが、幸運にも僕は、あの兵士たちをいっしょに連れていた。彼は、大衆に対していつもそうするように、右手を僕に差し伸べ、キスさせようとしたが、僕のほうは、接吻するかのようにそれに取り付くと、本当にしたたかに咬んでやった。もう少しで彼の手を不具にしてやるところだった。

そばにいた者たちは、冒瀆者として、僕の首を絞めたり殴ったりしようとした――その前から、僕が彼に、「預言者」ではなく「アレクサンドロス」と呼びかけたことを怒っていた――、ところが彼のほうは、とても鷹揚な態度でそれに耐え、彼らを押し止めたうえで、僕を簡単におとなしくさせてやろう、とても敵対的な者も友人にしてしまうグリュコンの能力を証明しよう、と約束してみせた。

そして他の者を全員遠ざけたうえで、僕を諫めながら、僕のことも、僕からルティリアヌスに与えられた忠告のことも、よく知っていると述べ、

どういうつもりで、私に対しそういうことをしたのだ、私が口添えすれば、彼のもとで大いに出世できるはずなのに

と言った。

僕は、どういう危険な状態に陥っているか認識できたので、いまはもう喜んで、この友好の申し出を受け入れた。そしてすぐ後に、彼の友人として外に出てきた。僕の変化がこれほど簡単に実現したということも、一部始終を見ていた者たちには、少なからぬ驚異と思われた。

五六　それから、僕が船出を決めると――ちょうど父と家族の者は先にアマストリスに送り出し、僕とク

（1）託宣の価は一ドラクマ二オボロス（八オボロス）だったので（二三節）、八箇の託宣で六四オボロス。八ドラクマ、つまり四八オボロスに、あと一六オボロス（二ドラクマ四オボロス）足したということ。

セノポン[1]だけが逗留していた——たくさんのみやげ物と贈り物を彼は送って寄越し、さらに、船とそれを動かす漕ぎ手たちも提供しようと約束した。僕は、これを誠実な、友好的な申し出と受け取った。ところが、航路の真ん中に来たとき、船長が、涙を流しながら、船員たちと言い争っているのを見て、僕は、それから先のことについて、よい希望が持てなくなった。じつは彼らには、アレクサンドロスから、われわれを持ち上げて海中に放り込め、という指示がしてあったのだ。そうされていたら、彼の僕に対する戦いは、あっさりとけりが付いていたことだろう。ところが船長は、涙を流しながら、われわれに恐ろしいことをするなと船員たちを説得し、僕にもこう言った。

　ご覧のように私は六〇年間、後ろ指を指されない信心深い生き方をしてきました。この歳《とし》になって、妻も子供もあるのに、手を汚したいとは思いません。

そして、われわれを船に乗せた目的と、アレクサンドロスの命令のこととを僕に明かした。五七　そして、素晴らしい［詩人］ホメロスも触れているアイギアロイ[2]にわれわれを降ろすと、戻って行った。

　その地で僕は、何人かのボスポロス人[3]たちが、エウパトル王からの使節として、例年の貢物を運ぶため、ビテュニアに向かう途中、海岸沿いに航行してゆくのを認めた。そこで僕が、われわれを襲った危険のことを話すと、彼らは親切に迎えてくれた。僕は、船に引き上げられ、危うく死にかける体験をした後、無事アマストリスに到着した。

　それからは、僕のほうでも、彼に対する戦いの備えをし、あらゆる手段を使って復讐しようと試みた。もともと彼の陰謀を受ける前から、その汚らわしい性質のゆえに彼を嫌い、最大の敵と考えていた僕だったのだ。そして、彼を弾劾すべく動き出したが、たくさんの共闘者が僕にはいた。とくに、ヘラクレイアの哲学者ティモクラテス[4]の弟子たちがそうだった。ところが、当時ビテュニアとポントスの総督だったアウィトゥス[5]が、それをやめるようほとんど嘆願せんばかりに頼んで、僕の試みを阻止した。自分はルティリアヌスに好意を持っているので、かりにアレクサンドロスの罪をはっきり把握しても、懲罰することはできないだろう、と言うのだった。そのようにして勢いを削《そ》がれた僕は、裁判官がそのような考えでいるときに、時宜に反してそれを敢行することはやめたのだ。

（1）ルキアノスの従僕らしい。

（2）ホメロス『イリアス』第二歌八五五行。アマストリスの東にある海岸。

（3）黒海北岸キンメリア（現クリミア）のボスポロス（現ケルチ）海狭両側に領土を持っていたボスポロス王国の歴史は、前五世紀に始まる。ローマ時代は、被保護国として、ローマから軍事的財政的援助を受けていた。後四世紀にフン族が侵入、五世紀に滅んだらしい。次出のエウパトル王の治世は、一五四から一七一年頃。スキュティア（黒海北方地域）にも貢納していたらしいが（『トクサリス』四四）、ここは、ビテュニア（黒海南岸、ローマ皇帝の直轄的な地域）へ向かっていたとあるので、ローマへの貢物を運んでいたのだろう。

（4）ヘラクレイアはビテュニアの主要都市。ティモクラテスについては不詳だが、エピクロス派と思われる。

（5）ルキウス・ロッリアヌス・アウィトゥス。一四四年に執政官を務め、一六五年にはビテュニア総督（praeses）となった。

市の改称とアレクサンドロスの最期

五八　アレクサンドロスのあの厚かましい振る舞いは、とりわけひどいものだったではないか？　つまり、皇帝に願って、アボヌテイコスの名の代わりにそれをイオノポリスと称するようにさせてもらい、さらに新しい貨幣を鋳造して、一面にはグリュコンの姿を、別の面には、祖父アスクレピオスの冠と母方の祖先ペルセウスのあの鎌とを持つアレクサンドロスの姿を刻印させたのだ。

五九　彼は、自分に関する託宣で、一五〇歳まで生きたのち、雷に打たれて死ぬ運命だと予言していたが、七〇歳にもならないうちに、とても惨めな死に方をした。ポダレイリオスの子として、付け根のところまで足（ポダ）が腐り、蛆《うじ》が湧いたのだ。そのときにまた、彼が禿げ頭であることが露見した。苦痛［を伴う熱］のため、医者たちに、自分の頭を冷やさせたのだが、それを彼らは、かつらを取り除いたあとでないとできなかった、というわけだ。

六〇　アレクサンドロスの演《だ》し物(1)はこのように終わり、これがこのドラマ全体の大団円だった。それで、遇然の成り行きによったことではあるが、何か摂理が働いたと推測させるほどなのだ。

さらに、彼の人生にふさわしい葬礼競技も行なわれねばならなかった。この神託所［の継承］を巡る競技が何か催されねばならなかったのだ。あれらの共謀者や、ペテン師の主だった面々が、裁定を求めるため、ルティリアヌスのもとに上京し、彼らのうち誰が選ばれて託宣所を継ぎ、ヒエロパンテースと預言者の冠を被るべきか、決めてもらおうとした。その中には、医師の職を持ち、白髪の男だが、医術にも白髪にもふさわしくないこういう振る舞いに及ぶパイトス(2)もいた。しかし、競技審判者ルティリアヌスは、彼らには冠を

与えずに追い返した。教祖がこの世界から立ち去ったあとは、預言者の地位を、彼のために取っておいたのだ。(3)

結　語

六一　以上のことを、わが友よ、たくさんある中からわずかだけだが、証拠として書き記すべきだと考えた。一つには君を満足させるため、つまり、親しい友であり、その知恵と、真実への愛と、優しい人柄と、誠実さと、平穏な生き方と、交流を結ぶ者たちへの友誼とのゆえに、僕が誰よりも讃嘆し続けている君のためだが、それにもまして——これは、君にとっても、さらにうれしいことであるはずだが——エピクロスの名誉のために助けになりたいと思ったのだ。彼こそ、生まれつき本当に神々しい聖人であり、彼ただ一人が美なることを真実に認識し、それを教授して、その教えを聞く者たちの解放者となったのだ。また、この書には、読者にとって何かしら有益な内容が含まれていると見てもらえるだろう。糺《ただ》すべきことは糺し、思慮ある人びとの考えはいっそう強固にするという書なのだから。

(1) τραγῳδία「悲劇」だが、大げさな(だけの)芝居、空疎なショー、という意味合いで用いている。
(2) 不詳。
(3) アレクサンドロスの死後、その神託所は一五〇年ほど存続した。

肖像（第四十三篇）

内田次信 訳

驚くべき美女を見たということ

一　リュキノス　まったくのところ、ゴルゴ(1)を見た人間が陥《おちい》った状態は、僕がこの間、完璧に美しい女性を見てなったのと同然だったに相違あるまい、ポリュストラトスよ。まさにあの神話どおり、僕は、驚嘆のあまり硬直し、人間から石に変わってしまうところだったのだ。

ポリュストラトス　ヘラクレスよ(2)、君の言うその見物《みもの》は、恐ろしい威力を持つとてつもないものだったのだね、一人の女性がリュキノスすら驚かせたほどだというのだから。たしかに少年相手なら、君は容易にそういう状態になって、シピュロス山(3)全体を動かすほうが容易だということになるわけだが――ぽかんと見惚れて、あのタンタロスの娘のように頻《しき》りと感涙を催し、彼らのそばに立ち尽くす、という振る舞いをさせないよう、君を美少年から引き離す難しさと比べたらね(4)。

だが、言ってくれ、人を石にするそのメドゥサとはいったい誰なのだ、どこの出身の女性なのか？　われわれも見てみたいのだから。その見物《みもの》にわれわれが接することを、君が渋ることはないだろうと思うし、君のそばでわれわれも、それを見たあとで、硬直することになったとしても、君の嫉妬は買わないはずだから。

リュキノス　いいかい、遠く離れた見晴らし台から彼女を見ただけでも、君は、口もきけず、彫刻よりも動けない、という状態になるのだよ。といっても、これはたぶん、まだ穏やかなほうで、傷が急所に及ぶ、というものでもない、君のほうで見るだけ、というならね。ところが、もし彼女のほうも君を見るということになったら、彼女から離れるどういう方法があるだろう？　なぜなら彼女は、君を自分に縛りつけて、どこでも行きたいところに連れて行く、ということになるにちがいない、ちょうど磁力を持つ石(5)が、鉄に対してそうするようにね。

二　ポリュストラトス　やめろ、リュキノスよ、驚異的な美しさを捏造《ねつぞう》するのは。それより、その女性は誰なのか、言ってくれ。

リュキノス　僕が誇張した言い方をしていると思うのか？　むしろ、君も彼女を見たら、称賛者としては僕は非力であると君に思えるのではないかと心配しているのだ。それほどに、実物の彼女のほうがよく見えることだろう。

---

(1) ゴルゴ（ゴルゴン）たちは三人姉妹の怪物だが、ここはその末っ子メドゥサのこと（姉妹でただ一人死ぬ身だったメドゥサはペルセウスに倒された）。ゴルゴの視線はあまりにも恐ろしく、見た者は石になった。ここでは、恐ろしいほどの美貌という意味合いで持ち出す。

(2) 驚きを表わす表現。

(3) 小アジアのプリュギア・リュディア地方の境目、スミュルナ市の北方にある山脈（原文はたんに「シピュロス」）。その地のシピュロス市（湖中に沈んだと言われる）の王タンタロスの娘ニオベは、息子と娘たちをアポロンとアルテミスによって全員射殺され、悲しみのあまり岩になり、涙、つまり水を流し続けているという。

(4) ここは少し意訳。「引き離すよりも（容易だ）」。

(5) 原語は、「ヘラクレス的な石（*λίθος Ἡρακλεία*）」。

しかし、彼女が誰なのかは分からない。それでも、お付きの者がいっぱい従い、見事な装いを取り揃え、宦官の群れを引き連れて、侍女たちもたくさんいた。要するに、平民の身の上を超えた様子をしていた。

ポリュストラトス　どういう名前か、聞くこともできなかったのか？

リュキノス　できなかった。イオニア[1]の女性、という点以外はね。つまり、見物していた一人が、わきの者に、彼女が通り過ぎるとき、こう言ったのだ。

「こういうのが、スミュルナ[2]の美人というものだ。イオニアでいちばん美しい都市が、いちばん美しい女性を生み出したのは、不思議でも何でもない」。

そう話している当人が、スミュルナの男であるらしかった。それほどに、彼女のことを誇りにしていたから。

彼女の容姿を言葉で表わせるか？

三　ポリュストラトス　では、君は、自分がじっさいに石になったかのように振る舞ったのだから——彼女に従《つ》いてゆくことも、彼女が誰か、そのスミュルナ人に訊くこともしなかったわけだから——、彼女の容姿だけでも、君の力の及ぶかぎり、言葉で描いてみてくれないか？　そうすれば、たぶん、彼女のことが分かるはずだから。

リュキノス　どれほど大変なことを君は要求しているか、分かっているのか？　それは言葉で、とくに僕の言葉の力で、できることではない、あれほどに驚異的な肖像を表現するということはね。それには、アペレスや、ゼウクシスや、パラシオスの力でも十分だろうかと思われたほどなのだから。あるいは、それが、ペイディアスやアルカメネスであったとしてもね。僕では、技量が不足で原物を侮辱することになるだろう。
ポリュストラトス　それでも、リュキノスよ、どんな姿形を彼女はしていたのだ？　友人の僕にその肖像を、どういう描き方になるにせよ、示してくれても、危《あや》うい企てにはならないだろう。

昔の芸術家たちの作品を援用する

リュキノス　それより、この仕事のために、昔のそういう芸術家の誰それを呼び寄せ、この女性の像を造ってくれるよう求めたほうが、より安全だろうと僕には思えるのだが。
ポリュストラトス　どういうことだ？　それほど昔に死んだ彼らが、どのようにして君のもとにやって来るというのだ？
リュキノス　簡単だよ、君が、僕の質問に答えるのを渋らなければ。
ポリュストラトス　訊いてくれさえすればよい。

(1) 小アジア西海岸部、ポカイアからミレトスあたりまでの地域。
(2) 現イズミル、イオニア地方のいちばん北部に属する。
(3) 以下は有名な画家たち。アペレスは、前四世紀、アレクサンドロス大王と同時代の、ゼウクシスは前五世紀の、パラシオスはゼウクシスとライバルだった人。
(4) 以下は有名な彫刻家たち。ペイディアスは前五世紀、アテナイの政治家ペリクレスの友人、アルカメネスは、ペイディアスの弟子かつライバルだった。

四　リュキノス　クニドス[1]に滞在したことはあるか、ポリュストラトスよ?
ポリュストラトス　もちろん。
リュキノス　では、あそこのあのアプロディテ［の像］もきっと見たね?
ポリュストラトス　見たとも。プラクシテレス[2]の作品で、いちばん美しい像だね。
リュキノス　だが、それに関して土地の人びとが言い伝えているあの話も君は聞いたね——ある男が、その像に恋するあまり、こっそりと神殿の中に居残り、彼に可能な仕方でそれと交わった、ということだが。しかし、このことは別の折に語ることにしよう。[3]ところで——そちらは見たと言うから——、アテナイの「庭」にあるアルカメネスの像[4]も見物したか、ということも答えてほしい。
ポリュストラトス　もし僕が、リュキノスよ、アルカメネスの彫像でいちばん美しいものを見ずにいたら、誰よりも僕は物臭《ものぐさ》な男だということになるだろう。
リュキノス　こういうことは訊くまい、ポリュストラトスよ——アクロポリスに何度も登って、カラミスのソサンドラ[5]を見たことは?　と。
ポリュストラトス　それも何度も見たよ。
リュキノス　これらのことは十分だ。では、ペイディアスの作品の中では、何をいちばん誉《ほ》めるかい?
ポリュストラトス　もちろんレムノス人の像[6]だね。ペイディアスは、これには、自分の名前を刻み込んでもよいと思ったのだ。それと、言うまでもなく、槍に身をもたせかけているアマゾンの像[7]だ。

言語描写によってそれら諸美点を一つの肖像にまとめる

五　リュキノス　いちばん美しい作品はこういうのだね。もう、これ以上、他の芸術家は要らないだろう。さあ、それではいまは、これらの作品全部を基に、できるだけ一つにまとまった肖像を作り上げて、君に見せることにしよう。そのさいに、それぞれの作品のいちばん優れた点をその肖像に持たせることにする。

ポリュストラトス　でも、どのようにしたら、それが可能なのか？

リュキノス　難しいことではない、ポリュストラトスよ、これからはそれらの像を「言辞（ロゴス）」の手に委ね、そういう混合性と多様性を保持しながらも、できるだけ調和のとれたものになるよう、整理と配合

(1) 小アジア・カリアの都市、アプロディテ崇拝で有名。
(2) 前四世紀の有名な彫刻家。
(3)『エロスさまざま（第四九篇）』一六でより詳しく語られる。この作は偽作とも考えられているが、いずれにしても人口に膾炙した話だったらしい。
(4)「庭のアプロディテ」と呼ばれた有名な像。プリニウス『博物誌』第三十六巻一六、パウサニアス『ギリシア案内記』第一巻第十九章二参照。この「庭」はアテナイ城壁の外、イリッソス河畔にあったものという。この像の現物は残らない。ローマ時代のコピーで、それに基づくのではないかと推測されるものはあるが（たとえば、ルーブル美術館にある「ウェヌス・ゲネトリクス」）、確かではない。
(5) カラミスは前五世紀の彫刻家。詩人ピンダロスのためにゼウス・アンモンの像を作ったとか、一五メートルにもなるアポロンのブロンズ像をアポロニア市（黒海）のために制作したとか伝えられる。アテナイ・アクロポリスのソサンドラなる像は、前四六五年にカリアスがそこに奉納したアプロディテ像のことかともいうが、不明。
(6) あるレムノス人たちがアクロポリスに奉納したアテナ像。
(7) エペソスのアルテミス神殿にあった。ペイディアスが、ポリュクレイトスらと競い合って制作した像たちの一つ（プリニウス『博物誌』第三十四巻五三）。

と結合を加えてくれるよう依頼するのだ。

ポリュストラトス　よく言った。では、「言辞」にそれらを受け取ってもらい、結果を示してもらおう。それらをどのように処理し、どのようにしてそれだけのものから、一つの不調和ではない肖像を作り上げるか、知りたくてたまらないから。

各部分のこと

六　リュキノス　ではそれ〔「言辞」〕は、いまや君に、その肖像が作られてゆく過程を示してくれる。このようにそれは複合されてゆく。

クニドスからもたらされる像からは、それは、頭だけを採る――身体の他の部分は、裸なので、必要としないだろう――。髪と額のあたり、また線の巧みな眉は、プラクシテレスが作ったとおりにしておくだろう。また両目は、潤いを含むとともに煌《きら》めきを放ち、人を愉しませる性質も持つようにするという点も、プラクシテレスの考えをそのまま保持することだろう。

しかし、頬《ほお》と、顔の正面部は、アルカメネスの、「庭」の中の像から採用するだろう。さらに、両腕の先のほう、手首の均斉がとれているのや、指の形を巧みに引いて細い先端に終わらせる点も、「庭」の中の像に従うことだろう。

他方、顔全体の輪郭や、その側面のたおやかさや、釣り合いのとれた鼻は、レムノス人の像とペイディアスが提供するはずだ。また、口をどのように付け、首をどうするか、という点は、アマゾンの像から範を得るだろう。

ソサンドラ像とカラミスは、恥じらう風情でそれを飾り、厳かでほのかな微笑も、そのとおりにされることだろう。またその衣裳が質素で端正なこともソサンドラ像にならうが、ただ、こちらは、頭を覆《おお》うことはしないはずだ。

その年齢は、クニドスのあの像くらいにされると思う。この点も、プラクシテレスに従うのがよいからね。どう思う、ポリュストラトスよ？　この肖像は美しいものになりそうかい？

色彩

七　ポリュストラトス　それを細部まで完璧に仕上げればね。というのは、とても立派な友よ、そのようにあらゆる美点を一つに集めた君だが、あるものがその像に与えられないまま残っているからだ。

リュキノス　それは？

ポリュストラトス　些細《ささい》なことではない、わが友よ、もしも、美しい姿を作り出すのに、色彩とそれぞれの部分のふさわしさとが、少なからず貢献すると君に思われるなら。黒いところは正確に黒く、白色であるべきところは白く、赤みの部分は鮮やかに見えている、というようにするためにはね。この最大の点が、われわれにはまだ必要だろう。

リュキノス　どうしたらそれを得ることができるだろう？　あるいは、画家たちを呼び寄せるのがよいだろうか、とくに、その中で、色を混ぜ合わせ、着色を適切に行なう点で卓越していた人たちをまとめて呼び出そうか？

では、ポリュグノトスに、あのエウプラノル(1)に、アペレスに、そしてアエティオン(2)に来てもらうことにしよう。彼らに仕事を分担させ、エウプラノルには、彼が描いたヘラ像のと同じように髪の着色をしてもらう。またポリュグノトスには、デルポイの「談話の家」(3)の中に彼が制作したカッサンドラ像と同様の眉の適切な描写や、頬が少し赤らんだ様子を頼むことにしよう。また衣服も、きわめて繊細な仕上げのものを彼に制作させるが、然《しか》るべきところはしっかり身に着けているけれど、大部分は風にあおられている、という形にしてもらう。

体の他の部分は、アペレスが、おおよそパカテ(4)［の像］に従って描画し、極端に白くはせずに、あっさりと赤みを持たせる。また唇《くちびる》は、アエティオンが、ロクサネ(5)［像］のそれのように制作する。

八　しかし、むしろ、最も優れた画家たるホメロスを、エウプラノルやアペレスがいても、待ち望むわれわれだ。メネラオス(6)の両の太ももに彼が色を着け、うすく紅色になった象牙にそれらを喩《たと》えているのと同じ状態に、彼女の全体を描いてもらおう。また、同じ彼に、両目も描いてもらい、彼女を「牝牛《めうし》の眼」(7)の女性にさせよう。この彼の仕事には、テバイの詩人にも協力してもらい、「すみれの瞼《まぶた》」(8)に彼女がなるようにさせる。またホメロスは、彼女を、「笑《え》みを愛し」(9)、「白い腕を持ち」、「バラ色の指をした」女性にするだろう。そして、一言で言うとブリセウスの娘(10)よりもっと正当に彼女を、「黄金のアプロディテ」に喩えることだろう。

優美さ、歯などのこと

九　こういう点を、彫刻家や、画家や、詩人たちが制作するだろう。だが、これらすべての上に花咲く優美さ（カリス）を、というよりも、あらゆる優美女神（カリテス）とエロースたちが彼女の周りで踊っている

（1）前四世紀の画家、コリントス人。次出のヘラ像は、アテナイのゼウス・エレウテリオス神殿のストア（柱廊）に掲げられていた彼の十二神像に属するもの。彼は、シンメトリーおよび色彩に関する論書も著わした。

（2）前四世紀の画家（彫刻家）。

（3）*λέσχη*. いわば「公民館」で、広場や神域に設けられ、人びとの談話の他、ときには宿泊にも当てられた建物。クニドス人がデルポイに建てたものは、ポリュグノトスの絵画で飾られていた。次出カッサンドラの絵は、トロイア陥落のとき、小アイアスに犯されそうになった彼女が、アテナ像にしがみついているところの描写。

（4）アレクサンドロス大王の妾の一人。プリニウス『博物誌』第三十五巻八六ではパンカスペの名で記される。アペレスは、裸体の彼女を描くうち、彼女を愛するようになった、大王は彼女をアペレスに与えた、という。

（5）バクトリアの王女。前三二七年にアレクサンドロス大王と結婚、アレクサンドロス四世を生んだ。ここでは、『ヘロドトスまたはアエティオン』で説明される「アレクサンドロスとロクサネの結婚」という絵のことを言う。

（6）スパルタ王。以下は、ホメロス『イリアス』第四歌一四一行以下で、トロイア軍中のパンダロスが、矢を射て彼を傷つけ、血を流させたときの描写に関連する。

（7）ホメロスで、女性たち、とくにヘラの描写に用いられる形容句。

（8）テバイの詩人ピンダロスが、アプロディテに関して用いた語（「断片」三〇七）。

（9）以下、ホメロスが女神たち（アプロディテ、ヘラ、曙の女神）について用いる形容句。

（10）ブリセイスという、アキレウスのトロイアにおける妾。アプロディテとの比較は、ホメロス『イリアス』第十九歌二八二行にある。

様子を、誰が写し取ることができるだろうか？

ポリュストラトス　君が述べているのは、リュキノスよ、驚異的な種類のものだね。本当に「天より下りしもの」(1)、空から降りてくる類いのものだ。

ところで、君が見たとき、彼女は何をしていた？

リュキノス　巻き物を一つ手にしていて、それは両端が丸められていた。どうやら、その一部を彼女は読み、一部はすでに読み了《お》えていたらしい。そして、前へ進みながら、そばのお付きの者と何か話していたが、内容は僕には分からなかった。こちらに聞こえるような話し方ではなかったからね。ただ、微笑《ほほえ》みながら彼女は、ポリュストラトスよ、歯を見せていたのだが、それを君にどう言い表わしたらよいだろう――それがどれほどに白く、相互にどれほど釣り合いが取れて、お互いにしっかり合わさっていたか、ということをね。君が、同じ大きさの、煌《きら》めく真珠を連ねた、とても美しい首飾りを見たことがあるなら、そういう感じで一列に並んで生えていたのだ。そして、とりわけ唇の赤さによって、それは引き立てられていた。じっさいそれは、まさしくホメロスの詩句にあるように、鋸《のこぎり》で切った象牙(2)同様に輝いていた。また、あるものは平ぺったく、あるものは前に突き出、あるものは間が空《あ》いているということもない――たいていの女性はそうなのだが――。いや、すべての歯が同等で、似たように白く、大きさも一つで、互いに同様に密着していたのだ。

一言で言うと、偉大な驚嘆すべき見物《みもの》であり、人間の間のあらゆる美しさを凌賀していたのだ。

彼女の名はパンテイア

一〇　ポリュストラトス　待てよ。いまはっきり分かった、君がいったいどの女性のことを言っているのか、そういう特徴と祖国とから判断できる。それに、宦官たちも随《つ》き従っていたと言ったね。

リュキノス　そうだ。それに何人かの兵士たちも。

ポリュストラトス　君が話しているのは、お目出度《めでた》い友よ、皇帝(3)と親密な関係の、あの有名な女性だよ。

リュキノス　で、彼女の名は？

ポリュストラトス　これも、リュキノスよ、とても素敵で、愛すべき点だ。つまり彼女は、アブラダタスのあの美しい妻(4)と同名なのだ。君も、クセノポンが、思慮深く美しい妻として彼女を誉《ほ》め讃《たた》えているのを何

---

(1) 天から落ちてきたという女神像（トロイアのパラディオン、アルテミス・タウロポロス像）への言及。

(2) ホメロス『オデュッセイア』第十八歌一九六行（ペネロペの比喩）。象牙を新たに切った面のように白く輝いて、ということ。

(3) ルキウス・ウェルス皇帝。一六一年からマルクス・アウレリウスの共治帝（一六九年死亡）。パルティア戦争のとき、指揮のため東方に赴き、アンティオキアなどに滞在するうち、パンテイアと情を通じた。

(4) パンテイアという名の、ペルシア女性のこと。クセノポン『キュロスの教育』で、夫への献身的な愛情が描かれる（虚構人物）。本篇のパンテイアについて、詳細は不明。マルクス・アウレリウス『自省録』第八巻三七で、名が挙がっている。イオニアのヘタイラ（芸妓）だったかとも推測される（Jones 75）。なお、「パンテイア」の名は、すべての神々がそこに含まれる、見出される、という意味に取りうるので（「パンテオン＝万神殿」参照）、本篇で、女神たちや、有名な女性たちや、造形された美女像を取り集めて彼女になぞらえるという発想に一役買っている。

度も聞いて知っているはずだ。

リュキノス　たしかに。そして、読みながらその箇所に来るごとに、まるで彼女を目のあたりに見ているような気持ちになるほどだ。作品の中で彼女が語る言葉や、夫に武具を着けさせて戦場に送り出すときの言葉が、ほとんどいまでも僕の耳に聞こえてくるよ。

魂の美点

一一　ポリュストラトス　だが、よき友よ、君はまるで稲妻がそばを走り過ぎたかのように一度彼女を見ただけであり、はっきりしたものだけを、つまり身体とその姿だけを、誉《ほ》めているように思える。ところが、魂の美点の数々については君は見ていないし、彼女にあるそちらの美しさがどれほどのものか、身体よりもそれがどれだけはるかによく、神々しいものであるか、ということを君は知らないのだ。

しかし僕のほうは、彼女の知り合いであるし、何度も言葉を交わしたことがある。同郷の人間なのでね。僕は、君も知っているように、和《なご》やかさや、親切心や、心の大きさや、節度や、教養を、美しさよりも誉める人間なのだ。そういう性質のほうが、身体よりも優先されるべきだからね。衣服のほうを、身体よりも嘆賞するのは、不合理だし、滑稽でもある。

しかし、完璧な美とは、僕の思うに、魂の美徳と身体の見目麗しさとが出会っている場合だろう。間違いなく僕は、たくさんの女性が、見目はよいが、他の点ではその美を辱《はずかし》める人間で、一言口を開けばその花が衰え、枯れてしまう――正体が明かされて醜い姿をさらす、もともと悪い主人である魂と不相応に同居していたので――という例のあれこれを君に示すことができるだろう。

そしてこういう女性は、エジプトの神殿と似ているように思える。かの地の神殿そのものは、とても美しく壮大だ――高価な石材で造られ、黄金や絵画で華やかに飾られている。ところが、その内部で神を捜してみると、それは猿であったり、イビス(1)であったり、山羊《やぎ》であったり、猫であったりする。そういうような女性をたくさん見ることができるのだ。

だから、美しさは、正しい飾りで装《よそお》われていなければ、つまり、緋色の衣服や首飾りによってではなく、むしろ先に言ったああいう特徴で――美徳や、節度や、気立てのよさや、親切心や、その他の美徳の定義にかなうもので――飾られていなければ、十分ではないのだ。

ポリュストラトスによる「魂の肖像」

二二 リュキノス では、ポリュストラトスよ、僕の話に、君の話で報いてくれ。諺に言う、同等の枡目でね。あるいはもっと増やしてくれてもよい、君にはそれができるのだから。そして、彼女の魂の肖像を何か描いて見せてほしい。僕が中途半端に彼女を讃美している、ということにならないようにね。

ポリュストラトス 君が僕にやらせようとしている課題は、友よ、些細なことではない。誰にも明らかなものを誉めるのと、はっきりしていないものを言葉で明瞭にさせるというのとは、同じことではないのだか

(1) エジプト産トキ科、イビスの頭を持つ神トトの聖鳥。

ら。そして思うに、僕自身も、その肖像のための協力者を必要とするだろう、彫刻家や画家だけではなく、哲学者たちもね。彼らの物差しに合わせてその像を正し、古代の彫塑術に則って造形したものを示せるようにしたいのだ。

一三　では、制作することにしよう。それ(1)は、まず、人の声を持ち(2)、朗々とした響きを放つ。例の、「蜂蜜より甘くその舌から(3)」〔声が流れ出た〕という句をホメロスは、あのピュロスの老人についてと言うよりも、むしろこちらについて述べたのだ。また声の音調全体がとても柔らかで、男性像に合うような深い調子のものではない。かといって、あまりにも繊細で女性的に過ぎ、まったく力に欠ける、というのでもない。いや、それは、まだ青年には達していない少年のもののようで、快く、人好きがし、耳に穏やかに入ってくるので、その声が途切れた後も、まだ残っていて、その残響がしばらく留まり、耳のあたりで鳴っているほどなのだ。ちょうど、こだまが、聞こえる時間を延ばしながら、発せられた言葉の甘美な、なつかしい名残りを、魂の上に残してゆくようなものなのだ。

しかし、また、いったんその美しい声で歌うと、とくに竪琴に合わせてそうすると、そのときにはもう、かわせみも、蟬も、白鳥も、口をつぐまないといけない時間となる。それと比べたら、どれも、非音楽的なのだからね。またパンディオンの娘(4)を引き合いに出すとしても、それすら、たとえ響きの豊かな声を発しても、下手くそな素人《しろうと》ということになる。

一四　またオルペウスとアンピオン(5)も——聴く者をとりこにする力を最大級に有し、生命のないものまでその歌に引き寄せたほどの歌人たちだが——、彼女の歌声を耳にしたら、きっと、竪琴を置いて彼女の側に立ち、黙って聴き入ったことだろう。というのは、音楽の流れを正確に保持し、リズムを外さずに上拍と下拍をタイミングよく入れて歌に節をつける巧みさや、竪琴の諧調を整え、撥《ばち》と舌の動きとを合わせる技量や、指先で繊細に触《さわ》りながら歌の調べを巧みに変化させてゆく技術が、あのトラキア人[6]に、また、キタイロン[7]で牛を放牧している最中に竪琴の練習もしたというあの男に、どうしてあるだろう？

だから、リュキノスよ、もし君がじっさいに彼女が歌うのを聴くことがあれば、あのゴルゴたちから受ける状態になるのみならず、つまり人間から石になるというのみならず、さらに、セイレンたちが及ぼす力のことも思い知ることになるだろう。すなわち、きっと君は、それに魅了されて、祖国と家族のことを忘れ、側に立ち尽くすことになるだろう。また、蜜蝋《みつろう》で君の耳を塞いだとしても[8]、その蝋からも歌声は染《し》み入って

（1）以下の主語は、パンテイアの肖像、とも、彼女自身とも解せる（「肖像（εἰκών）」も女性名詞なので）。

（2）*αὐδήεσσα*. ホメロスで、人間についても用いるが、また魔女キルケやニンフ・カリュプソに関しても使われ、「人ならぬ身で人間の語を操り」という意味合いを示す。

（3）ギリシア・ペロポネソス半島、ピュロス市の老王ネストルの雄弁さを言う句（ホメロス『イリアス』第一歌二四九行）。

（4）夜鳴き鳥（アエードーン「歌鳥」）。パンディオンはアッティカの伝説的な王で、神話では、その娘のピロメラ「歌好き娘」が変身して夜鳴き鳥に（妹プロクネはツバメに）なった。

（5）テバイの伝説的楽人。兄弟ゼトスとともにテバイの建国者。彼の弾く竪琴の音に石が付いて動き、テバイ城壁が築かれたという。

（6）オルペウスはトラキアの人と言われる。

（7）テバイ市南方の山で、以下はアンピオンのことを言う。

（8）オデュッセウスは、美声で船乗りを惑わせるセイレンたちの声を聴かせると危険なので、その島を通り過ぎるとき、部下たちの耳を蝋で塞いだ（ホメロス『オデュッセイア』第十二歌一七三行以下。同歌四七行以下も参照）。

くるだろう。そのような音楽であり、テルプシコラ(1)や、メルポメネや、カリオペ自身から教えられた技なので、魅惑的な性質をいっぱい、多種多様に、持っているのだ。一言で要約すると、そのような唇と、そのような歯から出てくるのにふさわしい歌声が聴かれるのだと考えたまえ。そして、君自身も、僕の言うその女性を目にしたのだから、その声ももう耳にしたのだと考えてくれ。

一五　あのような言葉の正確さや、純粋なイオニア語を話す点、また会話をするときは舌が滑らかで、またアッティカ語の優美さも大いに有していることは、驚くに価しない。それは、彼女が父祖から受け継いだものので、［先祖の］移住地［スミュルナ］においてアテナイ的なものに与《あずか》っているから(2)、そうならないはずがないのだ。そして、彼女が詩を楽しみ、それに多くの時間を費やしていることも、僕は驚かないだろう。彼女は、ホメロスの同郷人(3)なのだからね。

これが、リュキノスよ、彼女の美声と歌の肖像の一つだ、不十分に模写するとしてね。だが、他のも見てほしい。というのは、君のしたように、たくさんのものからあれこれ採って一つにまとめたのを見せるという仕方はしないと決めたのだ。〈それだけの美の数々を寄せ集めても劣悪なものになるし(4)、〉多くの要素から成る多くの姿を持つものになって、自分で自分に齟齬するものを作り上げることになるからね。いや、むしろ、その魂のすべての美徳が、それぞれ個別で一つの肖像となるよう、モデルを模倣しつつ、描くことにしよう。

リュキノス　君が約束してくれているのは、ポリュストラトスよ、お祭りの大盤振る舞いだね。とにかく本当に、より多い枡目《ますめ》で返してくれそうだ。では、量って渡してくれたまえ。それ以上に僕を喜ばせることはないのだから。

一六　ポリュストラトス　では、すべての美を主導するのは当然教養だから、とくに勉学して得られる美についてはそうであるから、いまは、彼女の教養を制作の対象にしよう。とはいえ、それも多彩で多様だから、この点でも君の彫像にはひけをとらないのだ。

それでは、彼女は、ヘリコン(5)から得られる美点をすべて、まとめて、有している者として描くことにしよう。それは、[詩女神たち]クレイオや、ポリュムニアや、カリオペや、その他の女神たちが、それぞれ一つの技を識《し》っているだけという仕方ではない。いや、彼女はすべての女神たちの、それにまたヘルメスとアポロンの技も、識っているのだ。なぜなら、詩人たちが韻律によって整えた作品、弁論家たちが雄弁の技《わざ》で力強いものにした演説、歴史家たちの著作、あるいは哲学者たちによる教訓、こういったものすべてに関するたしなみでこの肖像を飾るべきなのだ。それも、表面だけ塗るということではなく、むしろ深部まで、しっ

---

(1) 以下は、ムーサたちのこと。

(2) アエリウス・アリステイデス（『弁論集』一七-三―四、一八-二等（Keil））によると、最初のスミュルナが、ペロプスによってシピュロス山上に、第二のスミュルナがアテナイ王テセウスによってその麓に、そして第三の都市（アリステイデス当時のスミュルナ）がアレクサンドロス王によって建設されたという。ここでは、その第二の建設、つまりアテナイ人の移住という伝説に言及している。

(3) ホメロスをスミュルナ出身とする説に基づいている。ただし、キオス等、他の市もホメロスの祖国を主張した。

(4) この部分は、オックスフォード版で、真正ならざる箇所とされている。

(5) ボイオティアの山脈、ムーサイの聖地、泉で有名。

かりとした染料を飽きるまでしみ込ませた状態にしないといけない。この絵の手本をまったく示すことができないという点は、容赦してほしい。過去に、教養に関して、これほどのものがあったとは、語り継がれていないのだから。しかし、君によいと思われるなら、この姿で展示することにしよう。僕の見るところでは、不足な点はないから。

リュキノス　いや、とても見事だよ、ポリュストラトス。あらゆる線を用いて、正確に描いている。

一七　ポリュストラトス　その次には、智恵と理知の肖像を描かないといけない。それには、たくさんのモデルが――たいていは古代のが――要るだろう。そのうち一つは、彼女同様に、イオニア人(1)だ。この肖像を描き、制作するのは、ソクラテスの同僚アイスキネス(2)、そしてソクラテス(3)自身であり、いずれも、エロースの力とともに描いた分だけ、あらゆる芸術家のうちいちばん巧みに写し取ることのできた人たちだ。そして、あのミレトス出身のアスパシアを――オリュンポス神のように驚嘆すべき人(4)が愛人とした彼女を――理知の大いなる鑑《かがみ》として立てて、彼女が持っていた限りの経験知や政治に関する聡明さや知能や慧敏さを、あまさず、きっちりと測量しながら、われわれの肖像に移すことにしよう。ただ、あちらの女性のほうは、小さな絵板に描かれたものだが、こちらのほうは、巨大な像になる。

リュキノス　それはどういうことだ?

ポリュストラトス　二つの肖像は、似てはいるが、大きさは異なる、ということだよ。なぜなら、アテナイのそのときの政府と、現在のローマの支配力とは、等しくはないし、近似してもいない。だから、二つは、似ていて同様のものではあるが、大きさではこちらのほうが優れている。とても大型の絵板に描き込まれているからね。

一八　二つ目の、また三つ目のモデルには、あのテアノ[5]と、レスボスの女歌人、それにディオティマがなる。テアノは偉大な精神を、サッポーは洗錬された生き方を、その絵の要素に貢献する。ディオティマについては、ソクラテスに誉められた点だけをこの肖像に写し取るのではなく、その他の点の理知や助言の才もそこに含める。この［智恵の］肖像も、リュキノスよ、こういう姿で展示することにしよう。

一九　リュキノス　もちろんだ。驚くべき像だからね、ポリュストラトスよ。では、他のも描いてくれ。

ポリュストラトス　人柄がよくて親切だという点をか、友よ？　そこに、彼女の性格の温和さと、困っている人びとを思いやる心が表わされることになるだろう。では、それも作ることにしよう、あのアンテノル

（1）以下では、イオニア地方ミレトス市出身の女性アスパシアを持ち出す。

（2）ソクラテス派の（その弟子の）アイスキネス。『アスパシア』という対話篇を著わした。

（3）プラトン『メネクセノス』の中で、ソクラテスが、アスパシアの雄弁を誉め（自分たちの弁論術の師であると述べ）、その追悼演説というのを引いている。

（4）前五世紀アテナイの政治家ペリクレス。

（5）テアノはピュタゴラスの妻にして弟子（クロトン人）、次はレスボスの女流詩人サッポーのこと、そしてディオティマはプラトン『饗宴』でソクラテスを教授するマンティネアの女性。

の妻テアノと、その娘ナウシカアと、その他の、恵まれた境遇にいても、運、不運に対して思慮ある態度を示した女性に似せてね。

二〇　その次の順番として、その思慮そのものと、伴侶に対する情愛との像を作ろう。イカリオスの娘にできるだけ呼応した慎ましさと聡明さを、ホメロスによって描かれたとおりに制作する。詩人のペネロペの像が、そのようになっているからね。あるいは、当然だが、少し前に述べた彼女と同名の、アブラダタスの妻に似せるのもよい。

リュキノス　これもきわめて美しく仕上げたね、ポリュストラトスよ。これで、君の肖像のあれこれは、もうほぼ完結した。彼女の魂全体にわたって、その部分部分を讃《たた》えながら、記述したのだから。

二一　ポリュストラトス　全体ではない。なぜなら、捧げるべき称賛のうちで、まだ最大のものが残されているから。というのは、これほど勢威ある地位にありながら、彼女は、順境のゆえに傲り高ぶることがなく、自分の幸運を恃《たの》むあまり人間の分際を越えて尊大になることもない。むしろ、人びとと同じ地面に立ちながら、優美さに欠ける低俗な思い上がりを避け、訪ねてくる者に庶民的な、分け隔てのない態度で接する彼女であるし、暖かい心で示す歓待ぶりと善意は、より地位の高い人から表わされるのに勿体をつけていない分だけ、それに与《あずか》る者にはいっそう喜ばしいのだ。自分の権力を、人を見下すことに用いるのではなく、むしろ逆に親切を施すことに使う人間は、運の女神から授けられた幸福にふさわしい人だと思われ、こういう人びとだけが、正当にも、世間の嫉《ねた》みを免れるのだ。なぜなら、高い地位にある者が、恵まれた境遇にあっても節度を保ち、ホメロスの言う迷妄（アーテー）のように人びとの頭上を進みつつ、劣った者を踏みしだく、という振る舞いをしないようにしていることが認められるなら、人から嫉みを受けることは決してないだろうから。そういう［迷妄の］振る舞いは、魂が美に対して無知なゆえに、卑しい心を持つ人間が陥りやすい過《あやま》ちで、運の女神が、そういう僥倖を何も予期していなかったこの種の人間を、虚空《こくう》に浮かぶ有翼の乗り物に突然上《のぼ》らせると、彼らは、現有する境遇に留まろうとはせず、下方を見やることもせずに、絶えず上方へ無理やり進もうとする。それで、イカロスのように、蠟《ろう》がすぐに溶《と》け、体の周りの翼が落下して、海の潮の中に真っ逆さまに墜落して、人の笑いを招くことになる。他方、自分の翼が蠟から作られていることをよく承知して、ダイダロスの指示を守りながら、その翼であまり高く上らないようにし、人間にふさわしく飛翔を抑えて、波の上を行くだけに満足しつつ、翼がいつも湿っているようにしながら、太陽ばかりにそれを向けることは避けるという者――こういう人間は、安全に、また分別を保ちながら、飛び抜けることになるのだ。こういう点を、とくに彼女に関して誉めることができるだろう。

だから、彼女は、われわれすべてから［称賛という］果実を正当に得ている。このような翼がいつまでも彼女に留まっていることを、そしてさらなる恵みが彼女にもたらされることを、祈るわれわれなのだ。

(1) このテアノはトロイア人、アテナ女神の女神官。夫の庶子を、わが子のように育てたという。また、アレテおよびナウシカアは、ホメロス『オデュッセイア』中に出るパイアケス人の王妃と王女。難破して漂着したオデュッセウスをもてなした。

(2) ウェルス帝。

(3) オデュッセウスの妻ペネロペ。

(4) ホメロス『イリアス』第十九歌九一から九四行。

二二　リュキノス　そのような像にすることにしよう、ポリュストラトスよ。身体だけが、ヘレネのように美しいというのではなく、また、いっそう美しく愛すべき魂を、その下に宿してもいる彼女であるから。そして、あの偉大な皇帝、優しく温厚なあの方にとっても、いま有しておられる数々の幸《さち》とともに、こういう幸運も似つかわしいものだったのだ。つまり、彼の治世時にこのような女性が生まれ、しかも伴侶になって彼のことを想い続ける、ということは。これは微々たる幸運ではない、ホメロスのああいう詩句(1)を正当に用いて、黄金のアプロディテとその美を競い、技能はアテナと等しいとわれわれが言うことのできる女性が彼にはいるのだから。総じて、他の女性で彼女と比較できる者はいないだろう——、ホメロスの句(2)にあるように、

身体においても、性質においても
心ばえにおいても、技能においても

また、ね。

肖像の統合

二三　ポリュストラトス　君の言うことは正しい。リュキノスよ。だから、もしよければ、君が彼女の身体に関して造形し、僕がその魂に関して描いた肖像の数々をいまは混合し、すべてを一つにまとめ上げて本

に記録しよう、そして、すべての人たちに、現代の人びとにも未来の人びとにも、それを讃嘆してもらえるようにしよう。少なくともそれは、アペレスや、パラシオスや、ポリュグノトスの作よりも生きながらえることだろう。またそれは彼女自身にとっても、そういう芸術家の作品よりずっと喜ばしいものであるはずだ。木や蠟や顔料で作られた像ではなくて、むしろ詩女神たちから霊感を受けた作品であり、最も正確な肖像として、彼女の身体の美しさと、魂の美徳とをともに描き出したものになっているはずだから。

（1）ホメロス『イリアス』第九歌三八九から三九〇行。

（2）ホメロス『イリアス』第一歌一一五行。

解説

第三十五篇『女神たちの審判』

『女神たちの審判』は、トロイア戦争の原因とされるいわゆるパリスの審判を扱った喜劇的な対話篇である。対話形式のなかに笑いと諷刺を盛り込むことはルキアノスの真骨頂である。本篇もルキアノスの面目躍如たるところがある。

パリスの審判の物語はトロイア戦争の原因とされているので、古代から多くの作品のなかで語られ、歌われていると思われるかもしれない。とくにホメロスは『イリアス』で語っていて当然と思われるかもしれない。しかしホメロスの『イリアス』においてパリスの審判を語り伝える箇所は意外に少ない。『イリアス』のなかでパリスの審判が語られる箇所を見てみよう。

他の神々はことごとくそれに賛同したものの、ヘレ〔ヘラ〕もポセイダイオン〔ポセイドン〕も、また眼光輝く姫神もいっかな承知せず、はじめこの神々が、アレクサンドロス（パリス）の犯した罪ゆえに、聖都イリオスとプリアモス、ならびにその民を憎むに至った時と、少しも気持ちを変えようとせぬ。その罪とはかつて女神たちが彼を牧舎に訪れた時、やがて苦難の因となる淫行に彼を誘った女神を推し、他の二神に恥辱を与えた

ことであった。（ホメロス『イリアス』第二十四歌二五―三〇行、松平千秋訳、［ ］は引用者による補足）

この箇所のうち最後の二行で、パリスの審判が語られる。約一万五〇〇〇行からなる『イリアス』のなかでわずか二行だけである。その分量の少なさもさることながら、パリスの審判が「パリスの犯した罪」として理解されている点は注目に価する。パリスの審判は、「アレクサンドロス［パリス］の過誤」（『イリアス』第六歌三五六行）と言われているように、苦難と不幸をもたらした罪であり過誤だったのである。

パリスの審判がギリシア方にもトロイア方にも多大な苦難と不幸を引き起こした原因であり、したがってパリスの審判はパリスの罪・過誤であるという見方は、ホメロスだけに留まるものではない。ホメロスの『イリアス』より後に成立したと考えられている『キュプリア』においてもパリスの審判がトロイア戦争の原因として理解されている。『キュプリア』のテクストはわれわれの手に伝わっていないが、九世紀のコンスタンティノープル大司教ポティオスの『ビブリオテーケー』がその内容を伝えてくれる。その冒頭は次のようなものである。

「これらの後に、一一巻からなるいわゆる『キュプリア』が続く。そのタイトルについては、説明の流れを妨げないようにするために後で論じることにする。その内容は以下のようなものである。

ゼウスは、トロイア戦争について女神テミスと相談する。ペレウスの婚礼を祝っているときに、争いの女神エリスが現われ、アテネとヘラとアプロディテの美しさについての争いを引き起こす。女神たちは、ゼウスの命令に従って、審判のために、ヘルメスによって、イダ山中にいるアレクサンドロス［パリス］のところへ導かれる。そしてアレクサンドロス［パリス］は、ヘレネとの結婚に心動かされて、アプロディテを選ぶ。その後、アプロディテの指示により彼は船を建造する。そしてヘレノスが、彼らに将来起こることを予言する。そしてアプロディテはアエネアスに彼とともに船出するように命じる。そしてカッサンドラは将来起こることをあらかじめ明らかにする（『キュプリア』「梗概」）。

ここでも「パリスの審判」がトロイア戦争の原因となることが語られている。ヘレノスやカッサンドラの予言の内容は記されていないが、彼らはトロイア滅亡を予言したはずであり、パリスの審判をトロイア滅亡の引き金と見なしていたはずである。事実『キュプリア』の話はこの後、パリスとヘレネとの出会い、二人の出奔、ギリシア軍の集結へと続くのである。

パリスの審判をトロイア戦争の原因と見なし、パリスの過誤だったとする見方は、エウリピデスの悲劇にも受け継がれている。エウリピデス『アンドロマケ』では「そもそも大いなる苦難の始まりは」（二七四行）という言葉で合唱隊がパリスの審判を歌う。また『トロイアの女たち』では「禍《わざわい》そのものの始まりは……パリスを産んだこと」と言われている。さらに『アウリスのイピゲネイア』ではパリスの審判が「忌まわしい審判と美の争い」（一三〇七―一三〇八行）と呼ばれている。

以上のような伝統的な見方に対して、ルキアノスは、パリスの審判の物語をトロイア戦争の原因としてではなく、パリスの審判それだけを取り上げて一つの作品に仕上げた。つまり三人の女神ヘラ、アテネ、アプロディテによる美人コンテストとして描いた。女神たちはあたかも人間のように自らの美しさを競い合い、互いに相手をおとしめ、一等賞を勝ち取ろうと駆け引きする。女神たちが主人公であるにもかかわらず、そこには神学的なメッセージや道徳的なメッセージがない。この点にこそルキアノスの美点がある。

『女神たちの審判』は、ルキアノスの代表作である『神々の対話』の一篇として編集、出版されることが多い。しかし諸写本では、この作品は『神々の対話』とは別の独立した作品として編集されている。独立した作品とする理由は、写本伝承上の伝統の他に、次の二つの理由がある。まず『神々の対話』の各対話篇は『女神たちの審判』に比べてはるかに短いという点である。次に、『神々の対話』の各対話篇は、登場人物の名前が各対話篇の表題となっているのに対して、『女神たちの審判』は登場人物の名前が表題となっておらず、内容に従って表題が付されているという点である。本ルキアノス全集も写本にならい、独立した作品として扱った。

第三十六篇『お傭い教師』

捕えられたギリシアが、その勇猛な征服者を捕え、／粗野なラティウムに学芸をもたらした。（ホラティウス『書簡詩』第二巻第一歌一五六―一五七行）

青銅を鍛えて、より柔らかな息を彫像に吹き込む者は他にもあろう。／それは疑いがない。大理石から生き生きとした表情を形造る者もあろう。／弁論の陳述にまさる者もあろう。天界の運行を／棹の先で指し示し、星の昇りを教える者もあろう。／だが、ローマ人よ、そなたが覚えるべきは諸国民の統治だ。／この技術こそ、そなたのもの、平和を人々のならわしとせしめ、／従う者には寛容を示して、傲慢な者とは最後まで戦い抜くことだ。（ウェルギリウス『アエネーイス』第六歌八四七―八五三行、岡道男・高橋宏幸訳）

ローマはギリシアを征服し支配下に治めたが、文化の点ではギリシアにかなわなかった。ローマ人とってギリシア文化は憧れの的であり、ギリシアの中心であるアテネは文化の中心として尊敬を得ていた。

しかしこうした見方は、勝利者であり支配者であるローマ人のものであって、敗者であり被支配者であるギリシア人のものではない。敗者であり被支配者であるギリシア人は、文化的な点では尊敬を勝ち得ても、他の点では敗者であり被支配者であり続けた。他の点というのは、ウェルギリウスの歌うように、政治的軍事的な側面だけではない。金銭的な側面でもギリシア人は被支配者の地位にあった。哲学や修辞学を習得したギリシアの知識人は、それなりに尊敬されるとはいえ、権力や金銭といった点では不遇を託つことになった。

帝政期のローマの貴族は、文化的な優位を誇示すべく、ギリシアの知識人を身の回りに侍らす。ギリシア知識人を友とすること、ギリシア知識人を館で傭うことはローマ貴族の一つの社会的なステータスであった。しかしローマの貴族の友となり傭われたギリシア知識人にとっては、はたして社会的なステータスを獲得したことになったのだろうか。

ルキアノスは、ギリシア知識人がローマの貴族に傭われることになることの顚末を風俗画のように描く。本作品は、ティモクレスへ宛てた書簡の体裁を取っている。内容は、ティモクレスが「お傭い教師」になりたがっているのを見て、「お傭い教師」になることがどういうことかを示し、再考を促すものである。再考を促すといっても、積極的に引きとどめようというのではない。「『神に責任はなく、選んだ者に責任がある』というあの賢者の言葉を記憶しておいてほしい」という言葉で締めくくっているように、あくまで自分で考えて自分で決めるようにと結んでいる。友人に再考を促すことがルキアノスの主眼ではないように読める。主眼はむしろ、「お傭い教師」の人生を、彼の館での生活を、見事に描ききるということにあったのではないか。本作品の結論部分で「お傭い教師」の人生を「一幅の絵」として描くとルキアノスは宣言する。アペレスやパラシオスという画家の名前を挙げつつも、いまはこの技術に長けた人がいないのでルキアノス自身が「一幅の絵」を言葉によって描く。言葉による「一幅の絵」の描写は読者にエクプラシスという修辞技法を思い起こさせる。エクプラシスは説得を目的とする技法ではなく、エナルゲイア、つまり眼の前に生き生きとしたイメージを言葉によって喚起することを目的とするものである。生き生きとしたイメージを提示するためには具体的に客観的に描写しなければならない。もちろん本作品での「一幅の絵」を描くエクプラシスは、本作品の最後の節を締めるだけであるが、しかしそこには、本作品全体でいかに見事に「お傭い教師」の生活を描いてきたか、というルキアノスの自負が感じられる。

ルキアノスは四十歳代まで、諸国を漫遊し弁論術を教えることで生計を立てていた。いわゆるソフィストである。本作品の材料にはことかかなかったと思われる。本作品を書いた後、ルキアノスはエジプトで実際にお傭いの身分となる。そのときこの作品が幽霊としてルキアノスに取り付き、彼を悩ました。そのためルキアノスは『弁明』を書かなければならなかった。

ルキアノスの作品のなかで書簡の体裁を取っている作品には、『ニグリノス』『ペレグリノスの最期』『書簡』『お傭い教師』『弁論教師』『偽預言者アレクサンドロス』『歴史はいかに書くべきか』『挨拶での失敗について』『弁明』がある。書簡体とはいえ、内容の点でもまた目的の点でもそれぞれの作品は大いに異なっている。

第三十七篇『アナカルシス』

本作品の正式な表題は『アナカルシスまたは体育について』である。本作品は、アナカルシスとソロンという二人の登場人物の対話からなるいわゆる対話篇であり、対話の主題はギリシアの体育についてである。表題は、登場人物と主題との両方から取られている。

二人の登場人物――アナカルシスとソロンの友情

本作品の登場人物はアナカルシスとソロンとの二人である。アナカルシスもソロンも歴史上の実在の人物である。まずは彼ら二人が実在の人物としてどのような人物だったのかを見てみることにする。

アナカルシスは、前六世紀のスキュティアの王子である。彼は、ときにギリシア七賢人に数えられるほどの賢者である。未開のスキュティア生まれであることをアテナイ人に笑われて、「私の祖国は私にとっては恥であるが、君は君の祖国の恥になっている」(1)と言い返したと伝えられている。またアナカルシスはギリシア贔屓であるが、ギリシアの風習を外国人としてしばしば批判することもあった。「ギリシア人は嘘をつくことを禁止しているのに、なぜ小売商では公然と嘘をつくのか」とか、「ギリシア人は宴会のはじめでは小さい杯で酒を飲むのに、充分に酔っぱらってからは大きな杯で酒を飲むことは私には理解できない」とかいう言葉が、また本篇の主題となっている体育については「競技者たちは体にオリーブ油を塗ることで互いに狂ったようになるので、オリーブ油は狂気をもたらす薬だ」という言葉が伝えられている。[3]

もう一人の登場人物であるソロンは、典型的なギリシア人である。ソロンは、前七世紀から六世紀のアテナイの政治家にして詩人である。アテナイの名門の家の出で、「ソロンの法」を制定するなど、アテナイの政治に主導的な役割を果たした。ギリシア七賢人の一人に必ず数えられる。

アナカルシスがソロンの元を訪れて教えを請うたことは、プルタルコス『ソロン』[4]とディオゲネス・ラエルティオス『ギリシア哲学者列伝』[5]が伝えてくれる。彼ら二人によると、アナカルシスは未開の地に生まれたものの機知に富む賢者であって、先進的なギリシアの文化を学ぼうとしてソロンの弟子になった。ソロンの弟子になっても素直にギリシア文化を学ぶという姿勢は見られず、ギリシア文化に不合理なところがあれ

(1) ディオゲネス・ラエルティオス『ギリシア哲学者列伝』第一巻一〇四。
(2) ヘロドトス『歴史』第四巻七六を参照。
(3) ディオゲネス・ラエルティオス『ギリシア哲学者列伝』第一巻一〇四。
(4) プルタルコス『ソロン』五を参照。
(5) ディオゲネス・ラエルティオス『ギリシア哲学者列伝』第一巻一〇一―一〇二。

ば遠慮なく指摘した。「アナカルシスは、アテナイの民会に出向いて、ギリシアでは演説するのは賢い人だが、決定するのは無学な連中なのには驚いたと述べた」とプルタルコス（『ソロン』五）は伝えている。ソロンはアナカルシスの才を認め評価していたようである。

本作品の作者ルキアノスは、エウプラテス［ユーフラテス］河上流のサモサタの出身であり、アナカルシスと同じく未開の地の出身である。またルキアノスはギリシア語を学び、弁論家として名をはせギリシア各地を巡り弁論家として活躍した。ギリシア語を学びギリシア文化を吸収しようとした点でもルキアノスはアナカルシスと似ている。さらにルキアノスはさまざまな作品で帝政ローマにおける文化政治宗教などの愚行を揶揄した。この点でもルキアノスの姿勢はアナカルシスの姿勢と同じである。ルキアノスは、アナカルシスに共感するところが大だったのではないか。本篇『アナカルシス』を読むとルキアノスはアナカルシスに自分の姿を仮託しているように思える。

古代ギリシアの体育

古代ギリシアにおける体育といえば、すぐにオリンピック競技が思い浮かぶ。オリンピック競技はオリュンピアで四年に一度開催された競技祭で、主神ゼウスに捧げられたお祭りだった。古代ギリシアではオリュンピア競技祭の他に、ピュティア競技祭、イストミア競技祭、ネメア競技祭があった。これらの競技祭は、ギリシア全土から人びとが集まるギリシア民族の祭典であった。競技祭での優勝者は、オリーブの枝の冠を授かるだけだが(1)、詩人に歌われ、銅像を立てられ、全ギリシアの栄誉をうけ、英雄視され、祖国から報償金もらえた(2)。

本作品『アナカルシス』の主題になっているのは、オリュンピア競技祭などで優勝すべく、日頃から体育の訓練をしている若者たちの姿であり、訓練の方法である。彼らの姿は、本作品の主人公アナカルシスから見れば、実に奇妙であり、訓練の仕方も異様であった。

古代ギリシアの体育の奇妙さのなかで第一に指摘すべきは、成年男性が全裸で体育をすることである。古代ギリシアの四大競技祭においてはもちろんのこと、競技祭に参加するための訓練において成年男性は全裸であった。なぜ全裸なのか。われわれの常識からしても奇妙であるが、当時のギリシア人もこの習慣を奇妙と思っていたふしがある。

前五世紀の人トゥキュディデス（前五〇〇頃—四二三年頃）は、全裸で体育の訓練をする習慣について、その習慣がスパルタに発祥すること、そして古くからの習慣ではなく最近できた習慣であること、しかも他国と違い先進的な文化のゆえに発祥したことを主張している(3)。

トゥキュディデスより一世紀ほど後に活躍した哲学者プラトン（前四二九頃—三四七年）も、全裸で体育をする習慣が新しいものであるが、だからといって恥ずかしいものではないということ、むしろ理にかなっていることを次のように主張している。「最初クレタ人が、ついでスパルタ人が裸で体育をはじめたときは、

（1）ヘロドトス『歴史』第八巻二六-三を参照。
（2）プルタルコス『ソロン』一二三-三、ディオゲネス・ラエルティオス『ギリシア哲学者列伝』第一巻五五を参照。
（3）トゥキュディデス『歴史』第一巻六を参照。

当時のみやびな連中はすべてそうしたことを物笑いの種とすることができたのだ……しかしながら、思うに、人々が実際にやってみるうちに、着物を脱いで裸になるほうが、すべてそうしたことを包み隠すよりもよいとわかってからは、見た目のおかしさということもまた、理《ことわり》が最善と告げるものの前に、消えうせてしまったのだ。そしてこのことは、次のことを明らかに示した。すなわち、悪いもの以外のものをおかしいと考える者は愚か者であること。また、無知で劣悪なものの姿以外の何らかの光景に目を向けて、それをおかしいと見て物笑いの種としようとする者は、逆に美しいものの基準を真剣に求めるにあたっても、善いものを基準とせずに別の何かを目標として立てるのだということ」（プラトン『国家』第五巻四五二C—E、藤沢令夫訳）。

トゥキュディデスもプラトンも、全裸で体育をする習慣は一見すると奇異に見えるかもしれないが、実は合理的であり、ギリシアの先進性を示す事例であると言う。とくにプラトンは、全裸で体育をすることは善いことであり、物笑いの種にするのは間違っていると主張し、全裸で体育をする習慣の合理性、善性を声高に主張している。

こうしたギリシア人の見解に対して、前一世紀のローマ人キケロは疑問を抱いている。いや抱いているどころか、全裸で体育をする習慣を、不道徳の原因として批判している。キケロは次のように言う。「このような習慣はギリシアのギュムナシオンで生まれ、そこにおいてはこのような愛も許容され、認められていた。このことをエンニウスはうまく表現している。『恥辱の始まりは、公衆の面前で裸体をさらすことである』。このような愛は、決して貞潔なものではありえないとは言わないが、魂を惑わせ、苦しめるものであることに変わりない。そして、手綱を引くのも緩めるのも愛自身であることを考えれば、苦しみはいっそう強くならざるをえない」（キケロ『トゥスクルム荘対談集』第四巻七〇、岩谷智訳）。キケロがここで「このような習慣」と言うのは、男性同士の愛のことである。キケロは、男性同士の愛を不道徳と見なし、その愛の発生の原因を、全裸で体育をする習慣に求めている。ギリシア語で書かれた哲学書をラテン語に翻訳したり、ギリシアへ留学したりしたキケロにでさえ、全裸で体育をする姿は異様なものと、いや許しがたいものと映ったのである。

オリュンピア競技祭で優勝するために日頃から行なわれる体育の訓練は、ギリシア人にとっては合理的だが、ローマ人によっては異様と見えた。社会諷刺を得意とするルキアノスにとって、恰好の題材であった。

笑いと諷刺に満ちた短い対話篇はルキアノスの得意とするところであるが、本作品はそうした短い対話篇（たとえば『神々の対話』）とは異なり、分量はかなり長く、内容も哲学的といってよいものとなっている。このような種類の対話篇に属するものには、『アナカルシス』の他に、『ヘルモティモス、または哲学諸派について』と『船、または願い事』の二篇がある。

第三十八篇『メニッポスまたは死霊の教え』

本篇では、伝統的な冥界訪問の話が中心主題となる。ホメロス『オデュッセイア』第十一巻で、冥界に行ったオデュッセウスが、預言者テイレシアスの霊から、今後の航海や余生の運命について託宣を受ける場面などにならっている。副題の *Νεκυομαντεία* は、「死者のお告げ」などとしてもよいが、ここでは、いちおう哲学的な問題として、「最善の生き方」に関する教えをテイレシアスに乞うというのが冥界行の目的に挙げられるので、「死霊の教え」と訳すことにする。

主人公メニッポスは、前三世紀の犬儒派（キュニコス）哲学者で、シュリア（パレスチナ）・ガダラ出身の実在人物である。奴隷の身だったが、その後自由人の地位を得て、金貸しになった、しかし財を失って自殺した、という人生経路の後半部は、哲学者という肩書とあまり符合しないように思われるが、ディオゲネス・ラエルティオスの伝記ではそう記されている。体系的な哲学教義を説いていたかは疑問で、後代に対しては、むしろその著作全般の傾向や、技法的・創作的特徴が影響を与えた。作品傾向としては、世間の思い上がりや虚栄を糺すという犬儒派に共通する態度を辛辣な嘲笑に包み、とくに社会階級の上部に立つ王侯や、富貴に奢る金持ちたちをその槍玉に上げたらしい。彼は「スプードゲロイオス」な男であったと言われる（ストラボン『地誌』一六・二・二九）。この語は、「真面目さ（道徳的批判）」と「笑い」との両方を彼の著作が兼ね備えていた、の意（seriocomic）と普通は解されるが、seriocomic という特徴づけは陳腐であり、独特の人間を別して称するのに適切とは思えない。それはむしろ、「真剣な（徹底的な）嘲笑家」だったという評言なのかもしれない（*σπουδογέλοιος*＝*σπουδαῖος περὶ τοῦ γέλωτος*）。とはいえ、そこには「真面目さ」の一片もなかったということではない。痛烈な嘲笑が彼の言説のスタイルだった、という点を強調しているのである。ある伝記的記述によると、メニッポスは、奇妙な格好で「復讐の女神」に扮しながら、自分は冥界から来た、それは人間の罪を観察し、冥界へ戻ってそこの神々に報告するためだと言ったという（『スーダ』「メニッポス」）。多かれ少なかれ「真面目」な基底は、彼の著述にあったと見うる。

メニッポスの作品の技法的特徴としては、まず、散文と韻文の混合体が挙げられる。これはルキアノスの本篇でも、全体は散文（対話形式）だが、一部エウリピデスらの詩が挿入されるという点にも少し反映されている。さらにメニッポスは、主題的に、天空や地下（冥界）への旅行という趣向を好んだらしい。ルキアノスの作品で、メニッポスを登場させるものとして、ほかに『イカロメニッポス』と『死者の対話』（そのうちの計一二作品）とがあるが、前者は空中旅行、後者は冥界下降やその中での移動を話の枠組みとする。『本当の話』（第十二、十四篇）や、セネカの『アポコロキュントーシス』では、一作品のなかに、天上行と冥界行とが盛り込まれる。こういう点は、アイディア的には、メニッポスの作品に負うていると推測される。

ただ、メニッポス自身の作品はほぼすべて失われたので、ルキアノスらがどこまで彼から影響を受けているか、見極めは困難である。ドイツの学者ヘルムの、メニッポスに隷属的な作家というルキアノス評（別の言い方をすると、ルキアノスからメニッポスを再現できるという見方）は、今日では賛同を得られない。むしろルキアノスは、多少なりともメニッポス的な創作を手がけた作家たちのなかでは、むしろ影響度がより薄い部類と思われる。たとえばセネカの『アポコロキュントーシス』のほうが、より「メニッポス度」は高いであろう。それに対しルキアノスの作品では、本篇を含め、喜劇や、哲学的対話や、冥界降りで言えば『オデュッセイア』等から、諸要素が混成的に取り込まれている。散文と韻文とのミックスという、メニッポス的文体の大きな特徴に関しても、ルキアノスは抑制的である。ルキアノスの特徴たる対話形式は、メニッポスには用いられなかったと考えられている（Relihan, p. 228 n. 1）。

また、バフチンやフライによって、「メニッペア（メニッポス的諷刺）」という文学概念が提唱されているが、そういう固有のジャンルを立てることが妥当かどうか、「小説」などのジャンル概念とそれがどう違うのか、という疑問点はある。立てうる、と主張する研究者たちも、それを「スーパージャンル」（Riikonen, p. 51）あるいは「反ジャンル」（Relihan, p. 34）などと称して、その輪郭の不明確さや、プロテウス的な性質を認めている。いずれにせよ、メニッポス自身の作品が失われている以上、この文学理論における「メニッポス風」の語概念は、仮構的または仮託的な記号の域を超えがたい（cf. Relihan, p. 221 n. 3）。また、そういう議論では、循環論法的に（cf. Relihan, p. 9）、メニッポスの影響を受けていると見られるルキアノスらの作品からメニッポス的創作の特徴を推定しようとする一方、推定復元されたその元型を基にルキアノスらの作風を比較考察する、等の方法に陥りやすい。以下では、より確実な比較テクストに拠りながら、本篇で、文学伝統、神話伝承や哲学教説がどのように利用されているかという点をまず見ることにしよう。

全体は、バビュロニア人導師とともに冥界へ行き戻ってきたメニッポスが、ある友人に、その旅行の動機や、かの地での体験談を語って聞かせるという構成を取る。友人の前に現われた彼は、「フェルトの帽子に竪琴にライオンの毛皮」という奇妙な、混成的出で立ちをしている（一節）。その格好で赴き、その姿で冥界を徘徊してから、その姿のまま、いま、地上に戻ってきたらしい。この格好は、神話的に、冥界訪問をしたと語られる三人の人物の身なりにならっている。生きたまま冥界を行くのを妨げられないよう、先行モデルを利用する、という趣旨である。

フェルトの帽子は、オデュッセウスの持ち物である（彼のそのような図像表現がよく見られる）。彼は、ホメロスの『オデュッセイア』第十一巻において、冥界に赴き、数々の死霊に出合い、そのうちの幾人かと言葉も交わすが、中心的体験となるのは、テバイ（ギリシア中部）の有名な預言者だったテイレシアスの霊との対談である。オデュッセウスは、魔女キルケからそう命じられて、彼に会いに冥界へ赴くのであるが、本篇のメニッポスも——こちらは人から命じられて、ということではなく、自分の発意で思い立って（ただしバビュロニア人導師がキルケとある程度重なる）——、この預言者に教えを乞うため、そこへ降るのである。フェルトの帽子は、ここの冥界行のアイディアの大きな部分が『オデュッセイア』に拠っていることを示している。厳密に言うと、『オデュッセイア』で英雄は、世界の果て、つまりオケアノス河の岸辺までは行くが、冥界の中に降っていくわけではないであろう。その岸近くに掘った穴を通して霊魂を呼び出したり、そこから中を覗きこんだりするだけである（『オデュッセイア』第十一巻三七、五八二行、その他を参照）。この点は、本篇でメニッポスが、導師とともに、エウプラテスの河口あるいはそれを超えたある場所で穴を掘り、夜の女神へカテらに呼びかける（九節）という展開にも反映される。しかし、『オデュッセイア』のその点の叙述は必ずしも明快ではないので、英雄は（途中から）冥界の中まで降っていったと解せなくはない（たとえば『オデュッセイア』第十巻五一二行を参照）。今日の研究者でも、それはじっさいに冥界「降り」だとする人がいる（e.g. Clark, p. 74 sqq.）。そして本篇では、オデュッセウスも、「われわれより以前に生きたままハデスに降っていった……三人」（八節）のなかに含められる。そしてメニッポスたちは、オデュッセウスにならうという態で、その後で地面に裂けた穴から冥界降りを敢行する。

その他の二人の神話的モデルは、「妙な出で立ち」のうちの二番目と三番目の特徴である竪琴と獅子皮で表わされる。すなわち、オルペウスとヘラクレスである。オルペウスの竪琴は、冥界の恐ろしい番犬ケルベロスを宥めるのに役立つ(一〇節)。他方、ヘラクレスのトレードマークであるライオンの毛皮は、三途の川的なアケロンの湖を渡るときに役立った。カロン(渡し守)が、ライオンの毛皮を見るなり、ヘラクレスが(ふたたび)来ていると思って(一〇節)、渡してくれ、そこからの道も教えてくれた。しかし、オルペウスとヘラクレスの神話的モデルとしての役割はこの程度に留まる。

ただ、その出で立ちに関して、「悲劇の登場人物のような、こういう扮装のおかげで通らせてもらえるだろう」(八節)という文では、ギリシアの劇における先行的演出が想起させられる。何か悲劇作品の中で、というのは必ずしも確認できないが(クリティアスか?)、アリストパネスの喜劇『蛙』では、主人公のディオニュソスが、やはり冥界降りを企て、ヘラクレスの身なりを真似たうえで出かける。このディオニュソスも、こうすれば冥界で便宜をはかってもらえるだろうと当て込んでいる。しかし、この喜劇では、ヘラクレスの扮装は一見ディオニュソスのためになりそうだったのが、逆に彼を慌てさせる状況をもたらすという形で、喜劇的展開にされるが、本『メニッポス』では、このアイディアをそのように効果的に利用するところまでは行っていない。なお、上記『スーダ』での、じっさいのメニッポスによる奇妙な格好も、このモチーフに関して参照される。

冥界の中の事情については、プラトンによる魂の裁判などの記述が一部踏まえられている。とくに『ゴルギアス』五二三A以下と、『国家』第十巻六一四B以下である。地下へ降ってきた魂たちは、ミノス、ラダマンテュス、そしてアイアコスの三人組に審判されるとプラトンでは語られるが（『ゴルギアス』）、本篇ではミノスに中心的役割が与えられている。「ミノスの裁判所」で、厳しい裁判が彼によって行なわれたうえで、有罪にされた者は、それぞれの罪科に応じた刑を受けさせるため、「悪人の地区」（懲罰所）に送られる。プラトンでは、タルタロス（地の奥底）と呼ばれている場所である。他方、無罪になった魂たちは、プラトンでは「至福者の島」（『ゴルギアス』）へ行くと言われるが、本篇では「アケロンの野」と称される場所がそれに相当するらしい。

ただ、この「アケロンの野」に、彼らは、骸骨として住まっているらしい。そして、神話伝承的には「至福」な死後生を送っていると語られる半神たちも含め、「骨ばかり」になってゴロゴロし、互いに見分けも付けがたく、いったんアイアコスから割り当てられた狭い（三〇センチメートル四方）居場所の「面積に合うよう縮こまって我慢しながら横たわっていないといけない」（一七節）という。ただし、ソクラテスの「骸骨」は、（シュールに）生前通り「歩き回って」皆に問答を仕かけている、などと述べられる。その脚は、毒のせいでまだむくんでいた、というが、これは「骸骨」の脚（脛骨）のことか？　細部で少し矛盾し合うと思われる面がある。とにかく、「至福者」が骸骨として暮らす場所としての冥界は、やはりメニッポスやディオゲネスらを登場させる『死者の対話』にも見られる提示法であり、ここでは、犬儒派的あるいはメニッポス的著作の色合いが施されているかもしれない。そこに喜劇タッチが加わっている。

テイレシアスに教えを乞うため、という冥界行の目的は、上記のように、ホメロス『オデュッセイア』にならった名目である。「最善の生き方とは」と尋ねた彼に、預言者は、哲学者たちのように余計な問題に頭を使うな、その代わりに、「大いに笑い、何ごとも真剣にはしないようにしながら、目前のことをよく治めて人生を過ごすことだけを求めるがよい」（二一節）と諭す。しかし、冥界降り以前からすでにメニッポス自身で、哲学者たちと比べれば「普通人のこの生活は黄金のように輝かしい」（四節）ことを感じていたと言っているので、それの確認にすぎない。また、大げさな教えでもない。やはり犬儒派的視点からの、思い上がり（この場合は哲学者的小賢しさ）への戒めという論に沿っている。ただし、そういう「普通人」の視点からの常識的訓戒を垂れることがこの作品の本意ではない。とは言っても、本篇を含め「メニッペア」では、（自分の「説教」を自分で破壊する）自己皮肉、著者の自分自身への愚弄が本質的特徴に含まれるという説（Relihan, p. 35, et al.）には賛成しがたい。ルキアノスの作品には、たしかに自己道化の要素が含まれるが、それは、まったくの自家矛盾として自分の言説の破壊へ導くというほどではないと考えられる。少なくとも本篇では、常識的な人生観が基底に置かれている、ただその主張が、文芸家ルキアノスの主目的ではない、ということである。

以上、本篇のために利用された伝統的諸要素や先行的創作を見たが、メニッポス的著作も含めてたしかに他からアイディアを借用し、それに乗っかっている部分はある——というより、ルキアノス自身で考案した材料はむしろ少ないであろう。ただ、手本を確認しうる部分で見ると、じっさいの創作においてそういうモデルをそのままなぞっているというよりも、むしろ自由に、ときには気儘なほどに、それぞれの個々の材料を修正・変更して取り入れ、他のものと組み合わせて、より大きなものを作り出している。メニッポス自身の創作も、それがある程度利用されたことは間違いないとしても、やはりそこに自由自在に手が加えられたうえで、消化されていると推測される。ルキアノスの模倣は、新しい創作のために行なわれる（cf. e.g. Hall, p. 150）。

しかし、ルキアノス自身の創案によると見られる部分もある。冥界降りの行為は、「生きたまま」そこへ行って戻ってきたという神話人物三人にならっている。オルペウスとヘラクレスは、スパルタ南方のタイナロン洞窟から降りて行った。そこが冥界への入り口と考えられていた。他方、オデュッセウスは、オケアノス河まで航海し、冥界のへりで穴を掘り、ルキアノス当時のホメロス『オデュッセイア』の読者の理解では、そこから降りて行った。上記のように、本篇で、メニッポスを連れたバビュロニア人導師がエウリポスの河口付近へ航行し、日の当たらない暗い場所（『オデュッセイア』におけるキンメリオイの地に相当）で下船し、そこに掘った穴の中へ羊の血を注ぎ、ヘカテとペルセポネイアに呼びかける（九節）というのは、オデュッセウスにならった行為である。ところが、この場合ヘカテが、『オデュッセイア』におけるハデスと置き換えられているように、ここでは、魔術的あるいは秘儀的性格が特徴になっている。「夜の女神」ヘカテは、魔術師がよく頼る女神である。そもそもメニッポスは、初めから、魔術を操る導師を選んだのである。彼は、バビュロンに行き、ゾロアスターの弟子である魔術師に弟子入りして、その男が持つ、呪文で「ハデスの門」を開き、そこへ人を降らせてまた帰還させる（六節）、という技術の恩恵に浴そうとした。導師はメニッポスに、二九日間、夜明けのときにエウプラテスで水浴させながらまじないを唱え、またティグリスでも真夜中に水浴させて海葱などで浄める等々の予備儀式を積んでから、ある明け方、必要な道具をあれこれ用意したうえで、エウプラテスの水上を彼と船出した。そして、いま述べた場所に着き、いま触れたように穴掘りなどをしてヘカテたちに呼びかけながら、「異国の意味不明な」（九節）呪文を唱えたのである。『オデュッセイア』で英雄が行なう儀式には、とくに魔術的と感じさせるところはない。テイレシアス等の死霊たちを呼び出す行為自体は魔術的と言いうるが、犠牲獣の血を地面に注ぐというのは、ギリシア人が日常行なっている儀式である（テイレシアスに黒い羊を犠牲として捧げるが、これも、地下神向けに普通行なわれた慣例）。そしてオデュッセウスは、ペルセポネらに祈りかけはするが、少なくとも「異国」的な呪文を唱えたりはしない。ところが、ここでは、一連の魔術的な行為や出来事を完成させるように、穴を掘ったその場所の「あたり一帯が揺れ始め、まじないの言葉につれて地面が裂け、ケルベロスの吠える声が遠くから聞こえて、雰囲気が暗く陰気に」なり、もう冥界の大部分が見えて、「死者の王アイドネウス［ハデス］は地下で震えた」（一〇節）。これは、『嘘好きたち』（第三十四篇）で、魔術師の技によってヘカテとケルベロスとが出現したり、ヘカテが地面を裂いてその中に飛びこんだ、といった描写がされる（一四、二四節）のを想起させる。

本篇で、二人がその後入りこんで巡ることになる冥界内部関連そのものの記述は、上記のように、プラトンらの古典にならっているが、最後にメニッポスが、地下神殿で有名なトロポニオスの神域から地上へ還るという件《くだり》では、秘儀的要素が持ち込まれる。ここに入った者は、何か深刻な体験をして、しばらくは口もきけないほど茫然と時を過ごしたという。秘儀なので、その具体的な内容は知られない。冥界で、遠くのほうに細い光が落ちてくるのを導師は指さしながら、あそこの穴から昇ればすぐにギリシアへ帰りつく、と教えた。メニッポスが、そこを必死によじ登ると、「いつの間にか」その神域にいたという言葉（二二節）は、地下神殿に降って還った参詣者の不思議な体験を暗示するかもしれない。トロポニオスの秘儀は「冥界降り」と称され、プルタルコス『ソクラテスのダイモニオンについて』五九〇B以下でのスピリチュアルな旅行記においても材料にされているが、ここでは冥界巡りの出口にされている点が新趣向と見られる。本篇のトロポニオス場面は、プルタルコスがしているような「真面目な」扱い方とは対比的な、秘儀のパロディーだという論もある（e.g. Relihan, p. 227 n. 46）。たしかに『死者の対話』（第七十七篇）第十作では、メニッポスがトロポニオスを面と向かって愚弄するさまが描かれる（ただ、これも文芸的な「諷刺」である）。しかし、ここではそのような趣旨は現われていない。むしろ、新奇な趣向を盛る好材料として取り上げたということだろう。かくてメニッポスの冥界の旅は、魔術師の本拠地バビュロンの近辺に始まって、ギリシアの秘儀所で終結する。

ここでは、ホメロスやプラトンなどギリシア古典の教養や、メニッポス的創作モデルを基礎にしながら、そこに、当時のローマ世界で人気を博していた（cf. Jones, pp. 37, 52）オリエント的オカルティズムあるいは秘儀宗教への関心を反映する要素を織り込み、ほかの面と同様、素材の新旧という観点でも巧みな混成をなし遂げて、独自の性格の文芸作品を読者に提供している。全体の味わいとしては、諷刺よりも、むしろ才知あるユーモアが特徴的である（cf. Relihan, p. 253 n. 3）。

第三十九篇『ルキオスまたはロバ』

本篇の写本には「ルキオスの変身物語からのルキアノスの抄録（*Λουκιανοῦ ἐπιτομὴ τῶν Λουκίου Μεταμορφώσεων*）」

と書き込みがあり、かりにこれが真実であれば、この作品の原本の作者はルキアノスであり、ルキアノスはこの原本から抄録を作ったということになる。これを裏づけるのが、ビザンチンのコンスタンティノープル総主教ポティオスの証言である（『ビブリオテーケー』第百二十九書（Migne））（ポティオスの証言についてはPerryが原文を（p. 1）、Macleod が英訳（(1967), pp. 47-48）、Vallette が原文と仏訳を（pp. VI-VII）掲載している）。

「私はパトライのルキオスの、数巻からなる『変身物語』を読んだ。その言葉づかい（φράσις）は明晰で純粋で心地よいものである。言葉の新奇さを避けながらも、物語の不思議さ（τερατεία）を過度に求めており、彼をもう一人のルキアノスと呼ぶことができるかもしれない。少なくとも、その最初の二巻は『ルキオスまたはロバ』という題がつけられているルキアノスの作品から、ルキオスによってほとんど書き写された（μετεγράφησαν）ようなものである。あるいは『ルキオスまたはロバ』が、ルキオスの作品からルキアノスによって書き写されたか。ルキアノスが書き写したとする方がよさそうである（推測のかぎりでしかない。というのも、どちらの方が年代が古いのか、誰にも分からないからである）。すなわち、まるでルキアノスが、ルキオスの大部の作品を小さくしようと自分の目的にふさわしくないと思うものをすべて取り除き、残りのものを同じ言葉づかいと構成によって一巻に組み合わせ、ルキオスから盗み取ったものに『ルキオスまたはロバ』という題をつけたかのようである。両者の作品はともに、空想的な作り話に満ちている一方で、恥ずべき卑猥さ（ἀρρητοποιΐα）に満ちている。しかしながら、ルキアノスが彼の他の作品同様にギリシア人の迷信を揶揄し嘲笑している一方で、ルキオスは真剣で、人間から他の人間への変身、動物から人間にまたその逆の変身、その他昔話のざれごとやたわごとがありうると考え、それらを著作に盛り込んでまとめあげた」。

問題はこの証言をどこまで信用してよいかである。本篇の原本だと思われる『変身物語』は現存せず、また、ルキオス、ローマ風にいえばルキウスという名はごくありふれたものであり、作者を特定できる情報は何も伝えられていない。本篇は一人称の語り手である主人公が自らの体験を語るという形式の物語であり、五五節で語られた内容から作者がパトライのルキオスだとされたのかもしれない。自分がロバに変身したという話を実名で語る可能性もなくはないだろうが、あまりありそうにない（古代ギリシアにおいてもロバはあまり立派な動物だとは見なされていない）。ましてや一種の猥談ともいえるような話を自らの体験として語る人物はかなりまれだろう。断定はできないが、ポティオスの証言を額面どおりに受け取ることはできないだろう。

事態をさらに紛糾させているのが、ローマの作家アプレイウスによる、ラテン語で書かれた『黄金のロバ』の存在である（この作品のタイトルも正式には『変身物語』であるが、混乱を避けるため一般に通用している『黄金のロバ』で統一する。以下『変身物語』とだけいう場合は『ルキオスまたはロバ』の原本を指す）。読み比べてみればすぐに分かるように、結末の部分を除けば、この作品の大筋は本篇と一致している。本篇が抄録であり展開の分かりにくい箇所も、『黄金のロバ』ではきちんとつじつまが合っており（三六節および三八節を参照）、本篇よりも『黄金のロバ』の方が先に書かれたという推測も可能である。アプレイウスがまずギリシア語で『変身物語』を書き、後にそれをラテン語で書き直したものが『黄金のロバ』であり、その『変身物語』から抄録したものが『ルキオスまたはロバ』だというのである。しかし、アプレイウス自身が何も語っておらず、可能性はあるかもしれないが信憑性の乏しい解釈である（『変身物語』の作者をアプレイウスだとする解釈に対する批判については、Vallette が詳しい（pp. X-XV）。

『ルキオスまたはロバ』『黄金のロバ』『変身物語』という三つの作品を巡ってはさまざまな解釈がなされてきたが、いまだ決着を見てはいない（三つの作品を巡る論争については Perry のすぐれた研究があり、Loeb 版の Macleod の解説も簡にして要を得ている。本解説も両者に多くを負っている）。いまのところ多くの研究者に認められているのは、まず『変身物語』があり、それを元にして『黄金のロバ』と『ルキオスまたはロバ』が書かれたという解釈である。ポティオスもいうように、抄録の『ルキオスまたはロバ』の言葉づかいはルキアノスのものに非常に近く、また、『黄金のロバ』の言葉づかいには『ルキオスまたはロバ』との多くの一致が見られる。両者が同じ原本を元に別々に作成されたと考えるのが、最も妥当な解釈だろう。

それでは原本の『変身物語』の作者は誰かというと、この点についてはいまだ見解が分かれている。Perry はルキアノスだとする（pp. 59-61）。言葉づかいの類似に加えて、ルキアノスの写本に含まれていたことからもこの抄録がルキアノスと何らかの関係があると考える方が自然である。ポティオスも言うとおり、作品の内容から見てもルキアノスにふさわしいものであり、作者は「もう一人のルキアノス」ではなく、ルキアノス自身だと考えることに何ら問題はない。抄録には明らかにルキアノスのものとは思われない言葉や表現も見られるが、これは抄録の作成者がルキアノス以外の人物であるせいだと考えられる（原本が s 伝わらず、他者の作成した抄録だけが伝わっているものとして、ハリカルナッソスのディオニュシオス『模倣論（Περὶ μιμήσεως）』がある。cf. Aujac）。

言葉づかいの類似は、ルキアノスが抄録を作成したとしても生じるかもしれない。しかし、ルキアノス自身「窃盗の嫌疑については……ご免蒙りたいと思います。この疑いだけは私の作品には当てはまらないとあなたもおっしゃるはずです」（『あなたは言葉のプロメテウスだと言った人に』七）と語っていながら、なぜ他者の作品からわざわざ抄録を作成したのか説得力のある説明がつかない。それよりも、原本がルキアノスの作品で抄録が他の人物に作られたとする方が蓋然性があるだろう。

これに対して、原本の『変身物語』の作者はルキアノスではなく、写本にあるとおりパトライのルキオスだという考えも有力である。これはポティオスの証言を重視するもので、実名であるのかどうかはともかくとして、パトライのルキオスという人物が意図的にルキアノスの言葉づかいを真似て原本を作成したとするものである。そうであれば、言葉づかいの類似は当然であり、また「恥ずべき卑猥さ」はむしろルキアノスにはふさわしくないということになる。最終的な決着は、原本の写本でも発見されないかぎり着かないが、いずれにせよ本篇『ルキオスまたはロバ』が抄録であり、その作者がルキアノスでない点では、多くの研究者の意見が一致しており、本篇は偽ルキアノス作、ないし伝ルキアノス作とするのがよいのかもしれない。

北アフリカの先史時代の岩壁絵画にはロバの頭を持った人間が描かれており、すでにメソポタミアの寓話にはロバが登場している（ロバの登場する各地の物語については、Scobie, pp. 26-46を参照）。はるか昔からロバは物語のキャラクターとして活躍していたのであり、『イソップ寓話集』にもロバの登場する話が多数含まれている。古代ギリシアの人びとにとってもロバはおなじみの動物であった。日本でも「王さまの耳はロバの耳」というタイトルでミダス王の話はよく知られている（ロバの耳を持つミダス王の話は、オウィディウス『変身物語』（第十一巻一四六―一九三行）が最も古い典拠であるが、アリストパネス『プルートス［福の神］』（二八七行）にも言及があり、その起源は前五世紀よりもさらにさかのぼるようである。cf. Hill, p. 189)。原本の『変身物語』の作者が誰であれ、人間がロバに変身するという話自体は作者の創作ではなく、「民間伝承」ないし「おとぎ話」に起源を持つと考えられる。

しかし、『ルキオスまたはロバ』は単なる「民間伝承」ではなく、一遍の「喜劇」ないし「笑劇」として独自の内容と構造を備えている(Perry, pp. 44-45)。まず主人公がロバになる経緯であるが、「民間伝承」であれば、主人公が何らかの理由で魔法使いや魔女を怒らせ、その罰ないし復讐としてロバに変えられる。ルキオスの場合は(四節および一五節を参照)、あくまでも自発的意志から変身しようと思うのであり、その動機はもっぱら「好奇心(περιεργία)」である。誤って鳥ではなくロバになってしまったのだが、それも単なる過ちであって何かの罰ではない。

次に、「民間伝承」であれば主人公がロバから人間に戻る場面がクライマックスとなり、最後は教訓で締めくくられる。この点にかぎれば、主人公が祈りをイシス女神に聞き入れられて人間に戻り、イシス女神の信徒となる『黄金のロバ』の結末(第十一巻)は、「民間伝承」の原型に近いと言えるかもしれない。『ルキオスまたはロバ』においては、ルキオスが人間の姿を取り戻したあとにもう一段の展開がある(五六節)。先の動機の場合もそうであるが、本篇はあくまでも喜劇的な効果を優先させて原型に改編が加えられている。

さらに、この改編は喜劇的効果に加えて、ルキオスという人物の「まぬけ」というか「お人好し」な面を強調しているともいえる(Perry, pp. 53-58)。ロバの姿であれ人間の姿であれ、ルキオスのこうした面は全篇にわたって描かれているのだが、これはロバというキャラクターに合わせた人物設定だろう。さらに、四四節でルキオスは「著作家」であると名乗っているが、好奇心にあふれた著作家自身が、ロバに変身するという設定は、アイロニカルな効果を狙ったのかもしれない。誰か特定の作家を念頭に置いていた可能性もなくはないが、動物への変身などの奇譚を好む作家全般を揶揄したものと考えた方がよさそうである。

最後にアプレイウス『黄金のロバ』について付言しておけば、すでに述べたとおり抄録である本篇よりも『黄金のロバ』の方が記述が詳細にわたり物語がよどみなく展開する。また、『黄金のロバ』には本篇には見られない数多くの挿話が加えられており、そのなかにはルキウス（＝ルキオス）とは関係のない話も含まれている。原本にない話をアプレイウスが加えた可能性が高いが、そうした話のなかにも「民間伝承」に基づくものがあるのかもしれない。いずれにせよ「アモル（＝クピド）とプシュケの物語」をはじめとして、独立した読み物として楽しめるものいくつもあり、『黄金のロバ』を多彩さにあふれた作品にしている。また、イシス信仰への入信を主題とするかのような第十一巻は、原型である「民間伝承」の要素を生かしながら、アプレイウス自身の神秘主義思想と自伝的要素が色濃く表われており、結末まで喜劇的な要素で統一されている本篇とは対称的である。

どちらの方が好ましいかは読者次第であるが、もっぱらルキオスの変身物語に興味がある人には、愉快な物語として一貫している本篇の方がお勧めかもしれない。

第四十篇『哀悼について』

本篇は、葬儀における哀悼を揶揄し嘲笑するものであり、ある意味で不謹慎だと言われかねない作品である。そんなことを言っているとルキアノスの作品は多くが読めなくなってしまうのだが、なかでもこの作品は実に彼らしい作品かもしれない。しかし、ルキアノスが攻撃しているのは死者を悼むことそれ自体ではなく、当時のギリシア人が信じていた死後の世界に関する迷信である。死とはそもそも何であるのか理解してもいないのに、「仕来りと慣習のなすがままに」死を悲しんでいる人びとが非難されているのである（一節）。ルキアノスは当時の人びとが考えていた死後の世界と葬儀の様子とを諧謔を交えて描き出しているが（二—一五節）、ただ単にその不合理さを批判するのではなく、死んだ息子が生き返って父親を非難するという趣向は（一六—一九節）、ルキアノスならではだろう。しかしルキアノスは、死が何であるのか、また真実の死後の世界がどうであるのかを語ろうとしているわけではない。問題は何の根拠もなく「死を最大の禍《わざわい》」だと考えている点である。ソクラテスは自らの裁判の最後で、「しかしもう去るべき時が来た——私は死ぬために、諸君は生きながらえるために。もっとも我ら両者のいずれがいっそうよき運命に出遭うか、それは神より他に誰も知る者がない」（プラトン『ソクラテスの弁明』四二A、久保勉訳）と語った。ソクラテスの死後五〇〇年以上が経っているが、やはり多くの人びとは死を禍と考え続けていたようである。

ローマの詩人でありエピクロス派の哲学者でもあるルクレティウスも「精神の本質は死すべきものである、と理解するに至れば、死は我々にとって取るに足りないことであり、一向問題ではなくなってくる」（『物の本質について』第三巻八三〇―八三一行、樋口勝彦訳）と語っている。魂の不死を説くソクラテスとは正反対に、原子論に基づき精神も物質であり死後には崩壊してしまうとルクレティウスは言うのだが、死を禍とは考えていない点では共通している。ルキアノスは概して哲学者には批判的であるが（『命の売り立て』『釣り人』『夢または鶏』）、死を禍と決めつけない点ではエピクロス派に近い考え方をしていたのかもしれない。

ルクレティウスが人びとを死の恐怖から解放しようという動機を持っていたのに対して、ルキアノスの方は単に迷信にとらわれている人びとをあざ笑っているだけのようにも思われる。しかし、一一節では殉死に対して怒りを露わにし、二二節では憤丘やピラミッドを「無用なもの、児戯に等しいもの」だと断じているところには、彼の意外に真面目な本音が表われているように思われる。エジプトで官吏となったことを友人に批判されたのに対して、ルキアノスは「だれか金持ちの家に給金付きで雇い入れられ、奴隷仕事をしながら、ぼくの本に書いてあるようなもろもろのことを耐え忍ぶということと、国のために公の仕事を為し、能うかぎり行政に力を尽くすことで王から棒給を支払われるということとは違うのだ」（『弁明』一一、内田次信訳）とも述べている。

何もかも洒落《しゃれ》のめし、とにかく話をおもしろくしようとする作者の本音を忖度することは困難であるが、ルキアノスの意図はルクレティウスに近く、人びとを死の恐怖から解放し、さらには近親者の死の悲しみを癒そうとするところにあったのかもしれない。ローマの詩人ホラティウスは「読者をたのしませながら教え、快と益を混ぜ合わせる者が、万人の票を獲得する」（『詩論』三四三―三四四、岡道男訳）と語っているが、あるいはルキアノスは「笑わせながら教える」ことを目指していたと言えるのではないだろうか。

なお、『供犠について（Περὶ θυσιῶν）』（第三十篇）の冒頭は、本篇の末尾を受けて始まっていると考えられ、『供犠について』は本篇の続篇として書かれたようである。

第四十一篇『弁論教師』

本篇は当時流行していた「新しい弁論術」を諷刺したものである。ローマの弁論術教師クインティリアヌスの『弁論家の教育』は全一二巻からなるが、伝統的な弁論術はよく言えば精巧を極めており、悪く言えば煩瑣に陥っていた。その全体を体系的にまとめあげたクインティリアヌスの偉業には敬意を払わなければならないが、これから弁論術を学ぼうとする若者がこの大著を前にして尻込みしたとしてもやむをえないところである。ルキアノスが『弁論家の教育』を読んでいた形跡は見あたらないが、「例のお馴染みの道、長く上りの急な疲れる道」（三節）と言われているのは、伝統的な弁論術教育を揶揄したものだろう。

これに対して新しい弁論術は「最高に心地よいと同時に最短で、戦闘馬者が通れる下りの道」（三節）と言われているが、これは弁論の中身よりも、言葉の表面的な心地よさと弁論家のパフォーマンスとを重視するものである。こちらの方が見栄えがよく、またいかにも簡単に修得できそうに思われ、若者が飛びついたとしても不思議ではない。とりわけルキアノスの活躍した二世紀のギリシアにおいては、新しい弁論術が流行する時代的背景があった。弁論は、審議弁論、法廷弁論、演示弁論の三つに分類されるが（アリストテレス『弁論術』一三五八b）、ギリシアがローマの支配下にあったこの時代、ギリシア人の弁論家にとっては、審議弁論や法廷弁論よりも一般の人びとを前にして行なう公開弁論、つまり演示弁論が主要な活躍の場であった。一般の人びとの歓心を買おうとすれば、新しい弁論術が幅をきかせるのは必然だろう。

本篇は、ある若者に対して語り手が弁論術について教えるという形式で始まるが、ルキアノス自身が弁論家として活動していたことには本人の証言がある（『弁明』一五）。語り手は若者に弁論術は簡単に修得できると安請け合いするのだが、ここで「上りの道」＝伝統的な弁論術と「下りの道」＝新しい弁論術とを示して比較し、楽な「下りの道」を進むよう若者に勧める（三―一〇節）。ところが、肝心の「下りの道」の詳しい解説になると自分は引っ込んで、「弁論家」を登場させ（一一―一二節）、二五節までこの人物が新しい弁論術を若者に授けることになる。

この弁論家はかなり戯画化され、その語る内容も新しい弁論術を極端に誇張したものであり、実際の弁論家の姿を描いたものとは思われない。それでもなお、何らかのモデルがあったのではないかとも考えられ、弁論家自身が語る経歴からナウクラティスのポリュデウケスがそうではないかと言われている（cf. Zweimüller, S. 170-172）。断定はできないが、当時の弁論家の一人としてポリュデウケスについて、ピロストラトスの記述を紹介しておこう。

「ナウクラティスのポリュデウケスについて、彼を教育のない男と呼ぶべきなのか、それとも教育ある人間と呼ぶべきなのか、あるいはまた、不合理なことに思われようが、無教育でかつ教育のある人間と呼ぶべきなのか、私には見当がつかない。……ソフィスト流の弁論のほうは、生まれつき物怖じしない性《たち》だったので、技術というよりはむしろ大胆さでまとめ上げていた。……その弁論の隅々にまで甘美さの流れが行き渡っている……。ポリュデウケスはこの弁論を甘美な響きを持つ声で聴衆の耳に届けたと言われる。実にこの声によって、彼は皇帝コンモドゥスをも魅了し、かくて、彼は皇帝からアテナイでの弁論教授の椅子を勝ち取ったのである」（ピロストラトス『ソフィスト列伝』第二巻一二、戸塚七郎・金子佳司訳）。

ルキアノスによってデフォルメされた弁論家に完全に一致するわけではないが、両者の間には共通点もある。ポリュデウケスがモデルであったのかどうかにかかわらず、ルキアノスの描く弁論家は、誇張されているとはいえ当時の弁論家の姿を写したものだと言えるだろう。

さて、弁論家の演説が終わると、最初の語り手がふたたび登場するのだが、前半とは態度ががらりと変わり、「下りの道」＝新しい弁論術に対して及び腰である。さんざんけしかけておいて最後は自分だけ難を逃れようとするのは、典型的なペテン師のやり方であり、ルキアノスは弁論教師のいかがわしさを強調して、読者を笑わせようとしたのだろう。それにしても、前半と後半とで新しい弁論術に対する評価が正反対であり、ルキアノスの本音がどちらにあるのか判断に窮してしまう。ルキアノスは、伝統的な弁論術と新しい弁論術の両立、言い換えれば弁論の内容とパフォーマンスとの釣り合いを取ろうと考えていたという穿った解釈もあるが（cf. Zweimüller, S. 457-458）、意外に真面目なルキアノスは、「上りの道」＝伝統的な弁論術の方を実は勧めているのではないか。

そう思って見直せば、弁論家が自らの経歴を述べる部分（二四―二五節）にしても決してうらやましいと思われるようなものではなく、ルキアノスは前半でさんざんもち上げておきながら、実は新しい弁論術をまったく評価していないようにも思われる。実際、語り手はいろいろと貶しながらも、自分は「上りの道」

を通って弁論術を身に着けたと語っている（八節）。夢に託しながら、擬人化された「教養（Παιδεία）」に「慎みや、正義心や、信心や、優しさや、分別や、知性や、忍耐心や、美への愛や、荘厳なるものへの憧憬」を「魂の真に純粋な装飾」と語らせていることからも（『夢またはルキアノスの生涯』一〇）、ルキアノスの本音は人びとを伝統的な弁論術へ導くことだったのかもしれない。

本音はどうであれ、本篇を読んで笑ってもらえればルキアノスの意図は果たせるのであろうし、あまり難しく考える必要はないのだろう。ちなみに、本篇はエラスムスの『痴愚神礼讃』に影響を与えている（cf. Zweimüller, S. 481-483）。

第四十二篇『偽預言者アレクサンドロス』

本篇は、ドキュメンタリー風の伝記という点で、『ペレグリノスの最期』（第五十五篇）とともに、特異な性格を示す。この伝記は、プルタルコスの『英雄伝』などが史上の偉人を扱うのとは異なり、同時代人を対象にする。作者は、このアレクサンドロスとじかに接触したことがあるという（五五—五七節）。「取材目的」そのものではなかったが、とにかく、今日の「ジャーナリスト」的な現地体験をしている。また執筆のためにだいぶ調査もしたらしい（二、四三節）。しかし、ここには、古代の弾劾弁論的な性格が含まれている。これは、一種の「神託ビジネス」をペテンとして推し進め、しかもそれを一つの新宗教に発展させた「悪漢」の弾劾的伝記である。

ペトロニウスの『サテュリコン』をピカレスク文学に数えることもあるが、少なくとも悪漢の伝記を痛快な読み物として楽しむ趣味はまだ古代にはない。むしろ、「猿やキツネたちに引き裂かれる」べき男を後世に語り継ごうとするこういう執筆（友に慫慂されたという）を「恥じる」気持ちもあるとルキアノスは述べている（二節）。ただ、ある山賊の伝記を、『アレクサンドロス大王東征記』で有名なアリアノスも書いたことがある（散逸）、というように、物珍しい題材によって執筆意欲を掻き立てられるという傾向がこの時代には芽生えている。著作家にそういう刺激を与える材料でもあった。

「偽預言者」アレクサンドロスは、後二世紀、黒海南岸アボヌテイコスという自分の故郷で神託所を創設した。医術の神アスクレピオスの別の姿だという蛇（マケドニア産のおとなしい大蛇）を主神として利用し、それはやがて有名になり、繁栄して、ローマの上流階級にまで影響を及ぼすようになった。

ルキアノスによると、「彼［アレクサンドロス］は、言ってみればローマ帝国全土に、自分の賊行為を見舞った」という（二節）。この「賊行為」は、彼の場合、暴力的なものというより――ただし人を操って誰かを葬らせようとしたことはある――、むしろ、人間の生活を支配する二大要素とルキアノスの言う（八節）「恐怖」と「希望」に付け込みながら、生来の頭の切れと大胆な悪辣さとを武器に、新たな神託所を創設し、託宣発行の事業を展開して、大成功させる形で行なわれた。このキャリアの当初は、一人の相棒と協力したが、こちらは早々に死去する。

二大「暴君」と言われる要因のうち、「希望」は、もっぱら、濡れ手に粟で一儲けするといった現世利益的欲望に大衆が容易に煽られ、操られることを指す。ただ魂の転生論も取り入れているので、思想的な面

（救済願望）にも関係する。もう一つの「恐怖」は、主に、死や病への恐怖ということだろう。人びとは、自分や家族がいつまで生きられるか、病気から自分たちをどう守るか、いかに健康を保つかといった不安や切実な関心に囚われながら、毎日を過ごしている。そういう心配を、千年先の（四三節）未来も見通すという権威と自信に充ちた神の「お告げ」が晴らしてくれるのなら、なるほど人びとは、先を争って神託所に押しかけることだろう。

アレクサンドロスは、とくに治療法の託宣を得意にした（新ピュタゴラス派の伝統的知識による）。「健康ブーム」的風潮も含め、いずれも、人間の欲望と願望に源を発するきわめて現代的、超時代的な状況がここで記述される。黒海南岸アボヌテイコスという小さな町は、人間世界の縮図である。人間のそういう弱い心理の描写とともに、それに付け込んで神託ビジネスを大々的に成功させる聡明にして悪辣な人物が主人公となる悪漢伝である。

一時衰退していた（プルタルコス『神託の衰微について』参照）神託は、ハドリアヌス帝らの文化政策と、ギリシアの伝統文化を保護する時代環境のもとで、この頃また隆盛を見るようになっていた。一旗揚げようと思う者には、ある意味で当時の最も「有望な市場」の一つだったと言えるかもしれない。ただし、成功するためには、上記のような性質が必要だった。

しかし、アレクサンドロスはそれを見事成功させた。マケドニア（アレクサンドロス大王の出身地）で手に入れたおとなしい大蛇の身体と、人間の顔をかたどった仮面（麻製）とを合体的に用いながら、この「グリュコン［優しい者］」という名の、また、「新たなアスクレピオス」というあだ名でも呼ばれる蛇神からの神託を売り物にした。この「新アスクレピオス」にまつわる活動には、(新) ピュタゴラス派的な転生思想などが、おそらくある程度新しい文脈のもとに、組み込まれていた。影響度とともに、そういう教条的な点からも、ローマ帝政時代における「新宗教」の代表の一つになっていると言える。

生前から、それはペテンだという非難の声を挙げる敵対者も、とくにエピクロス派やキリスト教徒の間で、少なくはなかったようだが、そしてそのなかにはルキアノス自身も含められるようだが、少なくともアレクサンドロス存命中はこの神託所は繁栄を保ち、彼自身も、教祖の身分で生を終えている。

彼の死後、神託所は一五〇年ほど存続したらしい。これを、比較的長い期間と見なすとすれば、彼が創始した「新宗教」は、かなり堅固な基礎と耐久力を与えられていたと言える。人びとの精神的需要を満たす一定の働きをし続けたらしいという点からは、「悪漢」の個人的宗教ビジネスにすぎなかったと単純に見ることは用心しないといけない (cf. Victor, S. 38 sq.)。アレクサンドロスに関する文字資料は本篇だけであり、ルキアノスの視点が一面的であるという可能性は排除できない。

また、ルキアノスは、「悪漢」アレクサンドロスをケルコプスたち神話的悪党と並べるが (四節)、その後で彼との対決を語っているので (五五節以下)、まるで自分を、ケルコプスたちの退治者ヘラクレスの類いのように呈示していると映る (いまはペンで「退治」を行なっている)。そのような格好付けは、彼らしいお茶目なポーズであろう。ローマの高官にもかなり影響を及ぼしえたように言う (五四節) のは、額面どおりには受け取らないほうがよいかもしれないが、ただ彼が、(齢とってから) ローマの行政組織の一員になった (『弁明』(第六十五篇)) ことはどうやら確かであり、中枢的な方面にも、以前からある程度繋がりを持っていたかもしれない。アレクサンドロスが彼をひそかに溺死させようとしたとも記すが（本篇五六以下）、これについては、事実だと見る研究者もいる一方（Victor, S. 169）、聴衆のなかの非エリート的（無教養）な者へのサービス的虚構の一環だとする者もいる（Gerlach, S. 196 sq.）。虚構だとすると、事実に基づいていてこそ信用しうると現代のわれわれには思われる弾劾的言説への一種のディコンストラクション、上記（『メニッポス』解説）の「メニッペア」的な自己皮肉になるとも見られうるだろう。ただ、その事件についてはわれわれには、オウムによる「ポア＝救済計画」がすぐ脳裏に浮かぶ。殺害指示を受けた船員たちが、もし信徒であったとしたら、「信仰」から、それは正しい行為だと信じて実行しようとしたのかもしれない。そういう部分を含め、本篇の記述には、真実かどうか、われわれには確かめえない部分が存する。「調査」したと言っているが、推測や想像に頼らざるをえなかった部分ももちろんあるだろう。しかし、賞辞や弾劾を含む弁論においては、デモステネスらにおいてもそういう例が見出されるように、蓋然的あるいは誇張的な議論を交えることが許容された。そのように、この、弾劾演説的な性格を含む悪漢伝記でも、ルキアノスが、ときに誇張や装飾を加えていることは十分考えられる。ただ、議論の方向や中核部分に関しては疑るべきではないであろう。総じてルキアノスの本質を、正体の掴みにくい「何ものでもない者」、あるいは「からかうような曖昧さ（多義性）」（Branham, p. 215）の作家とする捉え方は、彼の作品において矛盾し合っていると思われる側面ばかりを、ことさら表に出そうとする読み方によっている。

文芸創作家としてのルキアノスは、新しい趣向の作品を志向し、ここでは「悪漢伝」の形式によってそれをなそうとしたが、思想面では彼は、常識的で偏向しない考え方をよしとしつつ、普通人の生き方に軍配を上げたと見られる（『メニッポス』解説参照）。当時の知識人のスタンスとして、ガレノスにも見られるように、特定の哲学的・宗教的教義に深くはまることはせず、どの教派からも距離を保つ態度が取られることがあった（Jones, p. 26）。アレクサンドロスの神託ペテンを見破った者として、エピクロス派が挙げられ、その教祖のテクストが称揚されるが（四七節）、これは本篇が、エピクロス派の友人に宛てた書であるという事情から来ていると思われる。ルキアノスが、この派の良識的な側面に共感を覚えていたところはあると思われるが、原子論など、その特殊な理論にまで傾倒していたわけではない。そして、アレクサンドロスの神託ペテンに対する批判は、エピクロス派的でもあり、犬儒派的でもあり、一般に良識派的である。アレクサンドロスへの弾劾は、個人的悪意を示すというより、一種の義憤によっているであろう。「ペテンへの憎悪者……妄信への憎悪者」（『釣り人』（第二十八篇）二〇）という表現は、ルキアノスの自称と見なして大過ないと思われるが、この点では彼は、エピクロス派と「共闘」できるのである。ただ、アレクサンドロスのそういうトリックに簡単に引っかかってしまう大衆の愚かしさを笑う顔も隠しはしない。彼の批評は公平である。同時代的な素材を扱う本篇は、その材料の独特の性質から、（一部の作品における文芸遊戯的な「諷刺」とは異なり）リアルな諷刺または弾劾の性格を帯びることにもなった（cf. Hall, p. 392）。

いずれにせよ、いまにいたるまで次々と現われては消える「新宗教」の、ローマ時代における一典型例について、その勃興と隆盛の経緯と事情を、ペテン的手法などに関する詳しい情報とともに記す本篇は、全体として、きわめて興味深い事例研究であるのみならず、宗教心理の観点から犀利な人間観察を行なった、超時代的に参照に価する文献である。

なお、タイトル中のΨευδόμαντις（Pseudomantis）は、既邦訳（高津春繁）では「偽予言者」とされているが、本訳では「預」の字を当てることにする。たぶんに語感的な問題だが、神がかりになった（ふりをした）り、「新アスクレピオス（グリュコン）」の神意を人びとに取り次ぐ役を果たす彼には、より技術的・独立的な感を与える「予言者」よりも、「預言者」の呼称のほうがふさわしいであろう（ただし、お告げの類いは総称的に「予言」と表記する）。「神がかり」の点は、-mantisの語がmania「狂気」と同語源と言われることと関連する。後者の、取り次ぎ役の地位（二二節「わが［すなわちグリュコンの］預言者προφήτης μου」）は、神との近さを表わす。もちろん、そういうカリスマ性を頭脳的なトリックで装い上げ、人びとを讃仰させつつ籠絡した「偽預言者」である。

第四十三篇『肖像』

マルクス・アウレリウス帝の共治帝ルキウス・ウェルス（治世は一六一―一六九年）が愛妾として遇していたパンテイアという女性の美しさを讃える作品である。ルキウスは、マルクスによって、パルティア戦争（一六二―一六五年）の総大将に任じられ、東方に赴いたが、采配を揮うべくシュリアのアンティオキアに滞在していたとき、じっさいの戦争の指揮は部下の将軍たちに任せ、自らは、酒宴に耽《ふけ》り、サイコロ遊びをし、劇場のパントマイムを観て楽しんだりして、遊興にうつつを抜かしたと言われる。この東方行のとき、イオニア・スミュルナ（現トルコ・イズミル）出身のパンテイアを見初め、愛人にしたらしい。元は、ペリクレス

（前五世紀アテナイの政治家）のアスパシアのような高級娼婦（ヘタイラー）ではなかったかと推測されている（後記アイスキネスの書参照）。ルキウスは、マルクスの娘を一六四年に娶っており、パンテイアは愛妾の身分に留まったと思われるが、両人の愛情関係は密なものであり続けたようである。ルキウスは一六九年に四〇歳弱で死んだが、彼女がその墓のそばで――察するに悲嘆しつつ――坐っていたことを、マルクスが記している（『自省録』第八巻三七）。

それは後の話だが、本篇では、どうやらまだルキウス帝がアンティオキアに滞在していた頃、パンテイアがお伴を連れて堂々と、また華やかに進んでゆく場面に出合って、その美貌に驚愕したという一対話人物の言葉に始まり、別の人物とのやりとりを通じて、彼女のその美しさを言葉によって描き、絵像または彫像の代わりにしようということになる。しかも、『肖像の数々（Εἰκόνες）』という原題のとおり、プラクシテレスのアプロディテ像など、既存の美術作品のあれこれから適切な部分を選び取りながら、それを合成して美の極致にしてゆく。さらに、その肉体的な像に、美徳の数々を讃える「魂の肖像」も付け足し、かくて全体的、総合的な理想像を造り上げる。それが「最も正確な肖像」だと言っているので（二三節）、原物のパンテイアはそれほど完璧に、あらゆる面で美しいというわけである。

他方、これは作者の力量の自讃でもある。この「肖像」は、有名な画家アペレスその他の作品よりも「生きながらえる」だろうと言う（二三節）。本篇のように、対話篇形式をエンコーミオン［賞辞］として用いるのは珍しいが、ソクラテス派アイスキネスによるアスパシア讃美が一つのモデルではないかと言われる（Jones, p. 77）。しかし、キケロの引用（『発想論（*De Inventione*）』一-五一―五二）を見るかぎりでは、アイスキネスのその作品は、哲学的問答を特徴としており、本篇とは性格が異なる。ルキアノスなりに、対話形式の新たな利用法を試みたものであったかもしれない。さらにそれは、賞辞であるとともに、また芸術批評的な言説や、「モザイク」的創作論の内容も含んでいる。対話形式が十分活用されているとは言えない、二人の作中人物の議論は、誰か一人によって講演的に行なわれても大差はない、という意見もある（Hirzel, II, S. 279 n. 1）。しかし、前半での美術作品のエクプラシス〔言辞による作品再現〕と、後半での（より本来の文学的な）「魂の肖像」とは、よく融合し合っている、それはルキアノスにおける「美術と文学との最も美しい総合」である、とも反論される（Bompaire, p. 729）。これらの諸点がどの程度成功しているかは、たぶんに評者の主観によるだろうが、他の作品でもしばしば美術への関心を表わしているルキアノスが、ここでは、混成的なエクプラシスを行ないつつ、同時に、美術と文学との境を横断する思い切った実験を試みていることは確かであろう。

「賞辞」という点に戻ると、全体として、われわれから見ると、あまりにも対象を持ち上げすぎだという印象はたしかに感じられる（cf. La Croze, *apud* Harmon (1925), p. 255）。これの続篇『「肖像」の弁護』（第五十篇）によると、本人のパンテイア自身がいささか赤面を覚えたらしい。しかし、これを「おべっかの作品」だと切って捨てるのは、必ずしも、古代の文学を正しく扱うことにはならないであろう。執筆がアンティオキアやその近くでなされたとすると、そこに滞在中のローマ皇帝の目は、どうしても意識される。ルキアノスのパンテイア論は、ルネッサンス期のイタリア宮廷詩人たちには受容され、模倣された（Jones, p. 77）。本篇は、その、時代状況に大きく左右された側面を見るよりも、もっぱら、文芸的美学論の観点から評価されるべきである。

文　献

テクスト

Harmon, A. M., *Lucian III*, Cambridge, Massachusetts/ London（The Loeb Classical Library）, 1921.

———, *Lucian IV*, Cambridge, Massachusetts/ London（The Loeb Classical Library）, 1925.

Macleod, M. D., *Luciani Opera*, Tomus II, Oxford（Scriptorum Classicorum Bibliotheca Oxoniensis）, 1974（底本）.

———, *Lucian VIII*, Cambridge, Massachusetts/ London（The Loeb Classical Library）, 1967.

註釈、翻訳（主要なもの）

Fowler, H. W. and Fowler, F. G., *The Works of Lucian of Samosata*, Volume 1, 3, Oxford, 1905.

Harmon, *op. cit.*

Macleod, *op. cit.*, 1967.

———, *Lucian: A Selection*, Warminster, 1991.

Reardon, B. P., *Lucian: Selected Works*, Indianapolis（The Library of Liberal Arts, 161）, 1965.

Talbot, E., *Œuvres Complètes de Lucien de Samosate*, Tome Premier, Paris, 1857.

Victor, U., *Lukian von Samosata, Alexandros oder Der Lügenprophet*, Leiden/ New York/ Köln, 1997.

Zweimüller, S., *Lukian »Rhetorum praeceptor«*, Göttingen, 2008.

内田次信訳『ルキアノス選集』、叢書アレクサンドリア図書館Ⅷ、国文社、一九九九年。

呉茂一・山田潤二訳『神々の對話』、岩波文庫、一九五三年（『女神たちの審判』は、『神々の対話』の一部として編集されている）。

高津春繁訳『遊女の対話　他三篇』、岩波文庫、一九六一年。

高津春繁訳『悲劇役者ゼウス　他四篇』、白水社、一九四八年。

ルキアノス以外の古代著作家（テクスト、註釈、翻訳）

Apulée: Les Métamorphoses, Tome I, édité par D. S. Robertson et traduit par P. Vallette, Paris (Les Belles Lettres), 1940.

Apuleius Metamophoses (Asinus Aureus) I, by A. Scobie, Meisenheim am Glan, 1975.

Denys d'Halicarnasse: Opuscules Rhétoriques, Tome V, édité et traduit par G. Aujac, Paris (Les Belles Lettres), 1992.

Diogenes Laertius, *Vitae Philosophorum*, Vol. 1, Libri I-X, edidit M. Marcovich, Stutgardiae et Lipsiae (Bibliotheca Teubneriana), 1999.

[Lucius], *The Metamorphoses ascribed to Lucius of Patrae*, by B. E. Perry, Princeton, 1920.

Ovid: Metamorphoses IX-XII, by D. E. Hill, Warminster, 1999.

Plutarchus, *Vitae Parallelae*, Vol. 1, Fasc. 1, edidit K. Ziegler, Stutgardiae et Lipsiae (Bibliotheca Teubneriana), 1969.

Poetae Epici Graeci: Testimonia et Fragmenta, Pars 1, ed. A. Bernabé, Stuttgart (Bibliotheca Teubneriana), 1996.

アプレイウス『黄金のロバ』（上）呉茂一訳、（下）呉茂一・国原吉之助訳、岩波文庫、一九五六―五七年。

ウェルギリウス『アエネーイス』岡道男・高橋宏幸訳、京都大学学術出版会、二〇〇一年。

ピロストラトス『ソフィスト列伝』戸塚七郎・金子佳司訳、ピロストラトス／エウナピオス『哲学者・ソフィスト列伝』、京都大学学術出版会、二〇〇一年。

キケロ『トゥスクルム荘対談集』木村健治・岩谷智訳、『キケロー選集 12』、岩波書店、二〇〇二年。

ディオゲネス・ラエルティオス『ギリシア哲学者列伝』（上）加来彰俊訳、岩波文庫、一九八四年。

プラトン『国家』（上）藤沢令夫訳、岩波文庫、一九七九年。

プラトン『ソクラテスの弁明　クリトン』久保勉訳、岩波文庫、一九六四年（改版）。

プルタルコス『英雄伝 1』柳沼重剛訳、京都大学学術出版会、二〇〇七年。

ホメロス『イリアス』（上）（下）松平千秋訳、岩波文庫、一九九二年。

ホラティウス『詩論』岡道男訳、『アリストテレース「詩学」・ホラーティウス「詩論」』松本仁助・岡道男訳、岩波文庫、一九九七年。

ルクレティウス『物の本質について』樋口勝彦訳、岩波文庫、一九六一年。

その他の文献（主要なもの）

Anderson, G., *Lucian, Theme and Variation in the Second Sophistic*, Leiden, 1976.
ミハイル・バフチン（Bakhtin, M.）『ドストエフスキイ論――創造方法の諸問題』新谷敬三郎訳、冬樹社、一九七四年（第二版）。
Bompaire, J., *Lucien Écrivain, Imitation et Création*, Paris, 1958.
Branham, R. B., *Untruly Eloquence, Lucian and the Comedy of Traditions*, Cambridge, Massachusetts/ London, 1989.
Clark, J., *Catabasis, Vergil and the Wisdom-Tradition*, Amsterdam, 1979.
ノースロップ・フライ（Frye, N.）『批評の解剖』海老根宏・中村健二・出淵博・山内久明訳、法政大学出版局、一九八〇年。
Gerlach, J., 'Die Figur des Scharlatans bei Lukian', in: *Lukian, Der Tod des Peregrinos*, Darmstadt, 2005, 151-197.
Hall, J., *Lucian's Satire*, New York, 1981.
Helm, R., *Lucian und Menipp*, Leipzig/ Berlin, 1906.
Hirzel, R., *Der Dialog*, I, II, Leipzig, 1895.
Jones, C. P., *Culture and Society in Lucian*, Cambridge, Massachusetts, 1986.
ロビン・オズボン（Osborne, R.）『ギリシアの古代――歴史はどのように創られるのか？』佐藤昇訳、刀水書房、二〇一一年。
The Oxford Classical Dictionary（fourth ed.）, Oxford, 2012（'Lucian', 'Menippean satire', 'Menippus', etc.）.
Petsalis-Diomedis, A., *Truly Beyond Wonders, Aelius Aristides and the Cult of Asklepios*, Oxford, 2010.
Relihan, J. C., *Ancient Menippean Satire*, Baltimore/ London, 1993.
Riikonen, H. K., *Menippean Satire as a Literary Genre*, Helsinki, 1987.

Ustinova, Y., *Caves and the Ancient Greek Mind*, Oxford, 2009 (90 sqq. Trophonius).

Ziegler, K., 'Orphische Dichtung', *Paulys Realencyclopädie der classischen Altertumswissenschaft* 18, 1391 sqq. (Katabasis).

固有名詞索引

1. 本文のみを対象とし、註（本文挿入註記を含む）、解説等は含めない。ただし、ギリシア語原文にはないが訳で補って本文中に入れたものは拾ってある。
2. 典拠箇所として記す数字は、本訳書の頁数である。
3. ギリシア語をローマ字転記して記す。なお、κ は k に、χ は kh に、ου は u に、γγ（γκ，γχ）は ng（nk，nkh）にする。
4. 同じ名が同一頁に複数出てくる場合、その点を註記することはしない（訳文で意味を明瞭にするため、原文にはない場合もあえて繰り返すことがある）。
5. 民族名は原則として国名と同一視する。
例：「アテナイ人たち　Athenaioi」は「アテナイ　Athenai」と同じとして扱う。

ア　行

アイアコス　Aiakos　ゼウスとアイギナの子。ハデスの門番。ペレウスの父。 *100, 112, 174, 178*
アイギアロイ　Aigialoi　アマストリスの東にある海岸。 *264*
アイギナ　Aigina　アソポス河神の娘。アイアコスの母。アイギナ島は彼女の名前にちなむ。 *176*
アイゲウス　Aigeus　神話上のアテナイの王。テセウスの父。 *174*
アイスキネス(1)　Aiskhines　前5世紀末─4世紀、アテナイの哲学者。ソクラテスの弟子。 *288*
アイスキネス(2)　Aiskhines　前390／89─314年、アテナイの弁論家。十大弁論家の1人。 *194*
アイドネウス　Aidoneus　冥界神ハデスの別称。 *102*
アウィトゥス　L. Lollianus Avitus　ビテュニアの総督。 *265*
アウゲアス　Augeas　アウゲイアスとも呼ばれる。伝説上のエリス地方の王。 *212*
アウソニオイ　Ausonioi　もとはイタリア中南部の一族の名前。転じてローマ人の詩的美称となった。 *224*
アエティオン　Aetion　前4世紀の彫刻家。 *52, 278*
アオルノス　Aornos　バクトリア地方の険峻な岩山。 *191*
アカイア　Akhaioi　古代のギリシアの別称。 *28, 32, 168, 182*
アガトン　Agathon　前5世紀のアテナイの悲劇詩人。 *195*
アガメムノン　Agamemnon　ミュケナイの王。トロイア戦争でのギリシア軍の総大将。 *110-112*
アキレウス　Akhilleus　ペレウスと女神テティスの子。ホメロス『イリアス』の主人公。 *246*
アクィレイア　Aquileia　イタリア北部、トリエステの近くの町。 *257*
アクロポリス　Akropolis　アテナイ中心部にある高い丘。パルテノン神殿がたつ。 *65, 274*
アケロン　Akheron　冥界にいたる湖。 *173*
　─の野　アケロン湖周辺の野原。 *108*
アジア　Asia　ヨーロッパに対する東の国。アナトリア半島の地域をとくに小アジアと

称する。 *12, 214, 222*
アスクレピオス　Asklepios　医神。アポロンとテッサリア王女コロニスの子。 *222, 226-228, 240, 248, 252, 266*
アスパシア　Aspasia　前5世紀にアテナイで活躍した高級遊女。 *288*
アタルガティス　Atargatis　シュリアの豊穣の女神。「シュリアの女神」とも呼ばれる。 *152*
アッシュリア　Assyria　ティグリス河上流の地域ないし国。シュリアと混同されることが多い。 *114*
アッティカ　Attike　アテナイを中心とするギリシア中部の地方。 *48, 176, 199-200, 202, 258, 286*
アーテー　Ate　迷妄の女神。女神エリスの娘。 *290*
アテナ　Athena　戦争と技芸の処女神。ゼウスの娘。 *5-7, 9-12, 65, 292*
アテナイ　Athenai　アッティカ地方の首都。 *62, 64-65, 83, 202, 248, 274, 286, 288*
アトス　Athos　マケドニアにある3半島のうち東にある岬。 *202*
アドニス　Adnis　神話上の絶世の美男子。女神アプロディテや冥界の王妃ペルセポネが恋をした。 *48*
アドラステイア　Adrasteia　「義憤」の女神ネメシスの別称。 *207*
アトレウス　Atreus　神話上のミュケナイ王。アガメムノンとメネラオスの父。 *112*
アトロメトス　Atrometos　弁論家アイスキネスの父。 *194*
アナカルシス　Anakharsis　前6世紀のスキュティアの王子。ソロンに師事した。 *56-67, 69-71, 73, 76-85*
アブラダタス　Abradatas　スシアナの王。パンテイアの夫。 *281*
アブロイア　Abroia　『ルキオスまたはロバ』の登場人物。 *123*
アプロディテ　Aphrodite　恋愛と美の女神。夫は鍛冶の神ヘパイストス。 *4, 6-16, 43, 196, 274, 278, 292*
アペレス　Apelles　前4世紀に活躍したマケドニアの宮廷画家。 *52, 273, 278, 293*
アボヌテイコス　Abonoteikhos　黒海南岸、パプラゴニア地方の町。 *212, 222-223, 243, 266*
アポロニオス　Apollonios　前7頃—後98年頃。テュアナ出身の、新ピュタゴラス派の哲人。 *218*
アポロン　Apollon　音楽・予言・医術・文芸を司る神。美青年。 *58, 197, 222, 226, 248, 253, 287*
—・リュケイオス　Apollon Lykeios　アポロンのこと。リュケイオス（狼の、あるいは光りの）と形容されることが多い。 *58*
アマストリス　Amastris　黒海南岸のパプラゴニア地方の町。 *238, 263-264*
アマゾン　Amazon　伝説上の好戦的な女族。 *274, 276*
アマルテイア　Amalthea　クレタ島でひそかにゼウスを養い育てた山羊ないしニンフ。 *30, 190*
アラストレス　Alastores　懲らしめの神々。 *104*
アラビア　Arabia　アラビア半島、シュリア、メソポタミア南部の地域。 *189*
アリアノス　Arrianos　後90頃—175年頃。ストア派の哲学者、歴史家。 *214*
アリスティッポス　Aristippos　前435頃—350年頃。キュレネ出身の哲学者。快楽主義のキュレネ派の祖。 *106*
アリストデモス　Aristodemos　アリストパネスやクラティノスに揶揄された好色なアテナイ人。 *216*
アリストテレス　Aristoteles　前384—322年。哲学者。ペリパトス派の祖。 *39*

アルカメネス　Alkamenes　前5世紀の彫刻家。ペイディアスの弟子にして好敵手。 *273-274, 276*
アルキノオス　Alkinoos　神話上のパイアケス人の王。ナウシカアの父。 *110*
アルケスティス　Alkestis　ペライの王アドメトスの貞淑な妻。夫の身代わりとなり死のうとする。 *174*
アルゴス(1)　Argos　百の眼を有する巨人。 *10*
アルゴス(2)　Argos　ペロポネソス半島北東にある都市。 *13*
アルテミシオン　Artemision　エウボイア北端の岬。 *202*
アルベラ　Arbela　アッシュリアの首都ニネベの西にある町。 *189*
アルメニア　Armenia　小アジアとカスピ海の間にある地方。 *240, 242*
アレイオス・パゴス　Areios Pagos　アテナイのアクロポリス西方にある「アレスの丘」。ここにアテナイの評議会や最高法廷があった。 *66-67, 69*
アレクサンドリア　Alexandreia　エジプト北岸、ナイル河デルタ地帯にある都市。 *42, 254*
アレクサンドロス(1)　Alexandros　前356—323年。マケドニアの王。父はピリッポス2世。前336年に即位すると、東征し、一大帝国をつくる。哲学者アリストテレスは彼の家庭教師。 *189-190, 194, 212, 220, 229*
アレクサンドロス(2)　Alexandros　アボヌテイコス出身の詐欺師。 *212, 214, 216, 218, 222-224, 229-230, 232, 236-237, 240, 244-246, 248-250, 253-256, 258, 260, 262-266*
アレス　Ares　戦争の神。女神アプロディテの恋人。 *4*
アレテ　Arete　パイアケス人の王アルキノウスの妃。ナウシカアの母。 *290*
アンキセス　Ankhises　トロイアの王族。アエネアスの父。 *8*
アンテノル　Antenor　トロイアの老将。テアノの夫。プリアモスの妃ヘカベの義理の兄弟。 *289*
アンピアラオス　Amphiaraos　アルゴスの英雄、予言者。テバイ攻めの武将の1人。アンピロコスの父。 *232*
アンピオン　Amphion　テバイの楽人。ゼトスは双子の兄弟。 *284*
アンピロコス　Amphilokhos　アンピアラオスの子。テバイの武将、予言者。トロイア遠征に参加。 *232, 243*
イオニア　Ionia　小アジアの西岸地域。 *42, 243, 272, 286, 288*
イオノポリス　Ionopolis　*266*　→アボヌテイコス
イカリオス　Ikarios　オデュッセウスの妻ペネロペの父。テュンダレオスの兄弟。 *290*
イカロス　Ikaros　名工ダイダロスの子。クレタ島のラビュリントスに閉じ込められ、父の作った翼をつけて大空へ飛び立つも、高く飛びすぎたため太陽の熱で翼がとけ、エーゲ海に墜落した。 *291*
イクシオン　Ixion　テッサリアの王。ヘラに言い寄ったため、ゼウスの怒りをかい、タルタロスに落とされ、永劫の罰を受ける。 *108*
イストミア祭　Isthmia　2年に1回、イストモスで開かれた競技祭。海神ポセイドンの祭。 *60*
イストモス　Isthmos　コリントス地峡のこと。 *58, 60, 63, 80*
イストロス　Istros　今のドナウ河。 *256*
イソクラテス　Isokrates　前436—338年。アテナイの弁論家。十大弁論家の1人。修辞学校を作り教育にも力を入れた。デモステネスと並び称される。 *201*
イタリア　Italia　*243, 246, 248, 261*
イデ　Ida, Ide　「イダ」とも呼ばれる。小アジア西方のプリュギアにある山脈。ガニュメデスが誘拐された場所、パリスの審判が行なわれた場所、アプロディテとアンキセ

スが交わった場所として有名。 *4, 6-8, 13, 214*
イビス　Ibis　トキ科の鳥。トト神の聖鳥。 *283*
イロス　Ilos　オデュッセウスの故郷イタケの乞食。 *110*
インド　India　*166, 181, 202, 254, 256*
ウェルス、ルキウス　Lucius Verus　130 — 169 年。マルクス・アウレリウスと協同統治したローマの皇帝。 *281, 292*
エウパトル　Tiberius Julius Eupator　在位 154 — 171 年。ボスポロス国の王。 *264*
エウプラテス　Euphrates　ユーフラテス河。 *98, 100*
エウプラノル　Euphranor　前 4 世紀のコリントス出身の彫刻家、画家。 *278*
エウモルピダイ　Eumolpidai　トラキア王エウモルポスの子孫たちのこと。神官の家系。 *250*
エウモルポス　Eumolpos　トラキア王。エレウシス秘儀の創始者。 *78*
エウリピデス　Euripides　前 485 頃— 406 年。アテナイの悲劇詩人。 *52, 90*
エウリュバトス　Eurybatos　前 6 世紀。リュディア王クロイソスに仕えたが、軍資金を持ち逃げし敵対するペルシアのキュロスに寝返った。「裏切者」と呼ばれることが多い。 *216*
エクバタナ　Ekbatana　リュディアの首都。 *202*
エジプト　Aigyptos　*108, 181, 189-190, 218, 283*
エピアルテス　Ephialtes　神話上の巨人。 *197*
エピクテトス　Epiktetos　後 55 頃— 136 年頃。ストア派の哲学者。 *214*
エピクロス　Epikuros　前 341 — 270 年。ギリシアの哲学者。エピクロス学派の祖。快楽を最高善と見なした。 *230, 238, 254-256, 267*
—の徒、—派　*237, 248, 254-255*
エリニュス　Erinys　ギリシア神話上の復讐の女神。 *102, 174*
エリュシオンの野　Elysion　ギリシア神話上、神々に祝福された者が死後住む場所。理想郷。「幸福の島」と同一視される。 *174*
エレクテウス　Erekhtheus　ギリシア神話上のアテナイ王。 *111*
エロース　Eros　ギリシア神話上の恋の神。ローマ神話上のクピド（キューピッド）。 *14-16, 130, 190, 279, 288*
エンデュミオン　Endymion　ギリシア神話上、永遠に眠る美男子。月の女神セレネに愛された。 *249*
オイディプス　Oidipus　ギリシア神話上のテバイ王。ライオスとイオカステの子。父を殺し母と結婚した。 *52*
オイノネ　Oinone　パリスに愛されたイダ山のニンフ。 *6*
オスロエス　Osroes　パルティアの将軍。 *240*
オデュッセウス　Odysseus　ホメロス『オデュッセイア』の主人公。 *26, 100, 114, 174*
オトス　Otos　神話上の巨人。 *197*
オトリュアデス　Othryades　スパルタの兵士。 *202*
オリュンピア　Olympia　ペロポネソス半島にある聖地。 *30, 60, 63, 80, 178, 194*
—競技　オリュンピアで 4 年に一度のゼウス祭典時に開かれた競技会。 *58*
オリュンピアス　Olympias　前 375 頃— 316 年頃。マケドニア王ピリッポス 2 世の妻。アレクサンドロス大王の母。 *220*
オリュンポス　Olympos　テッサリアとアケドニアの間に位置するギリシア第一の山。大神ゼウスの館があり、神々が宴を開いていたと考えられていた。 *288*
オルペウス　Orpheus　ギリシアの伝説上の音楽家、詩人。 *100, 284*

カ 行

ガイオス　Gaios　『ルキオスまたはロバ』のルキオスの兄弟。 *168, 170*

カイレポン　Khairephon　前5世紀。アテナイの哲学者。ソクラテスの弟子。 *197*

カッサンドラ　Kassandra　トロイア王プリアモスと妃ヘカベの娘。アポロンに愛され予言の力を授かるが、後にアポロンに憎まれ、彼女の予言は誰にも信じてもらえなくなった。 *278*

カッパドキア　Kappadokia　小アジアの東部の地域。 *152, 262*

ガニュメデス　Ganymedes　トロイア王トロスの息子、絶世の美少年。ゼウスにさらわれ、オリュンポスの宴で酒杯を運ぶ役をになう。 *4*

ガラティア　Galatia　小アジアの奥地に位置する高原地帯。 *222, 230, 243, 254*

カラミス　Kalamis　前5世紀。ギリシアの彫刻家。 *274, 277*

カリア　Karia　小アジア南西部の地方。 *112*

カリオペ　Kalliope　女神ムーサたちの1人。弁論と叙事詩を司る。 *286-287*

カリクレス　Kharikles　ポロスの父。 *112*

カリゲネイア　Kalligeneia　不詳。 *258*

カリス、カリテス　Kharis, Kharites　優美の女神。ヘシオドスによれば、タレイア、エウプロシュネ、アグライアの3人。カリテスは複数形。 *15-16, 43, 196, 216, 279*

カリュプソ　Kalypso　アトラスの娘カリュプソと同名の下女。「隠す女」という意味。 *259*

ガルガロン　Gargaron　イデ山脈の主峰。 *4, 7*

カルケドン　Khalkedon　ビュザンティオンの対岸、ボスポラス海峡のアジア側に位置する都市。 *222-223*

カルデア　Khaldea　ユーフラテス河下流の地域。 *98*

カロン　Kharon　冥府の河アケロンないしステュクスの渡し守。 *103, 173*

カンダウレス　Kandaules　前8－7世紀。リュディア王。 *145*

キタイロン　Kithairon　ボイオティア地方とアッティカ地方の間に位置する山脈。 *285*

キニュラス　Kinyras　キュプロスの建国者にして王。 *195*

キマイラ　Khimaira　頭はライオン、胴体は山羊、尻尾は蛇からなる怪物。「牝山羊」。 *106*

キュネゲイロス　Kynegeiros　マラトンの戦いで活躍したアイスキュロスの兄弟。 *202*

キュベレ　Kybele　小アジアの大地母神。 *256*

キュレネ　Kyrene　北アフリカ沿岸の都市。 *106*

キリキア　Kilikia　小アジア南部の地方。 *232, 243*

ギリシア　Hellas　エーゲ海周辺、小アジア、シチリア島、南イタリアなどの都市国家を含むギリシア人の国土。 *13-15, 33, 40, 51, 57-58, 60, 62, 81-82, 118, 122, 181, 186*

キリスト教徒　Khristianoi　*238, 248*

クウァディ　Kuadoi　ゲルマン人の一部族。 *256*

クセノポン(1)　Xenophon　前430頃－352年頃。アテナイの歴史家、軍人。『アナバシス』、『キュロスの教育』の著者。 *281*

クセノポン(2)　Xenophon　ルキアノスの従僕。 *264*

クセルクセス　Xerxes　前519頃－465年頃。在位前486－465年。ペルシアの王。ダレイオスの息子。 *113, 202*

クソイス　Xois　エジプトの町。 *207*

クニドス　Knidos　小アジア南西部のカリア地方の都市。 *274, 276-277*

クラロス　Klaros　小アジア、イオニア地方の都市。アポロンの聖域として有名。 *220, 242, 253*

クリティオス　Critios　前5世紀の彫刻家。 *194*
グリュケラ　Glykera　メナンドロスの喜劇に登場する遊女。 *196*
グリュコン　Glykon　蛇。アスクレピオスの化身。 *230, 248, 250, 252-253, 263, 266*
クリュシッポス　Khrysippos　前280頃—207年頃。ストア派の哲学者。 *39, 238*
クリュスマ　Klysma　紅海に面した港。 *254*
クレイオ　Kleio　ムーサの女神たちの1人。歴史を司る。 *287*
クレオン　Kreon　テバイの王。 *111-112*
クレタ　Krete　エーゲ海の南の島。 *83, 174*
クロイソス　Kroisos　リュディアの王。富で有名。 *36, 110, 258*
クロノス　Kronos　ウラノスとガイアの息子。ティタン族の長。ゼウスの父。 *192, 194*
—祭　クロノスの祭り。ローマ神話上、サトゥルヌスと同一視されたため、サトゥルヌスの祭りとも。 *49*
ケクロプス　Kekrops　神話上のアテナイの王。 *111*
ケベス　Kebes　テバイ出身の哲学者。ソクラテスの弟子。 *52, 190*
ケリュケス　Kerykes　エレウシスの神官職を継ぐ一族。ケリュクスの子孫。 *250*
ケルコプス　Kerkops　神話上の山賊。 *216*
ケルソス　Kelsos　後2世紀。ルキアノスの友人。プラトン主義の哲学者のケルソスと同一人物視されることもある。 *212, 214, 218, 228-229, 232, 234-235, 238, 244-245, 252, 255, 267*
ケルト　Keltai　ヨーロッパの先住民族。 *240, 260*
ケルベロス　Kerberos　頭を3つ持つ冥界の入り口にいる番犬。 *92, 102, 106, 116, 174, 176*
ゲルマニア　Germania　ライン河以東、ドナウ河以北の地域。 *256*
ケレル　Celer　山賊。 *260*
犬儒派　Kynikos　ディオゲネスを祖とする哲学の一派。禁欲主義を唱え犬のような乞食生活を理想とした。 *47, 88, 95*
コアスペス　Khoaspes ペルシア、スサ地方を流れる河。 *98*
コキュトス　Kokytos　冥界を流れる「嘆きの河」。 *173*
コッコナス　Kokkonas　「小粒な男」を意味する人名。 *219, 222-223*
コリントス　Korinthos　中部ギリシアとペロポネソス半島をつなぐイストモス地峡に位置する都市。 *13*
ゴルゴ　Gorgon　怪女。ステノ、エウリュアレ、メドゥサの3人。ゴルゴを見た者を石と化した。ゴルゴンとも呼ばれる。 *270, 285*
コロニス　Koronis　テッサリア王プレギュアスの娘。アスクレピオスの母。 *228, 248*

サ　行

サケルドス　Sakerdos　ティオスの人。 *252-253*
サッポー　Sappo　前630頃—570年頃。レスボス島出身の女流詩人。 *48, 289*
サテュロス　Satyros　前4世紀の役者。テオゲイトンの子。 *112*
サラミス　Salamis　アテナイ西方の島。ペルシア戦争中に有名な海戦があった。 *202*
サルダナパロス　Sardanapallos　前9世紀頃。アッシュリアの帝王。 *114, 195*
サルディス　Sardeis　リュディア王国の首都。 *30*
シキュオン　Sikyon　ペロポネソス半島東北部の都市。 *199*
シケリア　Skelia　イタリア半島の南にある地中海の島。 *106*
シシュポス　Sisyphos　コリントスの初代の王。不敬ゆえにタルタロスで永遠に岩を押

し上げる罰を科せられた。 *108*
シドン　Sidon　フェニキアの港湾都市。 *189*
シノペ　Sinope　黒海南岸の都市。 *224*
シビュラ　Sibylle　伝説的な女予言者。 *224*
シピュロス　Sipylos　小アジアのプリュギア地方とリュディア地方の境界にある山脈。 *270*
シュリア　Syria　地中海東岸の山岳地域。アッシュリアと混同されることが多い。 *27, 152, 260*
スキュティア　Skythia　黒海北方の地方。 *57, 60, 62, 65, 84, 181, 260*
ステントル　Stentor　ギリシア神話中、大声で有名な伝令。 *178*
ストア派　Stoikoi　ヘレニズム哲学の一派。 *46-47*
スニオン　Sunion　アッティカ地方南端の町。 *112*
スパルタ　Sparta　ペロポネソス半島東南部ラコニア地方の首都。 *13-15, 82-84*
スミュルナ　Smyrna　小アジア西岸のイオニア地方の都市。 *272, 286*
セイレン　Seiren　上半身が女性で下半身が鳥の海に住む怪物。歌声で船乗りを引きつけ殺した。 *285*
セウェリアヌス　M. Sedatius Severianus　ケルト人の軍人。 *240*
ゼウクシス　Zeuxis　前 430 頃— 390 年頃。ギリシアの画家。パラシオスの好敵手。 *273*
ゼウス　Zeus　ギリシア神話中の最高神。 *4-5, 8-10, 12, 14, 18, 29, 31, 83, 153, 173-174, 180, 188, 208-209, 215, 230, 250, 256*
セレネ　Selene 「月」の女神。 *246, 249*
ソクラテス　Sokrates　前 469 — 399 年。アテナイの哲学者。 *113-114, 288-289*
ソサンドラ　Sosandra　カラミスによって立てられた像。 *274, 277*
ソストラトス　Sostratos　不詳。 *216*
ゾピュリオン　Zopyrion　奴隷。 *38*
ソポクレス　Sophokles　前 496 頃— 406 年。三大悲劇詩人の 1 人。 *52*
ゾロアスター　Zoroastres　ゾロアスター教の開祖。 *96*
ソロン　Solon　前 639 頃— 559 年頃。アテナイの立法者。 *56-84*

タ　行

タイス　Thais　メナンドロスの喜劇に登場する遊女。 *196*
ダイダロス　Daidalos　伝説的な名工。迷宮ラビュリントスを造営。イカロスの父。 *291*
ダナエ　Danae　アルゴス王アクリシオスの娘。 *92*
ダレイオス（1 世）　Dareios　前 558 頃— 486 年。在位前 522 — 486 年。ペルシア王。 *113, 189*
タレントゥム　Taras（Tarentum）　南イタリアの港湾都市タラス。タレントゥムはラテン語名。 *199*
タンタロス　Tantalos　シピュロスの王。ニオベの父。 *108, 175, 270*
テアノ(1)　Theano　ピュタゴラスの妻、弟子。 *289*
テアノ(2)　Theano　トロイアのアテナ女神の女神官。 *290*
ディオクレス　Diocles　不詳。 *260*
ディオゲネス　Diogenes　犬儒派の開祖。 *113-114*
ティオス　Tios　黒海南岸の町。 *252*
ディオスクーロイ　Dioskuroi　双子の神カストルとポリュデウケスのこと。航海の守護

神。 *18, 208, 215*
ディオティマ　Diotia　プラトン『饗宴』に出てくる巫女。 *289*
ディオニュシオス（1世）　Dionysios　前430頃—367年。在位前405—367年。シュラクサイの僭主。2世の父。 *48*
ディオニュシオス（2世）　Dionysios　前396頃—338年以後。父1世の後継者。 *106*
ディオニュソス　Dionysos　酒の神。 *191*
—祭　毎年春に開かれるディオニュソス神の祭。悲劇の競演が行なわれた。 *71*
ディオン　Dion　前408頃—354年頃。ディオニュシオス2世の宰相。 *106*
ティグリス　Tigris　メソポタミア地方を形成する大河。 *98*
ティシポネ　Tisiphone　復讐の女神エリニュスの1人。 *180*
ティテュオス　Tityos　神話上の巨人。 *108, 197*
ディデュモイ　Didymoi　小アジア西岸、ミレトス南方のアポロンの聖地。 *242, 253*
ティベイオス　Tibeios　奴隷。 *40*
ティモクラテス　Timokrates　哲学者。不詳。 *265*
ティモクレス　Timokles　ルキアノスの友人。 *20, 30, 53*
ディルケ　Dirke　テバイ王リュコスの妻。 *141*
テイレシアス　Teiresias　テバイの予言者。 *90, 98, 116*
ティロロボス　Tillorobos　盗賊。 *214*
デウカリオン　Deukalion　洪水伝説の主人公。プロメテウスの子。ピュラは妻。 *203*
テオグニス　Theognis　前6世紀のエレゲイア詩人。 *23-24*
テオゲイトン　Theogeiton　前4世紀の役者サテュロスの父。 *112*
デクリアノス　Dekrianos　『ルキオスまたはロバ』の登場人物。 *121-122*
テスモポリス　Thesmopolis　『お傭い教師』に出てくる虚構上の哲学者。 *46-47*
テセウス　Theseus　アテナイ王。アテナイの国民的な英雄。 *14, 174*
テッサリア　Thessalia　ギリシア東北部の地方。 *120, 167, 174*
テッサロニケ　Thessalonike　マケドニアの港湾都市。 *160, 163*
テバイ　Thebai　ボイオティア地方の都市。 *90, 232, 278*
デモクリトス　Demokritos　前470頃—371年頃。哲学者。原子論を唱えた。 *230, 259*
デモステネス　Demosthenes　前384—322年。ギリシア最大の弁論家。 *40, 193-194, 201*
デモストラトス　Demostratos　ポントスの有力者。 *255*
テュアナ　Tyana　カッパドキア地方の都市。 *218*
テュエステス　Thyestes　ミュケナイ王。アトレウスの弟。アトレウスはテュエステスの子3人を殺して料理し、テュエステスに食わせた。 *52*
テュブリス（ティベル）　Thybris　ローマ市内を流れる河。 *240*
テルシテス　Thersites　トロイアに遠征したギリシア軍中で一番の醜男。 *110*
テルプシコラ　Therpsikhore　ムーサの1人。合唱抒情詩を司る。 *286*
デルポイ　Delphoi　ギリシア中部ポキス地方のアポロンの聖地。 *58, 80, 220, 253, 258, 278*
テレウス　Tereus　トラキアの王。プロクネと結婚し、その妹ピロメラを犯した。 *52*
デロス　Delos　キュクラデス諸島の島。アポロンの聖地。 *220*
トゥキュディデス　Thukydides　前464頃—401年頃。ギリシアの歴史家。 *220*
トムイス　Thmuis　エジプトの町。 *207*
トラキア、トラケ　Thrakis, Thrake　ギリシア東北部、エーゲ海北方、黒海西岸の地域。 *78, 222, 230, 285*
トリッカ　Trikka　テッサリア地方の町。 *224*

トロイア　Troia　小アジア北西部の都市。トロイア戦争の舞台となった。 *16, 32, 202*
トロポニオス　Trophonios　ギリシアの英雄神。 *118*
ドロモン　Dromon　奴隷。 *40*
トン　Thon　エジプトの王。 *218*

ナ　行

ナイル　Neilos　アフリカ大陸北東部を流れる大河。 *190, 254*
ナウシカア　Nausikaa　ホメロス『オデュッセイア』に登場する、パイアケス人の王アルキノオスの娘。 *290*
ニオベ　Niobe　リュディア王タンタロスの娘。 *182*
ニレウス　Nireus　トロイア戦争に参加したギリシアの武将。アリレウスに次ぐ美男子。 *110*
ネシオテス　Nesiotes　前5世紀の彫刻家。 *194*
ネストル　Nestor　ピュロス王。トロイア戦争ではギリシア軍の相談役をつとめた老将。 *114*
ネメア競技　Nemea　ギリシアのアルゴリス地方のネメアで開催された競技会。 *58, 63*
ネメシス　Nemesis　義憤の女神。 *151*

ハ　行

パイアケス人　Phaiakes　ホメロス『オデュッセイア』に出てくる伝説的な海洋民族。王はアルキノオス。王女はナウシカア。 *110*
パイアニア　Paiania　アッティカのデーモス（区）の一つ。 *204*
パイトス　Paitos　医者。 *266*
パカテ　Pakate　アレクサンドロス大王の妾。 *278*
バクトラ　Baktra　アフガニスタン北部、バクトリア地方の都市。 *253*
パシパエ　Pasiphae　クレタ王ミノスの妃。 *165*
バッカス　Dionysos　酒神。ギリシア神話上のディオニュソス。 *32*
ハデス　Hades　冥府の神。死者の国の支配者。 *88, 90, 98, 100, 172, 178, 180, 245*
パトライ　Patrai　ペロポネソス半島北岸の都市。 *121, 168*
パナテナイア祭　Panathenaia　アテナイの守護神アテネの祭。毎年夏に行なわれた。 *49, 58, 60*
バビュロン　Babylon　メソポタミア地方にある古代都市。古代バビュロニア王国の首都。 *30, 96, 98, 189, 229*
パプラゴニア　Paphlagonia　小アジア北部、黒海沿岸の地方。 *222-224, 228-229, 243, 250-251, 254-255*
パライストラ　Palaistra　お手伝いの女。 *122, 124-125, 127-128, 130-134, 144*
パラシオス　Parrhasios　前430頃—390年頃。ギリシアの画家。ゼウクシスの好敵手。 *52, 273, 293*
パラメデス　Palamedes　ナウプリオスの息子。トロイア遠征に参加。ギリシア軍の智将。 *114*
パリス　Paris　トロイア王プリアモスとヘカベの息子。ヘクトルの弟。アレクサンドロスは別名。 *4-7, 9-16*
パルティア　Parthia　イラン高原北東、カスピ海東南の地方。 *240*
パンテイア(1)　Pantheia　イオニアの芸妓か。 *270-273, 278-293*
パンテイア(2)　Pantheia　アブラダタスの妻。 *281, 290*
パンディオン　Pandion　神話上のアテナイ王。 *284*

ヒッパルコス　Hipparkhos　『ルキオスまたはロバ』の登場人物。ヒュパタの人。
120-122, 124-125, 127, 133-134
ヒッポリュテ　Hippolyte　アマゾン族の女王。 78
ビテュニア　Bithynia　小アジア北西部の地方。 38, 220, 222, 230, 264-265
ヒメロス　Himeros　「恋心」の擬人神。 14-16
ヒュアキントス　Hyakinthos　アポロンに愛された美青年。 48
ビュザンティオン　Byzantion　ボスポラス海峡を望むヨーロッパの東端の都市。今のイスタンブル。 219
ピュタゴラス　Pythagoras　前 581 頃— 496 年頃。数学者、宗教家。宗教結社ピュタゴラス教団を設立した。 216, 245, 250
—の徒　ピュタゴラス教団の人たち。 238
ピュティオス　Pythios　197　→アポロン
ヒュドラ　Hydra　9 つの頭を持つ蛇の怪物。 80
ヒュパタ　Hypata　テッサリア地方の都市。 120
ヒュメットス　Hymmetos　アテナイ東方の山。 48, 196
ヒュメナイオス　Hymenaios　「婚礼」の擬人神。 16
ピュラ　Pyrrha　エピメテウスとパンドラの娘。デウカリオンの妻。 203
ピュリアス(1)　Pyrrhias　奴隷。 38
ピュリアス(2)　Pyrrhias　料理人。 110
ピュリプレゲトン　Pyriphlegethon　冥界を流れる「火焔」の河。 173
ピュロス　Pyrrhos　ペロポネソス半島の都市。ネストルの出身地。 284
ピリッポス（2 世）　Philippos　前 382 — 336 年。在位前 359 — 336 年。マケドニア王。アレクサンドロス大王の父。 112, 194, 212
ピレボス　Philebos　ロバの主。 152
ピロメラ　Philomela　アテナイ王パンディオンの娘。 284
フェニキア　Phoinike　地中海の東端、シュリア沿岸の地方。 226
ブバルス　Bubalus　山賊。 260
プラクシテレス　Praxiteles　前 4 世紀の彫刻家。 274, 276-277
プラタイア　Plataiai　ボイオティア地方の町。 202
プラトン　Platon　前 429 頃— 347 年。ギリシアの哲学者。 39-40, 193, 201, 209, 238
ブランキダイ　Brankhidai　ディデュマの神官の家系。 220, 242
プリアモス　Priamos　トロイア最後の王。ヘクトルとパリスの父。 4, 13, 28, 111
ブリセイス　Briseis　トロイアのアポロン神殿の神官ブリセウスの娘。アキレウスの妾。 278
ブリセウス　Briseus　トロイアのアポロン神殿の神官。ブリセイスの父。 278
ブリモ　Brimo　冥界の女神。ヘカテあるいはデメテルと同一視される。 116
プリュギア　Phrygia　小アジアの地方名。 4-5, 7-8, 12-13, 108, 114
プリュノンダス　Phrynondas　ペロポネソス戦争時にアテナイにいたならず者。 216
ブルッティウム　Brettioi　南イタリアの町。 234
プルトン　Pluton　冥界の王ハデスの別称。 102, 172-174, 180
プロテシラオス　Protesilaos　テッサリア地方ペライの王。 174
プロトゲネス　Protogenes　奴隷。 259
プロメテウス　Prometheus　人間に火を与えた神。 42
ペイディアス　Pheidias　前 5 世紀のアテナイの彫刻家。 273-274, 276
ヘカテ　Hekate　夜の女神。魔術を司る冥界の女神。 102
ヘゲシアス　Hegesias　前 5 世紀の彫刻家。 193

ヘシオドス　Hesiodos　前8世紀の叙事詩人。 *69, 94–95, 172, 188, 192*
ペネロペ　Penelope　オデュッセウスの妻。 *290*
ヘブライ人　Hebraikoi　*226*
ヘラ　Hera　クロノスとレアの娘。大神ゼウスの妻。 *4, 7–10, 12, 278*
ペラ　Pella　マケドニア王国の首都。 *220, 226, 228*
ヘラクレイア　Herakleia　ビテュニアの都市。 *265*
ヘラクレス　Herakles　ギリシア神話中最大の英雄。十二功業で有名。 *26, 31, 82, 90, 100, 103, 129, 191, 214, 270*
ペリクレス　Perikles　前495頃―429年頃。アテナイの政治家。 *288*
ヘリコン　Helikon　ボイオティア西南部の山脈。ムーサの聖地。 *188, 287*
ペルシア　Persia　イラン高原にあるペルシア人の国土。 *44, 181, 189–190*
ペルセウス　Perseus　ギリシア神話上の英雄。ゴルゴ退治で有名。 *223–224, 266*
ペルセポネ、ペルセポネイア　Persephone, Persephoneia　冥界の王妃。ゼウスとデメテルの娘。ハデスの妻。ペルセポネイアは別称。 *102, 172, 174*
ヘルメス　Hermes　オリュンポス十二神の1人。大神ゼウスの使者。牧畜、富と幸運、商売、窃盗、賭博、弁論の神。 *4–11, 174, 287*
ペレウス　Peleus　アイアコスの子。アキレウスの父。プティア王。 *246*
ヘレスポントス　Hellespontos　エーゲ海とマルマラ海を結ぶ海峡。ヨーロッパとアジアの境界をなす。 *202*
ヘレネ　Helene　トロイア戦争の原因となった絶世の美女。大神ゼウスとレダの娘。ディオスクーロイ、クリュタイムネストラの姉妹。 *13–16, 28, 292*
ベロイア　Beroia　マケドニアの都市。 *151*
ペロプス　Pelops　タンタロスの息子。アトレウスの父。アガメムノンとメネラオスの祖父。父タンタロスによって殺され神々への料理として供された。 *14*
ボイオティア　Boiotia　ギリシア中部の地方。 *98, 118*
ポイネ（ポイナイ）　Poine (Poinai)　「刑罰」の女神。 *102, 174*
ポイボス　Phoibos　*224, 247*　→アポロン
ボスポロス　Bosporos　黒海への入り口となる、ヨーロッパとアジアを分かつ海峡。前5世紀からこの海峡の両側の地方を支配した王国。 *264*
ポダレイリオス　Podaleirios　医神アスクレピオスの子。マカオンの弟。内科医としてトロイアに出征。 *224, 248, 266*
ポテイノス　Potheinos　弁護人。 *207*
ポトス　Pothos　「憧憬」の擬人神。 *16*
ポボス　Phobos　「恐怖」の擬人神。 *174*
ホメロス　Homeros　古代ギリシア最大の叙事詩人。 *26, 32, 40, 69, 90, 94, 108, 172, 174, 182, 245, 261, 264, 278, 280, 284, 286, 290, 292*
ポリュグノトス　Polygnotos　前5世紀のギリシアの画家。 *278, 293*
ポリュクラテス　Polykrates　前6世紀のサモス島の僭主。 *110, 113*
ポリュストラトス　Polystratos　『肖像』の登場人物。 *270–277, 280–283, 286–290, 292*
ポリュムニア　Polymnia　ムーサたちの1人。讃歌を司る。ポリュヒュムニアの別称。 *287*
ポロス　Pholos　前4世紀の役者。カリクレスの子。 *112*
ポントス　Pontos　小アジア東北部、黒海南岸の地方。 *202, 222, 224, 229, 238, 251, 255, 265*

マ　行

マイアンドリオス　Maiandrios　サモスの臣下。 *110*
マウソロス　Mausolos　前４世紀。小アジア南部カリアの支配者、王。 *112*
マグヌス　Magnus　山賊。 260
マケドニア　Makedonia　ギリシア東北部に接する地方。 *112, 151, 160, 176, 191, 219–220, 229*
マラトン　Marathon　アッティカの東岸にあるデーモス（区）。ペルシア戦争の戦場。 *112, 202*
マルクス・アウレリウス　Markos Aurelios　121 ― 180 年。在位 161 ― 180 年。ローマ皇帝。五賢帝の１人。 *256*
マルコマンニ　Markomanoi　ゲルマン人の一部族。 *256*
マルタケ　Malthake　メナンドロスの喜劇に登場する遊女。 *196*
マロス　Mallos　小アジア南部の託宣所。 *242–243*
マンドロブロス　Mandrobulos　サモスで財宝を発見したが、毎年奉納品を金から銀へ、銀から銅へとした。 *37*
ミダス　Midas　伝説上のプリュギア王。 *36, 114*
ミトロバルザネス　Mithrobarzanes　メディア王国の祭司。 *98, 100, 104, 117*
ミノス　Minos　クレタ王。ゼウスとエウロペの子。 *83, 104–106, 174*
ミュシア　Mysia　小アジア西部の地方。 2*14*
ミュリネ　Myrrine　犬の名。 *46*
ミレトス　Miletos　小アジア西岸の都市。 *288*
ムーサ　Musai　文芸を司る女神たち。９人いる。 *188*
メガポレ　Megapole　馬丁の妻　*145*
メディア　Media　イラン北西部の地方。その地の国。 *100, 202*
メドゥサ　Medusa　ゴルゴの１人。末娘。 *270*
メトロドロス　Metrodoros　前４―３世紀。エピクロス学派の哲学者。エピクロスの弟子。 *230*
メナンドロス　Menandros　前４世紀。ギリシアの喜劇作家。 *246*
メニッポス　Menippos　前３世紀。犬儒派の哲学者。諷刺作家。 *88, 90, 92, 94–96, 98–100, 102–106, 108, 110–118*
メネクレス　Menekles　ロバの主。 *160, 163*
メネラオス　Menelaos　スパルタ王。アガメムノンの弟。ヘレネの夫。 *14, 278*
メノイケウス　Menoikeus　テバイ王クレオンの息子。 *112*
メルポメネ　Melpomene　ギリシア神話上、ムーサの女神の１人。悲劇を司る。 *286*
モモス　Momos　夜の女神ニュクスの子。「あら探し」の擬人神。 *4*

ラ　行

ラダマンテュス　Rhadamanthys　クレタ王ミノスの兄弟。正義の人として名高い。 *92, 102, 116, 174*
ラリッサ　Larissa／Larisa　ギリシア北部のテッサリア地方の都市。 *122, 130*
リビュア　Libya　北アフリカ、エジプト西方の地方。 *27*
リュキノス　Lykinos　『肖像』の登場人物。 *270–277, 280–283, 285–286, 288–290, 292*
リュクルゴス　Lykurgos　伝説的なスパルタの立法家。スパルタの制度や市民の生活規則を定めた。 *82–83*
リュケイオン　Lykeion　アテナイの郊外にあるアポロン・リュケイオンの聖林。 *76*
リュディア　Lydia　小アジア西部の地方。またはその地の国。 *12*

ルキアノス　Lukianos　120 頃— 190 年頃。ローマ帝政期の諷刺作家、弁論家。 *212, 214, 216, 218, 234, 236, 247, 252, 260-265, 267*
ルキオス　Lukios　『ルキオスまたはロバ』の主人公。 *120-170*
ルティリア　Lutilia　皇帝の執事の妻。 *249*
ルティリアヌス　Rhutilianos　プブリウス・ヌミウス・シエナ・ルティリアヌス。後 2 世紀。ローマの名士。 *216, 243, 245-246, 249, 256, 262-263, 265-266*
レオニダス　Leonidas　前 5 世紀。スパルタ王。テルモピュライでのペルシア軍との戦いで戦死。 *202*
レスボス　Lesbos　エーゲ海東方部の島。 *289*
レダ　Leda　スパルタ王テュンダレオスの妻。 *14, 208*
レテ　Lethe　冥界の河。「忘却」の意味。 *174*
レト　Leto　アポロンとアルテミスの母。大地女神。 *248*
レバデイア　Lebadeia　ギリシア中部ボイオティアにある都市。 *118*
レピドス　Lepidos　アマストリスの名士。 *238, 253*
レムノス　Lemnos　エーゲ海北部の島。 *274, 276*
ロクサネ　Rhoxane　バクトリアの王女。アレクサンドロス大王の妻。 *278*
ローマ　Rhome　イタリア半島中部の都市。 *20, 33, 36, 39, 214, 240, 243, 246, 248, 257-258, 288*

訳者略歴

内田　次信（うちだ　つぐのぶ）

大阪大学大学院文学研究科教授
1952年　愛知県生まれ
1979年　京都大学大学院文学研究科博士課程修了
2006年　光華女子大学文学部教授を経て現職

主な著訳書
『ギリシア文学を学ぶ人のために』（共著、世界思想社）
『ルキアノス選集』（国文社）
ピンダロス『祝勝歌集／断片選』（京都大学学術出版会）
ディオン・クリュソストモス『トロイア陥落せず──弁論集 2』（京都大学学術出版会）

戸高　和弘（とだか　かずひろ）

大阪大学非常勤講師
1960年　福岡県生まれ
1991年　大阪大学大学院人文科学研究科博士課程修了を経て現在に至る

主な著訳書
『芸術学フォーラム』第 7 巻（共編、勁草書房）
『美の変貌──西洋美術史への展望』（共著、世界思想社）
ディオニュシオス／デメトリオス『修辞学論集』（共訳、京都大学学術出版会）
クインティリアヌス『弁論家の教育 1、2、3』（共訳、京都大学学術出版会）

渡辺　浩司（わたなべ　こうじ）

大阪大学助手
1962年　東京都生まれ
1998年　大阪大学院人文科学研究科博士課程修了
大阪歯科大学非常勤講師、大阪市立大学非常勤講師を経て現在に至る

主な著訳書
『芸術学フォーラム』第 7 巻（共編、勁草書房）
ディオニュシオス／デメトリオス『修辞学論集』（共訳、京都大学学術出版会）
クインティリアヌス『弁論家の教育 1、2』（共訳、京都大学学術出版会）

偽預言者《にせよげんしゃ》アレクサンドロス——全集《ぜんしゅう》 4

西洋古典叢書 2012 第7回配本

二〇一三年二月二十日 初版第一刷発行

訳 者 内《うち》田《だ》次《つ》信《のぶ》
戸《と》高《だか》和《かず》弘《ひろ》
渡《わた》辺《なべ》浩《こう》司《じ》

発行者 檜山爲次郎

発行所 京都大学学術出版会
606-8315 京都市左京区吉田近衛町六九 京都大学吉田南構内
電 話 〇七五-七六一-六一八二
FAX 〇七五-七六一-六一九〇
http://www.kyoto-up.or.jp/

印刷/製本・亜細亜印刷株式会社

ISBN978-4-87698-251-6

定価はカバーに表示してあります

西洋古典叢書［第Ⅰ～Ⅳ期、２０１１］既刊全91冊

【ギリシア古典篇】

アキレウス・タティオス　レウキッペとクレイトポン　中谷彩一郎訳　３２５５円
アテナイオス　食卓の賢人たち　１　柳沼重剛訳　３９９０円
アテナイオス　食卓の賢人たち　２　柳沼重剛訳　３９９０円
アテナイオス　食卓の賢人たち　３　柳沼重剛訳　４２００円
アテナイオス　食卓の賢人たち　４　柳沼重剛訳　３９９０円
アテナイオス　食卓の賢人たち　５　柳沼重剛訳　４２００円
アラトス／ニカンドロス／オッピアノス　ギリシア教訓叙事詩集　伊藤照夫訳　４５１５円
アリストクセノス／プトレマイオス　古代音楽論集　山本建郎訳　３７８０円
アリストテレス　天について　池田康男訳　３１５０円
アリストテレス　魂について　中畑正志訳　３３６０円
アリストテレス　動物部分論他　坂下浩司訳　４７２５円
アリストテレス　ニコマコス倫理学　朴　一功訳　４９３５円

アリストテレス　政治学　牛田徳子訳　4410円
アリストテレス　トピカ　池田康男訳　3990円
アルクマン他　ギリシア合唱抒情詩集　丹下和彦訳　4725円
アルビノス他　プラトン哲学入門　中畑正志訳　4305円
アンティポン／アンドキデス　弁論集　高畠純夫訳　3885円
イアンブリコス　ピタゴラス的生き方　水地宗明訳　3780円
イソクラテス　弁論集　1　小池澄夫訳　3360円
イソクラテス　弁論集　2　小池澄夫訳　3780円
エウセビオス　コンスタンティヌスの生涯　秦　剛平訳　3885円
ガレノス　自然の機能について　種山恭子訳　3150円
ガレノス　ヒッポクラテスとプラトンの学説　1　内山勝利・木原志乃訳　3360円
ガレノス　解剖学論集　坂井建雄・池田黎太郎・澤井　直訳　3255円
クセノポン　ギリシア史　1　根本英世訳　2940円
クセノポン　ギリシア史　2　根本英世訳　3150円
クセノポン　小品集　松本仁助訳　3360円

クセノポン　キュロスの教育　松本仁助訳　3780円
クセノポン　ソクラテス言行録 1　内山勝利訳　3360円
セクストス・エンペイリコス　ピュロン主義哲学の概要　金山弥平・金山万里子訳　3990円
セクストス・エンペイリコス　学者たちへの論駁 1　金山弥平・金山万里子訳　3780円
セクストス・エンペイリコス　学者たちへの論駁 2　金山弥平・金山万里子訳　4620円
セクストス・エンペイリコス　学者たちへの論駁 3　金山弥平・金山万里子訳　4830円
ゼノン他　初期ストア派断片集 1　中川純男訳　3780円
クリュシッポス　初期ストア派断片集 2　水落健治・山口義久訳　5040円
クリュシッポス　初期ストア派断片集 3　山口義久訳　4410円
クリュシッポス　初期ストア派断片集 4　中川純男・山口義久訳　3675円
クリュシッポス他　初期ストア派断片集 5　中川純男・山口義久訳　3675円
テオクリトス　牧歌　古澤ゆう子訳　3150円
テオプラストス　植物誌 1　小川洋子訳　4935円
ディオニュシオス／デメトリオス　修辞学論集　木曾明子・戸高和弘・渡辺浩司訳　4830円
ディオン・クリュソストモス　トロイア陥落せず──弁論集 2　内田次信訳　3465円

デモステネス　弁論集　1　加来彰俊・北嶋美雪・杉山晃太郎・田中美知太郎・北野雅弘訳　5250円
デモステネス　弁論集　2　木曾明子訳　4725円
デモステネス　弁論集　3　北嶋美雪・木曾明子・杉山晃太郎訳　3780円
デモステネス　弁論集　4　木曾明子・杉山晃太郎訳　3780円
トゥキュディデス　歴史　1　藤縄謙三訳　4410円
トゥキュディデス　歴史　2　城江良和訳　4620円
ピロストラトス／エウナピオス　哲学者・ソフィスト列伝　戸塚七郎・金子佳司訳　3885円
ピロストラトス　テュアナのアポロニオス伝　1　秦　剛平訳　3885円
ピンダロス　祝勝歌集／断片選　内田次信訳　4620円
フィロン　フラックスへの反論／ガイウスへの使節　秦　剛平訳　3360円
プラトン　ピレボス　山田道夫訳　3360円
プラトン　饗宴／パイドン　朴　一功訳　4515円
プルタルコス　モラリア　1　瀬口昌久訳　3570円
プルタルコス　モラリア　2　瀬口昌久訳　3465円
プルタルコス　モラリア　5　丸橋　裕訳　3885円

プルタルコス　モラリア 6　戸塚七郎訳　3570円
プルタルコス　モラリア 7　田中龍山訳　3885円
プルタルコス　モラリア 9　伊藤照夫訳　3570円
プルタルコス　モラリア 11　三浦　要訳　2940円
プルタルコス　モラリア 13　戸塚七郎訳　3570円
プルタルコス　モラリア 14　戸塚七郎訳　3150円
プルタルコス　英雄伝 1　柳沼重剛訳　4095円
プルタルコス　英雄伝 2　柳沼重剛訳　3990円
プルタルコス　英雄伝 3　柳沼重剛訳　4095円
ポリュビオス　歴史 1　城江良和訳　3885円
ポリュビオス　歴史 2　城江良和訳　4095円
ポリュビオス　歴史 3　城江良和訳　4935円
マルクス・アウレリウス　自省録　水地宗明訳　3360円
リュシアス　弁論集　細井敦子・桜井万里子・安部素子訳　4410円

【ローマ古典篇】

ウェルギリウス　アエネーイス　岡　道男・高橋宏幸訳　5145円
ウェルギリウス　牧歌／農耕詩　小川正廣訳　2940円
ウェレイユス・パテルクルス　ローマ世界の歴史　西田卓生・高橋宏幸訳　2940円
オウィディウス　悲しみの歌／黒海からの手紙　木村健治訳　3990円
クインティリアヌス　弁論家の教育　1　森谷宇一・戸高和弘・渡辺浩司・伊達立晶訳　2940円
クインティリアヌス　弁論家の教育　2　森谷宇一・戸高和弘・渡辺浩司・伊達立晶訳　3675円
クルティウス・ルフス　アレクサンドロス大王伝　谷栄一郎・上村健二訳　4410円
スパルティアヌス他　ローマ皇帝群像　1　南川高志訳　3150円
スパルティアヌス他　ローマ皇帝群像　2　桑山由文・井上文則・南川高志訳　3570円
スパルティアヌス他　ローマ皇帝群像　3　桑山由文・井上文則訳　3675円
セネカ　悲劇集　1　小川正廣・高橋宏幸・大西英文・小林　標訳　3990円
セネカ　悲劇集　2　岩崎　務・大西英文・宮城徳也・竹中康雄・木村健治訳　4200円
トログス／ユスティヌス抄録　地中海世界史　合阪　學訳　4200円
プラウトゥス　ローマ喜劇集　1　木村健治・宮城徳也・五之治昌比呂・小川正廣・竹中康雄訳　4725円

プラウトゥス　ローマ喜劇集 2　山下太郎・岩谷　智・小川正廣・五之治昌比呂・岩崎　務訳　4410円

プラウトゥス　ローマ喜劇集 3　木村健治・岩谷　智・竹中康雄・山澤孝至訳　4935円

プラウトゥス　ローマ喜劇集 4　高橋宏幸・小林　標・上村健二・宮城徳也・藤谷道夫訳　4935円

テレンティウス　ローマ喜劇集 5　木村健治・城江良和・谷栄一郎・高橋宏幸・上村健二・山下太郎訳　5145円

リウィウス　ローマ建国以来の歴史 1　岩谷　智訳　3255円

リウィウス　ローマ建国以来の歴史 3　毛利　晶訳　3255円